〔日〕 宫部美雪 著

火车

张秋明 译

南海出版公司

新经典文化股份有限公司
www.readinglife.com
出　品

火车：冒着火的车子，
用来载生前做过恶事的亡灵前往地狱。

1

电车离开绫濑车站时才开始下的雨，半是冰冻的寒雨。怪不得一早起来左膝盖就疼得难受。

本间俊介走到第一节车厢中间，右手抓着扶手，左手撑着收起来的雨伞，站在靠门的位置上。尖锐的伞头抵着地板，权充拐杖。他眺望着车窗外。

平常日子的下午三点，常磐线的车厢内很空，若想坐下，空位倒是很多。只有两个穿制服的高中女生，一个抱着大皮包打瞌睡的中年妇女，还有一个年轻人站在距离驾驶室最近的门旁，两只耳朵里塞着耳机，身体随着耳机流泻出来的音乐旋律摆动——车厢里人少到可以仔细观察每一个人的表情。其实没必要坚持站着不坐。

实际上，坐下来也会舒服许多。本间上午离开家门，接受了整套物理治疗，然后又绕到搜查科看了看。一路上没有叫出租车，完全靠走路和搭电车，实在很累了，整个背硬邦邦的，像是架了片铁板似的。

搜查科里，同事们都出外勤去了，只剩下组长一个人留守。看见本间来，他就像是看见死人复活一样，欢迎的态度显得很夸张，之后便陷入沉默，随即催促他早点回去。自从去年底出院以来，今天是本间第二次到办公室露面。一想到上一次不知是哪里借来的胆闹出的骚动，他现在还是感觉不太舒服。工作和公平的竞技运动不同，因为犯规而下场时，并不是换了选手便了事，而是整个游戏规则都改了，再也找不到自己的位置——应该还不至于搞到这步田地。本间第一次觉得后悔，当初要是不停职就好了。

大概就是因为那样，明明没有人看着自己，却为了那股又臭又硬的牛脾气，坚持在这车厢里站着不坐。不对，就是因为没有人看着自己，因为不必担心有人会上前安慰自己：这阵子也不好受吧。

想到这里，本间猛然想起一个人——他过去在少年科时曾经辅导过的一个少女惯偷，一个说话有语病、偷窃技术不错的女孩。如果不是被同伙告密，她应该不会失手被捉。专门针对年轻人喜欢的高级名牌下手的她，却从来没有在外人面前穿上偷来的衣服，也从不随手拿了就卖掉变现。她这么做倒不是因为害怕露出马脚，而是习惯躲在自己的房间里，关门上锁，不让任何人看见，独自站在大穿衣镜前，一件又一件换穿新衣自我展示，想着如何搭配，不只是服装，连手表、饰品也在考虑之列，然后摆出时装杂志上的模特儿姿势。她只是在穿衣镜前自我陶醉，因为在那里不必担心有人会说那些衣服她穿着不合适。至于出门时，她总是穿着露出膝盖的牛仔裤。

只有在没有外人的时候，她才敢展现自我——她应该是觉得自己哪里不如人才会有那种举动。不知道那女孩如今身在何方，这已经是将近二十年前的往事了。或许现在她已为人母，有着跟她当年一样年纪的女儿了。她大概已经忘记了那个对着沉默不语的她拼命说教、言辞却上句不接下句的菜鸟刑警。

本间陷入沉思之际，车外依然下着雨。看来雨势不会更大，但洒落在电车门上的偌大雨滴却显得十分冰冷。连车窗外奔流而过的街景，也像是缩着脖子躲在低垂的乌云下忍受寒冷。

有趣的是，一旦下雪，肮脏的街景一如蒙上一片白色的棉花，反而给人温暖的感受。从前千鹤子曾经笑话他有这种感觉，说只有没见识过真正下雪之恐怖的关东人才会这样。可那就是本间的感觉。直到现在，只要积雪到一定程度，他还是有那种感觉。

到达龟有车站时，上来了几名乘客。四五名结伴同行的中年妇女挤在本间旁边，打算走过去。为避免与她们碰撞，本间稍微挪动了一下身体。这只不过是个小动作，用来代替拐杖的雨伞多受了点力，好让左腿不必承受太多的体重，本间却不自觉地哼了一声。正在聊天的高中女生们偷偷瞄了他一眼。她们或许在想，那位大叔真是奇怪。

车子经过中川时，可以看见左手边三菱造纸工厂涂成红白两色的高耸烟囱冒出笔直的白烟。烟囱吐露工厂的呼吸，随着季节和气温的不同，也跟人的呼吸一样有着颜色的变化。本间想，搞不好这雨夹雪会变成飘雪。

在金町车站下车时，又是一番辛苦。亲身体会他才深深觉得，公共交通工具不应该只设计"博爱座"，而应该为老年人、残障者特制专用的车厢才对。这么一来，上下车的时候他们可以不必担心跟其他乘客碰撞。这种车厢的开关门速度也要慢一点，让乘客不必慌张。

过于逞强的报应是当他走下车站的阶梯时，感觉像是受了一场严刑拷打。看来，从车站到家里这一段路得搭出租车了。真是太可笑了，可本间连自嘲的心情都没有。因为一分心，他站在被雨水淋湿的站前广场时，雨伞差点失手滑落。

从出租车停靠站到他位于水元公园南面的国民住宅的家，大约有五分钟车程。经过引水道旁的钓鱼池时，不经意间，他看见居然有人在这么冷的天穿着防寒衣物和背心撑着钓竿垂钓，他猛然间觉得自己变老了。

搭电梯来到三楼，本间立刻看见位于走廊东侧的家门打开着，小智就站在门边。他大概在上面早瞧见了出租车抵达。

"怎么这么慢？"小智边说边向前靠近，并伸出手要帮忙。

本间却说："没事。"儿子才十岁，要靠他搀扶着走路，本间还嫌他太小。若不小心摔倒了，恐怕两人都会受伤。但小智还是张开双手，慢慢地跟在一旁守护着，摆出一副爸爸一旦脚下趔趄，他立刻能扶住的姿势。

井坂恒男代替小智帮他抵住了门。想到所有人都跑出来迎接，本间不禁苦笑。

"累了吧？"井坂说，"突然下起雨来，正担心着你。怎么也不撑个伞呢？"

"因为伞破了洞。"本间一边挂着雨伞走进家门，一边回答，"破伞，只能拿来代替拐杖用。"

"哈哈！"

头发花白、身材矮胖、穿起围裙还颇合适的井坂来到本间身边，把自己的肩膀借他一用。

"买根拐杖又太浪费，马上就用不到了。"

"说得也是。"

三室两厅，都是男人住的屋子里飘着一股不太协调的甜味。大概是井坂做了甜酒的缘故。去换衣服之前，本间双手撑在墙壁上，安心地呼了一口气，回头问小智："家里有没有什么事？"

这是他们家里常见的对话。从一结婚起，每次本间从外面打电话回家，或是因为值夜班，连续好几个晚上深夜才回家，好不容易跟千鹤子见上面时，他总是会这么问。三年前千鹤子过世了，剩他和小智两个，所以现在换成他问小智同样的话了。意思是，今天家里有没有什么特殊情况？

回答总是千篇一律："没什么呀。"

今天却不一样："有。"

听到回答，本间条件反射性地看着井坂而不是小孩，但回答的依然是小智："今天有人打电话来，是栗坂哥哥。"

栗坂哥哥？本间一时之间不知道小智说的是谁，小智见状便补充说明："就是在银行上班的那个人呀。"

栗坂家是亡妻千鹤子那边的亲戚。本间好不容易才将人名和长相联系起来。"我想起来了，是和也？"

"没错，就是长得很高的那个人。"

"你的记性真好，光听声音就立刻知道是谁了吗？"

小智摇摇头："我一边假装知道一边赶紧想。"

井坂听了大笑。

"电话是什么时候打来的？"

"一个小时前。"

"他说有什么事吗？"

"他说不能对我说，还问爸爸晚上在不在家。他说有重要的事，晚上会来。"

"今天？"

"嗯。"

"会是什么事？"

井坂在一旁侧着头说："我虽然没有听见他说什么，但感觉好像有什么急事。"

小智闻言点头说："电话说到一半时，大概是电话卡用完了，电话断了。后来他又打来一次，说话的速度很快。"

"嗯……这倒是奇怪了。不过也没办法，既然说要来，我们就等他来了再说吧。"

本间换好衣服回到厨房时，正好看见小智捧着餐盘，上面有两个冒着热气的杯子。小智小心翼翼地挪着脚步，看见本间，不等问话便先行回答："我要去小胜家。"

本间心想没关系，但还是问了一声："那孩子也喝甜酒吗？"

"他说他没喝过。"

小胜是小智住在五楼的同班同学，父母都忙于工作，经常得一个人看家。

"不要洒在电梯间里，不好清理。"

"我知道。"

因为小智不在家，拉着椅子坐下时，本间可以毫无顾忌地皱着眉头。井坂在他面前放下一个杯子，关心地说："你不要太勉强自己了。"

"都怪物理治疗师老是勉强我做高难度动作。"

"有那么严格吗？"

"或许该称呼他们是专业的虐待狂。"

井坂的一张圆脸也笑开了。"你就当作凡事都得学个经验吧。"他的笑脸映照在擦得干净明亮的餐桌上。他是居家型的男人，餐桌上留下一丝餐具的痕迹，或是染上了泼洒出的咖啡污渍，都会让他觉得是一种亵渎。

"我准备了三人份的晚餐。"井坂说，他厚实的手掌包裹着茶杯。

"真是不好意思，麻烦你了。"

"哪里，准备两人份和三人份根本没什么差别。倒是栗坂先生，就是你说的和也，他是你们家亲戚吧？"

"该怎么称呼才好呢，他是我太太堂兄的儿子。"

"难怪小智会叫他哥哥。"

"这样省得麻烦嘛。我们之间本来就不是往来得很密切。"

究竟有什么重要的事非得他亲自上门不可？

"我和他也好几年没见面了。"

"夫人的葬礼他也没有来吗？"

"嗯，当时他没有出席。他们家和千鹤子本该很亲近。"

本间转过头看着放在客厅隔壁六叠①大和室里的小型佛龛。当他看着佛龛时，总觉得上面千鹤子的黑框照片也在看着他。这当然是他的心理作用，但遗照中的千鹤子看起来的确也像是在侧着头思忖：究竟是什么事呢？

"嘿，下雪了。"井坂看着窗外喃喃低语。

---

① 一叠即指一张榻榻米的面积，约合 1.62 平方米。

2

栗坂和也到达时已近九点。

雪一直下着。马路上、屋顶上已经积了约五厘米厚。暮色低垂的时候刮起了北风，隔着窗户玻璃可以看见，被隔绝在外的寒气中飘着无数白色斜线。

晚上六点过后，本间就开始猜和也今晚不会来了，因为在那之后他没有来电话联系。根据电视新闻和迟到的晚报社会版报道，交通运输恐怕会受到大雪的影响。当看见七点的 NHK 新闻报道外围的山手线和中央线、总武线都停了，本间想他应该是没办法来了。

和也家在西船桥。本间很久以前曾经去过一次，记忆十分模糊了，印象中从车站还得坐二十分钟以上的公交车才能到。在这种天气，又是晚上，还要绕远路到位于靠近埼玉县的葛饰区这附近，然后再搭车回家，想想都觉得辛苦。就算是好天气，光是换乘和等车，少说也要花上一个半小时。

不过反过来说，如果和也今晚不辞辛劳地前来拜访，不就证明了他所谓的"急事"的确非同小可？一种不祥的预感油然而生——和小智吃完晚餐后，本间刚这么想着，门铃响了。

和也的脸庞比记忆中要瘦许多。

冬天时，人会显得矮小些，因为天气冷，人会自然地缩起脖子。但脸形是不会改变的。和也的脸颊憔悴消瘦应该不是下雪和寒冷所致。看来不好的预感成真了。

听到和也表示已用过晚饭，小智便为本间与和也冲了咖啡，自己则赶紧去洗澡。未经许可不准加入大人的谈话，这是本间家的规矩，小智早就铭记在心。加上他跟和也本也不是很亲密，现在只是因为称呼方便才叫一声哥哥。小智二十岁以后，还会不会这么叫人就很难说了。

面对面站在狭小的客厅里，本间不得不惊讶于青年身材的高大。本间也属于身材魁梧的人，但和也比他还要高出半个头。

"你多大了？"看着脱下外套、准备坐下的和也，本间问。

"二十九。"青年微笑着回答，"大概和本间先生有七年没见了。自从上次收到千鹤子姑妈送来祝贺我工作的礼物之后就没再见过。"

哦，有这回事？本间茫然地想起，当时千鹤子还在为该送给在银行上班的人什么礼物好而烦恼呢，听到本间建议说送红包，还笑骂他无趣。

"现在还在神田分行做事吗？"

和也任职的银行名字已不记得了，是第一劝业还是三和呢？不过本间印象中和也刚开始被分配的单位应该是神田分行。

"早就调单位了。神田、押上，现在是在四谷分行。今年大概又要变动了。"

"真是辛苦。"

"没办法，金融机构就是这样，早就有心理准备了。我本来就不讨厌在外面跑业务，觉得这工作很适合自己，也就不觉得苦了。"

跑业务，就是拜访客户？本间一副明白的神态，点头称是，他还是找不到机会问是在哪家银行工作。

"本间先生您不也是经常调动单位吗？啊，糟了。"青年端正的脸忽然蒙上一层阴影。

本间想，好戏准备正式揭幕了吧。

"我还没向您表达悼念之意呢。"

已经过了三年，果然是"还没"致意。

和也低头凝视着胸口那条看起来像是手工织成的进口领带，低声说："千鹤子姑妈的事真是太遗憾了。我没办法参加她的守灵和葬礼，实在对不起。"

"唉，毕竟也不是什么喜事。若是喜事，就希望大家都能来。"

"姑妈一向都小心驾驶，没想到会遇上这种事。"

"马路上总是有别人。就算我们什么都没做，也有可能被撞上。"

和也一脸愧疚地急忙起身，道："对了，能不能让我先上个香？这事应该先做才对。"

可在佛龛前双手合十拜祭后，他便不再提起车祸的事。是因为顾虑到本间的心情，还是担心自己的问题，虽不可知，但对本间而言这样反而更好。

"今天来是……"看见和也在椅子上坐好后，本间开门见山地问，"说有要事找我，是什么事呢？这种天还专程跑来，想来应该不是普通小事。我就直接问了。"

和也的视线又低垂下去，嘴角抖动了一下。看起来就像是硬生生吞回说到一半的话语，那话语像是生物一样，只留下一根尾巴在嘴边跳动。好不容易，他低着头开口了："我一直没办法下决心，才会拖到今天。"

本间沉默地搅动咖啡。从浴室那边传来防水收音机的声音。这孩子洗澡时还要听音乐的习惯，到底是什么时候开始的？

之后和也不再说话。总不能两个人永远沉默，于是本间问："你说的决心，是下决心来找我？"

和也点点头，总算仰起了脸。"我担心这拜托会很唐突失礼，所以犹豫不决。只是本间先生是这方面的专家，平常工作繁忙，刚好听我妈说您现在停职……"

本间不禁皱起了眉头。想要拜托停职中的刑警（因为是那方面的专家）帮忙，可想而知都是些什么事情了。"是跟黑道搞上了，还是朋友交给你保管的东西是赃物？或是说发现自己遗失的车子被人换了车牌变卖了？是这类事情吗？"

"不，不是。"

"那是怎么一回事？"

和也吞了一下口水，答道："我订婚了。"

他的表情太过认真，本间不敢笑出来。"那该恭喜你喽。"

"可是一点都不值得恭喜。"和也表情严肃地继续说，"因为我的未婚妻不见了，我想找人也是本间先生的工作之一，您知道怎么找。比起我独自手足无措地乱找，本间先生必能很快找到。所以我来拜托您帮我找她。"

看着和也趴在桌子上几乎是哀求的姿势，本间一时之间说不出话来。他沉吟着将视线移向窗外。大雪依然下着。

"不知道前后发生了什么情况——"本间才说到这里，和也猛然插话说："我会好好说明。"

本间举起手制止："等一下，先听我把话说完。"

"是。"和也重新坐好，态度依然十分严肃认真。

"你的未婚妻不见了，换句话说，失踪了？"

"是。"

"你希望把她找出来。"

"是。"

"就算是我，也不能随随便便答应你这种事。这一点你也应该很清楚吧？"

和也本来还想说些什么，但停住了，只是紧闭着嘴点了点头。

"你先把事情经过对我说清楚，好吗？我并不是答应你帮忙找人，而是觉得这件事非比寻常，不能漠不关心。这样你懂吗？"

看起来和也应该也是想找个人倾诉，他毫不迟疑地点头。

"那么在说之前，不好意思，你能不能打开那个小抽屉拿出纸和笔给我？没错……就是那个，谢谢。"本间借用小智的计算纸当作笔记本。圆珠笔上印有文具店的名字。

"呃……该从哪里说起呢？"好笑的是，本间一准备聆听，和也反而不知如何说起，显得有些为难。

"那就由我来发问好了。她叫什么名字？"

和也松了一口气，答道："关根彰子。"

本间递出圆珠笔，请他写下汉字。"年龄？"

"二十八岁。"

"你们是因同事关系而恋爱的？"

"不，她是我客户的员工，不，应该说之前是。失踪后，公司那边也等于辞职了。"

"什么公司？"

"今井事务机公司，是批发收款机的，最近也开始提供办公用品的租赁服务。他们公司只有两名员工，规模很小。"

"她曾经是那里的员工喽？你们什么时候认识的？"

和也思索了一下，说："嗯……前年，平成二年吧。十月份左右，不，九月长假之前，那是我们第一次约会。"

本间记下"一九九〇年九月"。自从改了年号，他便试着学习改用公历。

现在是一九九二年一月二十日，那么他们已经认识一年零四个月。不过像这样就订婚，应该不算太快，还算是标准的恋爱时间。

"你们订婚了？"

"是的，在去年圣诞夜。"和也不禁露出了微笑，毕竟那是个浪漫的举动。

"举行正式的纳聘仪式了吗？"

和也结结巴巴地说："没……没有。这是我们两人之间的约定，不过我们交换了戒指。"

本间抓着笔，抬头看着他。"因为父母反对吗？"

和也迟缓地点点头。

"你的父母还是她的？"

"是我父母。彰子几乎是孤家寡人一个。"

"哦。"才二十八岁，倒是少见。

"她是独生女。小学的时候父亲就过世了，好像是因为生病。大概是因为回忆起来太难过，她没有跟我说过详情。两年前她的母亲也过世了。"

"也是病逝？"

"不，是因为意外。"

本间在关根彰子的名字下写道：父母双亡。"那她是一个人生活？"

"是的。住在杉并区方南町的公寓里。"

"她的故乡在哪里，你问过吗？"

"问过，她说是宇都宫市。只是刚才也说过了，因为她父亲过世很早，她从小很贫困，又被亲戚冷淡对待，似乎没留下什么好的回忆。她说过再也不想回去，也几乎从来不提故乡。"

"那她和亲戚之间有什么往来吗？"

"几乎没有。彰子完全是孤苦无依的一个人。"

提到对方孤苦无依时，直呼其名的"彰子"二字听起来分外响亮，仿佛是在强调自己是她唯一的亲人一样。

"你知道她过去的经历吗？"

和也的表情又变得很没有自信。"我只知道她从宇都宫的高中毕业后便直接到东京来了……"接着又强词夺理地分辩说，"可是和姑娘恋爱，哪有空问人那么多关于学历和工作经历的问题。"

"哦？"本间一脸严肃地反问，"要是你说完全都没想到过，我反而觉得像是在说谎。"

他慢慢地想起来了。以前曾经听千鹤子说过，和也的爸爸，即她堂兄的一家人在亲戚之间很自以为是，以在乎学历、职业而闻名。千鹤子要和本间结婚时，还被他们批评道："虽说是警官，如果不是好单位，恐怕也没什么未来可言！"

听说她堂兄从名牌大学毕业后就进入一流企业工作，在上司的撮合下，和有生意往来的公司的高级主管的千金结婚，总之从头到尾就是令人看不惯的那种人。他太太想来也有着同样的人生观。和也是那种父母的儿子，照理说应该也受到了影响。

本间盯着和也，和也感觉不太自在，避开了本间的视线，伸手端起咖啡杯。咖啡已经凉了，表面浮着一层牛奶的薄膜。

"我和我爸妈的想法不一样。"放下杯子后，和也语气有些愤怒地表明，"只要是好女孩，能和我一起生活，我觉得学历、工作什么的都很无聊，根本没有意义。"

"一点也不无聊。"本间冷静地说，"这么说，的确是我言重了。但是从别的意义上来说，那是错误的。"

小智大概是洗完澡了，已听不见收音机的音乐声。安静的客厅里，本间的声音显得分外响亮。

"这么说来，就你父母的想法而言，彰子小姐不是合适的对象？"

"对。"

"有没有让他们见过面？"

"只有一次，去年秋天。"

"感觉怎么样？"

"我觉得柬埔寨和平会议的气氛还更好一点。"

本间笑了。和也依然气愤地继续说道："所以我自行决定跟彰子订婚，也打算不顾一切地结婚。反正没有必要拘泥于外在仪式，现在有很多人都是这样。"

"这事若让你上司知道了不太好吧？"

这时和也头一次笑了，笑得很自傲。"因为这种事让上司对我的印象不好，我还不至于那么没用。"

实际上他应该是个反应很快、行动力也不错的青年，从他的外观举止就观察得出来。本间做了二十几年与人相处的工作，这点看人的本事还是有的，就像刀具店老板不用试也能分辨刀的好坏一样。

能让这个青年这般着迷，关根彰子应该是个很有魅力的女子，头脑肯定也不错。那么年轻就成为天涯孤女，却没有误入风尘，而是选择平淡、朴实的生活自给自足，可见得很有个性。可是——

"结果她还是无法忍受跟你父母之间的摩擦，才决定让自己消失。"如果用以前的说法形容，就是选择"退出"。本间本来要这么说，临了还是换了个词。

和也的眼神霎时暗沉下来。人说眼睛是灵魂之窗，有时就像是无光的地窖一样，看起来一片深沉的漆黑。

"你知道她失踪的理由吗？"

和也沉默了好一阵子都不说话。小智肩膀上搭着浴巾，探出脑袋张望，本间使眼色叫他不要出来。小智点点头便缩了回去。

"我很确定……她失踪的理由绝对和《茶花女》的女主角不一样。"

和也正视着本间，好不容易说出这句话。

"那你是知道明确的理由了？她写过信给你吗？"

和也摇摇头，说："她什么都没留给我。我只是靠推测，但也不够完全。"

"究竟是怎么回事？"

和也叹了口气，道："新年假期时，我们两人去买东西。因为我可以住进公司的宿舍，便决定把那里当作我们的新房，所以一起去买些家具、窗帘。"

"哦。"

"买了许多东西后，顺便也去看了衣服。她买了一件毛衣，但要付钱时，才发现没有什么现金了。"

大概很难过，和也停顿了一下，抬头看着天花板。

"钱是我付的。我本来就打算买给她，所以一点也不在意。当时我第一次听彰子说她没有信用卡，觉得很吃惊。我们银行底下有信用卡公司，员工也有信用卡申办配额，只是我不喜欢公私不分，所以不仅女朋友，连亲近的朋友我都没有拜托他们办我们的信用卡。"

这样还能被上司认同为有能力的业务人员，可见他相当会要求朋友亲戚以外的客户配合。一想到这里，本间心里不禁苦笑一下。

"那天我们便商量了一下。为了准备今后的结婚，还必须买很多东西，但是不见得每次我都能陪她一起去买。如果让彰子一个人带着现金出去有些危险，所以趁此机会我劝她办张信用卡。等结了婚，只要提出姓名变更申请就好了，现在彰子的账户就当作生活费的账户使用。我也需要有一个自己可以方便使用的账户。"

这就是当下年轻夫妇的想法。和也就算是有了家庭，也不打算放弃掌控家庭财政的大权。

"听我这么说，彰子也答应了。于是第二天我们见面时，我交给她我们信用卡公司的申请表格，当场要她填好，并带回分行处理。"

和也将申请表格交给了负责人员，请其送交给同一银行旗下的信用卡公司受理。

"通常核一张卡需要一个月左右的时间。不过我认识信用卡公司的人——您可能也很清楚，银行有很多退休的管理阶层和所谓的窗边族，以及因为各种因素而被外派到旗下信用卡公司任职的人。其中一位外派的员工叫田中，正好跟我是同期进的公司。"和也皱着眉，语气有些辩解的意味，"田中其实很优秀，只是生了点病。大概就是因为头脑太好了，精神状况出了点问题。所以暂时被外派到信用卡公司。"

本间点点头，问："他怎么了？"

"我请田中早点将彰子的卡片核出来，田中也答应了。可是上星期一他却打电话来……"

星期一，就是十三号。本间用眼角偷偷瞄了一下月历。

"他抱歉地说，彰子的卡核不出来。"和也的嘴角又开始抖动了，"他还说我若要跟她结婚，最好再等一下，调查清楚再说。"

"理由是什么？"

和也深深吐了一口气，像是在鼓励自己，肩膀上下动了一番后回答："因为关根彰子这个名字上了银行体系和信用卡公司体系共享的信息网络的黑名单。"

申请信用卡或分期付款购物时，每个人都会被信用信息机构确认身份，看过去是否有过滞缴或未缴费等就算有也不是很严重的情况。这一点本间倒是知道的，不过他仍然纳闷。

"银行体系和信用卡公司体系——不是同一个东西吗？"

"不，其实有区别，分为银行体系、信用卡公司体系和个人融资体系。东京和大阪的组织也不同。不过彼此间有信息交流，所以只要用过信用卡或贷过款，就算只有一次记录也能查出此人的缴费状况。"

所以才能够当作身份担保。

"被列入黑名单就表示被认为是'缴费状况不良,需要被注意的人'。"

"于是不能办信用卡,也不能跟银行贷款了吗?"

"是。我大吃一惊。因为彰子说她以前没有申请过信用卡,像她这种人怎么可能被列入黑名单呢?"

"会不会是弄错人了?"

"我一开始也这么想,但可能口气不太和缓,惹得田中也不高兴。他气冲冲地说他才不会出这种错!"因为太过兴奋,和也有些喘不过气来,"他说不可能弄错,还说在告诉我之前,他仔细确认过。"

最后,田中要和也去向彰子本人确认,和也听了脸色发青。

"可是我也认为一定是弄错人了。登录在信用信息机构的数据,不就只是些姓名、生日、职业和住址之类的吗?又没有登录户籍所在地,一旦搬了家,住址便靠不住了。职业也可能因跳槽而改变。光凭姓名和生日,偶尔难免会出现相同的情况。"和也继续道。

这倒是真的。事实上,本间的同事就曾经接过毫无关系的信用卡公司打电话过来确认贷款的个人资料,同事大吃一惊赶紧调查,发现根本就是一起姓名相同、连电话号码也只是区号不同的巧合。

"这点我懂。然后呢?"

"我没有让彰子知道这件不愉快的事,因为根本就是操作上的疏失。我又打电话给田中向他道歉,并拜托他再仔细调查一下信息来源和证据。我想只要查出这些,就能知道问题出在哪里。"

本间眉头微皱。"有那么简单?"

"嗯。不……"和也话说到一半便改了口,"其实无法立刻做到。对于这种疏失提出申诉,必须要本人才行。也就是说,必须要彰子去要求信用信息机构公开登录的信息。在这种情形下,为了确认本人身份,必须经过许多繁琐的程序。"

"你是说因为事出紧急，这些手续都免了？"

和也耸耸肩："我以为我有权代替彰子出面提出申诉，而且以田中的地位应该也能立刻获得这些信息。"

但看来实际调查的结果和预想的出入很大。和也脸颊的线条紧张起来，道："实际上并没有花太多工夫。田中表示有事实根据，坚持自己没认错人，他手上有证据。"

"什么证据？"

和也从西装内袋掏出一张纸，看起来像是感热纸。

"这本来是邮寄给一家大型信用卡公司——我不能说出名字——顾客管理部长的信件。田中经由信用信息中心取得这封信，然后传真给我。"

本间接过那张纸。那是封B4大小、用文字处理机打出的竖版信件。

敬启者

敝人受东京都墨田区江东桥4-2-2城堡公寓锦系町四〇五室关根彰子之委任寄出此信。

关根女士于昭和五十八年（一九八三年）取得信用卡，之后用于日常购物、现金融资等，因缺乏计划与对利率的无知，从昭和五十九年（一九八四年）夏天起逐渐出现每月清偿费用滞纳的情况。为解决此一情况，该女士拟增加收入而开始兼职，结果身体健康反而因此受损，为筹措生活费用而不得不增加借贷，又为每月清偿费用而向地下钱庄借贷。以债养债的结果，目前拥有债权人三十名，负债总额约一千万元。关根女士名下无任何资产，不得已乃于今日向东京地方法院申告破产。

是以烦请各债权人体察关根女士的窘境，协助其办理破产手续。此外，部分融资业者至今仍以激烈手段催讨债务，如今后仍继续该种行为者，将立即诉诸民事、刑事等法律手段处理，敬请理解。

昭和六十二年（一九八七年）五月二十五日

东京都中央区银座9-2-6

三和大楼八楼　沟口·高田律师事务所

关根彰子代理人

律师　沟口悟郎

本间抬起眼睛看着和也。

"她宣告个人破产了。"和也说。

"看过这个，你后来怎么做呢？"

和也低声道："我去问了彰子。"

"她承认了？"

"是的。"

"什么时候的事？"

"十五号那天。"

"那时你还觉得有可能是弄错人了吗？"

"是，不，应该说我希望是。"和也痛苦地摇摇头，"所以我也给彰子看了这封信。"

本间的视线再次落在书信上面。"于是她就这样消失了？"

和也点点头。

"你给她看信的时候，她没有否认吗？"

"她只是脸色猛地发青了。"不只是嘴角，和也的声音也开始颤抖。"可不可以帮我找到她呢？"他低声说，"我只能拜托本间先生了。如果去找侦探事务所，很可能会被父母发现，因为我现在还跟他们住在一起。而且电话打到办公室里也不太好。"

"侦探……"

所以是亲戚就可以了吗？而且还是正在停职、闲得发慌的刑警。

"我和彰子谈过。我给她看这封信时，她表示因为很多因素造成这种状况，但一时无法明说，必须给她一些时间。我答应了，因为我相信她。可第二天她便消失了，不在公寓里，也没有去公司上班。"

和也每说一句话就摇一次头，仿佛关根彰子就在他眼前一样，他正努力地对她倾诉衷情。

"没有辩解，连吵架也没有。这太过分了，我希望她亲口对我说清整个事情经过。我希望跟她谈，我并不是要责怪她，真的只是这样希望。可是我的力量不够，不能帮她什么。彰子没有留下通讯簿之类的东西，我也几乎不知道她的交友情况，根本无从找起。可是本间先生应该有办法吧？拜托您，帮我找到她。"和也一口气吐露出感情，将该说的话都说完之后，下巴依然颤动着，像是发条玩具车一样，车身倒了，车轮因为惯性还在转动。他的上、下颚碰触的时候发出声响，听起来像是牙齿在打战。

本间一言不发地凝视着他，脑子里两个不同方向的念头在挣扎着。这两种念头并没有激烈地交战，而是因彼此顾忌对方如何出招而静观以待。

一个念头是单纯的好奇心，或许也可以说是他的职业病。年轻女性的失踪，这事本身并不稀奇，就像马路边的垃圾筒盖失窃一样常见。但是年轻女性的单独失踪与个人破产扯上关系，倒是少有听闻。一家人趁夜逃逸的情形可以想象，但一个女人不是为了躲男人，而是为了躲债而逃就很稀奇了。不对，本间重新思考。关根彰子是宣告个人破产了，那么她的债务就从此消失了。还是说，即便破产了，她欠的债还是留存在那里？

另一个念头则隐藏在好奇心下面，一种痛苦的不快。千鹤子生前十分疼爱和也，可是他却以工作忙为由，连葬礼都未出席，三年来也从未致电问候过。现在他竟然为了自己的需求，顶风冒雪赶来，实在是个过分的家伙！

由于本间沉默不语，和也只敢偷偷抬起眼睛观察。大概是意识到自己的处事方式和本间目前所处的状态，他终于能设身处地以诚惶诚恐的语气询问："本间先生，我知道您身体不太好，无法到处活动……"

"哪里……"本间尽可能客气简短地回应。

和也则难为情地低着头道："听我妈说，您受了枪伤……"

"你妈妈倒是知道得不少。"

事件本身并不很大，媒体报道也不多。那是专门以深夜营业的咖啡店、酒吧为抢劫目标的下三烂强盗——虽然他用刀威胁，实际上却没有伤过人——而且只有一个人。可就是这种胆小的强盗为了自保，还是偷偷在怀里藏了一把粗制滥造的改造手枪。

结果这个强盗对着要逮捕自己的两名刑警开了枪。事后他说："我不想开枪，而是一不小心扣了扳机。看见子弹真的飞出去，我也吓了一跳。因为太过惊吓，不知不觉又开了一枪。"总之是个乌龙事件。因为劫匪不小心扣扳机而膝盖中弹的刑警本间也觉得这的确是件乌龙事件。但是事后听说这个胆小的强盗连开两枪后，他的改造手枪也跟主人一样乌龙，居然爆炸了，把他的右手指头也炸掉了。本间看着自己裹着石膏的左腿，担心是否会有后遗症的同时，不禁觉得好笑。坦白说，在复原期间接受比现在还要痛苦的复健医疗时，本间不知道后悔过多少次，早知道那时就应该用力捧腹大笑才对。

和也咬着嘴唇。"对不起，我只顾着自己的情况，没有考虑到您的伤势。我……"

本间依然沉默地看着结巴的和也，但同时也发现自己有些过于兴奋。本间之所以毅然决定停职，一如和也所说，是因为考虑到以现在自己的状态，会给同事们带来工作上的负担。既然无法全力工作，一开始就不要被当作一份人力计算更好。不想成为艰难的雪山登山队里的伤员，这是他和周遭的人都很清楚的共识。然而，今天在回家的电车上所感受到的焦躁和不安，是无法以上述理由解释的。那是另外的反应。

"或许能帮你一些忙……"本间尚未下定决心，但已不觉说出这句话。和也赶紧抬起头来。

"只是如果你期望太高，对我也是一种困扰。我并非答应帮你将她找出来。因为不知道的事情还很多，总之先看看在这种情况下能做些什么，我们试试看。这样你能接受吗？"

和也紧张的神情稍微和缓了一些，说："这样就够了，拜托您。"

3

本间向栗坂和也表示，不等到天气转晴、积雪融化、道路状况较好时，他无法行动。和也答应了。次日早上醒来时，本间想雪可能还在下，就算停了，天气仍会不好，所以寻找关根彰子下落的事应该会再延后一天。

没想到大雪半夜时便停了，换成了令人吃惊的大晴天。透过窗户向外看，马路上的积雪都已经清除干净，湿漉漉的柏油路在阳光下闪闪发亮，路面即将晒干。家家户户屋顶和房檐上垂挂着的冰锥也逐渐融化成水滴落下。

小智吃过早饭，抓起书包往大门的方向走去，走到一半时回头问："爸爸，今天要出去吗？"

"嗯。"本间从报纸中抬起头来，简短地应了一声。

"栗坂哥哥来拜托你什么事了？"

"是呀。"

"爸爸什么时候回家？"

"这个……还不知道，看情况吧。"

小智站在走廊中间，面对着这里，脸正好迎向东边的窗户。他皱着眉头，似乎并不只是因为朝阳炫目刺眼。"不会有事吧？"

"我会小心行动，不会有事。"

"栗坂哥哥来拜托你什么事？"

本间看了一眼电视屏幕上显示的时间，说："你要迟到了。"

小智不甘愿地背起了书包。"爸爸根本就是不能好好待在家里的人！"他一脸无奈地说。

"我又不是独自出去对付整个暴力组织。"

"这次如果跌倒摔断了腿，我才不管你。"

"你才要路上小心点呀。"

"谢谢你的啰唆，我出门了。出门小心啊。"小智说完又加了一句，"后面的那句出门小心，等爸爸出门时再重复放一次来听。"

本间笑着说："好，我知道了。"

看着小智生气地上学，本间心中着实过意不去。但是天气既然已经放晴，就没办法了，毕竟答应人家的事就要照办。

小智出门后，本间立刻从椅子上站起，来到窗边向下看。这个小区的小学生各自以楼层为单位结伴往学校所在的南方走去。不久便看见包含小智在内的七人小队穿过树丛走向小区里的人行道。

半路上遇见被堆成小山的肮脏积雪，孩子们伸手去摸。

"好硬呀。"

"湿漉漉的。"

"好脏。"

孩子们纷纷发出被积雪出卖的不平呼声。的确，对小孩子而言，傍晚开始下起的大雪到午夜才停，清晨开始融化的积雪是绝对不能放过的新鲜玩意儿。但就像是撩拨人心的说谎女子一样，正准备大玩一场才发现无法如愿。

为了避开拥挤的交通高峰时间，本间一直在家里耗到十点。其间他仔细查看了目的地的地图，以减少冤枉路，另外也查了一下"个人破产"的准确含义，看有无线索可循。《国语辞典》上没有该词，他接着翻阅《现代用语辞典》，原本未抱什么期望，没想到居然有说明的文字。

　　个人破产：法院主持，将债务人所有财产公平分配给债权人的制度是为"破产"。债务人完成破产手续后，即可因"免责"而从债务中解脱。其中有所谓债务人本人提出申请的"个人破产"。近年来，为了解决因滥用信用卡、个人融资等多重债务人的困境，申请的件数有增加的趋势。这种个人破产者，相对于一般的企业破产，又称"消费者破产"。破产者因为破产而受到某些资格的限制，但可因免责而"复权"。此外，其破产事实并未登记在户籍上，故其选举权、被选举权等公民权不会因此而被剥夺。

　　老实说，对于最后几行的说明，本间有些惊讶。他过去对这种事的态度很漠然，以为一旦破产，该事实将跟随其人一生。像本间这种工作性质是调查别人隐私的人都有如此想法，一般人更会有这种根深蒂固的观念。所以这种用语辞典才会特别加上一句说明，表示不会有这种事。看来想隐瞒破产事实是很容易的，不，甚至不必刻意隐瞒，只要闭嘴不说就没事了。

　　比如，关根彰子只要不申请新的信用卡，过去破产的事实就不会败露。就像之前她不是都说自己从未申请过信用卡吗？莫非在和也劝她办新卡时，她以为破产已经过去五年，应该没事了，结果期待落了空？

　　本间将厚重的辞典放回书架，开始做出门的准备。一早出门就——他有一种老百姓的罪恶感，但还是打电话叫了辆出租车载他去车站。

　　他提过届时会申报费用，和也无条件地答应了。就常识而言，这也是应该的，即便是亲戚之间也应该事先说清楚。反正只要确实能拿到收据，本间打算这一阵子好好利用出租车。

放下话筒，本间抽了支烟，在烟灰缸里放了点水才出门。他将家门钥匙寄放在一楼的井坂家，打过招呼后离去。

跟昨天一样，他用收起的雨伞代替拐杖撑着走路，并试着用伞尖碰触路上看见的每一处雪堆。阳光晒过的雪堆显得"湿漉漉的"，阴影下的雪堆则"好硬"，所有的雪堆看起来都"好脏"。日晒下的雪堆较小，一碰就垮。在人行道尾端最后碰触的雪堆，感觉是"好硬"。还好，比起雪堆"湿漉漉"，本间觉得今后的运势比较乐观。

今井事务机公司距新宿车站西口不远，以正常人的步速约五分钟便能走到。

那是沿着甲州街道的一栋五层建筑，该公司位于二楼。正面面对马路的六扇细长的玻璃窗上，由内向外各贴了一个字拼出公司名，最后一扇保持空白，拉着窗帘，显得很规矩。一楼是开金库的，似乎跟二楼的公司业务有联系。本间探头进去询问电梯位置。"楼梯在……"一位正在看报的店员话说到一半又吞了回去。

小泷桥路的那条平缓的斜坡走起来反而辛苦，因为会造成膝盖的负担，下坡其实比上坡难走。尽管在电车里一直坐着，可连续两天都外出行动，现在虽还是上午，本间的整条大腿已经开始有种紧绷的感觉。

服务台、会客室和办公室都在同一楼面，一览无余——就是这样的一家小公司。桌前坐着一个穿着深蓝色制服的女子，她立刻起身相迎。

"我与在这里工作的关根彰子小姐的未婚夫是亲戚，想请教些关根小姐的事。"

身穿制服的女子大概才二十岁，圆脸，大眼睛，鼻子两旁满是雀斑。她闻言立刻睁大眼睛，说："啊……是……好的。"声音像小孩子的，身材也很娇小。

"如果可以，我想和社长或关根小姐的上司见个面，不知方便吗？"

"关根小姐，我听说过，我听说过她的事。"女子的语气有些急促，"我们社长正在对面大楼的咖啡厅里。"

"有公务？"

"公……不是，只是喝咖啡。他常常这样，公司里面只有我，我去叫他回来。"

她边说边走向门口，忽又猛然回头说："可是，万一我不在的时候有电话来，该、该怎么办？"听起来像是在问本间的意见。

"那我该怎么做好呢？"

她想了一下说："应该不会有人打电话来吧。"看来她是有事明天再烦恼的那种人。"我马上就回来了，请您先坐在那边等。大衣就脱下来放在旁边好了。"说完，她像只麻雀一样匆匆飞离。

狭小的办公室内整理得干净整齐。三张一样大的办公桌面对面地排在一起，每张桌子上都放了很多账簿和档案架，竖起来的背脊整齐地面对门口，方便随时存取资料。制式化的感觉令人马上联想到车站里的书报亭。

刚才那位女子坐的桌子对面应该是关根彰子的座位。桌上整理得很干净，最上层拉开了的抽屉里面有圆珠笔、尺、便利贴和"关根"的会计章。

背对着窗户有一张附带侧桌的大书桌，正好可以环视对面的三张办公桌，应该是社长的位置。椅背上放着一个手织的毛线靠垫。桌面上放一个空文件盒和一本封面卷曲的杂志，是《财界通信》。

仓库大概设在别处。不过就这个样子来看，这家公司也太安静、空闲了。关根彰子在的时候，包括刚才的女孩子，有两名女性员工。但是整体气氛不禁令人担心，有这么多工作好忙吗？由此可见薪水也高不到哪里去……正想到这里，刚才那位女子带着社长回来了。

"不好意思，让你久等了。"是一位声音洪亮的老人。衬衫上搭着毛线背心，别着绳状领带，戴着老花、近视两用眼镜，厚厚的毛袜上套着最新流行的健康拖鞋。"你是关根小姐的家人吗？"

"不，我是她未婚夫那边的亲戚。"

问题出在哪里呢？是麻雀般的女孩传达能力有问题，还是社长的听力不好？

"哦，是栗坂先生那边的。"老者一副"哪边的亲戚都无所谓"的表情，"来，请坐。"他一手指着窗边的会客室，自己先坐了下去。看见本间脚步拖曳着前进的模样，他劈口就问："是风湿痛吗？"

"不。"本间有些吃惊，"是车祸后遗症。"

"噢，那为什么要带把伞呢？"

"因为不舍得买拐杖。"

"医生那里不是可以借吗？"

"那倒是，硬塞了一根给我，但我没兴趣用。用那个好像在昭告天下人我受伤了一样！"

老者摸摸自己秃得精光的脑袋，说："也是，我能理解你的心情。"

昨晚本间要求和也拿出所有的名片，在背面亲笔写上"这位本间俊介先生是我的亲戚，烦请协助其进行调查"。这个至少可以在知道和也是关根彰子未婚夫的人面前当作介绍信的替代品使用。

和也写的时候还一副多此一举的表情。他大概以为本间身为刑警，只要向调查对象出示证件，所有人都会配合地知无不言，才会来拜托本间帮忙。但他实在想错了。

正式提出停职申请的人必须暂时交出证件。本间手边没有证明文件。如果没有证件却声称是警察，会比伪造证件谎称是警察还要危险，会惹来不必要的麻烦。

昨晚和也在写完所有名片后，本间对此作了说明。和也一脸失望，但至少没有说出"早知道还不如拜托侦探事务所算了"。他大概更担心这件事被父母或银行发现。

本间将和也的名片和只印有自己姓名、住址、电话号码的名片一起递给社长。对方依序仔细观看，其间那位麻雀般的女职员端出了茶水。

老者拿出的名片上印着"今井事务机股份有限公司社长兼董事今井四郎"。

"你说是栗坂先生的亲戚，请问是什么关系？"今井最先表示关心的是这一问题。

"和也是我太太堂兄的儿子。"

"噢。"

"我也弄不清楚我们之间该如何称呼。"

"应该是表外甥。是吗，小蜜？"

麻雀般的女职员抬起了头，原来她叫小蜜。

她应声道："我翻辞典查查看。"

今井接着又问："不好意思，你的名片上面没有职衔，请问你从事什么工作？"

本间早作好了准备，说："我是杂志的撰稿人。因为常作各种调查，和也才会来托我帮忙，希望我帮他找到关根小姐。"

"杂志的话，我也常投稿的。"

见对方说得很得意，本间只好拼命点头，道："是《财界通信》吗？"

"噢！你也知道这本杂志呀。"

本间微笑不答。如果说"我曾经见过您的名字"，那就是说谎，光是微笑便不算欺骗了。以前他听说过，《财界通信》是那种只有投稿的人才会看的杂志。

"你要问什么？"喝了一口清茶后，今井切入正题。

"有关关根小姐的消息，她还没有回来上班吗？"

和也致电这里提到关根彰子失踪是在四天前，一月十七号早上九点左右。那天和也到外面跑业务，中途绕到这里说明情况，并询问这里的人是否知道彰子的行踪。

"十六号她没来上班，我们还认为她误以为国定假日①的第二天继续放假，所以旷工了。接到栗坂先生的电话时不禁大吃一惊。"

"关根小姐以前曾旷工过吗？"

"有过一次。她说是因为发烧睡着了，没法起来打电话请假。对不对，小蜜？"

小蜜侧着头思索。今井笑道："对了，那时候小蜜还没有来这里上班。"

"社长跟和也很熟吗？"

"是的。应该说他们是我们公司往来的主要银行。所以听到他和关根小姐订婚的消息，我还很惊讶呢。"

"您是在这里听到他们订婚的消息吗？"

"不，是在酒席上。你也知道，我们是小企业，办起尾牙、春酒时很冷清。所以我让女孩们带她们的朋友、男朋友一起来。听到两人的喜讯，应该是今年的春酒时。对吗，小蜜？"

专心在座位上翻辞典的小蜜赶紧回答："是。"

"当时还给我们看了戒指，是红宝石。关根小姐的生日宝石。"

"是蓝宝石。"小蜜头一次发表见解，"社长老是弄错，是蓝宝石，

---

① 1 月 15 日是日本的成人节，2000 年起改为 1 月的第二个星期一。

明明是蓝色的宝石。"

"噢，对。"今井摸摸光头——或许这样能修正自己内部的记忆，说，"是蓝宝石，蓝宝石。关根小姐该不会拿着戒指消失了吧？"

"我倒是第一次听说这事。"

和也答应今天晚上两人一起调查彰子的房间。关于彰子持有的物品，本间打算到时再仔细询问他。

"听栗坂先生说，十五号晚上两人吵了架。十六号早上打电话过去，她没接电话。晚上到住处去找，关根小姐已收拾好随身东西离开了。"

"您说得没错。和也整个人都呆了。"

"还带着戒指，是表示还想跟栗坂先生重修旧好，还是只因为那很贵重呢？反正理由就是两者之一吧……但若只是吵架，过几天就会回来。事情闹大了，反而会让关根小姐下不了台，不是吗？"

这种时候，上了年纪的男人中不乏偏袒年轻女性的人。倒不是说他们人真的很好，而是没有吃过女性的亏，本间想。

"他们之间不是什么小吵架。"本间慎重地回答，"为了不让关根小姐感觉不愉快，这里我也不便多说。总之和也很震惊。"

今井稍微欠身问："有那么严重吗？"

"是，对他们两人之间而言。"

今井似乎也能察觉这暧昧说法背后的意义。

"真遗憾，这样看来我们什么忙也帮不上，能说的就跟当时对栗坂先生说的一样。是吧，小蜜？"

小蜜点点头，依然看着辞典，然后说："社长，应该不是表外甥。"似乎没有命令她停止，她就会坚持到底。可是今井什么都没说，本间也不太在意，只是对小蜜的认同多了一些。

"关根小姐是什么时候被贵公司聘用的？"

今井沉吟不语。在他说出"什么时候呢，小蜜"之前，本间便提议说：

"可否让我看看她当时的履历表？既然出了这种事，应该到她之前上班的地方去问问。"

"噢，可以。"今井答应得十分干脆，然后起身，拉开他办公桌最下方的抽屉，很快就从档案中抽出一张纸走回来。

首先映入眼帘的是一张常见格式的履历表，上面贴有大头照。

昨晚和也粗心地忘了带关根彰子的照片，所以这是本间第一次看到彰子的相貌。她很漂亮。

一般这种照片，任何人看起来都会像是通缉犯。居然能让人觉得漂亮，可见本人应该更加出众。

发型是稍长的短发，或许应该说是清汤挂面式的短发。鼻梁挺直，眉毛从照片上看不出是否描过，眉形柔和，恰如其分地位于漂亮的额头和秀丽的眼睛之间。紧闭的嘴唇微带笑意。

"很可爱吧？"社长说，"本人更漂亮。和栗坂先生交往后尤其标致了。对吧，小蜜？"

小蜜停止了翻阅辞典，坐在转椅上看着这边说："和她一起出去买东西时，常常会有男人搭讪。"

那也难怪。

"她个子很高？"

"怎么，你们没见过？"

"可不，和也订婚的事没让家里知道。"

"这点关根小姐也说了。"小蜜说，"好像栗坂先生的家人反对，嫌弃她没有学历。"

"哦？"本间看着小蜜问道，"她觉得很懊恼吗？"

"是，有一阵子都瘦了。直到栗坂先生不顾家人反对买了戒指向她求婚时，她还很烦恼。订婚之后，整个人就不一样了。"

本间点点头，视线转回到履历表上。

关根彰子出生于一九六四年九月十四日，籍贯为东京都。和也说她生于宇都宫，是迁过户籍吗？

看她的经历，高中以前所受的教育都在宇都宫市内。之后的职业经历栏则列有三家公司名。最早那家看名字应该也是主营办公用具的，叫"三好租赁公司"，位于涩谷区的道玄坂上。就职时间是一九八三年六月，一九八五年三月离职。如果说高中一毕业就来东京，在上班之前有两个月的空当，应该是用来找工作的。接着是"石井股份有限公司"，公司性质不明，本人在一旁注明职务是"打字员"，地点在千代田区三崎町，就职时间是一九八五年四月，于次年六月离职。第三家是"有吉公认会计师事务所"，在港区虎之门。一九八六年八月开始工作，做到一九九〇年一月为止。

离职的理由，每一家都是"个人原因"。这份履历表的填写日期是平成二年——一九九〇年四月十五日。

"她以前在会计师事务所做过呀。"

"应该是。"今井伸长脖子看着履历表，一副忽然想到的表情回答。

"为什么辞掉那里的工作？有没有听说过什么具体的理由？"

"好像她说是因为工作量大，忙坏了身体之类吧。"

身为经营者却表现得如此无所谓。大概他也觉出本间的想法，于是摸摸头笑道："像我们这种小公司，要是太啰唆问人家之前的工作状况，恐怕就没人肯来了。所以只要见到本人觉得人品不错，就不会问东问西了。毕竟谁没有过去呢？"

这么说倒是可以接受。而且本间觉得就算是以这种方式雇用员工，凭这位社长的眼光也不会看错人，因为他能让这家小公司维持在新宿这么高价位的地段上。就是因为公司规模小，更需要卓越的能力。

经营一家大企业，在某种意义上就像让拥有电脑自动驾驶设备的豪华客机飞行一样，并非每一次飞行都考验着机师的能力。至于这种小公司，说穿了不过是架老旧的螺旋桨飞机，只有在视野清晰的情况下才能飞行，无法指望电脑代劳，只能靠机师一个人的力量。每次起降都要拼命，因为每一次飞行都生死攸关。只要机师的技术不好，飞机就可能坠落失事。

"贵公司的招聘都如何处理？"

"在报上登启事。"

"关根小姐被录用是在什么时候？"

社长再次瞄了一下履历表。"面试后第二天就发出录取通知了。应该是请她二十号起开始上班。"

"她在贵公司负责的是一般性的事务工作吗？"

"是。就是打字之类的。"

"同事有……"本间看向小蜜的方向，她一副吃惊的神色。

今井道："当时只有关根小姐一名员工。小蜜是在她上班半年后才来的。没错吧，小蜜？"

小蜜点点头。

"还有其他人吗？"

"没有，就我们三个。偶尔会有些人进出我们公司，和关根小姐都只是点头之交，应该不会知道她的下落。"

"不知道社长还有没有线索可以提供？"

今井颇为遗憾地摇摇头。"你是说除了栗坂先生，关根小姐有没有比较亲密的朋友？我不太清楚，真对不起。"

"哪里，别这么说。"

本间的视线一投射过来，小蜜已经准备好答案等着，立刻从容回答："我也不知道。"

"没听她提起过其他朋友的名字吗？"

小蜜略一思索后摇头："常听她提起栗坂先生的事……因为我和

关根小姐偶尔在回家路上会一起喝个茶、逛逛百货公司什么的。"

"哦……"

"会不会是回老家了？"今井问。

"关根小姐的父母都已不在人世了。"

今井拍了一下额头："噢，是。"

"当然，我还是会去调查。"本间拿起履历表，"不好意思，这个可不可以复印一张给我？"

社长轻轻摇手："不用，你就直接拿去吧。就算要给栗坂先生看也无所谓。问问她之前上班的公司，或许能知道些什么。"

本间很高兴地收下了。

"希望能早点找到关根小姐。"

"我们也是希望主动去找，跟她联系上，这样本人也更好回来。"

"是啊，因为吵架分手终归不好。"

起身准备告辞时，小蜜已经及时拿着大衣在一旁准备帮本间穿上，但两人身高差距太大，只得作罢。本间笑着接过大衣自己穿好，小蜜则帮他拿来雨伞。

"刚才提到太太堂兄的儿子应该怎么称呼，"小蜜正色道，"只知道应该不是表外甥。"听起来她好像很遗憾。

"那等你知道了再告诉我吧。"本间不得不这么回答。

"是。"小蜜回答，今井在一旁微笑。

本间走下楼梯时想，关根彰子的薪水也许不高，但她服务的这家公司气氛倒是不错。

4

首先是电话。

关根彰子的履历表上写着三家公司，应该不必逐一调查，只要联系她到今井事务机公司之前工作过的有吉会计师事务所就够了。她在那里工作了四年，交友的可能性最高。

人行道和马路上都已经干了，堆积在路边的雪堆也融化成从北国返回的长途货运卡车掉落的雪那般大小。

走回甲州街道和小泷桥路的十字路口时，本间立刻走进看见的第一家咖啡厅。电话就设在玄关旁边，他先落座让腿休息一下，点完咖啡后才又站起身来。

彰子填写履历表的字迹很端正。不能说非常漂亮，但每个字都给人认真书写的印象。看起来就像是会规规矩矩写日记、记账的那种人——在等待查号员回应时，本间这样想着。

好不容易才听见女查号员的说话声，本间告知有吉公认会计师事务所的地址，询问其电话号码。等了四五秒才听见回复："您说的地址并没有登记有吉公认会计师事务所。"

有一种扑空的感觉。

"没有？类似名字的事务所呢？"

"请稍候。"

现在的查号作业都是利用电脑，电话杂音中传来轻微的键盘敲击声。

"没有。请问地址是不是弄错了？"

本间再一次读出来确认，没错。没办法，只好先挂断电话。

会计师、律师等独立开业的人，因为是靠客人登门拜访而做成生意，通常不会变更事务所地址，否则就是自毁商机。他们一开始选择开业的地点时会很慎重，一旦决定就不会轻易搬离。

新入行时，大家都会先寄居在前辈的事务所里，等待时机成熟后再独立开业或跳槽。但是像有吉这种以单一名字营业的事务所，竟从电话簿上悄然除名，会是怎么回事呢？

是上了年纪的会计师退休了，所以连事务所也关门了吗？但是根据刚才今井的说法，彰子离开工作四年的事务所，是因为"工作量大，忙坏了身体"，那就不可能是关门大吉了。当然她也可能为了隐瞒离职的真正理由，随便捏造了谎言……

只要到这个地址询问周边的公司，多少能知道一些真相。但这么一来至少要用掉一天，本间觉得很麻烦，于是又拿起了话筒。

石井股份有限公司，千代田区三崎町。在那里只工作了一年两个月，如果能联系上，调查这里应该还快一点。但是——

"该公司名并没有登记在这个地址上。"

跟刚刚查号员声音不同的女性口齿清晰地回答。就像刚才一样，本间想问"有没有类似名字的公司"，却开不了口。

"喂……喂……"

听见查号员的呼叫，本间轻咳一下。"对不起，麻烦再帮我查另一个。"

三好租赁公司。这一次本间没说"请帮我查电话号码"，而是问：

"这个地址有没有登记这家公司？"

"没有。"

本间回到座位，喝着温热的咖啡，仔细检查那张履历表。

感觉实在是——太糟糕。

今井社长就是那种人。他一眼看见彰子就很满意，觉得可以相信，所以根本就没有打电话给她声称自己之前服务过的公司确认履历表上的内容，因此也没发现上面写的是满纸谎言。

但这纯属侥幸，根本就是很危险的玩命做法。过去之所以没有败露，实在是因为她的运气好。

关根彰子一开始就知道后果会如何吗？否则她就应该多下点功夫才对，至少填写确有其名的公司。

她不想在履历表上写出真实经历，所以满篇谎言，而且还避开会有人事部门调查的大公司，只找小公司求职。万一被调查，履历表上的谎言被拆穿，她也就认了。反正总是会被拆穿的，又何必麻烦想那些复杂的谎言呢？在这样的求职过程中，正好被今井事务机公司录用了——事情的经过大概就是这样。她的律师寄送她宣告个人破产的信件是在昭和六十二年五月。

本间想，果然没错。为了隐瞒这一事实，她只好在履历表上作假了。

想来，宣告个人破产时，彰子应该还在工作。在工作场所经常会接到信用卡公司、地下钱庄激烈的催讨电话，甚至会有讨债者登门拜访。这对公司而言是十分忌讳的事。本间从工作经验上，对于那种个人融资的讨债者的手法多少有些认识。自从昭和五十八年十一月起实施地下钱庄管制法规之后，之前被称为"讨债地狱"的暴力行为表面上平息了，但取而代之的是更阴险绵密的讨债手法。例如将催讨信件或"立刻跟某某信用卡联系"等文字传真到对方办公室里，让其难以招架。

如果在履历表上填写真实经历，新雇主会致电之前公司的人事部门，结果会是如何呢？

"关根小姐吗？哎呀，那人跟地下钱庄……"

一旦提到这些，人家就不会雇用你了。个人破产的事实被知道也不太好。别人会认定你的财务管理太过松懈。

所以只有写下谎言。

因为穿穿脱脱很麻烦，本间就一直穿着外套。他觉得有点热，喝了一口凉水，目光又落到履历表上。

因为不知道彰子是在什么情况下导致个人破产，本间觉得不该有先入为主的偏见，也颇同情她的处境，同时又认为和也应该早点跟她断绝关系。

接下来该怎么办？这些谎言写得还真仔细，不知道她是从哪里找来这些公司和地址的。就在这时，本间猛然发现自己疏忽了一个重要情况。

如果在今井事务机公司之前也上过班，她就应该参加过劳工保险。劳保局的劳保业务早在十年前就已经电脑作业了，所有数据都已经联网。关于登录在该新系统的受雇人数据，只要输入被保险人证上面的号码，就能立刻查询到之前被雇用的记录。当然，所谓"登录在该新电脑系统"，并不一定只限定是新进员工，换工作或该退休的人员也会加以登录，发给新的被保险人证。本间曾经看过一次，像旧式电车月票一样大小，比起过去为了防止伪造而印刷复杂图样的旧证，新证给人感觉只是张薄得令人失望的纸片。

关根彰子应该也有被保险人证。被今井事务机公司聘用时，她应交出证件，由社长或她本人拿到新宿的劳保局变动科提出申办。

本间站起来走到电话旁边，打到今井事务机公司，是小蜜接的电话。

听本间说明情况后，小蜜有些吃惊，但问起劳保的内容时则没费什么功夫。小蜜立刻答应帮忙调查。她离开话筒时，本间听见了她和今井之间的说话声。

"喂……我找到了保险证。"

"怎样？"

"劳工保险被保险人证。"小蜜照本宣科，"关根彰子。被保险人证核发日期是平成二年四月二十日。"

彰子的履历表是同年四月十五日填写的。那么……

小蜜说："对了，关根小姐说她是到这里上班后才加入劳保的。"

"哦。她说之前都没有投保？"

"是。我被录用的时候，因为不懂怎么办手续，怕会被劳保局的人骂，关根小姐就陪我一起去办。那时她跟我说的。"

电话中有些杂音，接着换成今井说话。"小蜜说得没错。她过去的履历居然都是假的！"

"的确很奇怪。"

"关于劳保，关根小姐说她在之前的公司都是工读的身份，没做过正式员工，按现在的说法就是兼差人员。"

本间想，是"兼职"才对。他又问："为什么她没有成为正式员工？对此她有没有解释过？"

今井和小蜜交谈了一两句后回答："她说是因为工读的薪水比较高。"

"这么说来，她可能从事的是特殊行业喽？"

"这个……会有这种可能吗？我实在是不敢说，何况关根小姐根本一点也没有做过那种事的感觉，没有那种味道。"

没错，当今这种事就是很难说。现在有很多女大学生白天是学生，晚上摇身一变，成为高级酒廊的陪酒小姐。关根彰子长得又漂亮，只要她在高级酒廊对着有钱客人善加运用吸引和也这种男人的魅力，肯定能赚不少钱。所以她才不需要劳工保险的保障。但她却宣告个人破产，究竟出了什么事？

放下电话，回到座位，无视女服务生有些不快的眼神，本间深深坐进靠椅。

五年？如果要改变人生的境遇，这时间也够长了。而且就算在这段期间发生了什么，经由和也口中描述的关根彰子形象和她供职的今井事务机公司的氛围来判断，她肯定是往好的方向改变了。

数着零钱、叹着气的同时，本间思考着前往下一个目的地的方法。

委托律师寄出那封信通知信用卡公司的时候，彰子过的是什么样的生活？为了找寻她的下落，这么做看起来是绕了远路，却说不定反而更容易找到答案。她企图隐瞒过去。只要前往她隐瞒不住的蛛丝马迹所在，一切就能真相大白。

和也所知道的关根彰子，是她小心翼翼拼命制造出来的假象。如果老是追寻她所制造的假象线索，也许会被带到更错误的方向。

本间没有想到事情会发展成这样。他甚至一度以为最直接可行的方法，就是在今井事务机公司问出彰子的朋友名字，然后继续追查下去就能找到本人。他虽然对和也说过"不要期望过高"，但那只是为了不把话说得太死，类似于场面话。

彰子在被和也质问之后便立刻消失了。就算带了钱离开，也会感觉像是只剩下身上穿的一套衣服一样，所以本间坚信她一定得去投靠朋友。

然而，当知道她是那么在乎过去，一心一意想要埋藏过去，就算是找到了她的好朋友，恐怕也没什么用。彰子是因为她的过去逼近眼前而选择逃离。逃离的方向必然是完全不知道她的过去、不会要她从头到尾解释过去的人才行。如果她去找的人会因为知道她的过去而轻视她、给她责难眼色，也只是徒增困扰罢了。

如果是这样，这种对象自然就很有限了。

没办法，干脆去找关根彰子委托宣告个人破产的沟口律师吧。去银座，从这里搭地铁丸之内线就能直达。

5

　　"发生过很多事情,一时之间没办法说明。请给我一些时间……"站在沟口律师事务所前,本间的脑海里浮现出这些话语。这是关根彰子面对和也质问她有关五年前个人破产的事情时所作的回答。

　　这里和喧嚣的银座大马路相隔两条街,一栋小型办公楼的八层。事务所正好位于边上,正面和右边各有一扇门,都嵌着毛玻璃,可以隐约看见里面的动静。

　　会来律师事务所的人多少都是因为"发生了什么事"。说不定比起一扇正经八百的大门,这种设计更让他们安心,因为不会有"这是最后的通牒,人生已经没有退路"的气氛,尽管那只是一种心理作用。

　　正面的门上用粗大的字体写着"沟口·高田律师事务所"。敲门之后,立刻有人响应,一位给人感觉很紧张的青年帮本间开门。

　　"对不起,请稍候。"青年说完立刻快步离开门边,隔着身后的桌子趴下去接听电话。

　　门口凌乱排列着四张职员用的办公桌,旁边的柜子上放着一个数字显示的闹钟。时间是下午三点二十七分,不,已经二十八分了。

　　一眼就能看出那是闹钟,应该是有员工在这里过夜,或是有人用来表示"我只睡一个小时,待会儿再工作",闹铃定在凌晨两点钟。

会这样使用闹钟的人其实不多。不管从事什么工作，只有那种能应对繁忙至极的行程表的人才会如此。

屋子里弥漫的氛围令人精神一振——不是像今井事务机公司的小蜜那样，而是充满趣味性的慌乱匆忙，充满与时间竞争的紧张感，连空气中飞扬的尘埃都好像被时间切割过了。

L形的办公室里，纵向部分是属于员工工作的空间，横向部分则用来接待客人，但并未布置成会客室，而是像医院的诊疗室一样用屏风隔成三块，分别放置着桌椅。既然招牌上列的是两位律师，两张桌子应该是让他们跟客户谈公事用，多出来的一张就是让客人等候用的。现在三张桌子旁都坐满了人，屋子里十分热闹，充满了谈话声。

青年终于打完了电话，赶紧回到本间前面，却不小心将电话旁边的打印机走纸匣碰落在地板上，发出巨大的声响。

"哎呀……真是对不起。"青年急忙捡起装好并道歉，但看起来并非对本间说，而是对着掉落的走纸匣致歉。

"请先坐一下。沟口律师还在跟客户谈事情，时间有点拖延了。"

"没关系，我的时间很多，不急。"

可是刚才在新宿车站前打电话来时，他们说沟口律师只能拨出下午三点半到四点这半小时的时间给突然求见的客户，所以也不能慢慢来。

"这边请。"青年一只手写着备忘录，同时招呼本间坐在转椅上。本间很高兴能够坐下，先将雨伞立在门口的走廊边。

除了青年，还有一位年约二十七八岁的女职员，从刚才开始她就电话接个不停。大概对方太过兴奋，只见她努力安抚着。本间想，关根彰子第一次到这里时，应该也是充满了不安与疑虑，精神陷入容易兴奋的状态。

青年终于写完备忘录，抬起了头。本间问道："最近有没有一位叫关根彰子的来过这里？"

青年的眼珠向上动了一下，一副思索的表情。"关根小姐……"

"是的。那个彰，是文章的章，该怎么说呢，右边再加倒写的三点水。"

"啊，就是那个彰子的彰嘛。"女职员不知何时已打完电话，她说，"藤原道长的女儿，一条天皇的王妃彰子呀。"

"越说我越迷糊。"青年说完对本间一笑。本间只好对着空气写了一遍。

"没错，就是这个字。"女职员点头。

"那个彰子就是紫式部服侍的王妃吗？"

听见本间这样问，女职员笑了。"是的，没错。"

青年的表情显得更加茫然，他摇着头翻开大型档案夹，大概准备继续自己的工作。

本间对古典文学不太在行。以前千鹤子上文化讲座的课时，曾经选过"阅读《源氏物语》"，有一段时间常听她提起。

"清少纳言则是服侍彰子王妃的情敌定子王妃。所以当时的朝廷，才会有着代表那时代的两位才女存在。"

"没错，之后定子的娘家中关白家没落了，造成两位才女的景遇截然不同。"

本间也很惊讶自己居然会记得这些事，之前听千鹤子谈起时，他根本就是左耳进右耳出，有一句没一句地胡乱应和而已。

想到这里本间不禁笑了出来，赶紧又回归到正题。"我带了照片。"他将履历表从西装内袋中取出，把贴有大头照的部分折出来让对方确认。大概觉得有兴趣，青年也站起来走出了座位。

"没什么见过的印象。如果最近来过，我通常都会记得。"

"让我看看。"女职员说。青年从本间手上取走履历表，拿给女职员确认。

"我也没什么印象，是我们事务所的客户吗？"

"大约五年前，她曾经委托沟口律师办理宣告个人破产的手续。"

"五年前我还没来这里上班呢。"青年说完交还了履历表，然后一副"这下跟我无关"的表情回到座位。

女职员则双手撑着下巴靠在桌子上思考。"来我们事务所委托的业务九成都是这一类的，光凭内容我也很难判断。可是这名字我好像有点印象。"

毕竟这里进出的人太多，一时间不可能立刻有反应。本间将履历表收回口袋。

"彰子……彰……嗯……好像听过这名字……"

"当时难道没有提到一条天皇吗？"

听到青年开口调侃，女职员笑了。

"我是不是说过，这名字很特别，通常不会念作 Shoko，而是念成 Akiko ？"女职员侧头沉思，"请问……她是不是长有虎牙？"

对方花了如此多时间确认，显然彰子最近没来过这里。难道她并没有来找律师？

这时叫到他的名字了。

"本间先生？让你久等了。"

本间哈着腰抬起头正准备起身，一位老人站在眼前。

对方若是个上班族，应该是一度因为年龄到了而退休，之后又担任了几年特约顾问什么的，现在终于到了真正该停止工作的岁数了。他少说也有七十岁了，但神情还显得很有活力，身材矮胖，气色红润。会给人上了年纪的感觉，大概是因为脖子上松弛的皮肤、堆积的皱纹和浮现在左脸颊上的斑痕，以及鼻梁上架着的老花、近视两用眼镜吧。

他看起来很忙碌却值得信赖，像个穿西装的小救星。

本间想说明情况，却不由得心急起来。离四点只剩不到十五分钟了，自己被委托调查此事的缘由又不能省略不说，他只好按下和也因为自己是刑警而上门委托的事实，简单地提到"自己是文字工作者，调查也属于工作内容"。

"不知道您这里是否会帮申请宣告个人破产的业主代理寄发通知函给各债权人？"

沟口律师立刻回答："会。业主声明个人破产后，必须通知他们高抬贵手。这么一来，讨债的情况也会跟着停止。当然，也可能有些讨债公司的人会变本加厉，强制执行。这种情况很少，就看如何处理了。"

本间拿出那封通知函出示给对方："我想这应该是您这里发出的吧……"

沟口点头说："没错，是我们事务所发的。关根彰子小姐……嗯……"他一副探索记忆的神色，但最终还是显现出失望的表情。

"她最近没有来拜访过律师吗？"

"没有。如果说她消失行踪是在十六号，那还不到一个星期。我可还没有老糊涂到这么近的事情都会忘记……"大概是业务太忙，沟口的声音都哑了。慢慢啜了一口女职员端上来的茶水后，他侧着头说："可是我对关根小姐倒印象很深，如果她来过，我一定会认出来的。"说完，他放下茶杯，抬起头，又道："不过，不管是什么亲友关系，即便说是关根小姐未婚夫的亲属，我也不能随随便便告知她的事情。我想这一点你应该也能理解。"

"是的，我知道。"

这是律师的保密义务。

"只不过，我们的确想找她出来好好谈一谈，所以才问她是不是来找过您——"

"很遗憾，我帮不上忙。我和关根小姐自从那次，也就是两年前见过一次后，就没再碰过面了。"

自从那次？两年前？可她宣告个人破产是五年前发生的事情。或许是本间的脸色显现出他听出了这句话的破绽，沟口露出尴尬的神情。本间试探地问："您说两年前，是她母亲过世的时候？"

沟口藏在眼镜背后的双眸豁然开朗，一副"原来你也知道"的语气说："是的。"

"能不能告诉我，她当时是在哪里工作？目前她在新宿一家今井事务机公司，除了社长，连关根小姐一共才两名职员。但是那位社长和同事完全不清楚她的交友情况。"

本间尽可能语气和缓地说明，不让对方感到任何批评彰子的意思。他说："我看过她交给该公司的履历表，上面所列的职业经历都是假的。我想可能是因为她担心过去的事被人知道就找不到工作了，我没有责怪她的意思，只是不知道该从哪里着手才能找到她。"

"她未婚夫栗坂先生那里怎么样？"

"一无所知。如果他知道，也不会来拜托我了。听说关根小姐不太提起自己的事。"

沟口皱起眉头，开始思考。

本间担心自己太过专注盯着对方，会给人压迫感，于是将视线落在自己的手上，结果发现桌上有"笨蛋笨蛋笨蛋"的圆珠笔涂鸦字迹。大概是其他客户在等律师出现时写的。

笨蛋、笨蛋、笨蛋。

假如五年前就有了这张桌子，那么说是关根彰子的涂鸦也并非没有可能。从她破产之后的生活来看，她的确下定决心想跟过去的自己一刀两断，开始新的人生，而且她也成功了，拥有了吸引像和也这种男人的知性魅力，这些是过去的她不可能做到的。但如果她现在还继续着堕落的生活，想吸引像和也那样的人就是天方夜谭了。

而这一切的原动力，应该就是在她拜访这家事务所、办理宣告个人破产的手续时，她内心浮现出的强烈的后悔与自我厌恶。要不是这种情绪向着积极的方向发挥了作用，她应该做不到开始新的人生。因此，当被和也质问时，她霎时脸色发青，一时间不知如何回答。

"不好意思，失陪一下。"说完，沟口站了起来，一手抓起本间递来的和也名片，快步走向职员的办公桌。

大概是要打电话跟银行确认是否真的有栗坂和也这号人物吧，同时也要确认本间的电话号码是不是凭空捏造的。

本间靠在椅子上等着。两三分钟后，沟口回来了。他一坐下便开口问："今井事务机公司是个一般的公司吗？"他额头上依然堆满皱纹，只是语气缓和了许多。

"是，一个小型批发商，主营钱款登录的机器。"本间脑海中浮现出小蜜的脸，他赶紧补充说明，"职员穿着朴素的制服。"

沟口一字一句缓缓地说："这么说来，关根小姐跟夜晚的工作已经撇清了关系。"

本间沉默地看着对方的脸。他感觉这位律师有点屈服的样子——不过只是枝头稍微弯曲了一点。

沟口继续说："五年前她来商量破产的事，第一次到我们事务所时，还在酒廊里上班，应该在银座或新桥那一带。"

"她来找您，是经人介绍的吗？"

律师一脸温和的笑容："没有没有。我从昭和五十年代（一九七六年——一九八五年）后期，也就是所谓地下钱庄纠纷频仍的年代起，便开始投入个人多重债务者、破产者的救助活动，经常发表演讲、接受杂志的专访等。关根小姐说她是在美容院的女性杂志上看到了关于我的报道才来的。"

本间一边做笔记一边缓缓点头。

沟口问："关根小姐的故乡……应该是在宇都宫吧？"

"正是。听说高中一毕业就来东京了。"

"对，刚开始她在一般的公司上班。就是在那家公司工作期间她拥有了第一张信用卡，直到开始被催缴卡费，才到酒廊去兼职。但同时对方要债的手段也越来越激烈，让她不得不辞去公司的工作，就这样掉入了社会的大染缸。毕竟破产之后，一时间她也无法回到正常的工作。据我所知，她还在继续晚上的兼职，至少她本人是这么说的。不过真是难得呀，她又能回到正常的公司上班。"

律师摘下眼镜，边用指尖按摩鼻梁边说："但伪造经历总不是件好事。"他伸手拿起茶杯，发现已经空了，便大声喊道："喂，泽木小姐，麻烦加个水！"

那名女职员走过来，迅速撤下茶杯，换上新的热茶。

喝了一口，沟口继续说："后来，两年前，她为她母亲的保险金来找我商谈，我还记得很清楚。"

彰子的母亲投保了简易保险，据说身故后可领到两百万保险金。这笔钱自然进了彰子的口袋。

"她来问可不可以偷偷留下这笔钱。我回答，破产之后的收入可以自由运用，所以没问题。当时的她比较瘦，但精神比较好，我还记得我也替她感到安心。"

彰子不过是他众多客户中的一个，老律师却留有印象，而且还很关心她。一想到这里，本间觉得很放心，这表明彰子具有这种让人愿意关心她的特质。

"我这个人对于自己的事很健忘，连一小时前吃的午饭是什么都记不住，但对客户的事倒是记得清楚。"

这个律师看起来的确是这种人。

"而且关根小姐的案例本来办理破产手续就比较麻烦，加上她的精神又十分混乱。两年前她再度来访时，大概多少有了一些钱吧，整个人态度稳定了许多，气色也明朗了许多。"

那是一九九〇年的事了。

"关根小姐来拜访您是在几月份？我是说，同年四月她进入今井事务机公司上班，说不定是因为这笔母亲的保险金，她有了积蓄，于是辞去了酒廊的工作。"

沟口轻叹了一口气，说："看记录应该一目了然，上面有当时的住址和上班地点。请稍候。"他再度离开，但过了十分钟依然没有回来。本间看了一下时钟，时间是四点二十五分，他不禁有些担心。

四点二十七分，沟口回来了，手上拿着一张小纸片。"两年前她来这里，刚好也是这个时期，刚过完年不久的一月二十五日。"说着，律师递过纸片，"这是关根小姐当时的工作地点和住址。"

本间很有礼貌地道谢后，接过了纸片。上面用很大的字写着酒吧的名字"拉海娜"及其位于新桥的住址，下面的家庭地址则写着"埼玉县川口市南町 2-5-2　四〇一室"。下面空了一行，另写有"葛西通商股份有限公司"和位于江户川区的地址。

"这是关根小姐被讨债公司骚扰，最后迫不得已离开的公司？"

沟口点点头。

"太好了，谢谢您的协助。"

看着本间将纸片收起来，沟口问："情况怎样，是否也能知会我一声？既然提供信息给你，我也很在意后续发展。"

"一定，我保证。"

大概是下一个客户已在等候，沟口站在椅子旁边没有坐下。本间站了起来。

"如果还是找不到，不妨在报纸上刊登寻人启事吧。"沟口建议。

"您是说像'彰子，有事商谈，尽速回家'之类的广告吗？"

"其实效果比预期要好很多。我想你可以挑选关根小姐以前订阅的报纸试试。"

倒是有一试的价值。

"如果关根小姐回来和栗坂先生见面，到时若必须说明为什么会落到个人破产这步田地，我可以出面帮忙。因为那不是她一个人的错，现代社会的信用卡贷款等制度，在某些意义上简直就是一种公害。"沟口继续说。

公害？颇耐人寻味的说法，本间想，只可惜没有时间详谈。

"她如果跟我联系，我会跟她说栗坂先生和你在找她。"

他言下之意是："我不会告诉你们她在哪里。"

"至于关根小姐愿不愿跟你们见面，由她自己决定。只是我会试着说服她，毕竟逃避也不是办法。"

"谢谢。"

"我是说如果她跟我联系。"律师轻轻一笑，又道，"自从两年前见过面以来，我就失去了她的音讯。我甚至不知道她之后搬了家，辞去了酒廊的工作。"

"今井事务机公司的气氛很好，有家庭的温暖。"

"栗坂先生是个认真老实的青年吗？"

"非常认真老实。"不过本间在心中又附加一句：只是有点独善其身。

"哦，毕竟是在银行工作的人。"沟口的语气显得有些感动，"关根小姐从生活到工作，连身上所穿戴的衣物都发生了改变。两年前我们见面的时候，一眼就能看出她是从事那种夜晚上班的特殊行业，妆也化得很浓。"

本间听了笑着说："那她真的是改变了，不对，应该说是又恢复到了过去才对。听说她走在路上常有男人搭讪，按照和也今井事务机公司里的人的说法，以及履历表上的照片来看，她的确给人一种知性美女的印象。"

"哦？"沟口摸着下巴，"真的是变了一个人，女人果然具有魔力。"

"十分具有弹性呀。"

"总之是件可喜的事。"

彰子来律师事务所是在一九九〇年的一月二十五日，到今井事务机公司上班则是三个月后的四月二十日。的确是在短期内来了个一百八十度的转变，本间认为那是她母亲的保险金带来的影响。

两人来到走道中间。下一个客人背对着他们，无精打采地坐着等候。

"说句难听的，我认为关根小姐是那种喜欢和男人玩的女子，一旦进入那种行业就很难自拔。对了，她还说过要存钱把虎牙拔掉，她的牙齿长得不是很整齐。我说有一些特征不也很好吗，但她本人还是很想拔掉。"

要不是律师的这句话，本间就会依然慢步走路，而非停住脚。虎牙？刚才那个姓泽木的女职员不也问过"她是不是长有虎牙"？

那可是个很明显的特征，比念法特殊的名字更让人印象深刻。但是和也描述关根彰子的容貌时，对此却只字未提，难道只是单纯地忘了提起？

履历表上的照片，她面带微笑但闭着嘴巴，看不到牙齿的样子。也许笑开来就会露出虎牙，又或许她在与和也认识之前就已矫正过牙齿。很可能她这样使用了母亲过世留下来的保险金。但是——

从一九九〇年一月二十五日到四月二十日之间，来了个一百八十度的转变。这怎么可能？开什么玩笑！

本间也觉得自己想太多了，不可能，太夸张了。毕竟这不是什么大事，只是亲戚拜托帮忙调查的小事。

"怎么了？"沟口的语气有些焦急。

在短期内简直变了一个人。本间很想敲敲自己的脑袋。才离开工作两个月，就已经开始头脑昏沉了吗？就特定人物进行走访询问的调查时，首先必须要做的是什么？

首先要确定彼此所谈论的是同一人物。否则问了老半天，才发现搞错人了，岂不闹笑话？

本间觉得有些不太对劲。虽然一两颗虎牙不算什么，或许是和也没有说清楚。但就算是多此一举，既然已经感觉不太对劲，还是确认一下比较好。这已经成了本间的习惯，就像身体的本能一样。昨晚和也没有带彰子的照片过来实在是太粗心了，本间在今井事务机公司要求复印彰子的履历表，也是因为需要她的照片。

"对不起，还有一件事要麻烦您。"本间取出履历表交给沟口，问，"这照片上的人是关根彰子小姐吗？"

沟口看着履历表。本间从一数到十，他还在盯着那张照片。

长时间的凝视让本间知道自己不祥的预感是正确的。没想到——

在短期内变了一个人。

"不是。"

沟口慢慢地摇头，好像手中拿的是什么脏东西似的将履历表交还给本间，说："这个女子和我知道的关根彰子并非同一人。我没见过她。我不知道她是谁，但我肯定她不是关根彰子。你说的是别的人。"

6

从丸之内线方南町车站徒步约十五分钟，就会看到一幢最新流行的小巧建筑，外观像是积木堆成的公寓，外面有着突出的八角窗。这是和也未婚妻居住的地方。一楼的一〇三室，靠东南方向的边间，窗外的空地已成为公寓住户的自行车停放处。

时间刚过八点。本间在公寓前下车，和也为了不打扰附近居民，决定把车开到路边找好停车位再回来。

和也开车到水元接本间前往彰子家调查，是一开始就说好的。但是，因为本间不肯在路上报告今天的调查结果，和也一脸的不愉快，车子也随便乱开。

"本来今天该加班的，我却六点就赶来了。跟我说一下又有什么关系？"和也一边将手伸进后裤袋掏钥匙，一边嘟着嘴抱怨。

"我想你还不至于没用到拒绝加班就让主管对你的印象分数不好吧？"本间靠在门廊的柱子上，故意说，"找不到钥匙吗？"

彰子将公寓房间的钥匙交给和也是在半年前。和也把钥匙收在钱包里，他表示要是跟自己家里的钥匙放在一起，会被他妈妈发现并责怪。

"找到了。"和也仍板着脸，拿出钥匙，粗鲁地打开门，继续抱怨，"我也很吃惊，不是吗？上班时你突然打电话来，要求一大堆事情。我希望你稍微说明一下也是应该的吧？"

本间推开他，率先进了玄关。"灯的开关在哪里？"

和也在背后按下开关，天花板上的电灯泡跟着亮了。两人脱下鞋，踏上短短的走廊。

离开沟口律师的事务所后，本间做的第一件事就是打电话到和也的办公室。本间先是打呼机通知他有急事，然后再利用咖啡厅的电话进入正题。

"你知道关根彰子户籍上登记的地址是哪里吗？"

本间劈头就这么问，电话那头的和也有点吃惊地说不出话来，过了一会儿才说："你问这个干什么？"

"你知道吗？"

"知……道，我知道，在方南町的公寓，她之前一直都住在那里。"

"真的？"

"当然。因为分区议会议员选举时，她收到了通知投票的明信片。那种选举人的通知单，必须是户籍登记在该地区的人才收得到吧？"

和也说得没错。她去参加选举了，以关根彰子的身份进行公开的活动。就像墨水的污渍逐渐晕开一样，本间心中不祥的预感越来越深了。

"我想要她的户籍誊本。你在外面跑业务，应该有时间去申请吧？"

"为什么需要那种东西？"

"我无法说明理由。你是她未婚夫，只要说是她委托你来办的，我想区公所的人应该不会拒绝。记得带证明身份的证件过去。如果被拒绝也没办法，但请你尽可能圆滑地说服对方。"

"嗯，我试试看。"

交代完这些后，本间先回了一趟家。在回程的电车里，他头痛难忍，现在仍在持续。

七点左右和也到水元来接他时，本间家的一颗小炸弹爆发了。是小智，他听说爸爸打算晚上出门，便大发脾气。

本间当然知道小智是在担心他，小智自己也很害怕。自从妈妈出车祸身故以来，他就是这样——一想到如果连父亲也没有了，他就会害怕得不得了。所以他一点也不希望本间冒任何危险，出任何勉为其难的任务。

本间安抚了一下小智，但今晚他大概会一直生气。本间离开家时，小智一个人窝在房间里。

本间一坐进车里，和也便说：“对不起，没拿到户籍誊本。”

一瞬间，本间脸上露出了安心的神色。“没拿到？是不是因为你说她户籍登记在方南町是错误的？”

“才不是，是被拒绝了。说什么没有证据能证明我是她的未婚夫，没有委托书就不能申请。”

本间一阵错愕，说：“是这样。”

“是，不然你以为是怎样？”

原来是遇上了不通情理的工作人员，那也没办法……

“她没有室友吗？”

和也握着方向盘，像是欣赏珍奇动物似的转头看着本间，说：“你是说她跟谁一起住？开什么玩笑。”

“你见过公寓的房东吗？”

“打过招呼，房东也住在附近。彰子经常在路边和他聊天。”

那么住到一半换人的可能性便消失了。“关根彰子”一开始就是以关根彰子的身份住进方南町的公寓，和房东处得不错，她登记了户籍，也参加了选举。

冒名顶替的人敢这样肆无忌惮，恐怕是因为知道不管自己做什么，真正的关根彰子都不会出面抗议。

本间首先想到的是户籍的转卖。是不是个人破产之后，一时无法正常生活的关根彰子将户籍转卖给了需要户籍的同龄女子？或是说，往更坏的方面想，真正的关根彰子说不定已经死了，但既没有提出死亡的除籍登记，遗体也还没有被发现。

不管是哪一种情况，都不是可以随随便便开口说明的。所以在剩下的行程中，本间保持沉默，随着车身摇晃，和也也只好黑着脸任意加速驾驶。

现在两人走进了曾经与和也有过婚约的女子以前住过的房间。房间里的空气和本间的心情一样，凉到了谷底。短短的走廊左边是一体成形的浴厕间，右边则是狭窄的厨房，墙边有冰箱、餐具柜和电炉，只留下可让一个人转身的空间。到处都整理得井井有条。不锈钢制的洗涤槽刷洗得一尘不染，用手指触碰便能感觉光滑洁净。三角架底下则随意堆放着空啤酒罐，应该是上次和也来时干的好事。没有厨余的气味，整体而言给人干净的感觉。

大概是门口吹来了风，抽风扇缓缓地转了两圈便停了，扇叶闪闪发光。本间走出了厨房。

起居室也一样干净整齐，大概有八叠大，是个横倒的长方形房间。右边尽头摆着一张床，整个床罩拉到枕头上面，床务整理无可挑剔。床头部分设计成一个小书架，上面放着一盏圆形灯罩的台灯和两本文库版的书——《一个人游北美》和《最新欧洲购物信息》。两本书都跟旅行有关，内容则令人有对照之感。其中封面被读到卷曲的是《一个人游北美》。床边有一个圆垃圾筒，摆在窗户底下，里面也干干净净。

房间里除了一个固定的衣橱，还有一个较大的衣物棉被收纳柜和组合式书架，以及一个有轮子的小抽屉柜，上面摆着无线电话。地板上铺着地毯——就触感而言，材质是棉混纺的。上面放着一张柏木制的圆桌和两把配对的椅子，桌脚旁边有一个玉米叶编织的大型篮子，篮子里是织到一半的毛衣和几颗毛线球，上面插着棒针。本间拿了起来，和也赶紧小声解释："她说是帮我织的，我们本来下个月要去滑雪。"

"她有滑雪用具吗？"

和也点头道："收在阳台的置物柜里。"

本间推开落地窗来到阳台，原本与隔壁房间的隔板处是不能摆置东西的，现在却放着一个在邮购目录上常见的置物柜。打开一看，里面有全新的滑雪板和装着滑雪靴的大型鞋袋。两者都包着防尘的塑料袋，并用胶带粘得密不透风。

"什么时候开始滑雪的？"本间背对着和也询问。

和也立刻答道："彰子是从前年，在认识我之后才开始的。我则从学生时代就开始玩。"

"她什么时候买了这些用具？"

"也是从前年。一开始她是买滑雪服，然后用去年夏季和冬季的奖金买齐了滑雪板和滑雪靴。我跟她一起去买的，所以记得很清楚。"和也接着又以一副煞有介事的表情轻声补充，"她都是用现金一次付清，虽然店员也劝她可以刷卡分期付款。"

本间听了一语不发，心想告诉和也个人破产的人不是他所认识的"关根彰子"固然容易，但现在还不到时候。

滑雪板的品牌是"罗西那"（金鸡），滑雪靴则是"所罗门"。

"这些是高级货吗？"

和也轻轻摸了一下滑雪靴的鞋袋，说："倒不是什么很高级的东西，尤其又是前一季的商品。如果是新一季的设计，整套买下来很可观，只有一件一件补齐。这些牌子对初学者而言算是很合适。我记得她的滑雪服应该是'克雷松'的。"

看来彰子并没有太过浪费。

本间推了一下鞋袋，在角落里发现一个盖子上印有"家庭木匠工具组"的箱子，旁边有一瓶密封的罐子和破抹布。他刚拿起，一股刺鼻的臭味扑面而来。

"什么东西？"和也凑上前来询问。

"汽油。"本间将罐子放回原位。

站在外面才五分钟，手指已经开始冰冷。阳台紧邻着隔壁大楼的墙壁，大概是为了保护隐私，阳台四周围有用来间隔兼阻挡视线的护栏。怎么看都觉得日晒光线不足。

"她都怎么洗衣服？"

阳台上看不到任何晒衣架。

"都是去自助洗衣店。"和也回答，"她说这屋子里没有放洗衣机的空间，也没有晒衣服的地方。加上住在一楼，晒内衣裤什么的很麻烦。"

回到室内，本间拉把椅子坐下，重新环视四周。家具和窗帘也都不是很高级的货色，倒是那衣橱很可能是榆木的材质，应该价值不菲。或许是因为对于长期要用的家具，多少愿意花点钱用好的东西。

"有没有听说这里房租多少？"

和也摊开织到一半的毛衣——躯干的部分已经完成——凝神注视的表情显得有些茫然。本间又问了一遍。

"噢……好像说是一个月六万吧。"

"很便宜。"

房间很小，光线又不好，也不是高级公寓，但至少是在东京都内，而且还算很新。

"听说房东为节省遗产税才盖了这幢公寓，不能赚太多钱。彰子还很得意地说自己很会找这种捡便宜的好事。"说完，和也满眼诧异，仿佛在说：你问这些干什么？

本间正在观察那衣橱。之前没有发现，刚才从旁边检查时，他看见在正面把手附近有一大块颜色不一样的污渍。或许因此能要求折价。看来这房间的主人拥有颇合理的购物理念。

"你知道她从这屋子里带走了些什么吗？"

和也坐在床上，缓缓地转动脑袋看着衣橱，说："少许衣服和平常出门用的旅行袋不见了。另外就是存折和印章。"

"确定？"

"没错。彰子总是将这类贵重物品装在空饼干盒里，藏在床铺底下。"

和也弯下身子，将手伸进床下，拉出一个二十厘米见方的盒子，是银座高级西饼店的饼干盒。和也打开盖子，里面几乎是空的，只有一个便宜的木头印章，上面刻着"关根"。

本间想，她大概要将"关根"这个姓也抛弃在这里了。

"想要找的东西有三样。"

"哦？"

"首先是她的相簿。"

"就在书架上。"

"接着是她学生时代的毕业纪念册。"

和也眨了一下眼睛，说："为什么要看这种东西？"

"她让你看过？"

和也突然退缩了，就好像被人告知鼻子上有脏东西一样。

"看过吗？"

和也慢慢地摇头，说："没有。她说过不想记起故乡的过去，我想这就是原因吧。"

"可一般人都会带着才对，还是说她另租了储藏室？"

"没有，没有必要吧。彰子一个人住，又没什么钱。你不是去过今井事务机公司吗？彰子光靠那里的薪水生活，哪有闲钱让她乱花。"

"嗯。总之就是毕业纪念册之类的东西。"

"第三样呢？"和也看起来有些不安，就像闭着眼睛走路的人用手摸索着墙壁，因为不清楚本间的目的，他不知自己将被带往何处，有点防备的样子。

"我想她之前破产时，曾经从沟口律师和法院那里收到过什么文件资料。麻烦你找找看有没有剩下些什么。"

和也的嘴角动了一下，好像要说些什么，但最后还是保持了沉默。

两个人默默地各自检查了约三十分钟。毕竟房间不大，可收纳的空间也很有限。而且她又是个爱干净的女子，衣橱内整理得井井有条，一如和也所说，抽走衣物的空间都留有缝隙。

结果和也只找到了一开始就知道位置的相簿，本间则在书架上的空格里找到了小香水瓶。打开瓶盖，飘出一股浓郁的香气。假如她在今井事务机公司里喷这种香水，想必社长和小蜜会大吃一惊。

"她平常用这种香水吗？"本间递出香水瓶询问。

和也皱着眉头说："她不用气味这么冲的，而是更清淡的古龙水。她总是用小型的喷雾香水瓶，放在皮包里带着。"

本间将香水瓶放回书架，浏览架上收藏的书。文库版的书比较多，多半是女作家的小说。说不定在这些书后面还会藏有香水瓶，就像女学生会将香皂放进收拾内衣裤的抽屉里一样。

干净清爽，看起来很舒服的房间。如果现在有女子要住进来，几乎可以直接将房间交出，因为这里没有留下前人的味道。

本间不禁再次认为：她消失了。突然间，脑海里浮现出破坏旧巢痕迹然后另觅新居的蜘蛛。真是不好的联想。

"我们走吧。"本间对和也说，"她的相簿可以借给我吗？用完后还给你。"

"干什么用？"

"不告诉你每项用途你会死吗？"

和也抱着相簿，视线避开本间，说："这可是我未婚妻的照片。"

"是目前行踪不明的未婚妻，而你不正要找到她吗？"

用力叹了一口怒气之后，和也上前交出了相簿。

"对了，我听今井的老板说，她把你送她的订婚戒指也带走了。"

和也不悦地点点头。离开之前，他终于以忍受不住的口吻质问道："本间先生，为什么你始终都不叫彰子的名字？为什么都是用'她、她、她'呢？"

"哦？"

"究竟你是为了什么目的要来调查这个房间？"

本间没有回答，默默地关上了房门。和也的质问随着灯光被留在房间里，那些被弃置的桌椅、床铺、书架里的书代替它们的女主人听着这个疑问。或许它们也很想知道本间的答案，为了什么目的要调查这里？但也说不定它们早知道了答案，它们知道本间真正想知道的答案。

这个房间的女主人究竟是谁？

7

本间带着相簿回到家已是十点左右。因为乘车来回，他便没有带伞。白天的疲劳如今一起释放，每走一步都十分艰难。他在公寓门口停了一下，在三楼走廊上也停了一下，好让双腿得以喘息。

意外的是家里的大门没有上锁。刚开始本间并没注意，钥匙插进去转动后才发觉，于是他抽出钥匙重新来过。这时屋里传来了脚步声，井坂来到门口从里面帮他开了大门。

"原来是你来帮我看家。"

"因为久惠喝春酒回来得晚，我一个人在家等也无聊，就来跟小智一起看电视。"井坂有些腼腆地解释，但想必是小智又哭又闹，他不忍心放小智一个人在家吧。

"真是不好意思。"本间低头致意后，轻声询问，"小智那孩子是不是不懂事，给你添麻烦了？"

井坂摇摇头，然后轻轻用下巴指着小智的房间，说："已经睡了。还交代我说：'爸爸回来的时候，千万让爸爸不要叫醒我！'"

"他还在生气。"

本间不禁苦笑，井坂也露出笑容，但没有发出笑声。两人踮着脚步，回到响着电视声音的客厅。本间落后一步走进客厅。井坂关掉电视，将灯光调得更亮一些，然后摆出一副裁缝观察客户身材的表情，仔细盯着本间。"你好像很累。"

"大概是一下子活动得太厉害了。事情变得有点棘手。"

本间把相簿放在桌上，井坂微侧着头问："喝点啤酒？"

井坂根本不能喝酒。本间自从出院后就处于禁烟禁酒的状态，直到最近才一点一点地恢复。本间想，晚上睡不着时与其吃安眠药，不如利用轻微的酒精更好，但是今晚已经这么累了，再加上酒精，明天恐怕会睡上一整天，便摇摇头拒绝。

"那我来泡咖啡吧。"井坂说着走进了厨房。现在他没有穿围裙，可是面对着煤气炉、餐具柜的背影却架势十足：矮矮胖胖的身材，一开始就不会令人觉得不习惯，而今更令人赞叹他的转型成功。

井坂住在一楼东边的两房两厅里，只有夫妻俩一起生活。他今年正好满五十岁，但给人第一眼的印象却显得更老一些。他太太叫久惠，比本间大一岁，今年四十三，但看起来不过三十五六岁的样子。久惠是室内设计师，和朋友在南青山开了一家事务所，从早到晚全年无休地忙碌。两人没有生小孩。

井坂本是一家以装潢为主要业务的建筑公司的职员，跟久惠的事务所有生意往来。他是该公司老板的爱将，十分受信赖。

然而老板猝逝，其子刚接管公司，经营便出了问题。新老板是个连跟客户寒暄都做不好的年轻人，却趾高气扬。在这个连壁纸也不会贴的年轻老板的带领下，公司很快破产了，原因好像是因为他讨厌继承家业，居然玩起了看上去风光无限的股票期货。

作为具有真才实学的技术人员，井坂并不担心找不到工作。但是天外却飞来横祸，年轻老板竟毫无根据地控告公司实际经营者井坂贪污渎职……这都是五年前的事了。

原本就是无中生有的诬告事件，稍作调查就能厘清真相。井坂马上就被认定无罪释放了。公司的负债几乎都是因为年轻老板自己挥霍浪费所致，到这种结局也很自然。只是年轻老板从小就被教育"所有的过错都是别人犯的"，不太能接受这个事实，于是一再使出其他花招来纠缠井坂，自然也对井坂之后的工作造成了影响。倒不是说他的品行或为人受到怀疑，而是像经常被警方传讯、必须找律师商谈之类的事占去了工作时间。

还好久惠的事业很顺利，两人也各自拥有积蓄。井坂和妻子商量之后，本想等这件烦心事结束之前，暂且先待在家里，当个家庭主夫。从刚结婚起，两人就尽可能公平地分担家务，所以现在井坂赋闲在家也不会造成彼此的困扰与不习惯。持续两三个月后，井坂发觉自己颇为适合做家务，便决定以此为业。

目前除了本间家，井坂还跟其他两户人家签约帮忙打扫和洗衣。当然，他自己家的家务活，则与他过去从事装潢业务时一样，由夫妻俩均分。

"这是应该的。"井坂久惠说。

本间和他们夫妇熟识，正好是在井坂被贪污诬告闹得最凶的时候。那时其实已到最后的阶段。警方已经爱理不理，聘雇的律师也宣布放弃，实在找不到其他手段可使的年轻老板，竟然只身拿着铁棒来袭击井坂家。

那个星期日的晚上九点左右，本间难得地在家。他有要事得马上出门，只是刚好回家换件衣服。

事后聊起当时的情形，千鹤子说："我还以为是哪里发生了爆炸！"年轻老板挥舞着铁棒用力敲打井坂家门边的窗户，落了满地碎玻璃，发出巨大的声响。

伴随着玻璃飞溅的碎裂声的，是久惠的尖叫和男人的咆哮。

"是楼下的太太。"千鹤子还没说完，本间已冲向大门，还一把将想跟着出门看热闹的小智推了回去。脚尖刚塞进鞋子，本间又听见击打门板的声音，就像是没敲准铜锣一样的声响。

"我杀了你们！"咆哮声不断，说话的人醉了，连声音听起来都臭气冲天。

"快打一一〇。"本间对千鹤子丢下这句话便冲下楼梯。

要抓住从破坏的窗户探进整个身子、拉扯井坂前襟的年轻老板并非难事。因为对方太过喧闹，本间拽着他的脑袋用力往煤气表上撞，才一次他便安静了下来，本间之后也没有因此而被告。大概对方也弄不清楚是谁干的。

久惠可就厉害了，她居然敢跟那小子应战，手上高举着平底锅，差点连本间也要跟着遭殃。久惠是个十分标致的美女。本间现在还会常常想起她一边横眉怒目地大叫"你敢对我先生怎样"，一边龇牙咧嘴地拿着平底锅准备冲向那小子的狠样，甚至觉得当时的她比起平常盛装微笑时都要美丽许多……

"小智说栗坂哥哥拜托你做奇怪的事，他很生气。"正背对着本间泡咖啡的井坂说。

本间靠在沙发椅上，双手搓揉着脸，笑道："的确是拜托我做一件怪事，我都觉得脑袋快出问题了。实在是太久没用生锈了。"

千鹤子猝死后，本间又不能不上班，小智在现实生活和心理上都变成了孤零零一个人。这时率先出来表示愿意照顾他的就是井坂夫妇。在小智的身心状态恢复平静之前，从接送上学、放学到晚上陪上厕所，都是他们夫妇一手包办。可以说，本间和小智的生活能够重新变成目前的样子，全靠井坂夫妇的帮忙。

因此到现在为止，家里许多事他们都是这样商量着解决的。这次本间住院更加麻烦了他们夫妻，欠的人情益发难以收拾，但也加深了彼此之间的信赖。

"什么怪事？听说是找人。"井坂将两汤匙砂糖放进咖啡搅拌，问道。

本间点了点头："说是未婚妻跑了——我看和也真的是被逃婚了。"

"真可怜。不过要把人找出来，恐怕将大费功夫吧。"

"刚开始的时候我可不这么认为。"

"年轻女孩子的话……还是放砂糖更好。"井坂制止了本间拿起咖啡杯的企图，继续说，"疲倦的时候放砂糖好，我常常跟久惠这么说。说什么要减肥不放糖，累了就喝功能饮料什么的提神，难怪精神老是紧张不安。那种做法太不合理了。累了就加砂糖，这是最好的方法。"

本间听从推荐，喝完一杯香甜的咖啡，虽然不可能立刻消除疲劳，但感觉上心情倒是轻松了许多，果然不错。

"整个情况变得好像在玩什么奇怪的游戏一样。"本间一开口，井坂便将手撑在桌子上，摆出洗耳恭听的姿势。

"什么游戏？"

"有一种游戏，把眼睛遮起来摸东西，然后猜摸到的是什么。有时还会在摸的东西上面盖着箱子或一块布。"

井坂歪着脑袋想了一下，然后用力点头："啊，我知道我知道。就是让人摸什么水煮蛋、魔芋、宠物之类的猜谜游戏吧？"

"没错，就是那种。眼睛被蒙起来的人不管摸到什么，心里都会很不舒服，大惊小怪的。"

"久惠有一次在忘年会的余兴节目中玩过。你猜她摸到了什么？算盘。可她却尖叫得好像被外星人攻击一样……"井坂边摇头边笑，还擦了一下眼角的泪水，"可是那又怎么样呢？"他催促本间说下去时，眼角仍堆满笑意。

本间也一脸笑容地继续说："我现在也觉得很奇怪，或许是因为眼睛被蒙住的关系。整体情况还不是很清楚，这时最忌讳大惊小怪，打开盖子说不定出现的就是算盘。只不过目前所接触的感觉——似乎不是很舒服就是了。"

本间说得很慢，同时也整理一下思路。井坂不时点头，听得很认真。

"可是……居然冒用别人的名字。"井坂摸着圆滚滚的脖子，感叹道。

"不只名字，连身份都假冒了。这种案例过去也有，已经很久了，大概是昭和三十年代（一九五六年——一九六五年）吧。有个男子借用别人的户籍过日子，结果被控告侵占姓名权。"

但那个男子并没有改变原来的户籍与变更别人的户籍誊本。不，应该说是办不到。因为一旦这么做，什么时候会露出马脚就很难说了。名字被冒用的人若发现，在自己不知道的情形之下户籍被更动了，肯定会把事情闹大。所以他只能偷偷摸摸地什么也不做，只是借用别人的身份。可是"关根彰子"就不一样了。

"时代不一样了。户籍买卖也不是不可能。"井坂对着空气皱眉，"这年头，不是有东南亚的女子就为了在日本工作而跟日本人假结婚的吗？"

也是……本间想。

井坂看着本间的表情，大概觉得自己的话引出了意想不到的线索，不禁喜笑颜开，又道："不过，再仔细想想，户籍制度究竟是为了什么而设立，真令人不解。"

"欧美就没有这种制度。"

"可不，就日本有。"

"但也并非毫无用处。户籍至少可以防止刑法上的一种罪。"

井坂眨眨眼睛："什么？"

"重婚罪。"本间笑了，"国外的电影和小说中不是常有这种主题吗？他们那里只有出生证明和结婚证书，国家又太大，很容易发生重婚的情况，或者说很容易让人犯下重婚罪。但在日本，只要调查一下户籍就能立刻知道婚姻状况。"

"所以无法欺骗女人了。"

"没错，就算要骗，转个户籍顶多也只能隐瞒过去离婚的事实。"

"噢，就只是这么一点用处。那为什么不干脆停止这种麻烦的制度呢？"

本间闻言不禁也想，如果能有一种新的制度，更加简便又能保护公民隐私权该有多好……

"是啊……就像领养这种事，写不写出来都是问题。就连特别领养制度的实施也是四五年前才开始的。"

井坂边听边点头，表情却有些僵硬。虽然他想装出不在意的样子，但还是会顾忌到本间的态度。小智并非本间和千鹤子的亲生骨肉，还在襁褓时期就被领养了回来。那是在特别领养制度实施之前，也就是户籍上可以不记载小孩子亲生父母姓名的制度之前。

人性本来就很残酷，只要发现别人哪里不一样，就会群起攻之。小智在托儿所时，不知怎么泄漏了出去（大概是因为注册时所交的户籍誊本），校园里流传出小智是养子的说法。都是四岁的孩子，同学之间并没有出什么问题，但在学生的母亲之间还是成了一时的话题。为此千鹤子有一段时间既生气又伤心。

当时夫妻俩商量的结果是，反正将来总是会知道的，若是从别人口中得知，对孩子而言太可怜了，因此决定等小智十二岁时再亲口告诉他。没想到三年之前千鹤子发生了那种事，结果本间得一个人说明真相，距期限还有两年。

停止抚摸脖子的井坂看着本间，问："和也的未婚妻是不是不知道关根彰子宣告过个人破产？"

本间这才回过神来："可能。恐怕她自己最为吃惊。"

"而且调查破产的经过时，假冒身份的事实也会跟着被调查出来，会让人发现她不是真正的关根彰子，只好赶紧逃跑了。"

"而且跑得很慌张。"本间补充说。

"慌张的样子让本间先生感觉不太对劲？"井坂确认般地说得很慢，表情显得有些认真。

"我觉得情况真的很不对劲。问题是户籍誊本该怎么办？"

"和也很老实吧？"井坂说，"大概在柜台吃了闭门羹？"

和也不知道事情的严重性，所以没有尽全力去办。可是，没有将整个情况说清楚的人是本间，自然也没有理由责怪和也。

"当然也可以拜托搜查科的什么人帮忙拿，反正文书照会的申请不需要——经过科长的检查盖章，虽然很简单……"

"但是你不想用那种方法。"

"嗯，毕竟是私人调查，又在东京都内。如果是地方乡下，还可以勉为其难拜托人家帮忙。"

"本间先生去柜台说明情况，难道也拿不到吗？"

"不行，这种事情管得很严。不然问题可就多了。"

井坂像个孩子一样，双手撑着脸颊思考，然后提议说："如果是跟关根彰子一样年纪的女孩到柜台去，表明自己就是'本人'，会怎样？该不会被要求拿出证明身份的证件吧？"

本间摇摇头："应该不会那么严格确认……不过，我不知道。"

"那就这么决定了。"井坂微笑着说，"我去拜托久惠事务所的女职员跑一趟。从南青山到方南町也没多远。"

"不行，那样不行。本来就不能那么做……"

"这是非常时期，就算失败了也没关系，我去跟久惠说说看。"

井坂坐到十一点左右，久惠快回家时才离去。本间还没有睡意，便拿出那本相簿仔细翻阅。

似乎和也他未婚妻都不太喜欢拍照。印象中，是两个人亲密交往之后才开始拍照，那么应该保存有这一年半的相片，但相簿里却只塞了个半满。还是说……本间停止翻阅，陷入思考。

和也的未婚妻自从开始以别人的身份、别人的名字进行欺诈，或许便本能地产生了戒心，不留下照片，也不遗留下痕迹。

她被和也质问不过才一天的时间，就能将公寓收拾得一干二净，自己也消失无踪。通常总是得先有一定程度预知后果，才能够消失得如此漂亮，不是吗？尽管不希望出现这种后果，也不愿多想，但万一自己并非关根彰子的事实败露，就必须能当场逃逸……

所以她的交友范围狭窄，从这点来判断也就不难理解了。她随时都准备从前线撤退。

本间想起她放在方南町公寓置物柜里的那一小瓶汽油。家务活交由妈妈一手处理的和也似乎不太清楚它的用处，但本间一看便知。因为千鹤子也曾做过类似的事情。

那瓶汽油是用来擦拭抽风机上的污垢的。难怪扇叶光亮可鉴。

逃离公寓时，她应该没工夫连抽风机都擦拭干净。因此，她平常就打扫得很仔细，这从房间内的样子也看得出来。这只是因为她很爱干净？仅止于此吗？

不留下蛛丝马迹？

可如果就这样跟和也结婚，建立了家庭，又该怎么办？深深扎根之后才败露出过往的行迹，她该如何是好？还是一样会逃逸吗？

难道她有不得不逃逸的理由？

收在相簿里的最后一张照片，很偶然地，是她的一张面部特写。左耳边隐约可见打了灯光的灰姑娘城堡尖塔。大概是两人到东京迪斯尼乐园玩时拍的。时间是晚上，或许就是去年的圣诞夜或除夕夜。她开怀地笑着，露出美丽的牙齿，没有虎牙。

一如年轻女孩热心于打扮自己，她也是个喜欢保持房间整洁的年轻女子。本间不禁在心中浮现出这样的形象：她拿着吸尘器清洁地板，拿出家庭木匠工具组中的起子拼装组合家具，用抹布蘸汽油擦拭抽风机扇叶……

清洁剂固然也可以，但要在短时间内见效，还是汽油最好用，千鹤子曾经这么说过。虽然她事后又会喊着很伤手，拼命涂抹护手霜。

本间心中多少还存有"这不是工作"的感觉，对整件事没看得很严重。他实在不愿认为，一个和千鹤子用同样方法做家务的女人会有什么黑暗的过去。那个装汽油的小瓶和光亮可鉴的抽风机扇叶，会做那种事的女人竟然有不得不逃避的往昔，他实在不愿承认这一点。

背后传来了细微的声响，本间的视线从相簿转向身后——小智探着头在看他。

"怎么起来了？"本间说。

小智沉默不语，用十岁小孩特有的方式扭曲着腿站着，一脸不悦地缩着脖子，一副受寒的样子看着地板。

"既然起来了，就该穿上衣服。要上厕所吗？"本间问。

见小智仍不说话，本间压低声音道："不高兴的话就说出来听听，板着脸谁知道呢？"

良久，只能听见小智浓浊的呼吸声。本间突然想到，哎呀，这孩子鼻子又出问题了。

"右鼻孔塞住了？"本间试着一问。

小智若无其事地回答："才没有。"

"光着脚站在那里，不用十分钟就会鼻塞了。"

"可以吗？"说着，小智用下巴指着椅子，等看见本间皱起眉头，才又改口问，"我可以坐下来吗？"并用手指着椅子。

"可以。"

本间伸出手调整空调出风口，好让小智也能吹到热风。小智一坐好，便用松鼠般聪明伶俐的表情面对着他，问："今天去了哪里？"

"很多地方。"

"这是什么？"小智指着桌上的相簿。

"和也放在这里的东西。"

"栗坂哥哥托你什么事？会比受了伤不能出去还重要？你不是答应过我在伤好之前都不出去吗？"

小智越说越快，最后甚至发起了脾气。到刚才为止，他肯定一直躺在床上努力练习爸爸回家后他要怎么数落。可是一旦开口后便什么都忘了，很自然地说出了责备的言语。

"对不起。"本间很诚恳地道歉，"爸爸的确没有遵守和你的约定，是我不对。"

小智眨着眼睛。

"可和也现在很烦恼。为了帮他，爸爸不得不出面。"

"栗坂哥哥又没帮我们家做过什么，爸爸为什么非得帮他？很奇怪哦。"

小智说得倒很有道理。

"你真这么想？"

"嗯。"

"这么说，我们就不能帮助有困难的人了？"

小智沉默不语，假装吸了两三下鼻子后才说："可也不一定非得要爸爸帮忙呀。栗坂哥哥可以去找别人，不是吗？"

"找谁？比方说？"

小智想了一下，回答："他可以去找警察。"

"警察在目前的阶段什么都不会做。这一点爸爸说得准没错。"

小智不满地嘟着嘴问："是要找什么人吧？"

"嗯。"

"那人在相簿里面吗？"

他的问法有些不合逻辑，但本间还是点点头。

"我可以看吗？"

他想看看那个让爸爸破坏约定不能在家养伤的人。本间翻出相簿最后一张照片。"就是这个女子。"

小智端详了好一会儿，说："这里是迪斯尼乐园。"

"大概吧。"

"这个人长得很漂亮。"

"你也这么认为？"

"爸爸呢？"

"是吧。"

"栗坂哥哥应该觉得她很漂亮吧？"

"那是一定的。"

"哥哥的女朋友跑了吗？"

本间沉默了一下才答道："没有同情心的人才会这样说话。"

小智的目光低垂下来，开始摇晃起双脚，似乎想甩开脚上那双名为"不高兴"的隐形拖鞋。"今天……"他突然开口。

"怎么？"

"小胜家的呆呆不见了。"

就像用订书机连续装订文件时，突然没针，打空了。本间有那种感觉，赶紧摇摇头，问："你说什么？"

"呆呆不见了，晚上没回家。会不会被人带去卫生所了？"小智光滑的脸颊上冻结着不安的表情。

呆呆是小胜家养的一条杂种狗，大约三个月前被人遗弃在公园里，小胜和小智把它带回了家。

小智也想养，但本间不答应。这个公寓禁止饲养宠物，而且养在家里，又要增加井坂的困扰。

或许因为小胜是钥匙儿童，他父母满足了他的愿望，允许这只取名为呆呆的狗留在家里。不过小智也经常带它出去散步。

"呆呆也长大了，难免一两个晚上会不回家。"本间试着安慰。

那是一只远祖可能有柴犬血统的小狗，虽说已经长大，但娇小的身躯一个大人单手就抱得起来。它还不怕生，对人没有戒心，任何陌生人喊它名字，便摇头摆尾地飞跑过去舔人的脸和手。不管如何训练，就是学不会"握手""坐下"，所以取名为"呆呆"。

这样一只狗，路上任何人经过都可能轻易带走它。应该不会是被卫生所捕野狗的抓走了。

"不用太担心，再等一等。说不定明天一早就回来了。"说完，本间才发觉或许小智是想跟他说这件事。小智当然担心膝盖还未完全康复的他到处奔波，同样也十分担心行踪不明的呆呆，所以他想说出来，听到爸爸的安慰。

"如果还没有回来，我可以去找它吗？"

"可以。"

犹豫了一下，小智说："爸爸也很担心栗坂哥哥不见了的女朋友吗？"

"担心。"本间回答，但和对呆呆则是不同意义的担心。

"我懂了。"小智轻轻点点头，说，"我懂了，可是爸爸不要太勉强。到时候调查太累了又不想去做复健，小心人家又打电话来催。"

因为复健太辛苦，他曾有一次没有去。负责本间疗程的那个女理疗师打电话来说教，还说下次要到家里来做（她就住在离本间家一站远的龟有车站附近）。被儿子这么一说，当爸爸的真是颜面扫地。

"我会注意的。"

小智笑嘻嘻地从椅子上滑下来，肘碰到了桌上的相簿，相簿应声落在桌子下面。

"啊，对不起。"小智赶紧捡起。这时，从相簿一角飘出一张照片，落在地板上，本间拾了起来。是一张彩色的八厘米拍立得照片，没有拍摄日期。拍摄的主体是一栋房子。

"是什么呢？"小智凑过头来问。

一栋漂亮的洋房。巧克力色的外墙，窗户和门板都是白色的，通往大门口的两层阶梯旁放着花盆。屋顶倾斜的角度犹如贵妇的帽子，像事先经过了精密的计算，上面还开了一扇天窗。

画面前方有两名女子由右向左经过。两人好像都是突然发现面对这栋屋子的照相机，一个朝着前进的方向，另一个则对着镜头轻轻做出挥手的动作，大概是发现有人拍照，遂挥手致意。两位女子都穿着宝蓝色的背心套装，长袖白衬衫胸口打着桃红色的蝴蝶结，大概是制服吧。

此外就是出现在画面左上角的天空，和像铁塔一样的东西。因为只照到一小部分，仔细看了很久才发现。会不会是棒球场的照明灯？本间询问小智。

"没错……就是棒球场的那种灯。"

本间再次检查相簿，发现这张照片本是夹在封面内侧的口袋里。那是用来收藏底片的纸袋，因为不透明，之前没有发现。

小智回到房间后，本间再度审视这张相片。

只是一张房屋特写的照片，角落的两名女性是偶然被拍进去的，主体应是这间洋房。如果是拍人，应该会等他们走到更好的位置才按快门。

和也的未婚妻为什么要保存这张照片？

是她出生的老家？若那样至少会是一个线索。若并非这栋房子的主人，却拿着别人家的照片到处走，倒也是少见的兴趣。被拍得有些模糊的照明灯。这是哪里呢？

棒球场附近的房子。若要确定位置，这点线索远远不够。全国不知有多少个棒球场，根本就数不清。

但本间还是将和也未婚妻的特写照片和这张拍立得相片抽了出来，准备借用。他将两张照片收进记事簿时，正好听见小智房里的时钟报出午夜十二点的钟声。

8

井坂久惠送来居民卡和户籍誊本，是次日上午十点左右。

正在门口扫地的井坂先看见了她，本间听见他们的交谈声后也起身来到门口。或许是今天早晨特别冷，久惠的脸颊红彤彤的，脚上穿的则是和口中吐出来的气息一样雪白的新球鞋。

穿着这身打扮，开着红色奥迪跑车到处跑，可见事务所的收入足够养活她和另一名设计师及秘书。

"我们公司的理惠马上帮我跑了一趟。果然，只要说是'本人'，很简单就申请到手了。"她充满活力地边说边脱下鹅黄色的夹克。"你怎么好像刚刚被救出来的俘虏一样？"在厨房端详一番本间的脸后，久惠说。

"有那么憔悴？"

的确还有一些疲倦，但今早起床的感觉还算不错。本间想或许是胡子没刮干净，便摸了摸下巴。久惠见状不禁笑了，说："不是，正好相反。因为你一副好像刚刚恢复自由的表情。看来整天窝在家里很无聊吧？"

"因为他找到可以出门走走的借口了。"井坂在大门口边扫地边插嘴说话。

“整天面对拉高训练器，实在够烦人的。”

“什么拉高什么的？”久惠问本间。

“一种锻炼体力的机器，复健的时候老被逼着做，也有人说是体能训练机器。”

“哦……”久惠像是觉得很有趣，转动着眼睛，“用那种好像怪兽的名字，听都没听过。”

久惠从大包里拿出印有区公所地址的信封，里面装有居民卡，又拿出装不进信封的户籍誊本和户籍贴条复印件，一并放在桌上。“你确认一下。”

本间没有马上拿起。久惠微微点了点头，数着指头确认道：“有记载本籍所在的居民卡、户籍誊本和户籍贴条复印件。你要的东西都到手了，在同一个区公所就能全部办好。这人登记的地址和本籍是同一个地方。”

久惠拨弄一下像是刚烫好还维持着卷度的及肩长发，微微一笑，不是那种愉悦的笑容，而是用来缓和气氛的。“昨天听井坂说，你有种不祥的预感。”

井坂洗完手，边用围裙擦干边走进厨房。他探头看了一下文件，问久惠：“是不是很麻烦？”

“一点也不。”

“哦，这算是盲点了。”

井坂说得没错。法律明明规定，没有正当理由不能随便阅览、借出、抄写或复印，但只要年纪相近的人在柜台表示自己是“本人”，就能轻易拿到。

柜台人员本应要求对方提供驾照等身份证明文件，但在实际操作上，执行得并不严格。市民大多也不知道这个规定，所以一旦需要到区公所申请资料时，如果被严格要求，容易口出怨言，冲突也会增加。

结果，除非是需要特别慎重检核的服务柜台，在忙碌的时间里，若对外观不那么可疑的市民要求太多，会显得不通人情。尤其是男工作人员，对于申请誊本的年轻女性，尽可能地希望表现出不拒人于千里之外的态度，也是在所难免。

已经花了时间和金钱，就该既不能让工作人员感觉到精神上的负担，又不能让市民感觉到服务态度不亲切。因为政府的隐私权管理和法律不够完备，才会产生这些弊病。本间不禁想起发生在小智托儿所时期的那次骚动。

井坂坐在旁边，大概是想起了昨晚的话题，脸上浮现出一丝紧张。

久惠问："她搬到方南町是在平成二年四月，根据昨天听到的情况，同一时期她刚好换了工作。"

本间翻阅着户籍誊本，点了点头："就是今井公司。"

在方南町的居民卡上，当然只列了关根彰子一人的名字。

户主：关根彰子

住址：杉并区方南町 3—4—5

接着在"1"的字段里记载着：

姓名：关根彰子

出生日期：昭和三十九年（一九六四年）九月十四日

性别：女

关系：户主

迁入日期：平成二年四月一日

户籍：东京都杉并区方南町 3—4，于平成二年四月一日自埼玉县川口市南町 2—5—2 迁居她在两年前的一月二十五日拜访沟口律师之后，没过多久便从当时居住的川口市搬到了这里。这样就能知道这个女人是从什么时候开始冒用关根彰子的姓名和身份。

平成二年四月。

本间将户籍誊本拿在手上，立即就发现了自己想法的错误。

"她不是转出户籍，而是另立户籍。"

"你说什么？"井坂探过头来问。

"出生地在宇都宫的关根彰子，籍贯就是履历表上所写的'东京都'，所以我以为她是将户籍转了出来。但是你看这上面写的，并非如此。她是另立新的户籍，她将户籍建立在方南町上。"

籍贯　　　　　东京都杉并区方南町3—4
户主姓名　　　关根彰子
户籍事项　　　平成二年四月一日登记
身份事项　　　昭和三十九年九月十四日生于栃木县宇都宫市银杏坂町，同月二十日父亲申请入籍
　　　　　　　平成二年四月一日申请自栃木县宇都宫市银杏坂町二〇〇四号关根庄司户籍分出户籍
父母　　　　　父　殁　关根庄司
　　　　　　　母　殁　　淑子
与父母关系　　长女
名字　　　　　彰子
出生日期　　　昭和三十九年九月十四日

因为不是转籍而是分籍，所以户籍贴条复印件也记载着：

住址　东京都杉并区方南町 3—4—5

住址迁入日期　平成二年四月一日

名字　彰子

上面只记载了这些。

户籍贴条是为了确认该户籍里面所记录之人目前的住址而浮贴的纸条。如果调查分籍之前的宇都宫户籍，在已被除籍的户主"关根庄司"贴条上应该就会记录以前彰子搬迁过的所有住址。而且最后一个住址应该是"埼玉县川口市南町 2-5-2"。那是真正的关根彰子还在拉海娜酒廊上班，担心是否该领取母亲的保险金，登门跟沟口律师商量该如何是好时居住的地方。

本间的视线来回徘徊在罗列的汉字上，突然感到手臂上起了鸡皮疙瘩。

刚搬来这里时，有一天，本间抱着还是婴儿的小智到水元公园散步，看见路边掉了一条绳子。原本已经跨过去了，但他心里总觉得有些纳闷，回头一看，发现绳子竟扭动起来，消失在枯叶中。那是一条瘦小的蛇还是巨大的蚯蚓，本间至今都未弄清。

常会发生这种情况，迷迷糊糊看过的东西，心中感觉有些不对劲，结果真相竟然令人难以想象。直到视线对准了焦点，才恍然大悟。

"说不定是我的大胆假设……"久惠小声说。

"怎么？"

"我是这么认为的。看见这份誊本，我觉得栗坂和也的未婚妻不只利用了关根彰子的户籍，她其实是想完全取代这个身份。"

"才会故意另立户籍？"

本间心中也有同样的想法，才会感到一阵寒意。

"是的，还有父母栏前面所注记的'殁'字，如果没有要求，是不会主动填写上去的。"

井坂吃了一惊："是吗？"

"我母亲也是很早就过世了，所以我是根据自己的经历得知的。我提出死亡证明时，服务人员问我，户籍的父母栏里要不要填写'殁'？"

本间偷偷看了井坂一眼。井坂正很不舒服地皱着眉头看着户籍誊本。

"那么故意填写上去——看起来像是一种强调，你们不觉得吗？表示这个户籍里面只有我一个人。还是说即便是在文件上面也不希望跟别人父母写在一起呢？至少让他们两个人已经死亡的事实突显，心里会比较好过呢……或许是我想太多了，老公你觉得呢？"久惠说完看着井坂。井坂侧着头思考。

本间再一次凝视着两个并列的"殁"字。似乎可以感觉到久惠的言下之意——其实绝非她想得太多。

别人的户籍。别人的父母。别人的身份。

是用钱买来的，还是……用其他方法侵占来的？

不管是哪一种，那个"关根彰子"确实作了万全的准备转换成别人的身份。

"可是一个人哪有那么容易就能变成完全不同的陌生人呢？"井坂不寒而栗地缩着肩膀表示意见。其实他应该不会感觉寒冷，房间里有暖气。就连刚刚在外面吹着冷风的久惠，此时脸颊也由通红转为正常的血色。他是有些毛骨悚然。

"的确没有那么简单，但是只要抓住诀窍，也不是不可能。"本间说。

"可是……就算户籍没问题，只要上班的话，就必须投保健康保险、养老保险吧？"

"健康保险嘛——首先，以企业为单位的社会保险，根据任用时的履历表填写的姓名、地址等资料就能投保。只要上面写的没问题，就不会露出马脚。社会保险局依市区町村的行政单位分级管辖，如果从前一个公司离职了，在离职的当时就会自动从保险工会退保，也必须缴回保险证。所以——这只是我的假设，基本上不太可能会发生重复投保的问题，自然也没有严密进行交叉调查的必要。"本间说。

井坂一副质疑的神色看着久惠。久惠点点头，说："我们事务所是由理惠办理这些业务，的确不是要求得很严格。"

"个人投保的国民健康保险，基本上是根据住户登录的资料。搬家后重新投保时，只要提出之前保险的证据——不限于国民保险、健康保险——只要有退保证明就能再投保。养老保险的结构基本相同，检查很宽松。例如投保国民养老保险是必要的，但就是有很多人没有投。他们认为自己年老时不见得能领到那笔钱。"

井坂再次仔细地看着誊本。

"真的关根彰子住在川口市南町时，是在酒廊里上班。她应该投了国民保险。因此，想冒用她身份的假关根彰子进入今井事务机公司上班后，便能自动投保。她只要拿着保险证到川口市区公所的国民保险柜台说'我上班了，要退掉国民保险'，自然会被受理。也许要办理保费结算的手续，但只要跟对方道声辛苦，马上就能办好。"

"哈哈……"

"而重要的是在任何情形之下，只要有女性来到区公所，说'我开始上班了，国民保险要退掉'，不管她是不是投保国民保险的同一人，确认的时候完全不看照片。只要带个木头章、健康保险证去就行，就算是别人代劳也不会被发现。不光是申请誊本，甚至迁户口、除籍也可以找别人出面，只要年龄相仿、性别相同，带上证件，表示是'本人'便可以过关。"本间继续说。

这种情形并不只限于国民健康保险，户籍的转出、居民卡的申办等也是一样，在这些情形下只利用证件确认身份，却不比对脸和照片。只要遮住籍贯和现住址，其他任凭对方想看什么都无所谓，几乎是门户洞开。不过有个前提——当事人保持沉默，这是绝对必要的条件。

井坂沉默着，似乎是在认真思考有什么空子可钻。

"如果那人投保了民间的寿险呢？会不会被发现跟投保人的长相不一样？那种公司的业务员很会记客户的长相。"井坂问。

想了一下，本间摇头说："最近的保险几乎都是从银行账户扣款吧？这样，只要账户里确实汇入了保费，就没人起疑，而且满期后的自动续保也不会有问题，根本不需要跟业务员见面。尤其如果保的是十年、十五年满期的简易保险，到时候再厉害的业务员也不可能记得客户的长相吧。"

久惠在一旁点头称是："一旦觉得危险，就干脆解约算了，这很简单。当然，业务员会喋喋不休地希望不要解约，可是只要拿着保单到保险公司的客服柜台，立刻就会受理，连身份都不用确认。"

井坂闻言长叹一声，说："怎么感觉越来越恐怖了。"

"所以说，她的确是孤注一掷，破釜沉舟。"本间看着久惠。

"但是这个案件有一点我觉得可疑，就是劳工保险。"

根据今井公司小蜜的说法，"关根彰子"于一九九〇年四月才正式投保劳工保险，之前都只是兼职，所以她的劳工保险证核发日期也是一九九〇年四月。但是，沟口律师说真的关根彰子在高中毕业后刚上东京时，曾经在葛西通商股份有限公司上过班。

"真的关根彰子到葛西通商上班是一九八三年，当时劳工保险已经联网了。七年后，假的关根彰子到今井事务机公司上班时，曾到劳保局的柜台投保，当时为什么没有确认其身份，我觉得很可疑。"

久惠偏着头思考了一下，说："问一下我们事务所的员工就能知道……应该会核对名字和被保险人证号码，但如果本人说是'第一次正式上班'，或许就不会仔细确认了。"

如果仔细确认劳保局的数据库，调查一下昭和三十九年九月十四日出生的关根彰子是否重复投保，就能证明她的身份是否被冒用。再怎么健忘的人，也不太可能忘记自己待过的公司名称和曾经上过班的事实。本间说到这里，久惠点头道："真的关根彰子离开葛西通商是什么时候的事？"

"大概是在她宣告个人破产前不久。讨债公司变本加厉，她难以继续待在公司里。"

久惠说："那最快也是在一九八六年了。那就没问题，劳工局的资料通常保存七年，我听税务师说过。所谓雇用记录，其实就是人事费的记录。所以跟税金有关系，必须和同一段时间的账本、传票、收据等一起保存。"

看着本间把这些一一记下，井坂突然拍手喊了一声。"那护照和驾照又怎么办？"他大声问，"上面不是贴了大头照吗？如果被冒用，马上就会被看穿。"

本间没有立刻回答。久惠接着问："有没有跟栗坂和也确认过这一点？"

"还没有。"

井坂说得没错。如果真的关根彰子拥有驾照，和也的未婚妻就应该说过"我没有驾照"。而且不管别人怎么劝说，她肯定不会说"我要考驾照"。护照也是一样。如果真的关根彰子已经拥有了护照，和也的"彰子"就无法申请护照，蜜月旅行也就无法出国了。因为只要确认上面的照片，所有骗局就会被拆穿。

"我想应该先到川口市南町——真的关根彰子曾经住过的地方看看。"本间用手指轻轻敲着居民卡上登记该住址的部分，说，"若知道她是用什么方法离开那里，说不定就会找到许多线索。"

久惠看着井坂，突然轻声说："昨天听你说完后，我心中有个不好的想法……"

井坂注视着她："什么？"

"是指两年前的事吗？"本间问。

久惠白皙的额头上现出细纹，她点头说："关根彰子的母亲不是过世了吗？"

井坂吸了一口气："不会吧？怎么可能……"

"可她不是领了一笔保险金吗？"

"你说是为了钱？"

"不，不只这些，不只是钱的问题。"本间收拾好文件，从椅子上站起来，"关根彰子家只有她们母女俩。只要妈妈死了，就没人关心彰子的生活了。"

这样，冒用其户籍和身份简直再适合不过了。说是偶然也未免太凑巧了。本间从昨晚起就一直在想这一点：先是除去其家人，接着恐怕就是消灭——本人。

"老公，你先做完打扫的工作，之后我们一起吃午饭。我送本间先生去车站。"久惠边说边起身，表情很认真。

9

川口市南町 2-5-2 是栋四层旧楼，叫"川口公寓"。一楼是整修过后新开张的店面，一间是光鲜亮丽的便利店，另一间则是与之大异其趣的咖啡厅"巴克斯"，面对道路的窗户显得阴沉。

一眼望去，川口公寓里面似乎没有常驻的管理员。便利店收银台前站着一位活力十足的年轻人，本间向巴克斯的入口走去。便利店的店员更换太快，而且对当地的情况不很清楚。那里是孤独的人或以孤独为乐的人才会去的场所，不会有什么好线索，就算有也不会有人留意。以前本间曾经为了调查一起抢劫案，集中走访了各便利店，结果吃惊地发现，店员几乎不会对顾客的长相留下任何印象。

巴克斯的门口挂着"准备中"的牌子，但大门开着。本间边打招呼边走进去，看见吧台里面一个年轻女孩和大声谈笑的中年男子同时抬起了头，两人的手臂上都沾满了泡沫。

"对不起，我们还没有开门。"男人说话的声调显得意外且分外高亢，说话的同时他用手腕擦了一下鼻子，于是修剪漂亮的胡须也沾上了泡沫。

本间站在大门内侧说明来意，想探听过去住在这里的人的消息，不知他们能否告知房东或管理这栋大楼的物业公司在哪里。

"我就是房东。"男子答道，随即一边擦掉手上的泡沫一边走出吧台，年轻女孩则继续清洗东西，眼睛却盯着本间。

"你说以前住在这里的人，大概是什么时候？"

"一九九○年，也就是前年。我确定前年的一月她还住在这里，四○一号房，叫关根彰子，在酒廊工作。"

"哦。"男子仔细看着本间，"你还挺清楚……你是那个关根小姐的亲戚？"

本间将准备好的说辞重复了一遍，男子边听边点头，然后回头对洗东西的女孩说："明美，去叫你妈过来，让她带上公寓的档案夹，快点！"

"是。"女孩从吧台里走出来。她穿着短得吓人的迷你裙，双腿的线条细长得令人惊艳。这两人居然是父女，一时间不禁给人怪异的感觉。

"来，这边坐。"男人邀本间坐在最近的位置上，自己先坐了下来。

咖啡厅却以酒神巴克斯命名，有些怪，内部装潢倒是名副其实。堆积的货品、壁纸和涂成黑色的吧台，一眼让人联想到酒吧。

"你这样很辛苦吧？"男人翻遍口袋，好不容易才掏出香烟，边点火边说。看见本间递出名片，他赶紧叼住香烟，又开始手忙脚乱地翻口袋，这次却一无所获。"我的名片好像用完了，我姓绀野。"说完，他微微颔首致意。

"耽误你时间不好意思，你们是不是该准备开张了？"

现在约十一点，午餐应该属于营业范围。绀野却笑着摇头道："我们傍晚才开店。几乎一半算是酒吧了，因为也有卡拉 OK 的设备。"

狭小的店内有一角用帘子遮住，或许就是放卡拉 OK 机的地方。

"你还记得关根彰子小姐？"

"这个……我不太管公寓的事，都交给我老婆处理。她马上就来，你问她更清楚。"

仿佛为配合绀野所言，那个叫明美的女孩回来了。她从隔开店面和里间的门板后面探出身说："爸，妈叫你也来，带着客人一起。妈一听说是关根小姐的亲戚来了，吓了一跳。"

绀野信子坐在店后面的小办公室里，周遭满是账簿。按他们夫妻的说法，他们在别处还有两家公寓，都由信子一人打理。

引介完后，绀野先生便立刻回到店里。本间凭第一印象觉得他是个善于交际的男子，但他和太太站在一起时，却又给人以弱势丈夫的印象。真是有趣的远近比较法。

沟通之后，信子立刻抱出一个纸箱，大约有装橘子的水果箱大小，盖子上面印有"玫瑰专线"的公司名，以及一个看似该公司商标的玫瑰花造型的简单图案。文字和图案都是粉红色的。

"我一直都收在仓库里，因为不太放心。"信子拍拍纸箱盖，"这些都是关根小姐的私人东西，她离开这里时留下的。不管怎么说，我们不能随便丢掉。"

"什么意思？"

信子挑高了眉毛，显得很意外。她的眉毛没有经过修整和描画，形状很自然。

"关根小姐离开四〇一号房时，什么家当都没带走，难道你不知道？"

坐在信子请他坐下的旋转椅上，本间探出身子问："换句话说，她没有跟你们说一声就离开这里了？"

信子用力点头说："倒是留了一封信，说什么自己老是很倒霉，想离开东京到新的地方重新开始。过去的东西都留下来，请我们帮忙处理，大概就是写了这些吧。我做这行这么久了，头一次遇到这种房客。"

"那么她只提了一只皮箱就离开这里了？"

"应该是吧。"

"之后没再见过面吗？"

"是呀，换句话说她是趁夜逃跑了，半夜里就悄悄不见了。因为我们也不住在这里，根本不知道。是早上到巴克斯打开信箱拿报纸时，看见四〇一号房的钥匙和她留下来的信，我们才知道她跑了。"

"那是什么时候的事情？"

信子拿出档案夹，档案夹的背面写着"川口公寓租屋"，里面夹满了文件。

"平成二年，就是前年。没想到都过了这么久了。"

真的关根彰子去找沟口律师是在那一年的一月二十五日。假的彰子出现在今井事务机公司、租方南町的房子居住则是在四月。户籍的分籍手续是四月一日办的。所以说两人的身份交换——真的关根彰子消失在这里应该是……

"在三月份？"

信子翻阅档案，点点头说："没错，三月十八号，星期日。那一天早上，我刚刚也说过了，我们发现了那封信。"

这么说，她是在前一天、星期六离开了这里。家具、行李都没有带走，独自一人，没有跟房东说一声便销声匿迹了……

"她留下来的信呢？"

"不好意思，早扔了。"

那就没办法了。

"关根小姐会做这种事？她是个很随便的房客吗？"

信子侧着头对仅有的记忆思索片刻，回答："倒也不是……所以我才很吃惊。她顶多就是半夜把垃圾扔出来，深夜回家上楼梯的声音太吵之类。"

"房租都准时交付？"

"是的，每个月都准时交。"

"她是在酒廊上班吧？关于这一点，她刚搬进来的时候有没有什么麻烦？"

信子笑了，脸颊上堆起的笑纹反而更增魅力。她就是这种类型的女人。

"对这种事太啰唆的话，恐怕找不到房客。我们这里押金收三个月，还必须签合同。只要不对邻居造成困扰，对于房客的职业、生活我们一般不会设限。"

绀野信子这女人算是个标准的生意人吧。没有化妆，头发也只是简单束在后面，发自内在自然的紧张感，让她看起来显得年轻。

"很老实，是个不错的房客。关根小姐见面也都会和人打招呼。"

本间慢慢地点头。应该是吧，沟口也说过两年前见面时，她给人很沉稳的感觉。可是，她为什么毫无预兆地留下身边东西消失无踪了呢？本间想，在可预料的情况之中，恐怕发生了最糟糕的事情。

如果真的关根彰子将户籍卖给了他人，就没有必要趁夜逃跑。如果她想搬家，只要循正常手续办理即可。退一步想，就算她想将所有家具、私人物品彻底更换，重新生活，也应该采取更合常理的做法。她应该会对房东提起过理由。真的关根彰子在两年前的三月十七日从这里消失，没有告诉任何人便突然音讯全无。四月初，别的女人冒用她的身份开始在方南町生活。

本间感觉胃开始慢慢翻腾。蒙眼游戏的箱子里，放的并非算盘，而是造型奇怪、一不小心就会割伤手的刀子。

绀野信子疑惑地看着他。本间指着纸箱问："我可以看看里面的东西吗？"

"可以，请。"

他在待客用的茶几上打开了箱盖。

"家具之类的大型东西不是卖了就是当作大型垃圾处理掉了，至于这些东西就……"

东西不多。三盒磁带，五副廉价的耳环，装在盒子里的珍珠别针，只有前面几页写过的家计簿（页角都已泛黄）和一张过期的国民健康保险证，期限到平成元年（一九八九年）三月三十一日止，登记地址则是这栋公寓。还有破破烂烂的美容院会员卡和两本文库版书，两本都是古代小说，轻松的捕快故事，倒是令人意外的兴趣。

"磁带内容是什么？"

"好像录了音乐，我女儿听过一次，还说大概是从收音机里录的东西。"

此外就是几份文件——都是东京都内某家医院给病人的简介资料，上面写着门诊的挂号时间、标示各科位置的地图、预约的方法、领药规定等就诊须知。一张收费明细夹在简介资料中，日期是一九八八年七月七日，彰子到内科看门诊。引人注意的是空白处有用圆珠笔写的电话号码。

"这是……"本间指着电话号码问信子，"你试过打到这里吗？"

信子点头道："打过。我猜可能是关根小姐朋友的电话号码。"

"结果呢？"

信子拍着纸箱说："结果打到了这里。"

"什么？"

"就是玫瑰专线呀，原来是邮购公司的电话号码。关根小姐大概在医院候诊室的杂志上看见这个电话号码，就抄了下来，然后打电话过去请他们寄目录过来。"

本间看了一眼纸箱盖子，问："这是邮购公司的名字？"

"没错，跟男人没什么关系，主要卖的是女人内睡衣、袜子之类的东西。"

"内睡衣？"

"就是贴身衣物。"信子笑答。

"这么说这个箱子也是她房间里的东西了？"

"没错，所以我把不好处理的东西都放在里面。首饰之类很难卖，我又不喜欢扔书本。"

在医院简介的下面还有一张简介，上面有彩照，是介绍墓地的广告单，宇都宫市内的"绿色陵园"。大概是她母亲过世时，她考虑买块墓地。

"她可能是想为她妈妈买坟墓吧。"信子也这么说。

"你知道关根小姐母亲过世的消息？"

"知道，因为她住进来时的保证人就是她妈妈，过世时也是关根小姐主动告诉我的。"

"听说是发生了意外。"

信子蹙着眉说："说是喝醉酒，从家附近的石头阶梯上摔了下去。"

"在宇都宫？"

"是。她妈妈独自在那里生活，听说有工作，身体也很健康。"

"关根小姐对她母亲的过世是否显得很悲伤？"

"看起来的确受了很大的刺激，因为她们母女的感情不错。"

本间也这么想。如果真的关根彰子和母亲感情不好，决定再也不回故乡，就不会住在这个乘 JR 线列车即可直达宇都宫的川口市了。这就是人性。

和也说过他的"彰子"不喜欢提到故乡的话题，但那是假冒身份的"彰子"。对那人而言，别说是靠近宇都宫，连提到宇都宫都不愿意，这也是想当然的。

将东西收回箱子时，本间又问："这些东西可以麻烦你再保留一阵子吗？"

"可以。要是找到了关根小姐，记得告诉我一声。"

"一定。"

"全部收进去？"信子边说边打手势要本间确认箱里的东西。

本间想了一下后问："可不可以将磁带借给我？"

"随你方便，你可以听听看。"

本间将其他东西收回箱子，盖上印有"玫瑰专线"字样的盖子。为谨慎起见，本间又问："关根小姐的房间里有没有留下以前的照片、学生时代的相簿之类的东西？"

信子摇头说："如果有那些东西，我会好好收起来保管。不过就算是偷偷搬走了，还是会带走那一类纪念品。"

"也许吧。"

本间又请信子将档案夹里关根彰子租屋合同上的保证人——她母亲生前的住址抄下来给他。

"你这里有没有关根彰子的照片？"

"没有。我们和房客之间没有私下的交情。"

"有没有其他房客跟她感情较好？"

"这个嘛……"信子略一思索后回答，"现在的房客都不是关根彰子那时的人了。我们这里的房客更换得很快。"

房客更换快，表明信子手腕高明，因为相对来说有更多的押金可以收。

"她消失后，你有没有跟她上班的地方联系过？位于新桥的拉海娜酒廊。"

信子的视线落在刚才的档案夹上，过了一会儿才点头应道："有，我打过电话。店里的人也很吃惊，还问我她是不是也打算辞掉工作。"

"她真的辞了……"

"是的。星期一她也没去上班，店里打电话到我这里来，还说有些尚未结清的薪水，她都扔下不管了。"

本间又感觉到胃的翻腾。肯定没错，真的关根彰子并非出于本意而销声匿迹——她是被迫消失的。

"她的房间有男子进出过吗？"

如果有与她关系亲密的男子，应该会牵挂她的行踪。

信子摇头说："就算有，我们也没发现。你不如去问店里的人吧。"

信子率先走出办公室，推开连接店面的门。等着本间离去时，她又问："看你很不舒服的样子，是关节炎吗？"

"不，意外事故的后遗症。"

"那你又何必勉强自己到处调查呢？为什么不报警？他们不是会帮忙寻找失踪人口的吗？"

本间苦笑道："他们会接受申报，但不会帮忙寻找。"

"真冷漠呀。"

店内，绀野先生在吧台里煮咖啡，明美则在擦拭窗玻璃。趁三个人都在，本间提出最后的问题。"还有一件事想请教……"他拿出和也未婚妻"彰子"的照片问，"你们见过这位女子吗？在关根小姐住在这里的时候。"

先是信子，接着是明美，最后才是绀野将照片拿在手上仔细观看。然后，三个人一起摇头，于是，乍看毫不相干的三个人，整齐划一的摇头姿势证明他们是一家人。

"哦，谢谢你们。"

世事本来就不是那么容易能找到答案的。

离开之前，本间忽又想到一事，便问，关根彰子留下的家具、衣物等是否全卖掉了。

"是，在跳蚤市场清理了。"信子回答，"都是些可有可无的，价钱都定得很便宜。她在信上说要我们把卖掉的钱当作赔偿损失，但我从没想借此大捞一笔。"

"说起来，还有这个，"明美扯着身上穿的毛衣说，"这不就是当时我留下来的吗？妈，你不记得了？"

那是一件黑底带花朵图案的毛衣。在明美的胸口，刚好在心脏的上方，一朵不知名的鲜红花朵张开了嘴巴。

下午在回家的路上，本间顺道去了一趟车站前的照相馆，他想将拍立得照片翻拍放大。店里的年轻人一副学生模样，好像不是工读生，而是店主的儿子。本间拿出那张巧克力色房子的照片给他看。"这是什么？"他问。

"就是想知道，才要放大照片。"

"噢，这张旧照片要先还给您。这样的话，您只要等三十分钟就能拿回，但是放大的部分要等到后天。"

"麻烦你了，我等一会儿。"

店里的椅子太小，坐起来不稳。等待的时间里，没有半个客人上门。不知从哪里吹来了寒风，本间感觉很冷，便干脆走出照相馆，利用附近的公共电话拨到沟口律师的事务所。话筒里传来女子的声音，听来是那个叫泽木的女职员。她说律师不在，要到乡下出差几天。"后天会在事务所。"

"我有事找他，不知他行程排得怎样？"

过了一会儿，她才说："日程表都排满了。"

"真没办法。"

她轻轻一笑后说："沟口律师吃午餐的地点是固定的，事务所附近的乌冬面店。您不妨去那里试试，应该能谈上三十分钟。"

店名是"长瀞"。本间写下她给的地址，道谢后挂上话筒，恰好看见那个年轻店员冲出照相馆，正东张西望地寻找逃跑的客人。

回到家看了一下时钟，已经过了下午三点。井坂不在家，不知道是去了别人家帮忙打扫，还是出去买东西了。本间烧好开水，冲泡一杯速溶咖啡，坐在厨房的椅子上，想了一会儿，然后拨通了搜查科的专线电话。

本间本来就不认为能立刻找到，人果然刚出门办事了。接电话的是别组的刑警，彼此报告了一下近况。本间放下听筒，才开始喝咖啡。

来电在二十分钟之后。电话铃声一次还没响完，本间便接起话筒，只听见一个大嗓门："还真快，我看你还没累垮嘛。"

是碇贞夫，本间的同事，两人是警校时的同学，之后各自发展不同。碇贞夫后来分配在警视厅的搜查科，刚巧跟本间同隶属搜查科则是两年前的事。"搞什么搞，又在同一个单位。"当时碇贞夫笑着说。

"我听说你来电话，特地跑到外面来打。科长耳朵尖，在他旁边说话不方便。有什么事？"

碇贞夫身材虽然矮小，却是个被扔到墙上反弹之后不伤筋骨的肌肉型猛男，说话很快，嗓门又大，老家是稻荷町的佛具店。

"不好意思，知道你忙，却还有事要麻烦你。"

碇贞夫大声笑道："没关系，这笔账先记着。等你回来上班，我会要你加倍偿还。"

"我想申请文件照会，能不能背着科长帮我去做？"

"小事一桩，那位仁兄根本什么都不会看的。人是哪里的？银行？"

"不是，是劳工局和区公所的居民科。"本间同时报上今井事务机公司的"关根彰子"的劳工保险被保险人号码、出生日期和所属的劳工局单位。"我要这人的工作记录。假如我没有猜错，同一个人应该是在两家公司都投保过劳工保险。"

"知道了。那两家公司名称呢？"

本间报上今井事务机和葛西通商的名字及地址。碇贞夫没有多问，身手利落地一一记下。"其他要查的是区公所的什么？"

"同一个人的除籍誊本和户籍上的贴条复印件。"本间然后报上关根彰子分籍前的户籍所在地——宇都宫。

碇贞夫写完后复诵一次。"小事一桩呀……"他的声音稍微压低了，"你现在在干什么？我还以为你整天忙着和复健的小姐约会呢。"

"这是亲戚拜托的事，帮忙找个人。本来不应该麻烦你出马，但是情况有点不太对劲。"

"你是说……"话筒传来碇贞夫的呼吸声，"可能会发展成犯罪案件？"

"嗯。"

"既然这样，你就回来吧，当成公事就不麻烦了。一个人调查太辛苦。"

"我还没有十足的确信。但我直觉如此，只是不知情况会发展成什么样。"

"听起来很麻烦呀。"

"总之我想暂且先这样试试看。不好意思，麻烦你了。"

话筒中传来窸窸窣窣的声音，一定是碇贞夫在抓头。他答应了，说："知道了。你说是亲戚的事，难道跟小智有关？"

碇贞夫很喜欢小智，嘴里老是说自己是外人，所以可以不负责任地宠小智。

"跟他没关系，是远亲，千鹤子堂兄的儿子。你知道该怎么称呼这种关系吗？"

"我哪会知道。"碇贞夫笑着准备挂断电话。

本间赶紧追问一句："喂，你最近还在相亲吗？"

碇贞夫四十二岁了，仍是孤家寡人。他听了大笑，说："相，相。就在上个礼拜天。对方是寡妇，有个二十岁的儿子。"

"你看上人家了？"

"你怎么知道？"

"因为你说话很有精神。"

"鬼扯，我才没有那么单纯。"碇贞夫笑着说完后，突然换回正经的语气说，"喂，你刚才是说在找人吗？"

"是。"

"女人？"

猜得真准。

"嗯，你还真会猜。"

"那女人活着吗？"

本间苦笑着说不出话来。真是敏锐的家伙，马上就闻出了哪里不对劲。真的关根彰子十之八九应该已经身故了。是他杀还是衍生出其他状况而死，现阶段还无从断定……

但是，冒用她名字的女人还在某处活着。本间说得很慢，好让自己也听得清楚："有个活着的、必须找出来的女人，她绝对还活得好好的。"

碇贞夫沉默片刻，然后才说声"你自己小心点"，便挂上电话。本间将话筒放好，手撑在桌子上，一动不动地坐在那里，过了一阵才疲倦地站起来，从小智房间取出小型录音机，开始听关根彰子留下的磁带。

都是些流行歌曲，曲风明朗的情歌占大多数。这些歌曲在本间脑海中流泻而过，只有绀野明美身上穿着的毛衣——原本属于关根彰子、被假的彰子弃置的毛衣——那鲜红的图案不停在本间闭着的眼里闪动。

10

这一次栗坂和也又是在晚上九点过后才来。究竟是工作太忙还是没事做也必须等到上司离去后才能下班，本间无法从他不悦的神情中判断出来。

傍晚，本间打电话到他办公室："要跟你报告，同时还要问问你的意见。"

大概是事先预告过，和也心里多少有些准备，他外套也不脱地劈头就问："你说要问我的意见，究竟是怎么回事？"

说出坏消息之前必须先做些心理准备。否则若刚碰面就告之令天地变色的事，说不定他反而不会当真，也无法真诚接受。

"你先坐下，我的说明很长。"

"找到彰子了？"

本间摇摇头："我先说清楚，不是好消息。你得做好心理准备才行，可以吗？"

和也皱着眉头说："太夸张了，怎么回事？"

"一点都不好笑。"

"我知道，你赶快说吧。我可没有那么多闲工夫。"

本间早交代小智要乖乖待在自己的房间里。他大概在玩电动游戏，房间里不时传出游戏特有的声响，厨房里的冰箱马达也很努力地转动。在这两种声音的陪衬下，本间依序报告之前的调查经过。

"关根彰子"的履历表、户籍誊本和居民卡全都摊在桌子上，和也脸上的表情也跟着消失了。他像是戴着面具，只有眼睛会活动。

"你在开玩笑？"听完本间的说明，这是和也的第一句话。为了说出这句话，他好像一直停止呼吸等待着，有点喘不过气来。

"遗憾的是，我没有开玩笑，也没有说谎——这是事实。"

"可是……"不出所料，和也说到这里便笑了，双手轻轻摊开，弯曲成钩状的手指对着空气舞动，"太可笑了，你说彰子不是彰子，这怎么可能？"

本间默默地看着和也，这时候说任何话，他都听不进去。

"我正打算跟她结婚，是我选择了她！"

言下之意，请不要随便批评我栗坂和也挑选为妻的女人。我很完美，所以我的选择也很完美。

"可是她并不是名叫关根彰子的女子。"面对着半张开嘴巴、目光茫然、视线游离的和也，本间一字一句慢慢地说，"她是别人。所以她完全不知道五年前个人破产的事。所以当你拿出那张通知函质问她时，她马上脸色发青。对她而言，那简直就是晴天霹雳。"

如果和也的"彰子"事先知道关根彰子有过个人破产的经历，不管别人怎么劝说，她都不会申请办理信用卡。

"今天我去拜访的川口市公寓里，并没有留下真的关根彰子过去宣告个人破产的证明文件。我想应该是一开始就没有留下。不管她用的是什么方法，如果她放在显眼的地方，当你的未婚妻借用她身份时，就应该看见而且知道她破产的事实。"

也说不定真的关根彰子觉得这份文件会让她回想到痛苦的过去，遂将它毁弃了。如此一来，只要本人嘴里不说，就不会有人知道破产之事了。

"我想你一定会受到很大的刺激，但是我既然知道了这些，就没办法放下不管。因而就算你决定从此不再过问这件事，我还是要继续追查下去。"本间说完，看着和也的眼睛。和也还没有认清现实，尽管眼睛睁着，意识却不知道漂流到何处了。

"你决定怎么样？要放手，还是要继续？如果可以，我希望你能帮忙。对你的未婚妻，你是最清楚的。有关她的信息，你知道得最多，那是我需要的。她是在哪里跟真的关根彰子接触的？为什么要冒用关根彰子的身份？为了调查这些真相，任何细微的线索我都需要。"

经过一段颇长时间的思索，和也终于开口："我……什么都不知道。"

沉静的空气中，只听得到小智的电动游戏音效声。

和也缓缓地抬起头，就像躺在路边的流浪汉投给路上行人的眼光一样，模糊的视线这时才对准了本间。"我知道了……"

"知道什么？"

"是彰子拜托你这么做的吧？"熄灭的火焰再度燃起，和也的眼睛睁得老大，"我知道了，你虽然找到了彰子，她却拜托你保持沉默，对吧？彰子要跟我分手，所以才会拜托你编出那种故事。是不是彰子有了别的男人？是吗？所以你才会那样乱说？"和也站起来，探出身子靠近本间，一不小心碰到了桌子，将烟灰缸撞到地上，发出巨大的声响。和也的嘴里飞溅出唾沫。"你说是不是？"

电动游戏的音效声停止了，小智的房门打开，一张小脸立刻探了出来，两只睁得大大的眼睛盯着本间。

本间提醒自己不要看小智。他慢慢地站起来，按住和也的手臂，说："你真的这么想？"

正如积木搭成的塔崩塌一般，和也跌坐在椅子里，双手抱头缩成一团。

小智悄悄滑出房门，走向走廊，半路又停下脚步。他稍稍想了一下，然后右转往大门方向冲去。

过了一会儿，和也的后脑勺开始颤动。本间以为他在哭，又好像不是。不久，和也抬起头，说："你这些话我听够了！"狠狠丢出这句话后，他用颤抖的手擦了一下嘴巴。"我不知道你安的是什么心，这种话去骗别人吧！我可没有笨到乖乖坐在这里听你鬼扯！"说着，和也站起来，粗鲁地从衣架上扯下外套，没有穿上身便要夺门而出。本间坐在那里不动声色，他想和也不会就这样回去，应该还有话要说。

果然，和也走到客厅门口便停下脚步，然后回过头，像要甩掉缠在身上的东西似的耸着肩膀，从上衣内袋掏出了钱包，随意抽出了几张钞票，说："这是到今天为止的花费，我想应该够了。"他朝本间扔出钞票。好几张万元大钞就这样飘然而下，懒懒地落到地上。

原来他是想到了钱，本间心想。本间想到了和也会怒骂，和也绝不能容忍本间对他未婚妻的"污蔑"，但没想到会跟钱扯在一起，真不愧是在银行上班的人。

和也觉得自己的尊严遭受到了污辱。像我栗坂和也这么优秀的人选择的女子，就凭你这种下三烂的刑警也想批评指教？根本就是无可容忍。这恐怕就是他的想法。

"她没有给你看过一张拍立得的照片？"本间问。

和也叉着腿站在那里，用力呼着气。

"是房子的照片。一栋有着巧克力色外墙、漂亮的西式建筑。她让你看过吗？"

"那种东西——"和也的声音沙哑了，"我怎么可能看过？"他转身离去。

玄关的大门被粗鲁地开了又关上。接着，一阵慌乱的脚步响起，是小智带着井坂冲进家来。

"你没事吧，爸爸？"

两个人都紧张地睁大了眼睛。本间弯下腰收拾掉在地板上的钞票，说："我没事。"

"真的吗？有没有受伤？"

井坂也一脸铁青，说："我吓了一跳。小智跑来说你有危险，结果电梯一下来，那年轻人就冲了出来——那是什么？"井坂的视线落在钞票上。

"说是给我的手续费。"

"扔出来的？真是过分！"

小智很愤慨，井坂却立刻笑着说："不过给得倒是不少。大概是钱包里有多少就掏出多少吧，三万块呀！"

"不好意思让你担心了。"本间也跟着一起笑道，"这样收得太多了。剩下的还得还给人家，不然说不定日后他会告我。"

"真是过分的家伙！"小智还在生气。

本间拍拍儿子的头。"不用那么生气。他也是受了刺激，根本不知道自己做了些什么。"他稍微皱了一下眉头接着说，"倒是你玩游戏好像玩得太过火了吧，这个星期还剩下多少时间了？"

可以玩电动游戏的时间，一个星期只有七小时。如果超过了十分钟，下个星期就要收起来不准玩。这是本间家的第二项规矩。

"还有两个小时。"小智嘟着嘴说，"就这种事记得很清楚。"

"那是当然。"

小智不高兴地回房间收拾游戏机。

剩下两人后，井坂问："看这样子，你们谈得不好。接下来要怎么办？"

"继续调查，总不能放手。"

"要找出失踪的女子？"

"是。"

本间看着窗外，整个小区都笼罩在夜色之中。那个消失了的"关根彰子"也在这同样的夜色下。即便是在这一瞬间，她的呼气也在黑暗中化成了白色，她的声音还在某处响着。

"你要怎么找呢？"井坂同样看着窗外询问。

"我想从回溯真的关根彰子的生活开始着手，看看她过去如何生活、有过什么样的遭遇。也许知道了这些，那个冒用她身份的女人自然也会跟着浮现。"

"一个会破产的女人，生活应该也很乱。你觉得调查得完吗？"

对于井坂的疑虑，本间报以微笑："说得也是……但是我想从知道她是什么样的人开始，或许能得知想要顶替她的女人会是怎样的人。总之我只能从那里着手。"

究竟关根彰子拥有什么样的特质，会让想冒用别人身份的女子看上了她呢？

井坂突然哼起了一段诗句："火车……"

"火车？"

看着一脸疑惑地回头询问的本间，井坂慢慢地继续吟咏："火车今日过我门，哀怜欲往何处去。"然后，他一张圆脸堆满笑意说："昨天晚上，我和久惠聊起个人破产的话题时，突然想起了这首诗。这是首古诗，应该是《拾玉集》里的。"

迎面驶来的火车……

说不定是命运之车。关根彰子想要下车，她已经下过一次车了。但是现在想要顶替她的女子，不知这情形，却想要叫住火车。

她在哪里？本间对着远方的黑夜，心中问着：她在哪里？

还有，她是谁？

11

拨开"长濑"的门帘走进店内，迎面就是一股白色蒸气。白色的木头柜台里面，穿着洁白耀眼的日式围裙的老板正好打开了锅盖。

沟口律师就端正地坐在最里面的双人桌前。热气模糊了他的眼镜，但是当本间经过狭隘的走道靠近他时，或许是有所感觉吧，他抬起了头。

"噢，你来了呀。"他大方地指着对面的座位要本间坐下。

"不好意思，打扰您用餐的时间了。"

"没关系，泽木小姐已经跟我说过你会来。"

律师摘下眼镜用手帕擦拭，推荐道："这里的炸虾乌冬面很好吃哟。"

于是本间依言向端着冰水过来的女招待点了餐。

虽然过了午餐的高峰时刻，店里面还是挤满了人，十分热闹，还好不会影响他们之间的谈话，本间甚至认为，这种程度的嘈杂正好适合谈论他目前遭遇的困难。

"那之后有些什么进展吗？"将眼镜架回鼻梁上时，律师开口问。老律师不戴眼镜的时候看起来比较年轻。

"有了复杂的进展。"

律师的眼睛稍微睁大了一些。

"你是说，不是你找错了人？"

本间点点头。律师请他说明情况。

"这故事说来话长。"本间先提出声明，才继续说下去。

毕竟是熟能生巧，前天晚上对和也说过了一次，今天他就能很有条理地叙述清楚了。比起在搜查会议上不得不发言的情况，本间觉得自己今天的表现很不错。

说话间，点的乌冬面送上来了，律师拿起筷子，做出催促本间继续说下去的动作，但是没有说话。他脸上的表情始终显得很平静，丝毫没有表现出吃惊的样子。如果像是走进鬼屋的小孩一样，对每一个转角出现的吓人玩意儿大惊小怪，也就无法干好律师这一行了。

本间说完整个经过后，律师也吃完了乌冬面。他点了点头，说："我大概知道整个情况了。接下来该你用餐，我也来说些话吧。"

看见本间留意着手表，沟口律师摇摇头说："不必担心我接下来的工作。"

他再度摘下眼镜用手帕擦拭，同时闭起嘴巴稍微整理一下思绪后，才用平静的语气说："你说想知道关根彰子是过着怎样的生活的女性。我把我知道的提供给你参考，同时我想应该能解决你的某些误解。"

"误解？"

"没错。看来你好像这么认为，关根彰子是个搞到个人破产的人，而且又从事特殊行业，是个花钱没节制、行为不检点的女人，生活方式肯定也乱七八糟，所以探究她过去的人际关系也会很麻烦。我说得没错吧？"

本间稍微举起了筷子，做出肯定的表示。的确如此，而且这也是井坂所担心的事情。其实不只是他，只要让一般人看关根彰子的资料，一旦看见其中"个人破产"的字眼，多半都会这么想的。

律师微微开口一笑，稍稍露出了不像他这种年纪的人有的整齐牙齿。

"我说的误解就是这个。在现代社会中，会被信用卡、现金卡搞到破产的，反而是很老实、非常胆小懦弱的人居多。为了让你明白这一点，我必须先从这个业界的结构开始说明。"

他从西装的内袋掏出一本四角斑驳的黑皮记事簿，放在手上说："本间先生，你是哪一年出生的？"

"一九五〇年，昭和二十五年。"

"也就是说今年四十二岁喽，我还以为你应该比较年轻呢。"然后他笑着继续说："这么说来，是在你十岁的时候，日本人第一次听到'信用卡'的说法。应该是发行红卡的丸井吧，那家店用'信用卡'取代了'分期付款'的用词。昭和三十五年，就是一九六〇年，美日签订安保条约那一年，大来信用卡也问世了。大来信用卡的核卡十分严格，申请卡的门槛相当高，因此在日本算是十分受信赖的卡之一，诞生的年代也比较早。"

它已经有三十二年的历史了。

"一九六〇年，可说是日本经济高速发展的第一年，我们国家开始迈向民生富裕。信用卡产业的诞生也是时代必然的趋势。"律师继续说明，"而且如果没有这些民间金融业者的存在，日本的经济和人民生活也不可能发展得起来。其实已经没有退路了。"

律师打开记事簿看了一下内容。

"我刚刚提到了民间金融业者，正确说法应该是'消费者信用'。基本上，它可以分为两部分来谈，一个是'销售信用'，就是用卡购买东西；一个是'消费者金融'，也就是以定期存款、邮政储金为担保的贷款——像是银行账户的透支之类的。此外还包含消费者贷款，也就是现金卡小额贷款、信用卡的预借现金等金融业务。这样说你明白吗？"

本间已经用完餐了，正在记笔记。

"前者的'销售信用'又分为'分期缴费方式'和'非分期缴费方式'。不是说银行发的信用卡无法分期缴费，信用卡公司发的才能分期缴费，指的就是这个意思。另外还有不办卡，只对某项物品签订分期缴费契约的方式，不是吗？所以说'分期缴费方式''非分期缴费方式'各自还可以因'单一商品'和'卡'而细分下去。"

矮小的律师重新调整好坐姿，又继续说明："根据平成元年的统计，首先，'销售信用'之中的'分期缴费方式'，其新契约信用供给额，简单来说就是该年的营业额，是十一兆四千零八十二亿元。'非分期缴费方式'是十一兆八千五百七十二亿元。'消费者金融'在该年度的统计则为三十三兆九千五百十一亿元。两者合计是——"

大概已经记住了，所以没有计算的必要，但是为了强调，律师故意停顿了一下才说："平成元年的消费者信用新契约供给额是五十七兆两千一百六十五亿元。怎么样？几乎算得上是国家预算规模的产业了吧。"

"的确。"本间说。

"大约是五十七兆，相当于该年度国民生产总值的百分之十四，或是每个国民可支配家庭收入的百分之二十。几乎和美国一样。自然而然，消费者信用便成为我国经济活动的重要支柱之一了。"

律师接着又继续强调其发展状况。

"消费者信用新契约供给额的增长率更是惊人。昭和五十五年（一九八〇年）的总计数字是二十一兆零三百五十九亿元，假设以此为指数一百，五年后的昭和六十年（一九八五年），指数上升为一百六十五，总额是三十四兆七千零九十亿元。而平成元年的那个数字，指数已增加为二百七十二，不到十年时间，翻了一番还多。"

律师用手指在桌上画线说明："如果以图表显示消费者信用新契约供给额的增长率和国民生产总值的增长率，国民生产总值的图形是这样的。"

他画出一道角度为三十度的斜线。

"而消费者信用是——"

这次则画出一道四十五度的斜线。

"你看，是不是很像坡度很陡的滑雪场，你不觉得有些异常吗？你看过其他产业的增长率如此惊人吗？"

"难怪会说是泡沫经济嘛。"

律师想了一下，然后摇头说："你所谓的泡沫经济，是指社会上一般人认为的、去年崩盘的经济繁荣景象，但我不以为然。本来金融市场就是虚空的，不具有实质。就连所谓的货币，不也一样吗？不过是张纸片，或是块平板的圆形金属，难道不是吗？"

沟口语气平淡地表示："但在现实生活中，万元大钞自有其价值。百元硬币和只在店里使用的电动游乐场的游戏币不一样，通用于日本各地的自动贩卖机，因为这是一开始就规定好的，就连小学生在学校的课堂上也学过。货币经济究竟是怎么一回事，这本来就是很虚幻的。金钱制度实际上是由国家所设计制定的。但也因为有了这种制度，我们免于过着为了用一头猪、家人的衣物去交换一把青菜、一包米而特地下山的生活。社会基础中有了货币经济的存在，我也才能通过解决别人的纠纷而营生糊口，不是吗？"

本间点头称是。

"然而金融市场本来就是虚幻的。"律师再一次强调，"换个词形容的话，它虚幻得如同现实社会的'影子'。所以自然有其限度。想到社会所能容许的限度，就不免感到这种消费者信用异常膨胀的状况十分奇怪。照理说，这种制度是不会如此膨胀的，如果不是用刻意的手法，其增长率也不可能这么快速。就好像说，本间先生你已经长得很高了，但应该还不到两米吧？可是你的影子却能伸展到十米长，你不觉得很怪异吗？"

沟口的语气并没有越来越激昂，但是他的言辞却深深吸引了听者的注意。"比方说，以信用卡的发行数量来看，到昭和五十八年三月底的统计是五千七百零五万张，昭和六十年则是八千六百八十三万张，而平成二年三月底已增加为一亿六千六百一十二万张，增长率是百分之十六点五。每一年发出这么多卡，即表示有这么多持卡的消费者。"

千鹤子持有信用卡吗？本间想，她应该没有以自己的名义申请过……

"我刚刚一概以信用卡来说明，但其实它可细分为几类，主要有三种，首先是银行发的信用卡：例如 UC 卡、DC 卡、JCB 集团卡、日本 VISA 卡等，多达十几家。这种最为普及，使用张数也最多。从昭和五十八年到平成二年的增长率是百分之二十点二。其次是信用卡公司发的卡，如日本信贩、远东金融、大信贩等八家大公司，增长率是百分之十六点一，也是很醒目的。接着是物流业发的卡，丸井当然属于这一种，另外像百货公司、大型超市不是也发卡吗？如西武呀高岛屋什么的，但是使用范围仅限于该店的相关店面。这是它的缺点，但是有商品折扣、免缴年费、核卡容易、卖场即可发卡等优点，所以才能跟前面两种相抗衡。最近连稍具规模的购物中心也开始推出自己的卡片。这种的增长率是百分之十九点二，进展很快。现在随便走在路上都会看见信用卡的广告。对了，你拥有信用卡吗？"

突然被他一问，本间一下子说不出话来："噢……我有一张，好像是联合信用卡吧。"

"信用卡的确是很方便。尤其是对像你这种半夜也可能得出门的职业而言。"律师微微笑了一下，又接着说，"我有两个女儿。小女儿以前曾经被偷过，但是没有抓到案犯。从此她就不太敢带现金出门了，几乎都是使用信用卡。用卡的话，就算是被偷，也能将受害程度控制到最小。"

"还有出国旅行也是。"

"没错，同时也是一种身份证明。它的确有这些好处。像我这种专门处理信用卡破产、从事受害人救助活动的律师，固然觉得信用卡是万恶的根源，应该全面被废止，但我自己也很清楚其实这是不对的。"

"是呀，那当然。"

沟口点了点头，接着说："所以说消费者信用只有两米的身高，却有十米的影子，其最大原因就在于我下面要说明的，无差别的过度授信与过高的利率和手续费。其实这才是今天的正题所在。比方说——"他想了一下继续道，"这是一年前我受理的一个个人破产案例。一名二十八岁的上班族当时拥有三十三张信用卡，负债总额高达三千万。而他的月薪扣掉税金不过才二十万元，又没什么其他资产。你怎么看这个案例？"

三千万元——身为地方公务员的本间，就算领了退休金也没那么多钱。

"月薪才二十万的人为什么会负债高达三千万呢？是谁借给他这么多的钱？为什么他能借这些钱？这就是所谓的过度授信、过度融资。"

律师举起了喝干的冰水杯，发现是空的又放回桌上，继续说："负债膨胀的过程一般是这样的：首先是申办信用卡，为了方便而使用。购物、旅行，一卡在手，通行无阻，渐渐地手中的卡片也跟着增加了。一般有正常工作的人，在核卡上不大会遇到问题。走进百货公司、银行或超市都会被邀请办卡。只要成为卡友就能享有折扣、优待等好处，于是自然而然便办了，就像刚刚我提到的，办理信用卡的'陷阱'到处都有。"

律师举起丰腴的手，曲指而数："结果不只是购物，也开始用到信用卡预借现金的功能，因为很方便嘛。换句话说，不单是'销售信用'，连'消费者金融'也接触到了。话是这么说，其实也不需要下太大决心。以银行发的信用卡来看，利用可以从银行账户扣钱的自动提款机就直接能预借现金。而信用卡公司或物流业者也会在店面内外设置和银行提款机类似的现金提领机，涂得花花绿绿的。只要插进信用卡，按下密码，就像从自己的账户提款一样，很简单就能借现金了。"

刚才那个女招待前来收回餐具，并添了冰水。律师轻轻举手表示感谢。

"这是一个象征性的例子，也是我处理过的个案。客户开始使用预借现金，其实是因为一次'错误'。"

"错误？"

"是的，客户起初是要从银行账户提领自己的钱，以为插进提款机的是金融卡，没想到竟插进了信用卡。偏偏他的两张卡密码是一样的，自然会有钱跑出来。当事人因为没有看到打印的明细表，心中有些纳闷，但也没有很在意。直到收到当月的信用卡账单才吓了一跳，发现是自己搞错了。"

"应该很吃惊吧，因为被收取了利息。"

"是呀，但是他觉得'怎么预借现金这么容易'，利息也没有想象的高，大概是借十万元扣三千块利息，在大约一个月的时间内。这一点请你记下来，客户当时并不觉得利息很高，所以便开始经常利用该项功能。"

一口气喝完半杯冰水，律师说："买东西、借现金，因为方便就不断使用。他也不是一次花大钱，而是一点一点地用，所以没有浪费的感觉。但毕竟借钱就是借钱，时间到了就必须清偿。累积下来的结果，财务便日益吃紧。假如是一个刚进公司的新鲜人上班族，月薪大约是十五万的话，一个月清偿两三万还能接受，四五万就难办了。但是一不小心，很容易就会积欠那么多，于是更加依赖预借现金，为了清偿A公司的债务，他用B公司的卡片借钱。一旦养成了这种习惯，债务便如积雪般增加，最后预借现金也解决不了问题了。你想接下来会怎么做呢？"

"找地下钱庄喽。"

"没错。"律师斩钉截铁地表示，"于是同样的过程又开始重复。又开始烦恼如何清偿向A钱庄借的钱，只好到B钱庄去借，然后是C、D、E钱庄。而地下钱庄的做法是，为了让客户还自己钱庄的债务，会介绍他们到其他钱庄借钱。当然对方是门槛更低、资金较少、借钱条件更宽松的钱庄，因为经营上有困难，所以无限制地尽量放款出去，好赚取利息。这就是他们的模式。"

客户一心只想到明天的还钱、下次的缴费期限，只要有钱能借，哪里都敢去——这就是客户的心理状态。

"所以欠债者都是那种很老实、胆小懦弱的人？"

听见本间的询问，律师用力点头说："没错，就是这样。因为这种人不会逃跑也不会欠着不还，一心只想着赶快还债，就这样陷入了深渊，万劫不复。最后搞到身体也坏了，越来越悲惨。"

"关根彰子也是这样吗？"

"很典型的例子呀。"

有一段时间，她除了白天的正职外，晚上还兼职。

"就这样每况愈下，走到最后也是最差的一步田地，就是所谓的'收购店'。本间先生因为职业的关系或许知道这个行业。他们就是让客户去申请信用卡买东西，然后以七成的价格收购回来，作为其清偿的价格。他们让客户买的东西从家电到首饰应有尽有，最多的就是新干线车票。这些车票到了金圆券店里，就成了便宜的商品。我们一般人通常会去买来出差用，因为价格低廉嘛。"

律师的嘴角流露出扭曲的笑容。

"这种业界的模式让人一旦跌进去后，便很难爬出来了。越是老实的人就越陷在里面动弹不得，然后被债务追着跑，直到变成最坏的结局——犯罪。"

本间苦笑了一下，说："一些警察的丑闻几乎都跟地下钱庄有关系，大概就是这种情形吧？"

这一次律师没有笑，他说："没错，因为他们的工作需要保持社会的体面。此外，欠债者还有老师、自卫队员和成千上万的公务员。"

这的确不是件好笑的事情。

"从常识的角度思考，一个才二十出头的年轻人，居然会有人肯借他一两千万，这种情形本来就很奇怪，但现实生活之中却存在。而且该业界还在操控这辆巨大自行车的运转，不断地把钱借出去。因为他们抱着最后只要不是自己抽到死牌就好的心理，自然就能继续运转。实际上，不管是银行还是信用卡公司、地下钱庄，规模大的很少会抽到死牌。我刚刚所说明的该业界结构，位于金字塔上方的从业者是固若磐石的，吃完好处后，账单就一层一层往下丢。倒霉的债务人就被压得喘不过气来，变成多重债务人，永远无法翻身！"

温和的律师脸上首次现出严厉的皱纹。

"请将手表上的时针拨回到几十年前，拨回到令人怀念的当铺时代。在那个时代里人们无法无限制地借钱。好不容易筹出典当品，也只能在发薪水前抵押救个急。街头巷尾根本找不到能让一般人没有担保就能借钱的机构。但我并不是说那个时代就比较好，毕竟跟当时比起来，现在的确是更容易生活的时代。"

店里面开始有了空位，但柜台里面依然冒着白色的热气。

"我必须再强调一次，请别误会。我并不是说要回到没有消费者信用制度的过去。因为有五十七兆呀，再怎么说也不能让营业额如此庞大的产业消失吧，那是不可能的。毕竟它已经是支持日本经济的重要支柱之一。我要说的是，为了撑起这根重要支柱，每年有好几万的人牺牲了，应该赶紧结束这种愚蠢的现象。许多人为了它而独自或举家自杀、趁夜逃跑、铤而走险地犯罪，甚至不惜连累他人，踏上悲剧的结局，成为多重债务人的人柱。"

"您是说这种结构应该改变？"

"没错。首先要取缔的就是怎么想都觉得不合理的高利率。大型地下钱庄的利率，年利率可以从百分之二十五到百分之三十五。这是因为处于利息限制法和修订出资法的夹缝中，基于'虽然觉得不对，但也无法——纠正'的灰色想法而产生的利率漏洞。但是对每一个债务人而言却成了大问题，比方说——"

律师伸出手在桌面上画了一条斜线，从二十度的角度开始缓缓上升，最后变成了四十五度角的斜线。

"用卡借现金，无法清偿便找地下钱庄帮忙……在这种模式下，假设借两百万，年利率是百分之三十，到了第七年便会膨胀成为一千六百万元！这就是它的曲线。"

"我的客户之中，有个三十岁的男人欠了一千两百万的债，其中的九百万都是利息。就像是夜市卖的烤膨饼，越涨越大。像这种利率的可怕，借的时候没有人会注意。因为提领现金的机器在你插入卡片的时候并不会说明利率有多少。"

律师嘴角的皱纹扭曲，呈现出似笑非笑的表情。

"所以这就跟我要说的第三个重点有关了，就是要有彻底的教育，将这类知识普及出去。刚才我是不是说过，预借现金的人一开始并不觉得利息很高？"

"有，您还要我记住这一点。"

"没错，一开始没什么感觉。但是利率就像鬼上身一样，越来越觉得重。还有预借现金，听起来就像是语言的魔术。上地下钱庄借钱，尤其是对年轻人来说太没面子了。但是用信用卡预借现金，感觉却很时髦，而且他们以为利率比地下钱庄便宜。但这实在是很大的误解！信用卡预借现金的利率，换算成年利率是百分之二十五到百分之三十五，跟大型地下钱庄不相上下。但是不清楚这一点，一般客户就呆呆地以为用信用卡预借现金比较安全，而开始了错误的第一步。"

沟口的冰水杯又见底了。

"年轻人特别容易上这种当，因为'消费者信用'致力开拓年轻客户。其实任何企业都一样，只会对客户吹嘘好的一面。客户只有自己变得聪明才行，然而现实社会中这方面却缺失得最厉害。大型都市银行以学生为对象发行信用卡，至今已有二十个年头了，请问在这二十年之间有哪一所大学、高中或初中，指导过学生在现今的信用卡社会中正确使用信用卡的方法呢？这才是当务之急，偏偏有些都立高中把即将毕业的女生聚集起来教授化妆之道。如果那么讲究外表，就应该顺便教导进入信用卡社会的基础知识才对。"

律师气愤地拍了一下桌子，说："我也不喜欢将一切都归罪于政府，但这么生气，是因为这个问题牵涉到政府机关的纵向管理。目前根本没有管理消费者信用这种业界整体的直属机关！"

"没有吗？"

"销售信用归通产省，消费者金融则是归大藏省管理。一个相当于国家预算规模的产业，居然分别交给两个制衡对立的机构管理，难怪每次联系什么都出问题，自然也无法及时提出什么对策来。实际上，有的银行既从事销售信用的业务也提供预借现金的服务，而且是使用同一张卡。可以了吗？"沟口说完便站起身来，稍微看了一眼柜台里的老板，微微一笑。本间突然发觉，老板大概已经习惯了这种情形。

"你想知道关根彰子是个什么样的女人，打算加以调查。我也愿意在我所知的范围内协助你。所以我说了这么多，你不妨当作一篇很长的前言吧。"

"关于消费者信用的产业结构吗？"

"是的。你现在或许会这么想：'的确，消费者信用的世界存在许多问题，有结构上的问题、利率的问题、行政管理缺乏效率、教育上的不足等等。但是明明知道还不起，偏偏还要借钱，搞到自己进退两难，这毕竟还是个人问题，不是吗？若不是因为个人的缺点，过分轻视社会的陷阱，也不会沦落到那种地步。其证据就是，目前全日本的国民并非每个人都是多重债务人，眼前的我就不是。只要是规规矩矩的人就不会发生那种问题。搞到一身债务的人，一定是本人哪里有缺陷或弱点所致。'我说得没错吧？"

果然被说中了，本间不知如何是好，只好看着柜台里老板的脸，老板一脸笑容。

"我猜对了吗？"

"猜得很对。"本间小声回答。

轻咳一声，稍微停顿一下之后，沟口开门见山地问："本间先生，你会开车吗？"

"什么？"

"开车，你有驾照吗？"

本间点了点头回答："会，我有。只是我不开车。"

"是因为工作太忙，没时间开吗？"

"不是……"

说到一半没有说下去，是怕对方惊讶，但本间还是觉得应该先说清楚。

"其实在三年前，内人出了一场车祸。那天下雨，一辆大卡车从对面车道冲过来，撞坏了车子。"

沟口睁大眼睛问："然后呢？"

"内人过世了，几乎是当场死亡。从此我就不再开车。一来是没有车子，心情上也很难适应。现在只是时间到了就去换新的驾照。"

律师沉默地退后一步，像个小学生般地鞠躬致歉："虽然我是无心的，但还是让你提起了伤心事。"

"没有的事，请您不要介意。"本间想，真是个认真的老实人。"只是，为什么会问起开车的事呢？"

被本间这么一催，律师赶紧调整好坐姿继续说下去："问了不该问的事，真是不好意思。但听你这么一说，或许你更能理解我接下来要说的内容。"

"怎么说呢？"

"你太太是个遵守交通规则的人吗？"

"是的，因为常常要开车载小孩子，所以她十分谨慎小心。"

"对方的卡车司机呢？"

"听说是边打瞌睡边开车，因为工作太累了……只是我听到这个理由，实在无法接受。说什么人手不够，已经两天没睡觉，从九州岛开到东北，又开回来。"

律师听了点头说："车祸现场是否有中央分隔的安全地带？路面有多宽？你太太是否有充分的空间足以避开对面的来车？"

对于一连串的问题，本间只能沉默地摇头以对。

"在那种情形下，到底有错的是哪一方呢？"律师说，"当然打瞌睡驾驶的卡车司机有过失，但是让他处于那种工作状态的雇主也有问题。而在大型货车和一般私家车共同行驶的道路上，没有设置减少冲击的中央分隔安全地带的行政当局也有疏失。路面太过狭窄也不对，想要拓宽路面却无法拓宽，那是因为政府的都市计划做得不好，也是因为地价高得不像话。"

一口气自言自语般说完这些，律师抬起了头。

"如果这么一想，就会发现造成车祸的因素很多，理由很多，必须改善的地方也不少。假如我在这里无视所有的因素，只是怪罪说：'会发生车祸都是司机不对，不管是加害者还是受害人都一样。规规矩矩开车的人是不会引起车祸的，会遭遇车祸都怪开车的司机有问题。'请问你作何感想？"

本间明知这只是个修辞性的质问，却无法回答。他看着律师，然后想起第一次见面时律师曾说过："信用卡贷款……简直就是一种公害！"

"没错。"沟口点点头说，"用一句'他们有人格上的缺陷'就给多重债务人定下罪名是很容易的。但那跟不考虑前因后果，就直接认定出车祸的司机'开车技术不好才会出事、不应该给这种人驾照'的说法，又有什么两样呢？净说些'证据就是有些人就是不会出车祸''要跟他们好好学习才对'之类的风凉话是没用的。"

本间的脑海里浮现出车祸之后，卡车司机出院后在交警陪同下来家里上香祭拜时的表情。奇怪的是，本间不记得对方的长相，只记得对方到最后还是不愿意正视本间的眼睛，而且手始终在颤抖。之后当本间打扫司机颤抖的手所抖落的香灰和他跪过的榻榻米时，才发觉司机的体温异样地温热。

当时本间想，啊，因为这家伙活下来了。同时，他心中涌起一股难以言说的愤怒。

但他知道这并非只是针对撞死千鹤子的司机，才会气愤填膺。他知道并非只是卡车司机有错。可心里明白又能怎样？所以他才感到愤怒。

矮小的律师停止说话，凝视着本间的脸，大约有几秒钟的时间，看起来像是在发呆。

"您要说的，我很明白。"本间说话了。似乎他的声音让律师回过了神来。

律师又慢慢开口说下去："对于交通事故，总说是司机的责任。马虎随便的汽车行政管理，与其说偏重于安全性，不如说更偏重于经济性，毫不关心不断推出新车种的汽车产业结构。他们忽略这些事情的做法是错误的，不是吗？"

"是。"

"的确，有一部分问题在于司机，所以有些人提议吊销他们的驾照，说是为了社会好。但是，将那些司机和没有任何过失却因车祸丧命——一如你太太那样的司机相提并论，只是用一句'出车祸是本人的不对'来概括，更是错误之至。关于消费者信用和多重债务人的偏见，也是同样的道理。"

在一部分情况下，的确是本人有错，也有那种案例，但不能以偏概全。这不是可以一概而论，故意漠视其他情况就能解决的问题。

律师稍微调整一下语气，添加了一点点个人的感伤情绪，他说："现行的破产法有很多必须修订的问题点。例如部分媒体曾经强烈批评，说是'任意倒债的个人破产''煽动不负责任风潮的倒债'就是其中的一环。对于申请个人破产的手续，你清楚吗？"

"大概知道一点。"

"其实手续很简单。"律师详细地加以说明。

首先到所属的地方法院申告破产，只要在破产申告书上填写必要事项，连同户籍誊本、居民卡、财产目录、债权人一览表等资料和详细说明积欠债务经过的书面报告一起缴纳即可。之后等候法院传唤出庭,与法官面对面地口头确认事实。这叫"审讯"。

法院的调查和审讯并不会太费时。申告个人破产,通常在提交资料后一个半月到两个月就能生效。

"个人破产之中,如果拥有房子等资产,若预估可作某种程度的清偿时,在破产申告生效后,会跟企业破产的处理方式一样,由法院委托一名财产管理人负责债权人的调查、整理与债务清偿的分配等。这中间,破产人未经法院许可不得任意搬家或旅行,邮件也必须转送到财产管理人那里。这是一般的处理形式。但如果破产人是二十出头的年轻人,通常不会有这些过程。因为他们应该没有折算之后,也就是变卖后足以偿还债务的资产。衣物、家具、音响电器之类的东西,就算变卖也值不了多少钱,所以这类东西大部分会留在他们手上。"

足以清偿债务的财源——"破产财团"如果不存在,自然持续"破产"状态就没有意义可言。因此在这种情况下,通常会宣布"同时取消破产",也就是破产申告成立的同时,其破产也被取消了。这么一来,破产申告也跟着被取消,破产人也就不必受到行动迁徙等的限制。

但是这样债务并非就没有了。在同时取消破产生效之后的一个月内,又必须申请"免责"。直到免责生效,才能解脱清偿债务的义务,而这项生效需时半年到七个月。

个人破产几乎都能申请得到免责,但有一些条件。

"首先,该破产人必须在过去十年内没有申请通过破产、免责等情况。换句话说,一个人的免责十年内只能一次有效,这是最低限度。"

此外,如果恶意隐瞒资产,或是有一边准备申告破产一边又欺骗债权人继续借钱等欺诈行为,将无法免责。但只要不是欺诈行为,即便破产的原因是游山玩水、过度浪费,只要其负债是经过一定的时间累积(短时间内急速造成债务会被认定是蓄意性的破产),只要破产人表现出愿意"重新来过"的想法，就没有问题。

"这是因为破产手续的首要目的是救助债务人。"律师说明，"但是事到如今，这一点却被人误解，反被批评说一笔勾销浪费造成的债务，成何体统！"

律师叹了一口气。只有在叹气的时候，他才突然显现出老态。

"如果是靠养老保险生活的老年人或没有生活能力的未成年人，还没有话说；工作力旺盛的上班族、年轻人，只凭一个申告就能解除债务，在道义上难免为人诟病。对于这些债务人，除掉不合理的利息外，至少在本金部分也应该让他们以工作所得分期偿还才对，这是我的想法。"

"只不过，"律师笑着说，"现在火烧到了眉毛，眼下有许多人前来求救。这种时候不能去取缔消防车的违法停车，还是应该先救人才对，然后再去修订法律。"

本间点点头说："您说得很有道理。"

"有些人因为不知道办理个人破产的法律知识，最后被债务逼得自己或举家自杀、趁夜逃跑……听起来很难以置信，但这些悲剧到今天还在不断发生。最近我们的努力总算有了效果，许多人在悲剧发生之前已经懂得来找我们商量了。"

"有多少人？"

律师翻阅了一下记事簿，然后回答："申告个人破产的案例有直线上升的趋势。法院的破产部忙得不可开交。昭和五十九年的地下钱庄纠纷，全国一年就超过了两万件。之后渐渐地缓和了下来，这几年又有上升的倾向。平成二年是一万两千件左右，去年则增加为两万三千件，今年确定超过了这个数字。而且前不久，我们事务所开始在东京地区设立'信用卡问题110专线'，两天里六部电话响个不停，多半是二十几岁的年轻人打来的，其中比较特别的是小孩欠债离家出走，家长打来求救的电话。"

所以说还是教育问题，本间想。学校应该教导这些才对，毕竟现在信用卡的电视广告、广告牌已经泛滥成灾了。

"这么说来，已经是将近十年前的事了。当年的地下钱庄纠纷，因为昭和五十八年十一月实施的地下钱庄管制法，禁止讨债业者以暴力手段追讨债务，所以客户来我们事务所商量问题的气氛也为之一变，变得比较和缓，对负债这件事显得不那么焦躁，或者说缺乏悲壮的情怀。相反，等到他们发觉情况不对劲时，多半也来不及了。"

"说不定这样情况更糟。"

律师听了哈哈大笑。"我呢，经常在演讲时说，总之在趁夜逃跑前、自杀前、杀人前，最好要想起来还有破产申告的手段可以一试。观众听了都会大笑，但这其实不是件好笑的事。因为缺乏有关破产的法律知识，会搞得家破人亡、失去工作。随便更动户籍或居民卡的资料，马上就会被讨债公司的人知道行踪，所以只能让小孩借读上学，得偷偷摸摸地过日子。我甚至还听说有些人就混在原子辐射清洁工人之中讨生活，再怎么危险的工作也肯去做。据说这些'弃民'人数多达二三十万，完全没有人管。"

本间想，一群漂浮在财富河流里的弃民，简直是活着的幽灵。

店里面只剩下沟口和本间两名顾客。律师发出一声"嘿咻"，站起来跟老板招呼："常常这样，真是不好意思。"

老板微笑以对，看来已很习惯了。

走出店门，银座的小巷不同于入夜后繁华的姿态，以不同的面貌迎接他们两人。奇妙的是，眼前就能看见一辆自行车和到处散落成堆的垃圾。夜晚，这条街道上无数店家拼命吸取的金钱，在中午这个时刻都放在银行里了。或许就是因为这样，白天的银座看起来如此悠闲，没什么分量。

金钱的桎梏甚至能套住街道的足踝，遑论是人的，其套牢的程度会更加严重。被套住的人愿意就这样干枯至死呢，还是肯努力挥舞意志的刀刃，斩断足踝逃脱而去？

沟口双手插在大衣口袋里，回过头说："五年前，刚开始办理个人破产手续时，我要求关根小姐写一份负债累积经过的书面报告，她曾经这么跟我说过。"

——律师，为什么会借这么多钱，我自己也搞不清楚。我只是想让自己生活得更幸福！

"只是想让自己生活得更幸福。"本间低喃着重复。

律师听了微微一笑："她就是这么说的，大概也不能作为你的参考吧。"

走在路上，他还说："关于她工作单位的地址，我会就我所知的提供给你。随时欢迎你来，我会交代泽木小姐准备好的。"

"真是十分感谢，太好了。"

"不过，条件是调查经过要让我知道，我也很在意。"

"好的，一定会。"

"关根小姐……不知道是否平安无事？"

表面上听起来，律师是无心地说出这个疑问。但或许不以这种形式，他也说不出口吧？

本间无法回答，律师也没有继续追问下去。

他们在银座四丁目的街头分手。告别之后，律师还很不放心地叮咛道："我说的话千万别忘记了。关根彰子小姐并非什么不检点的女人，她也是很努力地生活。发生在她身上的事，说不定哪一天也可能发生在你身上。她所遭遇的状况，请你千万要记在心里，否则只见树木不见森林，你将永远无法找到她与取代她身份的女子。"

"我知道了，我会谨记在心。"

挥手道别后，律师转身而去。刚好绿灯亮了，他矮小的身影立即消失在人群中。

消失在无数的树木之中，消失在森林里。

在看不见潮流的河水中随波逐流，跟着那一群不知道怀疑的民众消失而去。

12

早早就染成暗红色的余晖中，七八个小孩子聚在小区儿童公园的出入口，有的爬栏杆，有的蹲着，有的灵活地反手抓背，有的正在踏地。人群之中有个矮小的男人双手叉腰大声地发表演说，因为有些距离，听不见内容，只感觉他说话很有气势。

孩子们看起来听得很认真，公园里其他人的注意力也被吸引了过去。两个年轻妈妈坐在旁边秋千架上，腿上各自抱着幼儿，嘴角泛着笑意凝视着演讲的男人。

"就以这种方式下去做，各位，听清楚了吗？"男人对着孩子们发问。

蹲在角落里的一个男孩边起身边质疑说："听清楚了。可是叔叔你是谁呀？"

男人活力十足地回答："我吗？我是明智小五郎。"

孩子们面面相觑。

刚看见背影时，本间就知道这男人是谁，等听见声音就更确定了。本间加紧脚步，想快速通过公园栏杆旁边的走道。

"什么明智小五郎？"果然，孩子们有疑问。

"名侦探呀。你们不知道吗？真是丢脸。"

"我们知道，可叔叔你不是呀。"

孩子们中有人低声说"对呀"，也有人讽刺地窃笑，但笑得不是很用力。于是也有大人跟着笑了起来，那两个年轻妈妈更是掩着嘴笑得花枝乱颤。

矮小的男人见形势对他不利，再度大声喊："这种事情，现在一点也不重要。总之照我刚才的说明，大家分头进行搜索，听见了没？好，出动！"

男人击了一记掌，孩子们不像是很投入的样子，但还是解散各自行动去了。

本间还差几步就要到达九号楼的拐角时，从背后被人叫住了。

"喂！"

本间没有回头，也没有停下脚步。本来他就拖着左腿走路，就算加紧脚步也快不到哪里去。男人很快便追了上来。

"干吗，你不应该装作没看见，就想走人吧。"

本间回过头挥着手说："我不认识你，我们没有关系，彼此是陌生人。"

"你还这么说！"

碇贞夫豪爽地笑着追上来，愉快地和本间并肩走路，一边配合着本间不太灵活的步伐一边关切地说："看你的样子很辛苦嘛！"

"不用你关心。"

"如果可以的话，我是真的很想代替你。"

"闭嘴！"结果本间还是笑了出来，"你到底在干什么？"

碇贞夫挺起胸膛说："指挥搜索行动，因为我是专家。我在召集少年侦探团训话。"

"搜索什么？"

"狗呀，好像是迷路了。"

本间停下脚步问："呆呆？"

碇贞夫一副"我就知道"的表情："没错，都怪你们给它取了没用的名字，才会迷路了。"看来呆呆还没有回来。

"听小智说，它是只对人没有戒心的狗，脑筋不是很好，可能被谁捡了去。"碇贞夫小声地加了一句，"希望不要被汽车轧死了。"

本间知道这个男人很喜欢小动物，连以前住的公寓里的老鼠都一一给取名字，甚至只要听声音就知道哪只老鼠出现了。一开始，当他坐在从来不收拾的床上，盘腿看着天花板说什么"现在的声音是克里斯汀的，她和亚兰正打得火热"时，本间还以为他疯了。

两人来到电梯口，好不容易喘了一口气。

"你怎么知道呆呆的事？"

"小智说的。"碇贞夫的回答自然得就像喊自己的孩子一样。因为小智也很黏他，本间也不在意，但小智说过"喊他碇叔叔的话，感觉好像他要生气"，因为他的声音听起来很威严。

"我可是跑了三千里来找你，结果你不在家，却看到小智和他朋友凑在一起找狗，所以我就提供专业的帮助喽。"

"可是，刚才的少年侦探团里面没有小智呀？"

碇贞夫撑大鼻孔，骄傲地说："毕竟少年侦探团的团长得不一样呀。我让他跟井坂先生和小胜三个人去卫生所了，说不定呆呆被关在那里。"

不管什么时候见到碇贞夫，他总是穿着同样的西装。其实他有三套同样布料、同样剪裁的西装经常替换着穿，所以旁人以为他只有那身行头。他拉开那件穿旧的褐色西装上衣，像变魔术般取出一个大牛皮纸袋。

"拿去，你要的东西。"

家里的客厅还残留着暖炉的热气。碇贞夫像是在自己家里一样，穿过走廊到牌位前上香。本间则利用这一时间确认信封内的东西。

里面是关根彰子在宇都宫的除籍誊本和工作记录。看来之前担心会被科长责怪，是多余的。

"谢谢，太好了。"

碇贞夫一边敲钲一边合掌祭拜，面对着牌位说："千鹤子，你老公又在做些奇怪的事了。"

碇贞夫和千鹤子算是青梅竹马，从小学时就认识。本间会和千鹤子相识，也是在读警官学校时由碇贞夫介绍的。

事后碇贞夫本人也坦白说，一开始就打算撮合他们在一起，才介绍的。对他而言，千鹤子就像宝贝妹妹一样，怎么可以嫁给随随便便的什么人。本间反问他："那你自己怎么不干脆娶了她？"碇贞夫很认真地思考后回答，因为太熟了，所以不行——居然说是因为太熟了。

由于他很忙，难得来到家里。但是偶尔来时，都会在牌位前停留很久。本间也都会让他一个人静静待着，直到高兴为止。

本间拉把椅子坐下，将信封里的东西摊在桌子上。

除籍誊本的内容倒是一目了然。真的关根彰子在假彰子将户籍分到方南町之前，从来都没有动过户籍。户籍一直都是以父亲为户主设于"宇都宫市银杏坂町二〇〇一号"。查对其浮贴纸条，真的彰子搬家之后的地址也都依序登记清楚。最早的记录是东京都江户川区葛西南町四丁目十番五号，确定迁入的日期是昭和五十八年四月一日。

那是她在葛西通商工作时的住址吧，公司就在距离不远的地方。

东京都地图和电话，哪一个离自己比较近呢？是电话，伸手就能拿到。于是本间拿起话筒，同时翻阅记事簿，查看葛西通商的总机号码，打电话过去。

话筒里传来女性的声音。本间表示自己要寄东西过去，想确认地址。然后他念出纸条上的记录，结果对方说那不是公司地址而是员工宿舍的。

本间挂上电话，抬起头，看见碇贞夫站在和室和客厅的交界处望着他。

"真想喝海带茶。"碇贞夫说。

"在柜子的最下面。"本间回答。

碇贞夫走向餐柜，依照指示打开橱柜门拿出了小茶罐，接着将水装满水壶，放在煤气炉上后点火。

"我得自己来吗？"碇贞夫问。

"当然。"

"你要不动，小心很快变成糟老头。"

"我早就感觉自己好像变成糟老头了。"

户籍贴条上记录的第二个住处，是关根彰子申告破产时所居住的锦系町城堡公寓。本间想，大概关根彰子离开葛西通商的宿舍搬进这栋公寓时，花了不少钱。或许她就是从这时开始走偏了路。

年轻人住在员工宿舍时，为门禁、啰唆的管理员和坏心眼前辈的欺负等原因，自然很向往一个人自由自在的生活，但是对于获得那种自由要花费多少钱的"现实"却不太能认真面对，因为窝在宿舍时，他们并不能真实感受外面的世界——不论是开灯还是马桶冲水都要花钱的"使用者付费"的残酷事实。

贴条上最后记录的是她破产后搬家的住处：她于一九九〇年三月十七日消失行踪的川口公寓。

母亲过世后，关根彰子去找律师询问保险金的事，却完全没有提到其他不动产的问题。这表示她母亲一个人生活时居住的老家，应该是租的房子。父亲早年过世、只剩下母女俩的家庭中，这种情形是可以理解的。

就除籍誊本和户籍贴条上的记录来看，她母亲在一九八九年十一月二十五日死亡之前，曾经搬过三次家，都是在宇都宫市内。死亡时登记的户籍住址银杏坂町二〇〇五号，已经住了十年，离原户籍也很近。

她母亲没有离开宇都宫市，是基于对故乡的依恋，还是担心一个人到都市工作的女儿，为了让她有一个随时可以回来的"巢"呢？

碇贞夫安稳地坐在本间斜对面的椅子上，伸手拿起本间看完的除籍誊本翻阅，一句话也没有说。

劳保局拿来的就业记录也跟本间猜测的一样。关根彰子果然重复投保，拥有两个劳工保险的被保险人号码。

一个是真的关根彰子在葛西通商上班时投保的号码；另一个则是一九九〇年四月，假的彰子被今井事务机公司任用后，声称"自己是第一次投保劳保"而取得的号码。

"拿到资料后，我还跟劳保局负责该业务的人通了电话。"碇贞夫开口说，"重复投保的事让对方也吓了一跳，说不是没有人隐瞒过去的就业记录。这种人如果来柜台说'第一次上班'，为了避免不正当的支薪，有时是会严格确认的。但如果对方是个一般上班族，又是年轻女性，说是第一次上班也是很有可能的，通常就会直接让她投保。毕竟调查很费工夫，而且就跟你说的一样，一般就业记录只保存七年。这个关根彰子在葛西通商上班的就职记录已经没有了，有的只是她辞职时的记录，之后她还领了一段时间的薪资。"

本间点了点头，陷入沉思。

被今井事务机公司任用时，假的彰子既没有真的关根彰子的就业记录，连她的劳工保险被保险人证都拿不到，才不得已到柜台声称"第一次上班"吗？还是说她根本就没考虑太多，以为随便说说应该没什么大问题呢？

从她过去的行动来推断，她应该不是后者那种随遇而安的女子，所以应该是前者！由于手上没有真的关根彰子的劳工保险被保险人证，没办法只好在柜台前说谎了。辞掉葛西通商的工作之后，被债务和讨债公司所逼，于是申告个人破产，搬家逃到川口公寓，在酒廊里工作糊口——真关根彰子在这种动荡不安的生活中，很有可能遗失了这张薄薄的被保险人证，使得假的彰子尽管翻遍了川口公寓的房间也无法找到。

水壶响了。碇贞夫赶紧起身，身手利落地冲泡海带茶，并用手指抓着两个茶杯回到客厅。

"能派上用场吗？"他一边吹着热气一边问。

"嗯，谢谢。"

本间收拾好资料，偷偷斜眼瞄了一下碇贞夫，发现对方也在看他。

"还有吗？"

"如果能告诉我这名女子是否持有护照与驾照，就更好了。"

碇贞夫"嗯"了一声，看着电话说："我现在可以去确认，但是护照可能比较麻烦。万一遇上讨厌的家伙就麻烦了，我还是晚点再打电话给你。晚上告诉你应该够意思吧？"

"太好了。"

碇贞夫完全不问本间究竟在调查什么。本间很清楚他的想法，目前的阶段，这是属于本间的家务事，他不过是帮个忙而已，所以不应该过问。万一将来事情搞大了，本间自然会说。

"欠你好大的人情，下次一定还。"

碇贞夫却说："我要你现在就还。"

本间看了他一眼，碇贞夫下唇突出，露出了严肃的表情。

"伤脑筋，你得帮我想想！"

让碇贞夫头疼的是目前正在调查的凶杀案。

"现场是在中野，距离车站约二十分钟公交车车程的独户人家，时间是半夜两点过后。强盗侵入民宅。只有夫妻俩的住家，先生被杀死了，太太被捆绑，强盗逃跑的时候被附近的居民看见了。"

"哦。"

"是户有钱人家，先生五十三岁，太太三十岁，是继室。"

"小孩呢？"

"和现在这个太太没有生。财产很多，一共经营了两家咖啡厅、一家录像带出租店和两家便利店。"

"真够阔的。"

"死者还投保了一亿元的人寿保险。两人结婚一年半，这桩婚姻在男方的亲戚口中不受好评，大家认为是女方贪图男方的财产。这是一般的常识性看法。"

本间苦笑了一下说："然后呢？"

"我个人认为是假强盗，是女方为了害死丈夫而设的骗局。女方外面另有男人，这种传闻到处都是。男人为了女方自然铤而走险。"

"这说法应该还算合理。"

"是吧？"碇贞夫拍了一下桌子说，"可是问题就出在这里。没有嫌疑人。"

"什么？"

"没有，就算是用 X 光调查她的私生活，也找不到有外遇的线索，根本查不到男人的半个影子！她清白得令人跌破眼镜。"

"女方长得怎么样？"

"是那种耐看的、值得长期交往型的，她先生就是看上她这一点。"

万一被本人知道，恐怕会气得大叫，但是本间脑海中浮现出在川口公寓遇见的绀野信子。她也是个美女，而且又很精明能干。

"真是令人难以相信。"碇贞夫感叹道，"怎么想都觉得她应该会有男人，可调查后又找不到。怎么会有这么奇怪的事？她是那种似乎人尽可夫的漂亮女人，而且又比先生年轻了二十岁……"

碇贞夫的声音就像是背景音乐，本间陷入了沉思，脑海中浮现出一只手拿着档案夹、头脑清晰地回答询问的信子。而那个时候，她的老公和女儿则是边洗碗盘边嬉闹……"明美，去叫你妈过来。"

"我说——"本间只说了一半，碇贞夫不禁问："什么？"

"你刚刚说的那些店，经营权都是谁在主导？是先生还是太太？"

碇贞夫一脸"坐在面馆，却看到服务生端出法国菜"一样茫然的表情。

"是哪一边呢？"本间重复问道。

"应该是先生吧。"

"应该？你是猜的。"

"是，因为钱都是先生一手掌控。事实上他们已经被税务机关的人盯上了，听说有逃漏税的嫌疑。"

"钱是先生管的。"本间慢慢地重复这句话，"但这也不能代表'主导经营权'。比如店里的装潢、录像带店里放些什么样的软件设施，需要有很多想法。这些都是谁在做？"

碇贞夫立刻回答："噢，这些是她先生做的。太太对于这种事是不过问的。因为年纪大的先生总是宠她，不要她'花脑筋在这些工作上'。"

"两个人有为这种事吵过架的迹象吗？"

碇贞夫摇头说："就我调查的结果是没有。而且太太看起来也不像是那种女人。她就像是钓到金龟婿，正高兴一辈子可以轻松过日子的女人。"

"是吗……"

"是。"碇贞夫笑着说，"只不过店员们对她倒是颇有好感。对了，咖啡厅雇用的店长说过，老板娘对店里面播放的音乐提过有趣的建议。因为她就是新时代的女性，为了能抓住年轻客户，让生意兴隆，所以从客人的角度出发，向店长提了建议。不是吗？"

本间深深一点头，然后说："还有两个问题。"

"什么？"

"太太结婚前的职业是什么？"

"普通职员。"

"事务工作？"

"嗯，就是做那种谁都能够胜任的杂事，不是专业人才。不过本人好像也会簿记，倒也不是很笨。"

本间又想起了绀野信子。

"第二个问题，刚才你说大家谣传太太有外遇，有什么根据？"

"都是附近邻居和店里面的员工说的，说是看见太太常常打扮得特别漂亮，偷偷出门。"

"但是并没有特定的男性对象。"

"正是，所以我才伤脑筋。"

"这种时候太太都是如何打扮出门的？"

"你是说服装？"

"嗯，是套装还是和服？还是飘飘然的洋装？喷香水吗？化妆很浓吗？还有，带什么样的皮包出门也是问题，是只能放化妆品和手帕、纯装饰用的小皮包，还是放得下记事簿、账簿之类的功能性手提包？鞋也有关系，是花枝招展型还是实用型的？"

听到一半拿出记事簿记录的碇贞夫睁大了眼睛问："怎么回事？"

本间将双手放在脑后，悠闲地靠在椅背上说明："你说闻不到男人的踪迹，所以我是基于这个前提来推论。如果女方背着他人外出时，总是打扮得整整齐齐，化妆和香水也很节制，拿着实用的皮包，穿着简单的鞋子。那么她所见面的对象就很有限了。"

碰贞夫端正坐姿问："是谁？"

本间眯起了眼睛回答："可能性最高的是……"

"最高的是？"

"银行。"本间说，"而且是她先生主要交易对象以外的银行，新的银行，和她有生意往来的银行。所以才要偷偷地见面，因为被先生知道就糟了。"

碰贞夫摊开肥胖的小手说："怎么可能？太太去找银行的人见面要干什么？"

"为了事业的融资呀。"

"为什么？"

"应该是她想自己开一家店吧？她想自己来经营，开家咖啡厅或录像带出租店。"

看着摊开双手的碰贞夫，本间不禁笑了，继续说："你和我做这行这么久，难免会有先入为主的想法吧？认为女人若犯罪，背后一定会有男人。总认为女人没有男人是犯不了罪的，只有为了男人才会铤而走险。女人的犯罪都跟感情有关系，丝毫没有例外，这是我们根深蒂固的想法。因为就连杀婴事件，从广义来说，也是因为和男人的感情出了问题。"

"……是呀，现实的人生就是这样。"

"没错，但是现代的社会不一样了。不对，不是现在，事实上从很早以前就开始不同了，不是吗？女人也开始有了与男人无关的犯罪动机——例如想开创新事业，所以得除去妨碍她的人。"

碰贞夫想反驳，却又说不出所以然来，只好放弃。本间继续说下去："说不定一开始这个太太并不是看上男方的财产才跟他结婚的，说不定是看上了男方的事业，以为结婚之后，通过先生，自己也能跟那些事业攀上关系，不是吗？"

即便是粉领族，过了二十五岁，还是整天做些跑腿的杂事，应该也会觉得自己很悲惨。从前跳脱此种困境的唯一方法就是"结婚"。

现在不同了，留学、独自生活、开创事业……有许多不同的路可选择。只是每一项都需要花钱，而且金额庞大。达到目标的方法之一就是找个上了年纪的企业家"结婚"。

碇贞夫缓缓地眨眨眼睛，说："结果真的结婚了，情况却不是那样？"

"嗯，先生愿意给她钱，宠爱她，却不让她碰经营权，说什么不希望用到她可爱的头脑！那跟粉领族时期当办公室花瓶有什么两样？丝毫没有改变嘛。"

"可是在我眼里，那新时代的小女人似乎很满足于这种情况。"

碇贞夫还在挣扎抵抗，说人家是什么新时代的小女人，也真够戗。

"或许有的女人是那样，但也有人不是。事实上，这跟性别没有一定的关系。"

"是吗？"

"对于拥有某种独立性和气概的女人而言，男人对她说：'好了，你不用让自己可爱的脑袋瓜为这些你不懂的事情而烦恼。这种事交给我来处理，你去修指甲吧。'说不定她们听了反而会气得受不了。"

"可是这个太太没有跟先生吵架。"

"是吵不起来吧，因为先生根本不跟她一般见识，总是一副'可爱的宝贝干吗要生气'的态度。所以她会生气，觉得自尊受伤了，于是想东想西想改变，偏偏始终无法找到突破点，最后便耍出了狠招——"

说到这里，本间用词小心地继续说明："而且她也想通过顺利除掉先生这件事，证明自己有不亚于先生的能力和决断力，不是吗？所以说不定她和共犯两个人杀掉先生前，还将累积的满腔愤怒与不满全部倾倒出来，让她先生吃了一惊。"

碇贞夫一副"在面馆用餐，却被要求付相当于法国大餐的费用"的表情。"可是她应该有共犯吧？"他问话的表情就像撤退的军队死守最后一座碉堡一样，"应该是她的情夫吧？有男人，一定有。她要情夫出手帮忙，果然幕后的是男人。"

"可你不是说查不到男人的线索吗？"

"也许是我们的搜查不够全面。"

本间开门见山地说："我可不那么认为。既然找不到男人的线索，共犯就是女的。也许是她粉领族时代要好的同事，她们打算一起开创事业，所以除掉了妨碍她们的先生……说不定是对方提议的。而且女人跟女人见面，既不会被人怀疑也不会太显眼，两个女人联手攻击，也能杀死一个大男人。这方面你不妨去调查看看？"

碇贞夫沉默了很久，终于以惊讶的语气开口了："那个太太有一个很要好的女性朋友。葬礼的时候，对方十分照顾她。"

"那说不定就是。"

碇贞夫睁大眼睛看着他，然后才说："我也应该被枪击一次看看。"

本间本来想开玩笑说"感觉很不错哦"，但还是闭上了嘴巴。

女人的犯罪不见得都跟感情问题有关，时代已经改变了！

本间有这种想法，或许就是因为"关根彰子"的关系。

她偷了别人的户籍，假冒别人的身份，在行迹即将暴露时，放弃眼前的婚姻逃逸无踪。她究竟有什么目的或是发生了什么事都还不清楚，唯一能确定的是，她的行动并非为了爱情、男人或情欲。

就顺序来说，她假冒成为关根彰子并不是为了跟和也结婚。因为跟和也的恋爱是之后才发生的，在她使用假的名字和建立起假的生活之后。

而且，只要稍微露出破绽，她可以无视被抛弃的和也的心情，不在乎今井事务机公司同事的惊讶与困扰，一个人消失而去！

本间认为有什么东西在追赶着她。他几乎可以断言，她在逃跑。虽然还不知道追赶她的是什么，但因为是紧迫的追赶，所以她拼命地逃跑，用尽心思，提心吊胆。

而这些她都是一个人办到了。于是本间又想，她是孤独的，她只有自己一个人，既不用顾虑任何人的心情，也不用听从任何人的指示。

撕开图案明亮的壁纸，背后隐藏着钢筋水泥的墙壁，一面任何人都难以突破、无法摧毁的墙壁，那是她钢铁般坚强的生存意志，只是一切都是为自己。她就是这种女人。而这种女人或许十年前还不存在于我们的社会里。

"我们的想法是不是已经太陈旧了。"碇贞夫喃喃低语。

碇贞夫前脚回去，井坂和小智后脚便踏进家门。

"呆呆还是没有找到。"小智显得很失望，"会不会死在哪里了？碇叔叔说，如果死了的话，清洁队或卫生所会负责处理，所以马上就会知道的。"

"那里的人怎么说？"

"没有，说是没有处理过任何跟呆呆长得很像的狗。"井坂回答，因为很在意小智，所以用词很小心。

"呆呆对人没有戒心，说不定开车经过的人跟它玩，觉得它可爱就带走了。"

小智靠在墙上闷不吭声。本间和井坂对视了一眼。

"爸爸。"小智低声呼唤。

"什么事？"

"卫生所里有好多狗。"

本间想，糟了。因为他知道身为父亲、身为大人，他将面临一个非常难回答的问题。

"那些狗都要被杀掉吗？为什么会有人把狗丢掉呢？那些人为什么要养狗嘛？"

我就知道，我也不想回答。井坂摆出这样的脸色，摸着脸颊低下头去。

"为什么呢？"本间回答，"爸爸也不明白那些人为什么要做那种过分的事。我虽然不明白，但我们家不会那么做，而且如果看到有人那么做，我们也会想办法阻止。很遗憾，爸爸一个人的力量，能做的大概就是这样。"

井坂微微弯下腰，看着小智，说："久惠阿姨不是说过了吗？这世上有很多浑蛋家伙。养了狗却不负责任的那些人就是浑蛋家伙。"

然后他将小智拉到一旁说："先去洗个手。洗澡水马上就烧好了，去洗个澡吧。累了吧？"

小智慢慢地转身走出厨房。剩下的两个大人同时发出了叹息。

"卫生所那种地方，连我都觉得不好受。"井坂压低声音说。

"真是不好意思。"

"没关系。只不过真的是有很多狗，看了真叫人难过。"

井坂正准备往流理台的方向走过去，突然停下脚步说："对了，差点忘了。"他将手伸进上衣内的口袋，掏出印有照相馆名称的信封。"刚才我们要出门的时候来了电话，说是放大的照片洗好了。我本来还想该怎么办，结果照相馆就在去卫生所的路上，我又担心你要专程跑一趟太辛苦，所以就帮你拿了回来。"

其实本间早忘了，原来是那张拍立得照片，因为不太可能成为什么线索，心里便放弃了，结果就这么耽搁了下来。

"太好了，我都忘了。"

见他拿出照片来看，井坂又道："店员说，因为原来的照片焦距不对，放得太大反而看不清楚。这是最大限度了。"

大概是B5复印纸三分之二的大小，那间巧克力色外墙的房子被放大了，但并没有因为放大而有什么戏剧性的变化，一如店员所说，反而有种模糊不清的感觉。照片上只有那个房子和两个女人，以及那盏模糊的照明灯。

这时本间突然发现——

一开始他以为是眼睛的错觉，于是赶紧从旁边的抽屉里翻出小智还是谁送的放大镜，对着照片重新仔细察看。

果然没错。

怎么会有这种事？

"怎么了？"

在井坂的质疑下，本间抬起脸递上照片。

"井坂兄，你看棒球吗？"

"这个嘛……"

"去球场吗？"

"去呀，东京都市圈里较大的球场我几乎都去过。"

本间闻言有些兴奋。"那井坂兄就你所知，有没有照明灯的方向相反，也就是对着球场外的奇怪棒球场呢？"

井坂眨了眨眼睛说："呃……什么意思？"他拿出老花眼镜，架在鼻梁上面，将照片拿在手上。

本间指着照明灯的部分问："这是棒球场的照明灯吧？"

"没错。"

"所以说这个房子就盖在球场旁边，没错吧？"

"是。"

"好，你再看仔细点。"

本间用手指敲着照明灯的一个个电灯泡。其实照明灯只是在画面的左上角稍微被拍到一点而已。

"放大之后我才发现，这个照明灯的每一个灯泡都对着这个房子的方向，对吧？也就是说，是对着外面。因为棒球场里面是不可能盖房子的。"

的确如此。照明灯的灯泡面对着镜头，照着巧克力色房子的方向。

井坂将鼻子凑在照片前面仔细观看。

"是……你说得没错。"

"你对这个球场有没有什么印象？"

井坂拿着照片，侧着头思考了一下，然后慢慢地问道："你对棒球……"

"没什么兴趣。"

井坂点了点头说："我想也是。因为如果你看过棒球场的照明灯，立刻就会知道要改变灯泡的方向很困难。"

"噢……是吗？很困难？"

"一般照明灯都是对着球场中间，不然就没什么意义。要将灯光照向外面的话……"

"除非是什么可以掉头的设计。"说完，本间自己也觉得好笑。

井坂也跟着笑了。"如果能使用那么厉害的照明灯，马上就会被报道了。像神宫外苑那一带就很阴暗，比赛结束后，将照明灯转向球场外照亮观众回家的路面，不也很好吗？"

本间将照片放在一旁，搔着头思考。

但是这张照片拍到了奇怪的现象，却是不争的事实。

"对外投射的照明灯……"井坂还在纳闷。

13

本间打电话询问对方住址，接电话的女子告诉他从新桥车站前的火车广场该怎么走过来。位于新桥车站日比谷出口前的这个广场，展示着货真价实的 C11 号蒸汽火车头，虽然不如涩谷忠狗广场那么有名，但还算是一个相当热门的约会见面场所。

拉海娜酒廊还在营业。接电话的女子语气有些自傲地表示，他们开店已经十年了，老板和妈妈桑都没有换过人。

本间想真是太幸运了。因为特殊行业的变动十分剧烈，虽只过了两年，他早已作好面对老板或店名可能变更的心理准备。

大概是沟口律师交代过了，本间询问关根彰子的就业经历等资料时，那个姓泽木的女职员态度很亲切。本间将这些资料整理如下：

一九八三年三月　来到东京　任职于葛西通商

一九八四年　　　夏天起开始有信用卡借贷的问题，搬离宿舍，改住锦系町城堡公寓

一九八五年　　　四月起于新宿三丁目的金牌酒廊兼职

一九八六年春　　因为劳累而感冒住院十天，经济状况愈发恶化

一九八七年一月　讨债公司变本加厉，不得已自葛西通商离职

一九八七年五月　申告破产。搬离城堡公寓转往金牌酒廊同事宫城富美惠家借住

一九八八年二月　确定免责。辞去金牌酒廊工作，转往新桥拉海娜酒廊。二月起自宫城家搬往川口公寓居住

一九八九年十一月二十五日　母亲于宇都宫发生意外并身故

一九九〇年一月二十五日　为保险金一事拜访沟口律师

一九九〇三月十七日　失踪

本间决定根据这个表反向调查回去。先从拜访沟口律师开始，接着调查拉海娜酒廊，然后视在拉海娜酒廊调查的结果，决定去宇都宫还是金牌酒廊，或拜访当时让关根彰子借住的同事宫城富美惠的家。

由于寻找呆呆未果，小智晚饭吃得不多，一脸难过的样子。本间出门前到他房间瞄了一下，他正在跟朋友通电话。因为最近没有时间照管他，电话占线时间太长的事就放他一马吧。

从家里到车站，本间还是决定搭出租车，再改搭电车，所以感觉今天没有用伞的必要。虽然还不能像平常一样走路，但比起之前到今井事务机公司调查时，他至少可以不用依靠外物行动了。

栗坂和也提出要他帮忙是在这个星期一，今天是星期五，才第四天。在这么短的时间内，受伤的膝盖不可能会有戏剧性的好转，本间想，应该还是意志力的作用。

复健疗程规定每星期两次，原则上排在星期一和星期五，所以今天等于是逃课了。可是看这腿的状况，本间倒是没什么罪恶感。他甚至觉得，比那种无聊的疗程，比起被理疗师折磨，现在这样反而更具疗效。对于自己拼命找理由把行为正当化的想法，本间不禁苦笑。

"搞不好又要接到挨骂的电话了！"

虽说是复健，但不是在医院里做。从警察医院出院后，朋友推荐了这家运动健身房，说不妨当作恢复身体机能的训练去试试看。据说那里跟几家私立医院有合作关系，可以和医生联系，安排系统的训练课程。

不管是公立还是私立，东京都内与郊外的医疗机构都面临人手不足、资金短缺、设备不够等问题，最主要的原因为地价高涨。要想增加土地盖新大楼、引进新设备，动辄就要上亿的花费，根本就是难以实现的梦想。所以复健设施成了首先被放弃的项目，只能朝委托他人经营或合作的方向发展了。

受理本间这一疗程的治疗师今年三十五岁，是位在大阪土生土长的女子，三年前结婚。她先生任职于在全国都有分支机构的外食产业，她因先生的调职而来到东京。此人个性爽朗大方，只是每次本间累得汗如雨下，她却坐在柜台里，一副事不关己的脸色说着风凉话："不行呀，我就说东京的男人吃不了什么苦。"听着令人恨得牙痒！

东京吸纳各地来的人，很快就能将他们同化。奇怪的是，偏偏关西人始终能保持本色，他们的关西口音也拥有强韧的生命力，尽管语尾变化是"标准语"，但音调还是一如从前，一听就知道来自关西。本间对此不禁产生一抹憧憬的感觉，自己虽然是东京出生的，却不是东京人，偏偏对于自己的籍贯地又没有可称作"故乡"的认同感。

本间的父亲是东北乡下贫苦农家的三男，二十岁那年来到战败后的东京找工作糊口，当上了警察。应该说他是想到东京来，所以才当了警察。当时的东京有严重的粮食不足问题，因此对外来人口有所限制，唯有答应当警察才能无条件迁居到东京。

父亲并非抱着什么坚定的目标，也不是为了维护社会正义，只是为了糊口、为了明天的生活而当警察的。

本间想，这也难怪。当时的日本人失去了过去坚守的生活信条，就像是没人操纵的木偶一样，只能茫然地看着周遭的一切，一时之间不可能找到新的生活目标。

父亲就这样抱着当初的想法，平淡地过着他的警察岁月。反而是母亲觉得不可思议，因为本间居然受到父亲的熏陶与感化，也当上了警察。

"毕竟是流着同样的血吧。"母亲说话时的神情带着些许不安。

因为自己是过来人，她一开始便对儿媳千鹤子有着奇妙的同情。

"如果想分手，没关系，直说无妨。千鹤子抚养小智长大成人需要的赡养费，我会帮你跟俊介要的。"母亲甚至还如此公开宣布，本间听了不免有些愤愤，但当时千鹤子却一笑置之。

如今他的父母和千鹤子都已经不在人世了。

他们三个都是北方人。母亲和父亲是同乡，千鹤子出生于新潟县的大雪地带。每次回老家，在聊天的时候，本间总是突然会有种抽离的感觉——四个人中，只有我没有故乡的记忆，我没有根的印象。

千鹤子说过："你不就是东京人吗？"但本间从来没有这种意识。他认为自己的家所在的地理上的东京，和所谓"东京人"、"东京之子"的东京，在定义上有着不言而喻的差异。固然俗话说"没有连续住上三代，就称不上江户人"，但这种差异是无法用如此肤浅的方式界定的。

本间觉得关键在于人能否感受到"自己的血液和东京是连在一起的"。而这种时刻的"东京"才是"故乡的东京""能够生养与教育下一代的东京"。

然而，现在的东京已经变成人们无法扎根与生存的土地了，既没有泥土味，也不再下雨，而是一块无法耕作的荒地。它有的只是作为大都市的机能性罢了。

就像汽车一样，无论设备再豪华，性能再棒，人们还是不能在车里生活。汽车只是偶尔乘坐，为了方便而使用，偶尔开去整修、清洗，到了使用年限或用腻了便换新车。汽车不过就是这样的东西。

东京亦然，只是刚好没有其他车的性能比东京这辆更好，就算有，也只是某些特性较强。大多数人已经用惯了，其实只是把它当作随时可以替换的备用品看待。

人们对于随时可以买来新的替换的东西是没有归属感的，不会将这样的东西称为故乡。

因此，现在东京的人都是失根的草木，大部分人赖以生存的其实是父母甚至祖父母所拥有的根源记忆。

但是这些根源其实多半很脆弱，来自故乡的呼唤早在很久以前就已经沙哑，所以失根的人数有增无减，本间认为自己也是其中之一。

或许正因这样，当他为了工作奔走在大都会之中，听许多人说话，从他们的言语内容、语尾变化、音调变化、遣词用字，很明显能感受到对方的故乡在何处时，他就会有种伤感的情绪。一如同伴在一起玩耍，随着天色渐晚，一个个朋友被母亲的呼唤声叫回家，没有人来叫自己回去，最后竟发现只剩下自己一个人——这种孩子般的心情。

晚上八点三十分，本间推开拉海娜酒廊大门时，前来迎接他的二十岁出头的年轻女孩就带着点博多地方的口音。是啊，九州岛也是吸引力很强的土地，绝对不会轻易放弃在那里出生的人。

本间不禁想，在这里上班时，关根彰子是否也曾提起故乡宇都宫呢？

“如果猜错了，对不起，请问你是警察吗？”和本间面对面不到五分钟，拉海娜的妈妈桑便这么问。

“猜中了！”本间笑着说，“你怎么知道的？”

对方耸了一下裸露的肩膀。她穿着一件露单肩的连衣裙，可以看见光滑圆润的右肩和半爿锁骨。脖子上有一颗小黑痣，正好在衣服的延长线上，说不定是故意点上去的。

二十叠大小的狭长空间里，有一个马蹄形的吧台和两个包厢。装潢很简洁，墙上只挂了一张海报大小的巨幅树木照片。

员工只有大概是在这里打工的年轻男孩和两名年轻女孩，一位是那个有博多口音的小姐，另一位则像是这里的老大姐。

本间坐在吧台最靠边的位置，吧台里面除了妈妈桑，还有一位从这里只能看到侧脸的调酒师。他长得有点像井坂，本间感觉很有趣。

酒廊外面挂有招牌，但看起来并没有喧嚣的感觉。和巴克斯不一样，这里没有卡拉OK设备。作为一间酒廊，这里的装潢和摆设并没有花费太多金钱。吧台另一边放着一个笨重的大花瓶，里面插着花，仔细一看才知道是假花。如果是高级酒廊，就一定会插鲜花。

固然这里不能说是很大众化，却是生客难得上门的一家店，就像是公司的中层主管，薪水不是很高的那种，偷偷保留给自己一个人享受的酒廊。现在坐在店里面的四名客人看起来也不像是属于同一个团体。

这是一个能让人数少的酒客感觉轻松的地方，所以才能维持十多年吧。

本间只是开口说"认识以前在这里工作的女子"，但是妈妈桑大概已经心知肚明，提出第一个疑问之后，便接着问："你要找谁吗？"

"你还没有回答我，为什么知道我是警察。"本间说，"也许我只是跟以前在这里上班的女子交往过，来到这里怀念旧情而已。"

大笑之后，妈妈桑说："像我们这种店不会有那么奇特的客人来。而且我大概都掌握店里小姐与男人的关系，不认识的男人想来这里诈骗，门儿都没有！"

"掌握？"本间用手指稍微挠了一下太阳穴，"该不会是斡旋吧？"

"死相！会说这种话的人，肯定就是警察。"

本间故意做出吧台上有什么东西被拍落的搞笑动作。

"你不出示证件吗？"

"怕吓到其他客人。"

"说得也是，会扫兴的。"

妈妈桑说完，咬着涂有粉色口红的嘴唇，想了一下问："你是樱田门的人？还是这附近的……对了，你是丸之内警局的吧？"

"丸之内警局的人会到这一带喝酒吗？"

"因为不是辖区，所以才能放松吧。当然，他们不会说自己是警察，可我们就是看得出来。"

"为什么？"

"气味吧。你们的眼神都很犀利，不像一般的客人。"妈妈桑夹紧手臂，做出观察四周的表情。

"谢谢你啊。"

"你是樱田门的吗？"

"嗯。"

"是刑警吗？应该不是重案组的吧，因为那里的人不会一副上班族的打扮。"

"是刑警。"

没有刑警证件的搜查行动。本间还是摸索着从西装内袋掏出没有头衔的名片放在吧台上，妈妈桑双手拿起查看。

"本间先生吗？请问有什么事？跟在我们这里上过班的小姐有关系吗？"

本间在凳子上重新坐好。

"不知道你还记不记得，到两年前的三月为止，曾在这里工作过的关根彰子小姐？"

妈妈桑先是看着本间的脸，然后转向调酒师的方向。侧着脸的他大概也在竖耳倾听，这时也转过头来。

"菊地师傅，你听见了吗？说是要找彰子。"妈妈桑对调酒师说。

调酒师没有停止擦拭酒杯的动作，点了点头。"嗯，我听见了。"

"看来你们还对这个名字很有印象。"本间说。

"因为薪水还没结算，就跑得无消无息了嘛。"

"就是说嘛。"

妈妈桑探出了身体，因为紧压着吧台，肩带深深陷入了左肩的肉里。

"这种事我们店里可是头一次发生。我常说自己很会看人，就是太相信自己了，这件事对我打击很大。"

妈妈桑将右手放在心脏上方，仿佛那打击还留在胸口似的，然后好像突然想起来一样，睁大眼睛问："你在找彰子吗？"

"没错。"

"那女孩犯了什么罪？"

"不，没有，所以我才没出示证件。"

在这里，还是拿和也出来当挡箭牌吧。

"她和我的侄子订了婚，可是好像临时变卦，不见人影。我侄子心想人跑了也没办法，其实没有责怪对方的意思，但借给她的钱总得要回来吧，所以才要找她。我侄子嘴里是说'欠债不还的人死了算了'，可是站在我这个媒人的立场，不能让他们就这样散了。"

妈妈桑和调酒师又对视了一眼。从正面来看，调酒师长得比井坂帅多了。

"彰子订婚了呀。"妈妈桑轻声地自言自语。

"你的侄子也是警察吗？"

"不是，他在银行服务。"

"是吗……彰子要嫁给银行的人当太太呀。"

"她看起来不像吗？"

"话也不是那么说啦，只是……该怎么说好呢？因为她不是细心型的女孩，有个神经质的先生会很辛苦的。"

"她不是居家型的女孩吗？"

"有点吧。"妈妈桑微笑说，"对于打扫房间、洗衣服什么的好像不是很喜欢。"

这跟逃离方南町公寓的"关根彰子"就大不相同了。

妈妈桑的年纪看起来——快要四十岁了吧，有点丰满，从某个角度看会有双下巴。比起关心体重计上的数字，她现在看着本间的目光更加专注。过了一会儿，她说："我不知道彰子在哪里。总之两年前她那样离开之后，连个贺年卡也没有寄来过。"

妈妈桑的这句话可以只听表面意义，又似乎有所指，听起来好像是说："你的身份虽然很明确，但我不知道你说的是真是假。所以就算我知道彰子的住址，也不会轻易告诉你。"

本间不禁苦笑道："当然我的目的不是这个。我只是想，如果能知道她在这里工作时的情形，甚至能知道一两个她朋友的名字，就太好了。"

在妈妈桑作出回应之前，本间又赶紧补充说："我侄子也知道她在酒廊工作过的事。最近这种兼差的粉领族也多了，所以他不在意。婚事不是因为这件事而破坏的。其实是我侄子太任性，彰子终于受不了他了。"

"这种情形最近倒是很多。"妈妈桑笑了一下。

"彰子是个朴实的人吧？"本间故意套话，"比起我侄子，她实在许多，又不乱花钱。"

这是指破产之后，生活用度应该很吃紧才对。果然，妈妈桑听了点头："她的开支好像比较紧，用钱很小心。"

"现在店里面的小姐是她当时的同事吗？"

"玛琪是。"妈妈桑指着那个看起来像是老大姐的女子。本间隔着肩膀看着她，她正在招呼一名稳重的中年上班族，两人不时地耳鬓厮磨，低语谈笑。

"关根小姐跟同事相处得好吗？"

妈妈桑抬起形状漂亮的眉毛说："还不错呀。"回答得有些暧昧。

"威士忌变淡了。"妈妈桑边说边拿起新的杯子，将冰块放进去。

"既然你能掌握小姐与男人的关系，应该也很清楚她们的女性朋友吧？"

本间拿出从相簿抽出来的假关根彰子的特写照片给妈妈桑看。

"关根小姐的朋友之中，有没有这个女人？她现在好像住在这个女人家。"

妈妈桑仔细看了照片，接着转过头对调酒师使个眼色，要他也看，然后喊："玛琪，这个端过去。"

等那个老大姐般的陪酒小姐过来后，妈妈桑一边递上装有巧克力脆酥的玻璃杯，一边压低声音问："你还记得关根彰子吧？"

名叫玛琪的小姐涂着厚得吓人的睫毛膏。

"关根……"

"就是那个突然跑掉的女孩呀。"

"噢，那我记得。"说话时，玛琪嘴里飘出柳橙的味道，她微笑着看着本间走了过来。

"玛琪，你记得彰子有没有什么朋友？"

"有没有看过她们的长相？关根小姐有没有提起过她的女性朋友？"本间补充道。

玛琪也看了照片。"我不知道。很久以前的事了。"

"你记得她有什么样的朋友吗？"

玛琪摇摇头，这一次飘散出来的是香水味，大概是洒在头发上的。

"我不记得，因为那个人几乎没有提过她来这里上班以前的事。"

"你还记得她住在川口市的公寓吗？"

"川口？是那里吗？反正就是埼玉县嘛。她老是说出租车太贵，所以每天趁着还有电车的时候便下班了。对不对，妈妈桑？"

妈妈桑沉默地点点头。本间又问："她有没有提起来这里之前，在什么地方上班？"

"说是一般的公司。"

"名叫葛西通商的公司。"

"是吗？名字我就不清楚了。对了，她好像说过是在江户川区那里。"

原来如此，她隐瞒了在金牌酒廊服务的那一段。大概是因为在那里上班时，正好经历了破产、被讨债公司骚扰等不愉快的事吧。真的关根彰子破产后，在从事新的工作时对过去的经历有说谎和省略的习惯。

当然，她申告个人破产的事实，应该也没有跟这里的人说过。

"她有男朋友吗？"

妈妈桑笑了，很正式地回答："就我所知道的，她没有。"

"她是个怪人。"玛琪插嘴说，"常常在想东西。客人约她出去也不太答应。尽管我开口保证说，客人人很好，让客人请没关系。她也不去。"

始终保持沉默的调酒师菊地轻声道："虽然不应该乱猜，但我感觉她好像在金钱方面吃过大亏。"

本间抬起头直视着调酒师的眼睛，对方并没有看他，而是看着吧台上的照片。

"为什么会这么想呢？"听本间询问，他才转过头来回答："这个嘛……就是直觉。"

"没有根据？"

"是的。"

"因为被男人骗过钱吗？"玛琪一副很有兴趣的神色，盯着本间的脸庞。

"倒也不是。"

"哦。"玛琪一脸很扫兴的表情，端着盛巧克力脆酥的玻璃杯离开了吧台。

"所以说关根小姐不是很好相处的人喽。"本间再一次确认。

"是呀，她一次也没有跟我们出去旅行过。"

出门前碇贞夫来过电话，回复说关根彰子持有驾照，但没有护照。

所以本间以此为前提询问："也没出国旅行过吗？"

妈妈桑立刻回答："是的。只不过不是因为她不跟人交往，那个女孩是害怕搭飞机，连国内班机也不敢坐。"

"绝对不敢坐吗？"

"嗯，绝对。你看，那张照片上的树，你知道是什么吗？"妈妈桑指着墙壁上的照片，上面是一棵巨大的树。"那树长在夏威夷茂宜岛上的拉海娜小镇，说是小镇的象征树。我妹妹嫁给了美国人，住在夏威夷，我每年都会去看他们一次，通常都邀店里的小姐一起去，只有彰子不行，不管我怎么邀她，她就是害怕搭飞机不肯去。"

所以才没有办护照吗？假的关根彰子知道这情形吗？

如果真的关根彰子没有办护照，那假的彰子就能够跟和也到国外旅行了。她是否因为知道这点，所以觊觎关根彰子的身份呢？

对了，这里存在一个基本的问题。

假的彰子在假冒真彰子的身份之前，照理说有必要调查她的个人资料。那个设想如此周到的女人不可能没想到护照、驾照之类的证件，便开始行动。她一定是在取得必要的资料后，判断没有问题，才开始假冒关根彰子的身份。

由此看来，能够取得关根彰子个人资料的，应该是她身边的人。

可见，应该是金牌酒廊或葛西通商的同事，但是这还有问题。

金牌酒廊或葛西通商的女同事，当然能够轻易知道关根彰子有没有驾照或护照，甚至连她户籍所在的住址也能查到，可是，也应该知道她有个人破产的经历才对。

如果是金牌酒廊的同事，就肯定知道。至于葛西通商的同事，因为关根是在申告破产前就离职，或许会知道她背负债务，但可能不知道个人破产那一段。

如果从觊觎彰子的身份、想假冒她的人的角度来判断，自然事先会问她关于债务的事，比方说"欠债处理好了吗"之类的。

当时彰子会怎么回答呢？如果回答"我破产了"，那个想变成彰子的女人就会知道。但如果彰子说谎，说跟妈妈借钱还清了，在酒廊上班时找到了主顾，肯帮忙还钱……

又或者假彰子并没有确认这些事实。那可就出了大问题。假冒的这个身份偏偏欠了一堆债，被讨债公司骚扰，最后连自己不是真的彰子也被发现，岂不是败得很惨。

只要肯多花点心思调查，查出关根彰子个人破产的事实并非难事。只要问得有技巧，也可能让彰子本人承认。

这么一来，知道一切事实还愿意假冒的假彰子，到了今天事迹败露，就不可能如此落荒而逃。还有信用卡也是一样，不管和也怎么劝说，她也不会想申请的。

所以，假冒者应该是能够取得其个人资料，但又没有与彰子亲近到可以知道她破产一事的程度。彰子真的有这样的女性朋友吗？

本间再次将假彰子的照片拿给妈妈桑看。

"你不知道这个女人吗？或许她不是关根小姐的朋友，但可能是曾经来找过她的客人，或是短期在这里工作过。"

妈妈桑坚定地摇头。"这样的话，我怎么可能忘记对方的长相？"

调酒师菊地也给出同样的回答。

"这里有没有关根彰子的照片呢？"

妈妈桑耸了一下白皙的肩膀，说："我们没什么机会拍照呀。"

"那我们接着看这张。"本间拿出那张巧克力色房子的拍立得照片，"你知道这间房子？对于这照片上女人所穿的制服，有没有印象？"

还是一样，得到的还是否定的答案。包厢的客人回去了，送完客人之后，玛琪回到吧台一起看照片。"不知道哎。"她回答。

"这房子盖在奇妙的地方。"本间对因工作性质而见多识广的调酒师颇为期待，他说，"就盖在棒球场旁边。你看，不是有照明灯吗？可是这个照明灯照的不是球场，而是对外照。你们知道这是什么球场吗？"

本间知道妈妈桑和玛琪的答案会是什么，所以他问话的语气好像是在提出谜语一样。但调酒师很认真地思考了一下，反问："这种事可能吗？"

"是呀，就是不可能才伤脑筋。"

看来这条线索只能到此为止。

"关根彰子在这里上班时，她母亲过世了吧？她是否受了很大刺激？"

这个问题引起了明显的反应。妈妈桑的表情好像背后被人捏了一下似的。"真是要命，听说是喝醉酒从台阶上摔了下来。"

"哪里的台阶？我知道得不是很清楚。"

"什么神社吧？还是公园？"

"我不记得。"玛琪没什么兴趣回答，然后拿开玻璃杯擦着桌面，暂时离开这些话题，振作起精神。

突然间她大叫一声"哎呀"，睁开浓厚睫毛膏下的眼睛，回过头说："对了，彰子当时说过一个女孩的事，对不对，妈妈桑？你还记得吗？"

妈妈桑好像没什么印象，调酒师也是一样。

"怎么回事呢？"本间问。玛琪抓着他的手臂靠了过来，她的指甲很尖。

"听说彰子的妈妈过世时，最早在跌倒现场发现她、叫救护车来的是一个年轻女人。彰子那时稍提到过那个小姐的事，说对方帮忙很多。"

"有没有提到名字？"

玛琪故作姿态地想了一下。

"她没说。不对，可能说了吧，但是我忘了。"

结果，下一个骰子丢出了"宇都宫"的方向。

14

　　若搭乘东北新干线，从东京车站大概在一个小时内能够抵达宇都宫。如果在转乘时间搭配得不好的时段，从本间家所在的常磐线金町车站到山手线的新宿车站，大概也要花同样的时间。所以说交通真是变得很便利，难怪乘坐新干线的上班族越来越多了。

　　过了中午，本间在禁烟车厢的自由席找到空位坐下。将装有资料的手提包放在脚边时，他感觉到列车开动了，果然是准时发车。

　　车厢里面到处可见和本间年纪差不多、着西装的男性，大概是外出洽谈的上班族。看到这些，就不难理解为什么说新干线是东京这个商业都市的血管了。

　　坐在斜前方走道边座位的年轻人，正把手机贴在耳畔不停地讲话。他故意说得声音很大，而且用的是命令式的语气，应该算得上是位主管级的人物。不过，在公共场所使用手机打电话的人，为什么刚好都声音很大，而且都长着一副欠揍的样子呢?

　　东北新干线离开东京车站不久便钻进了地下，在上野停靠的是地底月台。或许通讯状况因此不佳，年轻人不耐烦地咋了一下舌头，将手机关掉了。

　　本间想，移动电话应该算是高价位的东西，不知道他是用信用卡还是分期付款买的？

家里不知道有多少东西是分期付款买的？一些大型家具和电器多半都是，感觉上是和不同的店签约，再一点一点地清偿。说感觉上，是因为这些事过去都是千鹤子一个人包办，所以家具的颜色、电器的性能等等都是按她的喜好来。本间能够参与意见的，就只有购买的预算。

大部分男人应该都是这样。就算在没有成家的单身汉中，本间也没有遇到过选购家具很挑剔或是懂得分辨地毯好坏的男人。除非很有兴趣，一般男人对家里的装潢是不太在意的。

但还有年代的问题。现在二十几岁的年轻人对于自己居住的套房的装潢、摆设的家具和生活用品的选购等都很讲究。目前在警视厅搜查科中，可以让本间随意询问的人选之中没有二十来岁的刑警，所以他只能凭想象。

报纸夹页广告上的照片、邮购目录和电视上的丸井购物频道……现在的确有很多不错又很漂亮的家具，令人看了就想要。而且若只要在店家收银台前出示信用卡，在签账单上签名就能购买，也难怪人们会心动地买东买西，这就是人性。

问题是没有人会出面制止。会有人在一旁煽动说"这个不错、很棒，很想要吧，怎么样呢"，却没有店员会说"考虑到您每个月的利息和清偿额度，今天还是到此为止吧"。

就卖方而言，肯定会说，谁会做这种蠢事呢？这就是商业主义，谁管得着没办法自我控制的客人！

在上野车站短暂停留后，列车又出发了，钻出地面，穿梭在高楼大厦之中。车上开始广播停靠的站名，并介绍餐车的位置。

车窗外的东京飞逝而过。

本间想起几个月前发生的一件事。

本间同组的组员常去一家小酒馆，那里有一名高中刚毕业的女工读生。因为客人几乎都是可以当她父辈的中年男人，大家都很喜欢她。有一次那个女孩子曾经很兴奋地说："去银座和六本木的高级服饰店，橱窗不是有展示衣服吗？腰带、首饰什么的，全部配成一套，那都是店里面的人精心设计的吧。我真希望一次就好，自己能指着那些说：'给我从上到下同样准备一套。'"

本间听了一笑置之，同行的碇贞夫却批评道："要是这么做，才真的是乡下土包子，证明自己没什么品位，反而会被店员笑话。"搞得女孩也无趣地闭上嘴巴。

本间很能理解碇贞夫说的话，大概他说的也是事实。但是当时从女工读生孩子气的不高兴之中，本间似乎看见了什么焦躁不安的隐藏情绪。

女工读生好像在抗议：才不是呢，你根本不懂。

本间现在才发觉，应该就是这个吧！

那个小酒馆的女工读生该不会为了圆梦，握着信用卡上银座吧？她是个精明的女孩，应该知道冲动的后果会如何。

但是，实际上旁人眼中看似"精明"的人们，往往成为多重债务者。沟口律师说过，那都是些老实认真、胆小懦弱、一板一眼的人。

是什么原因让他们跨出了那一步呢？有什么内在因素吗？

应该不是那种只发生一次的因素，也不可能是被上司责骂而觉得难过、因为失恋而自暴自弃乱买东西等较常见的因素，因为这些都属于本人还能控制的范围。

不是这些因素，不是用这种一般的感情论就能解释得通的。

平稳行进在轨道上的火车慢慢地、慢慢地开上危险的坡道，而一个小小的转辙器正诱导它往前面即将腐朽的木桥上开去，桥下是悬崖峭壁。转辙器无声无息地运作，改变了火车的轨道……

背负债务的人大概也意识不到改变自己的转辙器是什么、在哪里。

"为什么会借了这么多钱，我自己也不知道。"

关根彰子曾经对沟口律师这么说过，说她不知道为什么会变成这样。

"我只是想让自己生活得更幸福。"

感叹个人破产的情形剧增，看不惯倒债风潮兴起的人们，恐怕很难完全接受彰子的这个说法，本间想。他们会说，不知道？太不负责任了吧？而且会很生气地将浪费成癖的犯罪型破产人和关根彰子这类破产人混为一谈。

害怕这种社会的共识以及"破产"这个名词被烙下的阴暗形象，许多想要求救的多重债务者只能喃喃自语"我不知道为什么会变成这样"，从而作出离家出走、放弃工作、背弃故乡的选择。

"请不要作出只见树木不见森林的举动！"

心中思考这些事的同时，本间回忆起向沟口律师事务所泽木小姐确认关根彰子的过去经历时，泽木小姐说的一些话。她在沟口律师那里工作已经将近十年，所以对昭和五十年代后半期的地下钱庄纠纷事件印象很深刻。

"当时还没有制定地下钱庄限制法，或者该说是事情闹大了，才有了地下钱庄限制法的出炉，因为讨债的手段太狠了。我们律师也曾经被负责催收债务的黑道组织威胁过。当时沟口律师的合作伙伴在自己家门口差点被枪击，没有受伤算是不幸中的大幸呀。"

对债务人的威胁与暴力行为也很常见，但是受害者会因为自己借钱而理亏，不敢把事情表面化，通常都是躲在被子里哭泣。

"被威胁到受不了，自然会打一一〇吧？可是尽管当时警察来了，当债权人说明情况后，警方也无能为力。黑道分子的头脑也很好，不会留下确切的证据，所以表面上看来只是债务纠纷。结果警方便会说出那句固定的台词！"

本间抢先说出："'我们不介入民事纠纷'，对吧？"

泽木小姐一听便笑了。"没错。我想很多人为这句话吃了不少苦头，甚至有客户来事务所哭诉：'难道要把我给杀了，他们才要开始进行搜查吗？'"

不只是黑道组织，还有恶劣的讨债公司叫嚣，如果不付钱，就要让债务人的妻女堕入风尘赚钱还债。这种案例不胜枚举。

"可是警方会说，你们又没有真的被绑去卖身，讨债公司的人不过是口头上说说，何况你们又没有录音，不能证明他们说过这种话。然而一度被威胁过的人可就受不了了，这是心理层面的问题：每天的生活和地狱只隔着一层地板似的，整天提心吊胆，最后受不了了，便趁夜逃跑。"

为了能在新的地点安定下来，让小孩上学，自己找到新的工作，就必须将户籍从原来的地方转出来。讨债公司早料准了这一点，马上便闻风而至，在学校大门口埋伏，抓住上学放学的小孩或跟踪他们回家。

"所以户籍是不能动的，但这么一来就找不到正常的工作。光是要保证住的地方就很困难。选举权也几乎等于没有，不是吗？当然也无法投保该地区的国民健康保险。结果就像跌落山谷一样，每况愈下。"

于是就产生了所谓的"现代弃民"，这是沟口律师说的。

"只不过比起当时，现在情况好一点，现在的多重债务人以十几二十几岁的年轻人占压倒多数，他们要重新来过比较容易，至少不会搞到全家妻离子散。当年的地下钱庄纠纷中，大部分都是一家之主欠了好几千万的债，走投无路，连累太太、小孩都被拖下水。"

"五十年代后半期地下钱庄风波，其主要原因究竟是什么呢？和现在又有什么不同？"

泽木小姐想了一下后回答："当时金融风暴的基本问题，我想是出在房屋贷款。为了买房子，许多人拼命贷款，结果每天的生活一吃紧，便跟地下钱庄借钱，都是这种模式。"

"于是全家跟着破产。"

"没错。所以说，比起都市区，周遭的郊区破产案例更多。然而，现在的纠纷大多是以年轻人为主吧？所以不只是东京，各大都市都有。我觉得这恐怕是用完就丢的现代社会弊病。太过浪费。大家的生活变得奢华，偏偏在用钱方面的教育又付之阙如。"

说来真是讽刺，现在因为房屋贷款而破产日多，完全是因为地价太贵的关系。

"因为贵得离谱了，再怎么努力也买不起房子，所以一般想买房子的人是不会逞强去贷款的。目前这种状况下，因为不动产问题而破产的，以投资为目的的借款者占压倒性多数。他们想转手卖房来赚钱，于是大手笔借钱，没想到这期间泡沫经济崩盘了，房子的价格一落千丈，现在卖出去连本金都拿不回来，还要负担借钱的利息。这跟当初想的完全不一样，真是痛苦呀。所以以年轻人居多，还好没有十几岁的，都是二三十岁的人。再来就是年纪差得更远的，靠退休金、保险金过日子的老年人，他们是在股票市场被套牢了。"

又思考了一下，她才继续说："这只是我个人的感想，五十年代后半期的金融纠纷背后，或许隐藏着'想住得更好、想比别人更奢侈、想过更好的日子'的欲望，这就是虚荣吧，而快速膨胀的消费者信用正好为他们提供了实践的场所。不过今天的状况，我觉得完全可以说是'信息破产'。"

"信息破产？"

"是的。比方说用什么方法能赚钱，买股票、投资不动产，还有购买高尔夫球场的会员证等。告诉许多正值好玩年纪的年轻人，什么国家现在最好玩、去哪里旅行最时髦。就连住的地方，这个地区最热门、公寓必须是哪种才够酷，穿衣服要怎么穿才对，买车的新款式……这些不都是信息吗？追求这些信息，人心都跟着浮动了。这时制度和法律依然不够完备，但消费者信用业者还是为了自己的利益拼命把钱借出去。我可以告诉你一个很可恶的事实，现在银行不都另立公司，以地下钱庄的方式提供无担保贷款吗？那是因为如果银行自己经营的话，就会触犯到地下钱庄管制法呀。"

即便是在电话中交谈，本间不时也能听见她背后传来此起彼落的说话声、电话铃声。这个事务所做的，就是希望在紧要关头，让即将通过最后一道转辙器、往悬崖掉落的火车紧急刹住。总之，他们是不眠不休地工作，想要扑灭已经燃起的火焰。

"前一阵子本间先生来这里时，不是提到过一条天皇的王妃吗？就是受到了刺激，我最近又开始读起了《源氏物语》。"泽木小姐最后以明朗的语气说完这句话，挂上了电话。本间不禁纳闷，她工作那么忙，怎么还有这种闲工夫呢？

信息破产。

本间觉得这个想法很对，但是不足以说明一切。

人们为什么要追求这些信息呢？是因为里面有什么才想要追求的吗？人们究竟看中了什么？

而这个"什么"是否就是转辙器，就是小酒馆女工读生不满的表情下所隐藏的东西呢？是否就是驱使关根彰子这种"老实胆小"的年轻多重债务人踏上歧途的原动力呢？

离开葛西通商员工宿舍，搬进锦系町的城堡公寓时，关根彰子应该买了家具和电器用品。她应该也想装饰房间。

是"什么"让她搬离了宿舍？这跟之后让她陷入债务地狱的应该是同一样东西。

那是什么呢？

应该不只是单纯地想享受奢侈吧，也应该不仅仅是经济观念不够敏锐。

那个企图取代她的假彰子是否看出了她内心之中的这种东西？关根彰子是哪里吸引了假彰子，才成为她的目标呢？

本间今天早晨还在胡思乱想，虽然摊开了报纸，其实根本没读进去，甚至还让报纸的一角浸泡在咖啡里面。

结果他敲自己的头大喊"完了"的时候，小智还问他"是不是头痛"。因为小智还记得千鹤子有头痛的老毛病，常常会这样敲自己的头。

这种情况还有很多。小智的心中还残留着许多千鹤子生活的小习性。

像现在这种寒冷的季节，千鹤子在换穿睡衣时，会一口气将内衣、衬衫和毛衣同时从身上剥下来，次日早晨再整个儿穿回去。穿脱的技术令人叹为观止，但毕竟不是上得了台面的行为，至少显得没什么规矩。本间就曾经念叨过她好几次。

"可是天气冷嘛。"千鹤子笑着辩驳，却没有改过的意思，"你也试一次看看吧，很暖和的哟。"

可是本间根本做不来，其中总是会有一件衣服，不是内衣就是衬衫的袖子会穿错。就算整个都套上了，感觉还是哪里不对劲，最后还得脱了，一件一件重新来过才甘愿。

"我知道了！一定是你的身体太硬了。"

本间还记得被千鹤子那么一说，心里不太舒服。千鹤子的做法无可指摘，只是本间觉得那样子太难看了。

没想到去年秋天，本间发现小智和生前的千鹤子有同样的行为，真是太不可思议了！在妈妈生前，或许是看见本间常常责备她，所以小智都是一件一件地穿脱衣服；等到妈妈过世之后几年，小智突然开始有了相同的行为。而且小智不是故意这么做的，是在被本间指责后才睁大眼睛觉察到。

像这样，往生的人在活着的人之中留下足迹。

人们不留下痕迹就活不下去，一如脱下来的衣服里还留有余温，一如梳子里还夹有头发，总是在某处遗留下什么。

关根彰子也是一样才对，所以本间才会搭上这班她可能也坐过的东北新干线，摇摇晃晃地前往宇都宫。说不定那个盗用彰子名字的女人也曾为了达到目的——想要取代真正的关根彰子，想要多搜集一点关根彰子的信息——坐上新干线，看着窗外飞逝而过的城镇风光，前去她的故乡。

而且，听说彰子的妈妈从楼梯上摔下跌死，最早发现并叫救护车来的是一个年轻女人。

本间告诉自己不能想太多。因为他想到，为了能冒用关根彰子的身份，坐在前往宇都宫列车上的"彰子"，是否已经开始构思杀害她母亲的计划了呢？

15

车站大楼崭新。宇都宫是个繁华热闹的都市。

车站出口分为东西两边。为了观察，本间往返走在连接两个出口的通道上，同时也参观了一下车站大楼里的店铺。整体气氛与新宿或银座的百货公司不相上下。摆设的商品货色齐全，在本间眼中，不论是颜色还是品位，跟东京市中心的大商场也没什么两样。

漫步之余，本间看到了一家服饰店、一家咖啡厅和一家餐厅都贴出了招聘广告。看来这里劳动力不足的问题跟东京也是一样。

这里是新干线乘客的住宅区，大都市区里的卫星城市。

十年前，当关根彰子十八岁时，应该还没有这般繁荣的景观。但毕竟这里是一个颇大的地方都市，她为什么要去东京呢？

如果是为了读书还能理解，但她九年前上班的公司却在江户川区——尽管位于都市中，却依然显得很"乡下"。

这是个充满活力又很干净的车站，来往的人很多。唯一和东京不同的是，这里看不到外国人的身影。那些出国工作的外籍劳工，不是去东京、大阪等大都市，就是到更偏远的温泉区等观光胜地去了，尤其是女性。对他们而言，宇都宫太近了，也太远了。

本间从两个出口中挑选有较大检票口的走了出去。首先映入眼帘的是一个巨大的天桥，与其说是天桥，或许更应该称之为立体通道。在东北、上越新干线的停靠车站常有这种设施。

从水泥围栏向外看，底下是公车站，尽管立有告示板说明发车地点和终点站，但是因为数量太多、太复杂，本间还是不清楚该搭什么公交车去银杏坂町。最后还是靠出租车帮忙了。

本间告知地址，并表明自己是外地人，对这里不熟，请司机开到目的地。矮小的司机侧了一下头说："今天是周末，有自行车赛，所以有点堵。"

从站前大马路右转，行驶约五分钟后左转，拐进一条同样宽阔的大马路。车子在市区朝着西方前进。摊开刚刚在车站里的书报亭买的市区地图，本间得知前面就是宇都宫的中央署、县政府和县警总部。

他也不是没想过拜访当地警局以获取关根彰子的母亲淑子死亡情况的资料。既然是意外事故死亡，就应该留有什么记录才对。如果事先让碇贞夫知道，他一定会说"我会先联络好，让对方帮忙"，这么一来效率会更高。

但本间没有那么做，因为他想维持空白的状态。淑子已经过世两年又两个月，之前她的死因从未被怀疑过，她的女儿彰子也顺利地领到了简易保险金。警方并不认为淑子的死亡有问题，所以结案了。因此自己也没什么好急的，先亲自去看过现场，听听附近居民的说法，如果仍需要找警方帮忙，就留到最后再说吧。

大约过了二十分钟。"就是这里。"司机说完，将车停在标示有"银杏坂町二〇一〇号"的电线杆前。电线杆位于T字形的小巷口，巷口竖着一个单行道的标志。

"二〇〇五号就在巷子里。"

关上车门后，出租车便呼啸而去。本间看了一下周围。

从坐上出租车起，不对，从出车站的那一瞬间起，他就感觉宇都

172

宫市是个一望无际的平坦都市。宇都宫位于关东平原的正中央，本间觉得这也是正常的。只是受到"银杏坂町"地名的影响，他很自然地以为这儿是高低起伏的坡道，就像涩谷的地形一样。

在这平坦的都市里，哪有什么阶梯会让喝醉酒的人跌落致死？关根淑子是死在自己家里的吧？

银杏坂町这一带跟水元附近很像，都是安静的住宅区。没什么公寓大楼，多半是独门独户，而且建筑年代都有些久远，不像是建筑商整批盖好卖的便宜房子，而是植根于该地区的居民的老家，这是本间的第一印象。

慢慢走在 T 字形的小巷中，一对手牵手的情侣迎面走来。女子稍微看了一下本间拖曳的步伐，然后赶紧将目光避开，男子则不断地大声说话。前面是一间挂着"罗蕾雅沙龙"广告牌的美容院，对面是教珠算的补习班。隔壁是栋三层楼的建筑，每个窗户都晒满了衣物，像瀑布般挥洒下来，一楼是建筑承包商。再过去，空出一辆车可停放的空间，后方是栋外墙涂灰泥的二层建筑，铝制拉门的入口处挂着用毛笔书写的旧式招牌"茜庄"。

这里就是二〇〇五号了。

本间双手插在大衣的口袋里，思索着接下来该从何处着手。这时铝门拉开，跑出来两名小学生模样的小孩，一男一女，女孩显得年纪较大些。大概是姐弟。

或许是铝门很重，女孩很用力地想关上门，仿佛一不小心，手一滑就会被门打到头，看的人也觉得有些危险。

好不容易关上门，女孩抓起站在旁边等的弟弟的手，一起往这边走过来。看不见其他人影。

"你们好！"本间开口招呼。

孩子们停下了脚步，两人穿着带有同样卡通人物的球鞋。小女孩脖子上挂着一个颇大的坠子。

"你好。"小女孩回答。

"你们住在这屋子里吗？"本间弯下身来，将双手放在膝盖上，对着两张小脸微笑。

小女孩点点头。弟弟则抬着头看着姐姐，一副"这个人是谁"的表情，因为姐姐什么都知道。

"是吗？伯伯想跟以前就住在这里的人说话，所以从东京过来。你们知道这里的房东住哪里吗？"

小女孩立刻回答："不知道。"

"没有住在附近吗？"

"不知道，因为我没有见过房东。"

"是吗？"这也难怪。

突然，本间发现小女孩的另一只手紧抓着脖子上挂的项链坠子。

本间用讨好小孩的语气故作自然地问："那是什么？"

"警报器呀。"

"心惊肉跳"指的就是这种状况吧。

"这附近有色狼。"小女孩说，"可是妈妈说只要弄响这个，色狼就会跑掉。所以妈妈买这个给我，伯伯想不想听听看是什么样的声音呢？"

才不要，在这里，一旦警报器大响，恐怕会被带回警局，岂不糟糕！

"不用不用，对了，你们的妈妈在家吗？"

"不在。"还是小女孩回答。她一抬起脚走路，弟弟也依样而为，就像摩托车的车斗一样。

"可是妈妈就在附近，那里。"小女孩指着本间的背后。

本间赶紧回过头，以为有个以责备外来入侵者的眼神瞪着他的女人站在那里，但是没有。小女孩指着罗蕾雅沙龙的招牌。

"妈妈身上也有警报器。"小女孩说。

这世界上戒心最重的人是谁？应该是拥有幼儿的年轻妈妈吧，因为有许多丑恶事件是以小孩为对象的。

那对姐弟的母亲是在罗蕾雅沙龙工作的宫田金惠女士，她也是个戒心重的年轻妈妈。她是美容师，照理说应该具有服务业从业者的热忱才对，但是本间从推开罗蕾雅沙龙那扇响着铃声的大门，到进店说明来意，竟足足花了三十分钟。

本间很谨慎地表示，自己对侄子和也的未婚妻关根彰子有些疑虑。

"我可不想惹上什么麻烦。"

"不会。毕竟我也是和也的亲戚。只是因为彰子没有亲人，我们多少会有些担心。"

本间边说边想自己是否露出了不愉快的神色。

金惠点点头说："是呀……关根太太的死法真是可怜呀。"

金惠称呼关根淑子为"关根太太"，称呼彰子为"她女儿"。她表示跟关根家不熟，只是到葬礼露个脸的交情而已。

但是从她的话中解开了"阶梯"之谜。

关根淑子跌死的地方是离这里几公里远，北边的八幡山公园旁一栋旧房子的楼梯。

"那是栋三层建筑，一、二楼是银行，三楼则是家小店。关根太太是那家小店'多川'的熟客，好像一周会去喝一次酒。在楼房外面有一道水泥制安全梯，不是那种常见的弯弯曲曲的楼梯，而是从地面直接通到三楼，高得吓人，坡度很陡。不过二楼的地方有一小块缓冲区就是了。"

淑子就是从那里跌下来的。

"三层楼高，又没有任何阻挡。听说脖子都摔断了。就算是老房子，那种楼梯都算是违章建筑，还上了报纸呢，只是不太大。"

狭小的美容院看起来不怎么时髦。美容师除了金惠外，还有一名，是这家的老板，现在出去买东西了。说到客人，只有一位坐在红色合成皮椅上、让金惠用发卷卷头发、正在打瞌睡的老太太。

等候区的座位太硬，坐起来很不舒服。本间想反正是空着的，没跟金惠打声招呼，便自行坐在附有头盔——就是把头放进去，用热风吹干头发的机器——的美容椅上。金惠也没说什么。她看起来有点憔悴，或许是因为照顾小孩很累。

"当时新闻闹得很大吧？"

"那当然喽，你想想那种楼梯，老早就有人说很危险，结果真的出事了。"

"警方来调查了吗？"

"好像来过，因为是意外事故。"

听金惠的语气，她对于淑子的死因丝毫没有怀疑。

真的关根彰子在拉海娜对母亲的过世只是简略地陈述了事实，但是假的彰子会怎么说呢？

关于"彰子"母亲的死因，和也只说是意外事故。这大概是因为"彰子"只跟他透露那么多吧。而且对和也来说，这对彰子而言，毕竟是件难过的事，自然也就没有继续追问下去。

会不会是故意从楼梯上推倒一个喝了酒、脚步不稳的人，然后假装是意外事故呢？这应该是最简单又安全的杀人方法，只要不被怀疑。

"当时旁边没有人吗？"

金惠偏着头说："这个嘛……我不知道。"

本间换了个角度询问："你们家跟关根家熟吗？"

"还好吧。"金惠说。她和先生、两个小孩住在茜庄二楼的二〇一室。生前，淑子则是住在他们正下方的一〇一室。

"关根太太住在那里将近十年了。"

"每一次更新租约，房租都会涨，她居然都没有搬家？"本间试探着这么说。

金惠听了笑道："你是从东京来的吧？"

"是。"

"难怪你不知道。听说东京的房租贵得像是以前的高利贷一样，我们这里可没有。车站附近的公寓应该很贵，但茜庄是木结构房子，不会涨得太离谱。"

"十年都住在同一个地方，难道不会腻吗？"

"因为是租房子，哪有能力搬家呀。搬家太麻烦了。男人都会交给太太去处理，我家那口子根本不会帮我。"

金惠仿佛突然想到似的嘟起嘴。尽管表情与脸色变了，她的手指还是不受影响，继续动作。她也几乎没有看自己的手指，但动作依然准确无误。

"你们是什么时候搬进茜庄的？"

"嗯……今年是第五年了。"

"很快就跟关根家认识了吗？"

金惠点头说："是呀，因为有小孩的关系，有时会从椅子上跌下来或发出吵闹的声音，不是吗？所以先去打声招呼。与其被正下方的住户抱怨，不如自己先出面更好。"

"当时彰子在家里出入吗？"

"她女儿我大概见过两次面吧，暑假和过年时一定会回来。"

一直在打瞌睡的老太太头上的发卷都上好了，金惠看着镜子调整一下整体感觉，然后离开，很快拿了一条干毛巾回来。

"关根太太的女儿长得很漂亮吧？"

"是呀，人很漂亮。"

本间根本是乱说的，因为他还没有机会看到真的关根彰子的长相。

"可是有点风尘味吧。"

本间看着金惠，她似乎正在专心帮老太太的头包上毛巾，但视线有些游移。看来她在试探些什么。

"那是因为她在酒廊上班的关系吧。"本间说。

"听说……"金惠用橡皮筋将毛巾固定在老太太的头上，"我不知道该不该说这种事，听说她女儿跟地下钱庄借钱，被搞得很惨。你知道吗？"

金惠家是在五年前搬进来的，正好是关根彰子处理个人破产手续的时期，也是地下钱庄纠纷闹得最凶的时期，难怪金惠会听说彰子的困境。

"我知道。"

于是金惠脸上闪过遗憾的表情，还差点发出咋舌的声音。看来她是知道什么。

"很惨哪，关根太太家来了讨债公司的人，连警车都上门了。"

"什么时候的事？"

金惠拿着烫发药水的罐子，想了一下。

"嗯，应该还是在昭和年代（一九八八年以前）吧。"

那就没错了。

"听说，那种钱虽然是小孩欠的，但是做父母的可以不用还。"金惠的语气显得很意外。

"是呀，反过来的情形也一样，没有还钱的义务，只要不是连带保证人。而且只要不是两个人一起花的，夫妻之间也是一样。"

"是吗？如果我那死鬼赌自行车，跟人借钱，我可以不用还吗？"

"当然。"

金惠淋上药水，大概是因为冰凉的感觉，老太太总算从瞌睡中醒来，突然开口说："什么，你老公还在赌自行车吗？"

金惠笑着回答："说是要帮我盖房子。"

"你别傻了。"

老太太在金惠帮她戴上塑料浴帽时，转头看着本间。本间对她点头致意。

"他是师傅的老公吗？"

"才不是呢，是从东京来的客人。"

"讨厌，我还以为是你离婚的老公又回来了呢。"

看来这位美容师傅有过离婚的经历。

"从东京来这里干什么？"老太太不是问本间而是对着金惠问。金惠将老太太的头转向前方，戴上塑料浴帽。

"来看我的呀——如果太烫就说一声。"

后面那句指的是套在老太太头上、跟刚才的头盔不一样的美发机器。按下按钮后，红色的灯光亮起，发出嗡嗡的声音。

金惠按下推车上的定时器，一副工作结束的样子，往本间所在的位置走来。她坐在客人等候区的座位上，从围裙里掏出一根细长的烟，用廉价打火机点燃，然后长长地吐了一口浓烟。看她脸上的神情，仿佛辛苦工作就为了这一刻的乐趣。

"如果要调查她女儿的品行。"金惠压低声音说，"与其问我这种邻居，不如去学校问更快一点。"

"学校？"

"是呀，关根太太在这附近的小学的厨房工作过，她女儿也是读那所学校的。"

"可是现在问些小学时的事，根本没什么用吧？"

"会吗？关根太太说不定会向同事抱怨女儿吧。"

刚才提到借钱一事时在金惠眼中闪过的不怀好意的目光又出现

了。跟自己毫无关系的婚姻话题，她当然会没兴趣，所以说话才老挑毛病吧。更何况，对方是个从事特殊行业、跟地下钱庄借钱、对母亲不孝的女孩。

"还有呀……"金惠似乎看出了本间的疑惑，继续说，"关根太太的女儿年纪比我小很多，我无法直接知道什么。但是她的初中高中同学应该还有很多住在这里，去找他们问问不就得了。总有同学会什么的吧。"

"你知道彰子有什么特别要好的朋友吗？"

"这个嘛……"金惠偏着头，似乎没什么头绪。

"有没有小时候的朋友还住在这里，会来这里烫头发的？"

金惠对着正在吹热风的老太太大声问："老太太，你还记得住在我家楼下的关根太太吗？"

头被固定的老太太面对着前方，大声说："就是从楼梯上摔下来死掉的人吗？"

"没错。她不是有个女儿吗？大概是二十五六岁吧。"

"今年已经二十八了。"本间开口纠正。

金惠吃惊地说："讨厌，已经那么大了呀。二十八岁了呀。老太太，你想她有什么同学住在这里吗？"

老太太打了个大哈欠，眼睛沁出了泪水，看来很想睡的样子，大概是很暖和又舒服的关系。本间想，她应该靠不住。

老太太却回答："葬礼的时候，本多家的阿保好像来过，不是吗？"

"阿保？啊，原来是他呀。"

"是呀，怎么你忘了？本多太太参加告别式时，不是你帮她做的头发吗？"

金惠笑着说："哎呀，是吗？"

本多保。问出他的名字和他家的"本多汽车修理厂"位置后，本间起身说:"还有一个问题想请教。"

"什么问题?"

他从口袋中掏出假彰子的照片。

"请问有没有见过这名女子?她有没有来找过关根淑子或是跟回家的彰子在一起呢?"

金惠将照片拿在手上,也给了老太太看。

"没见过。"

"这小姐怎么了?"

"对不起,我没办法说,其实也没什么大不了的事。"

听本间这么说,金惠的好奇心反而被激了起来,再一次注视着照片。

"这张照片能不能借给我?"金惠的语气显得很客气,"因为我想让可能知道的人看。我一定会还的,知道什么后也会打电话给你的。"

本间先给了金惠一张印有家里地址的名片,然后是那张"彰子"的照片。为了不时之需,他早已经请照相馆加洗了许多张。

"可以呀,那就麻烦你了。"

本间拿起外套,往门口走去,金惠叫住了他。

"关根太太的女儿是要跟什么样的人结婚呢?"

"是我那没用的侄子。"

"我不是问这个,是做什么的?"

稍微犹豫了一下,本间回答:"在银行上班。"

金惠和老太太在镜子中对视了一眼,点了点头。

金惠说:"这门婚事最好还是放弃吧。"

金惠的身体里面,同时居住着让小孩随身携带警报器的妈妈和拥有爱赌自行车的老公、疲于生活的妻子等部分。这些特质让她能对离开故乡到东京投入特殊行业、因为债务被讨债公司纠缠的关根彰子冷眼旁观。

"我们会好好考虑的。"出于对对方提供许多信息的谢意，本间如此回复。金惠也露出了满意的笑容。

这一次罗蕾雅沙龙的大门没有发出清脆的铃声。来到外面，本间舒了一口气。

"阿保，有客人找你。"穿着一身油污连身工作服的中年技工对着厂房里面大喊。

修车厂铁皮墙边的一辆 50 cc 摩托车旁，原本蹲在那里、跟两个高中生商量着什么的青年站了起来。他个头不高，很结实的肩膀上顶着一个看起来很顽固的戽斗下巴，头发剪得很短，走近一看，他的额头上尽是汗珠。

从金惠的罗蕾雅沙龙走到这里约需十分钟。面对着通往车站的大马路设有一面招牌。一眼看过去约有二十几辆汽车和一些自行车，最边上是一辆小卡车。穿着胸口绣有"本多修车厂"字样工作服的技工，能看见五个。

"请问是本多保先生吗？"本间开口一问，对方便轻轻点头。他紧盯着本间的视线不放，想来十分惊讶。

"不好意思，突然来拜访。"

就像对宫田金惠说的一样，本间说明了来意。阿保越听眼睛睁得越大。

"那么彰子在东京过得很好喽？她在哪里呢？"

"你问哪里，是——"

"自从她离开川口的公寓后，就不知道搬到哪里了，我一直很担心她。"

这句话让本间有豁然开朗的感觉。

"你去过她在川口的住处？"

"去过，结果说她已经离开了。"

"你见到了房东？"

"是，对方很生气，说彰子在上个星期不说一声地跑了。"

"所以说你是前年三月底去的，对不对？"

阿保一边将油污的手在裤管上搓，一边思考了一下，回答："大概是吧。"

"你跟她很熟？"

"没错……"渐渐地，阿保眼中怀疑的神色越来越浓了。"这样感觉很讨厌，我不想帮你调查彰子的品行。"像是袒护朋友般，阿保挺着胸膛问。本间背后是那两位站在摩托车旁的高中生，他们还在等着阿保，阿保隔着肩膀看了他们一眼说："你还是去问别人吧。我不想做这种事。"

"不是这样，我不是在调查她的品行。"

好不容易找到一个可能突破困境的人，不能就这样放弃。

"其实有很多内情，说来话长。不晓得你能不能拨些时间给我，不然我可以待会儿再过来。我是要找出下落不明的彰子。"

结果，本间坐在本多修车厂的会客室等了三十分钟。其间电话铃声不断响起，大概是别的电话转接过去了。每一通电话响不过两次就安静了下来，可见这里对员工的教育很彻底。

那两名高中生回去后，本多保才捧着两纸杯咖啡走进会客室。

或许是以前出过车祸，在明亮的地方一看，本间发现阿保的额头上有一道斜斜的伤痕。除此之外，他算是端正英俊的好青年，左眼好像有些斜视，但还是给人亲切的印象。

因为内容太过复杂，阿保中间不断提出疑问，其他时间则不多说话，安静听着。当电话又响起时，他伸手按了一个钮止住了铃声。

"目前我无法证明自己是警察，因为停职期间我将证件缴回去了。我不是坏人，也没有说谎，请你相信我。"

阿保看着会客室的桌面，思索着本间这些话。

"好……没关系。"阿保慢慢地说，"要确认也很简单，只要跟境兄说，他立刻就会帮我查。"

"境兄？"

"对，他是宇都宫警局的警察。彰子的妈妈过世时，他很亲切地帮忙。我跟他很熟。"

"可以跟他见面吗？"

"我试试看，我想他应该能够抽空。"阿保怀疑地问，"既然事情演变至此，为什么不公开调查呢？得早点找到小彰和冒用她名字的女人才对——"

本间稍微摊开手说："如果找到她们，发现两个人都活得好好的，而且户籍的买卖或租赁也是出于两人的合议，该怎么办？这还是最好的情况。但只要这种情况有一丝可能性，警方就不会出动。"

阿保咬着嘴唇，嗫嚅着似乎有点难以启齿，最后才说："万一……小彰被杀了，没有发现尸体就不行吗？"

"要想被视为案件，有尸体是最好的。"

阿保叹了一口气。

"你都是叫彰子'小彰'吗？"

"是。"

本间看着青年冒汗的额头，想，看来总算找到关根彰子真正的朋友了。

"小彰"这小名听起来有儿时玩伴的味道，就像碇贞夫叫千鹤子"千千"一样，语气中有着不像他的温柔。

"可是我——"阿保欲言又止，"小彰的妈妈过世后，我去川口找她，发现她失踪时，我有了很奇怪的想法。"

他用请示的目光看着本间。

"我想果然是小彰杀死了她妈妈，所以才会逃跑。"

本间感觉就像飞来了一颗无法预料方向的球，似乎自己明明在看风景画，别人却开口问："这是幅人物画吧？"

"那是因为你知道……彰子曾被地下钱庄讨债的事吧？所以怀疑是不是为领取保险金而犯案。"

阿保点点头，神情有些难过。

"郁美也说过，小彰的妈妈从楼梯上摔下来时，除了看热闹的人外，有一个样子很奇怪的女人也在。她戴着墨镜遮住脸，不知道会不会是小彰。"

本间探出身子问："等一下，你说的郁美是——"

"是我太太。"

"她也是彰子的朋友？"

阿保摇摇头说："不。是郁美发现了小彰的妈妈倒地，并叫救护车来。那天她刚好路过。因为这个缘分，她也参加了葬礼，我们就是因为这样而认识并结婚的。"

16

　　修理厂还没有下班，本多保无法出门。两人约好晚上九点后再见面长谈。阿保说去车站前的小酒馆，那是他常去的店，已经打电话预留了位置。

　　"因为那里比较暖和。"他还补充说。

　　九点过后，阿保推开小酒馆那打在脸上很痛的厚重门帘进来，本间才知道他这句话的意思。

　　阿保带了一个年轻女子。女子穿着高领毛衣和宽大的毛呢长裙，但还是无法遮盖住体形，应该已经怀孕六个月了。

　　"这是我太太郁美。"阿保点个头，一边坐进位子一边介绍。他将两个椅垫重叠着放在电暖炉旁边郁美的座位上，好让她靠着。

　　"初次见面，请多指教。"郁美边说边慢慢屈身坐下，虽然动作小心，但态度显得很稳重。

　　"第一个小孩吗？"

　　郁美柔美的眼尾堆起了皱纹，微笑道："第二个了。可是他这个人就是爱夸张。"

　　"生太郎的时候，不是差点早产吗？"阿保害羞地反驳。

　　"老大叫太郎？几岁了？"

"刚过周岁，所以很忙。"

满头是汗的服务生走过来跟阿保轻松谈笑，点了菜，然后说声"抽烟对身体不好"，便关上纸门出去了。反正点的东西马上就会送上来，大家便聊些无关紧要的闲话。

"本间先生是第一次来宇都宫吗？"阿保问。

"嗯，因为要工作，所以没有机会来。"

"这儿也不像是为了观光而特别前来的地方，从东京来的话。"郁美微笑着说。

"结果看到是大都市，还吓了一跳。"

"都拜新干线之赐。"

"可现在还是常常有人会问'有钓鱼天井的城在哪里'，那明明是编出来的故事。"

阿保说他从高中毕业后，就在父亲手下工作。

"本来我就喜欢摆弄车子。"

他和关根彰子从幼儿园到初中都是同学。高中念不同的学校，是因为他选择了职业高中。如果读普通高中，应该还是会跟彰子同校。

所以两人同过班，也读过不同的学校。但其实这不重要，因为两人家住得近，又是去同一个补习班，所以阿保说："她是我最要好的女性朋友。"说这句话时，还偷偷看了他太太一眼。

郁美本姓大杉，也出生在这个城市，但所读的学校和阿保、彰子的不同。从东京的短期大学毕业后，她在丸之内当了五年粉领族。回到故乡是因为和父母住在一起的哥哥调到横滨上班，害怕寂寞的父母便把她叫回家。

"刚好我一个人生活也腻了，东京的物价又很高。"

"而且一到二十五岁，公司里也不好待了吧。"

对于阿保开玩笑的说法，郁美点头，表情竟认真得令人意外。"没错，真的。我实在是受不了了。"

如果大杉郁美继续留在东京当粉领族，一个人生活，她一定不会这么老实地回答，反而会笑着怪对方"你好坏呀"，或是说"是呀，寂寞死了"，但脸上毫无寂寞的表情。

"说到我工作的地方，我在的时候根本不是什么大公司，薪水和奖金都很普通，也没有豪华的员工旅行，调薪也很有限度，加班津贴还要扣税。我总算明白为什么找工作一定要找大企业。而且职场气氛还冷冰冰的，真是受不了。"

这也是常有的事。本间说："薪水的事暂且不谈，处理一般事务的女职员到了一定年纪就很难待得住，不管是大公司还是小公司都一样，难得会碰上好的工作场所。"

"是吗？"

"可是到了二十五岁就待不住，还真是过分呀。"

听本间这么一说，郁美笑着说："像女警、老师、各种技术人士、特殊专业人才等女性从业者就不一样。如果只是处理一般事务的女职员，就算年轻一岁也是好的，她们的上限是二十五岁。最近电视上不是说，时代不同了，女性到了三十岁还是一枝花。根本就是骗人的。只要有二十岁的新人进来，二十一岁的女孩就已经被当作旧人看待了。"

"工作还有趣吗？"

郁美想了一下，然后喝了一口大茶杯里的乌龙茶，才慢慢回答："很好玩呀，现在想起来。"

现在有先生、有小孩、有家，回想起来，工作可能很有趣。

"跟你们说一件有趣的事吧。"郁美说，"大约是半年前，以前公司的同事，同科的一个不算特别亲近的女孩子突然打电话到我娘家。当时正好我带着太郎回娘家过夜，马上就接到了电话。"

因为头一次听到，阿保的表情显得很有兴趣。

"我一接电话，对方就用很明朗的声音问'你好吗'。我心想怎么回事，但还是回答'很好呀'。她说了许多我辞职后公司的闲话，因为她还在上班，几乎都是她一个人在说，什么去香港玩啦、今年的旅游地点是伊香保温泉啦什么的。然后总算说到了重点，她问我：'你现在在干什么？'我回答：'照顾小孩很累呀。'"

"然后呢？"

郁美稍微吐了一下舌头说："对方吃了一惊，问：'你结婚了吗？'我说：'对呀，因为我不喜欢当未婚妈妈。'她听了便沉默下来，然后说话开始有一搭没一搭的，最后很唐突地将电话挂了。"

一时之间陷入了沉默。郁美用一根手指沿着放在旁边的酒瓶的轮廓描画起来。

"我想，大概她是在找不如她的同伴。"

"不如她的同伴？"

"是呀，因为很寂寞的关系吧，一定是。觉得自己一个人，有种跌到谷底的感觉。可是她以为不是因为结婚、留学而辞职回乡下的我，至少比不上她在东京的生活奢华有趣，一定过得比她惨吧，于是打电话过来。"

阿保的表情就像吃了成分不明的菜一样。"什么心理嘛，我不懂。"

"我想你是不懂。"

"男人应该不会懂吧。"本间一说，郁美却轻轻摇头。"是吗？我可不觉得。男人也有男人的问题，比方说升迁啦、年收入多少等等。但是阿保不懂。"

阿保不高兴地反问："为什么？"

郁美微微一笑，然后抓着他的手臂安慰道："别生气，人家不是说阿保头脑简单或是笨。"

"明明就说了。"阿保嘟着嘴，还是笑了出来。

"人家不是那个意思，人家是说因为阿保很幸福。"

本间问："幸福？"

郁美点头说："嗯。因为他从小就喜欢汽车。因为太喜欢了，连读书都选择适合的学校就读，而且爸爸又有自己的修车厂，他在那里当技工，技术一流。"

"我可不是一开始就是技术一流的。"阿保嘴上这么说，却显得很得意。

"是呀，你是不断努力累积的。可是努力要有成就，也必须有才能才行呀。不行的人，就算再怎么喜欢也是不行的。阿保是从小就喜欢，熟能生巧，于是没有任何东西能够阻挡你。这难道不是最幸福的事吗？"

本间觉得郁美表达得不是很好，但内容却很真实。

"我其实也想到更大的工厂去当技师，我也有过梦想。"

"你是说想进马自达汽车公司，然后到法国勒芒①去吗？"郁美笑着说。

"没错。可是我有工厂，要继承家业，所以虽然有梦想，也只好放弃。"

郁美什么都没有说，只是笑。

阿保的说法不对，有着根本性的错误。但是郁美很聪慧，没有硬要拆穿他，这让本间对她有了好感。本间认为本多郁美很平凡，长得又不是很漂亮，在学校的成绩应该也不怎么突出，但她是个聪明的女人。她肯定是睁开眼睛生活着。

"你们认为关根彰子为什么要去东京？"

①法国城市，每年6月举办24小时汽车耐力赛。

听到本间这么一问，一时之间阿保和郁美互看了一下。然后郁美一副"接下来是阿保的事"的神色，低垂着目光拿起了筷子。

"趁着菜热的时候吃吧！我肚子好饿。"

"你不是吃过晚饭才来的吗？"

"我还要帮肚子里的孩子多吃一份嘛。"

郁美毫不在意地将筷子伸进了炖菜锅里。本间看着阿保的脸问："关于彰子高中毕业和就业时的情况，你知道些什么吗？"

阿保咬着粗糙的下唇，然后反问："这些跟调查小彰发生了什么事有关系吗？"

"我觉得有。对于彰子是什么样的人、会因为什么而行动，我必须知道得越详细越好。必须从这里开始，才有可能找到之后发生的事情的切入点。"

"也能知道是什么样的女人想要冒充她，如何阻止那女人继续冒充下去吗？"说完，阿保斜眼看了一下郁美，"我已经对郁美提过本间先生说的话，她的脑筋比我要好多了。"

郁美嘴角含着笑意。阿保伸手拿起她带来的小手提包，说："我带了这个来。只有高中时候的，是我父亲在我家附近给她拍的。"

拿出来的是一张照片。本间终于能一睹关根彰子的真容。

她穿着水手服，手上拿着黑纸筒，一脸正经地看着镜头，细长的眼睛，小巧的鼻子，两根长辫子垂到了胸口。她体形很修长，膝盖以下露在长裙外，可以看出是 O 形腿。

她的五官很端正，化了妆会更漂亮——顶多就是如此。当然这是一张从前的照片，不能一概而论。但她不像假的彰子那样让人看一眼就有惊为天人的感觉。

"她到东京之后，回来过两三次，我们曾经在路上碰到过，之后就是在葬礼上了。她头发的长度一直没变，后来烫了，葬礼的时候还染成了红色，说是没空染回来。人显得花哨许多，说话声音也变大了。感觉好像真的小彰躲在身体里面，外面的只是一张广告牌。"

沿用阿保的说法，本间调整角度重新观察这张照片，想象她广告牌般的感觉。

"你们知道彰子曾经被讨债公司纠缠得很辛苦的事吗？"

两人一起点头。郁美说："我是和阿保恋爱后听说的。"

"我很早就知道了。我妈和小彰她妈妈去的是同一家美容院，在那边能够听到很多消息。听说连警察都叫来了。我还跟阿姨说如果太过分，下次讨债公司的人来了记得喊我过去。"

"你说的阿姨，指的是关根淑子吗？"

"是，我跟阿姨也很熟。"

"听说彰子到了东京就业后，暑假和过年时都会回家来，是吗？"

阿保想了一下，停了停才说："是吗……也有没回来的时候吧！"

"你们开同学会吗？"

"开，只有初中三年级的同学会。当时小彰没有参加。"

"是吗？"

"同学聚在一起就会说东说西，我也是通过那种渠道听说小彰在东京当陪酒小姐。"阿保舔了一下嘴唇，表情痛苦地说，"我有个同学在东京上班，他说有一次走进涩谷的便宜酒廊，竟然看见小彰穿着网状裤袜在里面。"

"涩谷？那他是在骗人。彰子没有在涩谷上过班。"

"那是在哪里？"

"新宿三丁目的金牌酒廊和新桥的拉海娜酒廊。金牌我没去过，我倒是去过拉海娜，可不是什么便宜的酒廊，小姐也不会穿着网状裤袜。"

"大概是想吸引大家注意，所以才瞎编鬼扯的吧。"郁美说。

"你们朋友之中，还有人知道彰子被逼债的事吗？"

"当然有，这种事传得很快。"

"那关于她如何解决债务的问题呢？"

阿保摇头说："不晓得，好像是什么个……个……"

"个人破产。"

"噢，是呀。她这个做法，我也是刚才听本间先生说了才知道。因为阿姨说到处跟亲戚借钱才解决了地下钱庄的债务，我还以为是真的呢。"

原来如此，本间想。毕竟"破产"二字给人灰暗的印象，就连彰子的母亲也要隐瞒女儿"个人破产"的事实。

"那地方上的人们现在还是这么想？"

阿保点头说："应该没有其他想法吧。只是有一阵子也传出怀疑的风声。因为关根家没有什么能借钱的亲戚，至少在宇都宫市内没有。"

"所以，当讨债公司不再骚扰时，大家觉得奇怪。"郁美加以补充。

"因为大家心中有这个想法——"本间慢慢说出，"就连你看到关根淑子的那种死法，也不禁怀疑起彰子了。"

仿佛是在确认自己的想法一样，阿保注视着郁美的脸，然后说："是的，没错。"

"你怀疑彰子又开始有金钱的问题，所以觊觎母亲的保险金。"

阿保的头低了下来。郁美回答道："没错，因为听说有两千万呀。"

本间苦笑了。"实际上是两百万。"

"什么？真的吗？"

"是呀，只是简易保险。"

"那为什么传闻中是十倍呢？"

"因为是谣言嘛。"

"阿保，你是听谁说这金额的？"

阿保侧着头想了一下说："不记得了。"

"葬礼的时候，你直接问过彰子本人'债务处理得怎么样了'吗？"

"这种事不太好开口吧。"

"会吗？"

"不管怎么说，当时的小彰看起来因为妈妈过世受到了很大的刺激，谈钱的事很难……"

"可是你心里头却怀疑她杀了自己的母亲？"

这问句直接而无礼，但阿保并没有生气。看起来他打心底感到羞愧。

"……是的。"

"就连境先生也是这样吗？负责该案件的刑警也没有问她的不在场证明？"

"好像警方也进行了调查，但是没什么结果。"

关于这一点，本间暂时持保留态度。说不定警方根本没有调查到那里。

"你在葬礼之后到川口的公寓找她，是因为这一怀疑吗？"

郁美对于这一部分似乎都很清楚，于是代替沉默的阿保发言："是的，所以才专程到那里去。"

"因此发现她行踪不明，便认为是畏罪逃跑了？"

"是的。"

"我实在无法相信事情会变成这样。"

"这也难怪，连我也不太敢相信呀。"

本间拿出那张"彰子"的照片给郁美看。

"你见过这名女子吗？"

郁美接过照片端详。

"你说关根淑子从楼梯上摔下来时，你刚好经过现场，叫了救护车。在那些看热闹的人中，发现了一名样子有些奇怪的戴墨镜女子，是吗？"

郁美看着照片回答："是的，没错。"

"那名女子跟照片上的女子长得像吗？"

郁美紧盯着照片看了好一会儿，整个包间里寂静无声，隔着纸门能听见外面点菜与应和的声音。

不久后她蹙着眉摇头，说："我不认识这人，没有见过她，也不知道她是不是那天晚上我看到的那个女人，很难说。毕竟已经是两年前的事了，我也只是刚好瞄了一眼。"

"感觉怎么样呢？"阿保开口问。

"我不知道，不能随便乱说。"

本间点头说："说得也是，谢谢你。"

不可能运气那么好的。本间对郁美谨慎的表现感到赞叹。

"关根淑子从楼梯上摔下来的经过，你还记得吗？"

郁美不寒而栗地抱住双肘。

"我还记得。那天夜里，我打完工，正在回家的路上。我在车站大楼里的咖啡厅打工，有时可以把卖剩下的蛋糕带回家。那天晚上我也带了蛋糕。结果那一场混乱之后，回家打开一看，蛋糕全搅成一团了，大概是我尖叫时，随手乱甩乱转的关系吧。"

"不好意思，要你回忆不愉快的画面。掉下来的时候，淑子尖叫了吗？"

郁美静静地摇摇头，然后说："这一点警方也问过了，我没有听到尖叫声。忽然之间，她就掉落在眼前。"

本间摸着下巴思索时，阿保开口说："所以警方一度说过可能是自杀。境兄——就是之前提到的负责本案的刑警，提出了自杀的说法。他说，如果不是自己想死，喝醉酒的时候是不会走那种楼梯的，明明有电梯可搭。"

"言之有理。"

"只是多川里的人表示，阿姨讨厌搭电梯，尤其是喝醉酒的时候更觉得恶心，总是自己走楼梯下去。"

"是吗——"

"可是境兄还是坚持自杀的说法。他说，如果是意外事故或被人推倒，她绝对会发出叫声。"

本间想，倒也未必。如果是冷不防地被推倒，或是被其他东西吸引了注意力……

"看情形，有时候也可能只会发出像打嗝一般的声音。现场很安静吗？"

阿保笑说："多川里面有卡拉 OK，隔壁的酒吧里有舞池，经常放舞曲。我们也去过那里，根本没法跟旁边的人交谈。"

郁美也同意："是呀。而且当时听见我尖叫，跑出来的都是附近大楼或店家的人。直到事情闹大了，多川的人还不知道发生了什么。"

"关根淑子常去多川吗？"

"好像经常去。"

"定期性的？"

"没错。我是听小彰说的，说从她们母女还住在一起的时候，到小酒馆喝酒是阿姨唯一能放松的时刻。"

"她有固定去的日子吗？"

"说是周末晚上。因为阿姨在厨房工作，星期六放假。"

每个星期六的晚上，只要知道淑子去喝酒的地点，就近等待即可。然后留心喝醉的淑子何时从多川出来，从背后用力一推——

看起来很简单。但是对想杀死关根淑子的人来说，要完成这项杀人计划，首先必须先观察一阵子她的生活，掌握她的行动模式。如此一来，才知道她有到多川喝酒的习惯。听起来很费工夫。

如果是他杀，凶手是女性——假彰子，应该还有更简单的方法吧？她可以假装成推销员到家里行凶，因为同是女性，不会有戒心。

还是说"彰子"通过不同的渠道得知淑子有到多川喝酒的习惯，所以一到宇都宫便打算利用这一点来杀人，这样，就可能用到危险的楼梯了。可是，她是如何获得这一信息的呢？

"我想我们与其在这里说，不如直接去多川看看吧。"阿保提议。

"你可以带路吗？"

"当然。"

"我也去。"郁美说。

"可是身体会受凉。"

"没关系，我穿得很厚。"郁美扬起了下巴。

她的话似乎隐藏着本间听不出来的关键语，阿保听了立刻放下玻璃杯重新坐好。"本间先生，我想帮你的忙。"

"嗯？"

"我想帮忙，帮忙找出小彰。拜托你让我帮忙。"

这种事情应该先征得怀孕中的太太的同意吧。本间看着郁美的脸。她有点逞强地紧闭着嘴唇，点了一下头说："请试着用他吧。"

"可是修车厂呢？"

"请假，这点自由我还有。"

"可是……"

"没关系的，已经说好了。郁美也答应了。"快速说完这句，阿保逃跑般站了起来，"我有点冷，想去小便。"

"干吗——报告。"郁美边笑边敲了一下阿保的腘窝。

等到只剩两人时，郁美并拢双膝，对着本间露出空洞的微笑。

"阿保真是个好人。"

"嗯。"本间点头说，"把你们也拖进这件怪事，真是不好意思。但是刚才说的——"

郁美用力摇头，回答："没关系的。"

"不太好吧？"

"没关系的。"

郁美开始折叠起放在腿上的手帕。"听说你是东京的刑警？"

"现在停职了。"

"我听说了。别看阿保人那样，他可不笨。下午本间先生从修车厂回去后，他就先打电话给境兄，确认警视厅里有没有本间这个人。"

"哦。"

"所以他才想帮忙。能跟真的刑警一起去找人，多棒呀。"

"你真的答应吗？他修车厂可以不去，但有时候甚至会连家都回不了。"

"我是说真的，请让阿保帮忙吧。"

停了两秒钟，本间才说："还是不行。"

郁美吃惊地抬起头，问："为什么？"

"我不认为你是真心答应，也不能让你们之间发生风波。我会报告调查的状况，请说服阿保留在家里吧。"

"那不行，你还是让他帮忙吧。"

"你不觉得讨厌吗？"

郁美的声音变大了："讨厌。我当然觉得很讨厌。"

本间沉默地看着她，郁美丰满的脸颊有些颤动。

"我虽然觉得讨厌，更受不了他在家里整天担心彰子的事。"

"不会的，那是你想得太多。"

"你怎么可以这么说？警察先生你又不清楚阿保的为人。"

本间有点被郁美的气势吓到了。

"可是，就算与彰子青梅竹马，对现在的他而言，还是你和太郎更重要。至少这一点我看得出来。"

"是呀，我们很重要，他很看重我们。可是不一样，意义不一样呀。"

"有什么不一样？"

郁美无力地说："本间先生有过青梅竹马的人吗？"

"有，但现在不怎么熟了。"

"那你就不会懂。"

"阿保与彰子又不是长大后依然很亲密。"

"可是阿保很在意彰子，一直都很关心她。她去东京、跟地下钱庄借钱、当陪酒小姐……阿保都很关心。他其实很喜欢彰子。"

"我先说清楚，那种'喜欢'跟对你的感情是不一样的。"

"是不一样，因为不一样，我才答应，答应阿保为那个人拼命做这些，但只有现在。我希望能作个了断，不希望再继续牵扯下去。"

郁美低着头，一颗泪水直直掉落在她放在腿上的手背上。

"太兴奋对小孩不太好。"

本间试着开个玩笑，但郁美没有接受，也没有打算离开之前的话题。她挺起肩膀说："阿保对我直呼名字，叫她却始终用小名，'小彰'。"她幽幽低语，"我其实很在意，一直都很在意。因为他们拥有共同的儿时记忆，我是赢不了的。"

本间看着郁美，突然想起了碇贞夫的脸，想起他在千鹤子牌位前叫她"千千"的声音。

"既然那么喜欢，阿保不就早跟彰子结婚了吗？"

郁美笑了一下说："彰子好像没把阿保当对象看待。就算不是那样，也因为彼此太亲近而无法接受吧。"

彼此太亲近而无法接受——跟碇贞夫的说法很像。

"青梅竹马跟谈恋爱、结婚毕竟不一样，我想应该是这样吧。而且——"

"而且？"

郁美像个孩子般用手背擦去脸颊上的泪水。

"他因自己有亏于彰子而很懊恼。刚才不是说他怀疑彰子杀了她妈妈吗？所以才想帮忙。"

"想这样来补偿吗？"

"是的，补偿是好听的说法。是因为做错了事，想用行动来改正吧。"

阿保老实的脸孔和郁美说话的声音重叠于本间的脑海中。

"还有，因为关根淑子那种死法，才让我和阿保认识了。换句话说，这件事跟我们夫妻有些渊源，难怪我们会很执着。所以请让阿保做到满意吧。我们可以请假，因为我们没有去度蜜月，结婚的时候，我已经有六个月的身孕了。"

郁美笑的时候，鼻间会聚集皱纹。"今天六点就下班了，我们花了三个小时在吵这件事。阿保在本间先生离去的一瞬间，好像就决定要帮忙了。他人很好很认真，所以拜托你，让他做到满意为止吧。"

郁美虽然没有泪眼模糊，但眼神是哭泣的，她心中一定很不甘心。但是这个聪明的女子知道除非阿保觉醒，否则自己便无法赢过他们的回忆。

真坚强呀，本间想，这是她与生俱来的坚强本性吧。

叹了一口气，本间说："等这件事结束后，一定要他花大钱买东西送你。"

郁美笑了。"我要他盖栋我们的家。我们有自己的地，我想住那种天井很高的房子。"

"不错嘛。"

终于，纸门开了，阿保回到座位。大概在外面站了一阵子吧，他头低低的。

"走吧,阿保。"郁美催促着站了起来。她哈着腰,回头看着本间说:"对了,如果这件事阿保帮得上忙的话,能不能请警方颁张奖状给他?"

　　阿保紧张地制止:"笨蛋,你胡说些什么?"

　　"有什么关系,有没有奖状呢?我公公最喜欢在墙上挂奖状了。可是阿保从来都没有拿过,除了小学二年级的全勤奖以外。"

　　难得地恢复了温暖的气氛,本间笑着说:"我会努力去争取。"

17

坐出租车来到大楼前，阿保说"以你的腿大概爬不上去"，本间只好从下面看着那道出事的楼梯，但这足够让他感受到那种气氛了。

坡度陡得令人有雪块会从水泥阶梯上崩落的错觉，而脚下的灯光却不够明亮。尽管有扶手，但因坡度陡、台阶小，就算没喝醉酒，一不小心失去平衡，也会失足跌落到地面。

"感觉楼梯本身就像是个凶器吧？"郁美很怕冷地缩着脖子低语。

"发生这种事之前，每次经过这楼梯时，我都想说真像是'大法师'。"

"什么大法师？"

郁美一副吃惊的表情问："你都不看电影吗？"

三人搭上大楼角落那部聊胜于无的破烂电梯。一、二楼的银行大概不会用它。电梯里铺着廉价的红色地毯，墙上到处有涂鸦。

电梯发出吱吱嘎嘎的声音往三楼移动。本间想，如果腿没事，自己走路上楼更快。

多川里面已经有人等着他们。看见阿保，一个上了年纪、坐在窗边包厢的男人站了起来。他是宇都宫警局那个姓境的刑警。阿保的动作还真快。

以前因公出差时，本间常碰到有些地方刑警很在意他警视厅刑警的身份，从而故意表现出谦卑的态度或是显得盛气凌人。还好境刑警不是那种类型的人，但与其说这是出于他的人品，不如说是出于他本人说的"还有两个月就退休"的理由而产生的宽容，这其实是某种程度的"看开"吧。

"本多先生已经大致跟我说了你的事。该怎么说呢？好像很复杂。"

刑警可以分成两种，一种在小酒馆之类的地方绝对不会公开自己的身份；一种会选择某种场合，逐渐公开。境刑警属于后者，大概是因为多川是他的"势力范围"。手边摆着温热的地方酒，他悠闲轻松地坐着，说话的语气也不让人感觉有距离。

"首先，关根淑子的死亡事故有没有什么可疑之处？你很在意这一点，是吗？"

"是。有没有他杀的可能性呢？"本间问道。

境刑警笑了。他大概是以这种笑脸作为武器，不让嫌疑人感觉到威胁，拍拍肩膀就让嫌疑人吐露真相的那种刑警。

"我想没有可能，我可以确定。"境刑警说。

"可是……"

境刑警对探出身子的阿保以开导的语气说："我之前不是说过好几次了吗？淑子女士不是被人从那里推下去的。那不可能。"

"不可能？"本间问，"你是说办不到吗？还是说没有听到尖叫声，所以不可能？"

"是的，没错。不如我们出去一下吧，这样说明比较快。"

外面危险又很寒冷，所以郁美留在座位上，三个男人一起来到大楼的走廊。

那是一条宽约一米的水泥走廊，饱经风吹日晒，上面突出的水泥遮檐其实是大楼屋顶的内侧。

假如背后是多川的门口，右手边就是电梯，左手边是那道楼梯。多川是这三楼上三间店面中间的那一间——右手边是另外一间小酒馆的门，左手边则是阿保之前提过的舞曲声音很吵的酒吧的门。看不到任何其他的门，连储藏室、厕所什么的都没有。

"这样你明白了吧？"境刑警一脸得意地往楼梯方向慢慢走去，继续说，"没有可以逃跑躲避的地方。如果真有人推倒关根淑子，那犯案后只有两条路可跑：一个是下楼梯，不然就是搭电梯逃跑。只有两条路。然后跑到附近的什么店，故意装作没什么事发生的样子。"

"不管哪一种，都需要相当强的腿力和演技。"

听到本间喃喃自语，境刑警笑了起来。

"没错，一般人是办不到的。"

三个人站在楼梯的最上方，境刑警站在最前面，阿保站在最后面。

二楼楼梯休息的地方不到一叠大小，仅起一个缓冲的作用，接下来又是细长的水泥阶梯，最下面则是坚硬的灰色柏油路面。往下俯瞰，会有种想丢点什么东西下去的感觉，又好像置身于引发错觉的图画当中，一不小心身体向前倾，连灵魂都会有出窍的危险。

"淑子女士摔下来之后，并没有其他人从楼梯上走下来。阿保，这是你太太提供的证词吧？楼梯上没有任何人。"境刑警随和地对阿保说话，"但是下楼梯到二楼的缓冲区时，也有可能从已经下班的银行里面逃跑。当然脚步必须很快。这一点我们也调查过了，因为二楼毕竟是银行，除了相关人士外，一般人无法轻易进入。"

阿保沉默地搔着脖子。

"如果搭电梯呢？"本间嘴角不禁泛起了苦笑。一看境刑警的脸，他也笑了起来。

"你是说那部老爷电梯吗？"

"是……"

"淑子女士摔下来，郁美发现后大叫，引来人群聚集。要在这之前利用电梯下楼，不被任何人看见地逃跑，简直就跟变魔术一样。况且路上还有其他行人。"

"那就是跑到店里面假装成客人了。"阿保的气势降低了，但还在坚持。

境刑警慢慢地摇摇头，说："那也不可能。不管是多川、离电梯最近的小酒馆，还是离楼梯最近的这家店，"他轻轻敲了一下酒吧的门，"都表示，在淑子女士摔下去时，没有出门后又立刻回来的客人，也没有从外面进来的客人。而且这三家店都有厕所和电话，客人只有在进店和回家时才会进出大门。"

阿保对着外观平常但看起来颇具分量的酒吧大门挥手。"这么吵的店，怎么可能清楚掌握客人的进进出出呢？会不会在境兄你们问讯时，店家也是随便说说？"

阿保开始吹毛求疵，但境刑警的表情就像安抚小孩子一样。

"你说得没错，但是阿保，假设推倒淑子女士的凶手在店里面，请问在这种情况下，凶手又是如何知道淑子女士从多川走出来的呢？当然，可以一直站在走廊上等待，但会被其他客人投以异样的目光，而且事后一定会有目击者出面指证吧？假设凶手在酒吧里，是否因淑子女士大声唱着歌经过，从而得知她的离去呢？但其实是听不见的。"

阿保终于放弃，但脸色突然变了，好像感觉很冷，两手插进了口袋。

"她女儿关根彰子的不在场证明如何？"本间问。

"我们也确认过了。淑子女士的死亡时刻是晚上十一点左右，当时她女儿正在酒廊上班，有同事可以证明。当天是星期六，酒廊并没有休息。"

"不在场证明不是可以作假吗？"对于阿保试探性的说法，本间不由得和境刑警对看了一眼。两人都没有出声，但脸上都有笑容，阿保自己也注意到了这个现象。

"这可不是什么推理剧场呀，阿保。"境刑警说。

表面上看起来似乎相反，但现实生活中，警方其实比一般人更重视不在场证明。不管再怎么怀疑某人，只要有确定的不在场证明，搜查人员就必须将其排除在嫌疑人名单之外，重新考虑真凶。但是一般人却意外地顽固，一旦觉得"这家伙有问题"，就会信口开河地认定"什么不在场证明，绝对是假的"。一个被冤枉地定罪的人，经过调查、审判被判定无罪之后，地方上的居民和亲戚依然视其为罪犯，始终给予冷漠的对待，大概就是基于这种心理吧。科学搜查也是一样，即便刑警因为血型的些微差异，必须寻找其他的搜查对象，一般人也会毫不在乎地认为"谁相信那一套说法呀"！

从阿保想到"该不会是小彰干的吧"那一瞬间起，他便陷入这种深渊，看不见周遭的一切。比起不太明确的不在场证明，阿保心中早认为小彰因为欠债而烦恼的事实更重要，所以才会想得太多、自寻烦恼，最后甚至跑到川口的公寓去找她。他始终抱着怀疑，觉得很痛苦。

"搞不好郁美现在被其他醉汉骚扰，你还是先进去吧。"在境刑警的催促下，阿保走进了多川。

晚风连这么高的地方都吹得上来，本间觉得耳朵冻得快没有感觉了。

本间说："对于没有他杀可能的理由，我已经明白了。"

本间本来就不认为关根彰子会杀了母亲，唯一的问题在"彰子"身上。

"看来你好像还有些保留嘛。"本间的想法好像被境刑警看穿了。

"是的，我有自己的想法，请你别介意。"

"没关系，我也只是在说明自己的想法。"

"我听本多先生提起，境兄好像认为关根淑子是自杀的？"

境刑警深深地点点头，冷风吹来，他的眼里浮现出泪水。

"因为我问过她厨房的同事，和多川常客中认识淑子女士的人。"

境刑警注视着垂直而下的灰色楼梯。

"听说淑子女士以前也曾经差点从这里跌下去。在她死前不久，真的是前不久，据说是一个月前的事。当时她屁股着地，只滑落了四五级楼梯。"

"有人看见吗？"

"有。当时淑子女士自己也很惊讶，所以叫了出来，正好有客人跟她擦身而过要进入多川，听见叫声后跑了过来。"

境刑警从楼梯处抬起眼睛，看起来好像要窥探本间的表情，他说："听说当时淑子女士对扶她起来的客人这么说过：'从这里跌下去会死人的。'"

又是一阵寒风吹起，钻进紧闭的嘴巴，刺痛了牙齿。

"当时她喝得大醉，扶她的人也没有放在心上。只是后来听与她共事的那些中年妇女们谈起，淑子女士的人生好像很不顺遂，常常说些'活着没什么意思，不如死了算了'之类的话。"

"觉得人生没有希望吗？"

"我想是不安吧。女儿搞得一身债务，年纪快三十了还不想安定下来，在二流的酒廊上班，又不是什么正经工作。连她自己也不可能一直都很健康……"

"死亡的时候，关根淑子是——"

"五十九岁。还算年轻，但是身体各部分已经开始报销了，这一点我最清楚。"

大概是下意识的动作，境刑警将右手绕到背后，按着腰部。

"再这样继续老下去，会变得怎样呢？又没什么存款，万一不能工作了该怎么办……—想到这些就烦恼得不得了，于是一激动，自然想寻死了，我认为是这样。"

"可是没有留下遗书吧？"

没有留下遗书的自杀，其实比想象的要多。本间也很清楚，只是姑且一提。

境刑警似乎不想让旁人听到，压低声音说："所以我想，自杀或许也分好几种。并不是作好心理准备后喝农药或跳楼才叫自杀，也有这样想'如果就这么死了该有多好'的自杀方式。"

境刑警说话的同时，摇摇晃晃地往楼梯走去，本间赶紧伸出手想抓住他的袖子。当他看见境刑警的右手紧握着栏杆，便收回手去。

境刑警只下了一级楼梯，但看起来像是深入了一层关根淑子出事时的心理层面。

然后，他看着灰色的地面说："淑子女士每一次来多川喝酒，都有人说危险，劝她别走这里，但她还是坚持走这条楼梯。她心里是否认为，多走几次，总有一次会脚步不稳或是失去平衡，跌下楼去，死得一干二净，该有多好……"

"她有那么——"本间一开口，寒气便灌进了喉咙，"她有那么孤独吗？"

"没错，我是这么认为。"

境刑警背对着本间，倒退着回到三楼的走廊。

"因为在死之前，淑子女士不知在这里走过多少次了。她喝醉酒走这楼梯的事，多川的客人几乎都知道。但是这些客人看着喝醉酒走出店门的淑子，却没有人肯送她走到电梯口。没有一个客人会想到，这样让淑子一个人走，她一定又会走楼梯，不如自己送她去坐电梯，然后从座位起身去做，而只是嘴巴里喊：'危险呀，搭电梯吧。'都只有口头上的好心。"

境刑警的花白眉毛低垂着，只有嘴角保持笑的样子，脸上完全没有笑意。

"我其实没有资格说别人，因为我也是那种口头很好心的酒客之一。我曾在多川的吧台见过淑子女士好几次。"

两人同时挪步往多川的门口走去。本间回过头一看，仿佛楼梯旁边有谁在那里似的——他感觉那位五十九岁的孤独母亲喝醉了酒，靠在墙壁上，身影正往下掉落，却再也无法回头。

傍晚时本间已在车站大楼旁的饭店订好了客房。经过柜台时，服务生说有他的留言。

是小智留的，来电时间是晚上七点二十五分。

下午六点左右办理完入住手续后，本间从房间打电话回家通知这里的联络方法。电话说到一半，换井坂接听，他询问今晚可否让小智住他家。本间听后安心地道谢。

本间试着打电话到井坂家，小智很快便接起电话。

"爸爸？我等你好久了。"

现在几点了？本间看了一下床头上的数字钟，已经将近十二点了。

"对不起，跟人家谈事情谈得太投入了。有什么事吗？"

"那个真知子老苏打电话来了。"

"你说谁？"

"真知子老苏呀。"

小智说的是理疗师北村真知子。一开始她便自称为"真知子老苏"，身为大阪人的她要求大家"帮助她继续使用大阪口音说话"，所以故意将"老师"发音成"老苏"。

"是因为爸爸没有去做复健吗？"

"嗯。"

"你就为了跟我说这件事，现在还没上床去睡吗？"

小智似乎有点紧张。"不要在长途电话里骂人嘛，太浪费了。这是井坂伯伯家的电话。"

"笨蛋！放心好了，这是我打过去的。"

远远听到久惠说："怎么了，还是让阿姨帮你整理一下说话内容吧。"

"喂！"久惠接过了电话，"本间吗？你听我说，整件事的开始是，那张奇怪照片上拍摄的奇怪球场的奇怪照明灯。"

"你是说那个对着外面的灯？"

"没错。我们就是觉得奇怪，一直在想这个问题，一有机会也问别人。我们想这件事说出来应该没关系，而收集信息本来就该多方面着手才合理嘛。"

"是……所以呢……"

"你别紧张。你们家小智很乖，一直把这件事放在心上，甚至整天想着那个奇怪的照明灯，连功课都忘了做。"

小智在一旁低声道："阿姨不要乱说。"

"功课的事暂且不提。然后呢？"

"于是小智接到真知子老苏的电话，说什么'你爸爸是战场上的逃兵，三天之内再不自首，就要派宪兵来抓'。小智赶紧问对方这件事，因为对方不是运动俱乐部的老苏吗？说不定会知道。"

本间重新抓好听筒问："结果呢？她知道吗？"

"她回答：'这种素怎么不第一个来问偶呢？'我说的也许不算是正确的大阪口音吧。"

"那么说她知道？"

"知道。"一如以前挥舞平底锅的气势，久惠回答得很干脆，"你知道吗，本间，那照明灯一点都不奇怪，是我们随便认定它很奇怪的。"

"什么？"

"我是说那照片上的照明灯是很普通的照明灯，就跟全日本每个棒球场上的照明灯没什么两样。照射的方向没有问题，并没有转换方向。"

"可是那照片上——"

久惠颇感兴味地插嘴说："那是因为假设的条件不一样呀。你看见照片时不是说'这房子盖在棒球场旁边，因为有照明灯的关系'？"

"是呀，我是说过，事实如此嘛。"

"是的，但之后你可就说错了。你不是说过：'但是灯光对着房子照射，所以照明灯应该是对着球场外的方向。房子总不可能盖在棒球场里面吧？'"

"我是说过，因为……"

"所以我说你错了。"

接着换成小智的声音，显得有些兴奋，嘹亮的气势不亚于久惠，他一字一句清清楚楚地强调："爸爸，这是真知子老苏告诉我的。现在日本有一个棒球场里面盖了房子。爸你知道吗？照明灯的方向没有错，是照向球场里面。里面有房子，就在球场里面。"

这突如其来的答案让本间一时说不出话来，就连傻笑一声也笑不出来。但是听小智说话的口气，也不像是在开玩笑。

"你是说真知子老苏知道那个奇怪的地方在哪里？"

"嗯，老苏说她是喜欢运动的大阪女性，也是热情的棒球迷。"

"球场在大阪？"

"嗯。"小智说，"是呀，一个不用的球场。你不知道吗？一九八八年九月，南海鹰队被大荣收购了，后来不是转移到福冈了吗？所以球场便空了出来，大阪的球场没有拆掉，一直保留到现在，有时作为展览会场，有时用来开办二手车销售会场什么的，听说还办过'生活展'的活动呢。"

"什么生活展不展的？"

"最近好像还在办，爸爸，就是那种样品屋呀。用以前的大阪球场当作样品屋展示场嘛。所以全日本只有这个地方成了盖在棒球场里的房子。爸听说过吗？那张拍立得的照片，拍的就是那里的样品屋。"

18

本间搭乘东海道新干线前往新大阪车站，从车站走五分钟去转乘御堂筋线——这条南北向贯穿大阪市中心的地铁，经过约二十分钟，抵达了难波车站。这里的地下街，就连喜欢逛街的女性都得花上两天才能好好转完。本间穿越宽广的地下街，来到像大杂烩般混乱拥挤的闹市区。崭新亮丽的地下街与这地上闹市区的关系，就像是嫁入豪门的小家碧玉那富贵的婆家和穷酸的娘家。

这就是难波的街道。旧大阪球场离地铁出口不远，周遭大楼林立，棒球场就在这条延长线上。

球场外墙贴满装饰用、缺乏统一性的杂乱广告和招贴，与球场的形象有着很大的差距，看起来就像到处可见的破旧大楼墙面，令人难以相信职业棒球选手真的曾经在这里面击出过全垒打。现在，像西武球场、东京巨蛋、神户巨蛋等设备新颖的球队专用球场不断增加，难怪南海鹰队无法在这种球场中继续生存下去。对棒球没什么兴趣的本间不禁这么想。

高度限制为两米的车辆出入口旁边，有一个与附近大楼风格很相近的铝制拉门，上面挂着黄色旗子，旗子下垂的部分印有"大阪球场住宅博览会服务台"的文字。

的确，这里是全日本唯一一在棒球场内盖房子的地方。

走进大门，里面是走道兼办公室。白色的墙上挂有各种类型住宅的广告牌，下面贴有该住宅的型号。一早起来就是放晴的好天气，或许是眼睛适应了阳光，本间感觉里面有些阴暗。

走道兼办公室的尽头又是一道铝制拉门，从那里便能进入球场。拉门前面有长桌子排成 L 形的服务台，一名三十多岁的女子身着式样简单的套装，面对着本间坐在里面。

服务台前，紧贴着铝门栏杆，并列着两张退色的红色和蓝色椅子。隔着椅背可以看见里面盖了好几栋样品屋，到处都走动着参观者。因为是星期天的下午，来参观的人还真不少。

还好服务台附近没有其他参观者，而且那名接待小姐也习惯了各式各样的客户。本间拿出那张拍立得照片询问："请问你知道这种形式的房子在这里展示，是多久以前的事吗？"她也没有显露怀疑的神色。这对本间来说再好不过了。

她首先惊呼道"哎呀"，然后说："这个嘛……不是现在展示的房子吧。你是要找这一类型的房子吗？"

女子的口音虽然不像真知子老苏一样，但语调听得出来是关西人，声音很好听。

"是的，没错。这照片上的——就是这个，这个照明灯。因为它是对着房子，也就是球场的方向照的，所以地点可以确定是这个住宅展示场。只是我不知道那是什么时候。"

女性抬起头看着本间，说："这种类型的洋房建筑，现在已经推出新款式了。"

"不好意思，我就是要找这个样品屋。"

"那就没办法了。"她用小指的指甲抠了一下嘴边，她只有小指的指甲留了约一厘米长，"真的是我们这里展示的样品屋吗？"

"地点是这里没错吧？"本间再次确认。

对方想了一下，看看照片又看看艳阳下的球场。

"地点嘛……没错，就是这里，可以看见照明灯。可是现在没有展出这种类型的样品屋。"

"这里从什么时候开始变成住宅展示场呢？"

"这个住宅博览会是从去年秋天开始的，九月的时候。"

"这期间一直都展示同样的样品屋？"

"是的，没错。"

"里面没有这种类型的洋房吗？有没有可能展到一半被换了？"

"没有。我们的简介上面也没有放，你亲自去看看，马上就能知道了。"

说得也是。本间斜眼看了一下放在服务台旁边的、成堆的"大阪球场住宅博览会"简介，然后问："以前有没有办过这种生活展？"

"有呀。"

"什么时候？"

"这个嘛……"

她说声"等一下"，开始翻阅手上的大型记事簿。本间双手靠在服务台上等着。

"生活展的举办是在一九八九年七月到十月，四个月之间。"对方抬起头回答，她朗诵着细小文字所记载的内容，"当时参加的建筑公司没有这次住宅博览会多，大概只有一半吧。"

"当时参加的公司，这次全部参加了吗？"

"是的。"

本间抽取了一本简介，翻开内页递给对方说："不好意思，可否麻烦你将上次生活展参展的公司在这次展出的样品屋上做个标记，我会全部去绕一遍。样品屋里面是不是有该公司的业务员在呢？"

"有的。"

女工作人员比对着手边的记录和简介，迅速地打上标记，共有五家。

一踏进球场，举目四望，本间不禁惊讶于这地方居然曾是正式棒球比赛的场地——太小了，面积实在是太小了。

阳春的温暖天气，令人怀疑上个星期下的大雪是否是错误的记忆。为了盖新家，有些人全家大小出动，有些是为不久的将来作准备、来收集信息的小两口，有的人纯粹只是来参观……本间混在一群嘴里不忘恶言批评"不好住吧""打扫起来很累"的中年妇女中，不禁有种祥和的错觉。尤其是当他抓到各公司的业务员提问后，对方解释说"这种类型的房子，敝公司推出了设计更简洁的样品，所有木质地板都设有暖气……"时，那种感觉更加深刻。

本间对各公司业务员询问"这个样品屋是贵公司推出的吗""对照片上的制服有没有印象"，还拿出假彰子的照片问"有没有见过这名女子"。

被问到理由时，如实解释可能会很麻烦，于是本间编了一个借口，说"在找寻离家出走的女儿"。没想到效果反而很好，大家都很诚恳地回应。本间的心情不禁变得很复杂，想，看来与其作为一个十岁男孩的养父，我的年龄更让人相信已拥有一个成年的女儿了。

"您一定很担心吧。"被人这么一安慰，本间内心感觉有些愧疚。

然而成效却不彰，得到的答案都是"没有"。

第一家、第二家、第三家……在依序走访的过程中，他突然有种倒退的想法，就算知道这房子来自何处，它也不见得和假彰子的身份有直接的关系。因为意外的情况解开了照明灯之谜，顺势来到大阪调查，但是不可否认，无法对一张照片抱有太大的期望。

就算知道了参加生活展的建筑公司是哪一家，如果假彰子只是刚

216

好路过的访客，因为喜欢这房子而拍了一张照片，那么要靠这张照片追踪她的身份便不太可能。

"这房子是敝公司推出的样式。"这样的答案是最后一家——第五家的业务员——不对，是业务小姐回答的。本间是在"New City 住宅"展出的纯日式建筑的样品屋，一个和他在水元的厨房一样大小的玄关前，遇到了这名灰色的背心制服胸前挂着名牌"山口"的业务小姐，她身材娇小，长得很漂亮，脚上五厘米高的高跟鞋让她挺直了腰杆。

"真的？"

"是的，没错。那是生活展时推出的'山庄一九九○'第二款。"

遣词用字很正式，但语调却是大阪腔，听起来很轻快。

"山庄是什么意思？"

"指的是瑞士的山中小屋，如果有需要，也可以帮忙安装真的或装饰用的壁炉。但是这种款式的房子不知道还有没有简介资料……"她侧着头，"我跟总公司确认一下，可以请您稍等一下吗？"

她要走进右边的临时办公室，本间赶紧制止她："不，不用了。我只要确认这房子是这里的样品屋就好。"

"什么？"

"另外还要请教两三件事，不好意思。"

本间和进进出出的参观者保持一点距离，来到放有展示用家具的客厅窗边，提出剩下的两个问题，并出示"彰子"的照片。

她说她不认识"彰子"。"很抱歉，没帮上忙。"

"哪里，占用你时间，不好意思的人是我才对。"

光靠一张照片果然还是不行，本间正打算离开，山口小姐叫住了他。

"如果……不急的话，可以请您等一下吗？"

"嗯？"

她用一根手指轻轻按着脸颊，好像牙疼般皱了一下眉头，说："那照片上的制服，我好像有点印象。"

"没有错吗？"

"嗯……应该是吧，只是不很确定，对了，我还有一位同事当时也在生活展中服务过。我去叫她，您这张照片能借我一下吗？"

"可以，请用。"

"那请您在这里稍等一下。"

她快步走进了临时办公室。进出客厅的参观者们对着落单的本间投以好奇的视线，或许看他跟服务人员谈得这么投入，以为他要买房子或是谈论相关的话题。

山口回来时，还带着一位比她高、比她年轻的女子，一样的制服，胸口别着"小町"的名牌。一看见本间，小町微微点头致意，手上拿着那张照片。

"我想这是三友代理店的女员工制服吧。"她一开口便说。

"代理店是——"

"就是旅行社。"她将照片拿给本间看，"因为我也跟她们一起接受过新人培训，所以记得。我想应该没有错。"

"所谓的培训，"山口开始说明，"其实我们 New City 住宅是三友建设旗下的子公司之一。同一集团里面还有个叫三友代理店的旅行社。"

"所以说你们是关系企业？"

"是的，没错。所有关系企业的员工，每年有一次或两次集合到三友建设的大阪总公司，进行行业交流或共同培训等活动。我所参加的研修，是以进公司一年或两年的女员工为对象的。"小町接着说，"那儿聚集了同一集团不同公司的女员工。参加研修也算是公事，因此大家都穿着各自的制服。"

"所谓的研修，具体都做些什么呢？"

"我们先拿到如何应对客户的讲义和守则，然后根据这些上课内容写报告，也有实地练习的研修。当时大家一起到正在举办生活展的会场，学习如何应对前来看展览的客户。"

"你是说旅行代理店的女员工也一起来住宅展示场吗？"

"是的，没错。几乎都是从事内勤事务或前台业务的女员工。"小町说，"总公司偶尔会聚集这些不同业种的女员工，让她们体验各业种的客户服务流程，甚至举办竞赛。上面的人觉得这样做很有意义。比方说我们有礼貌应对电话的竞赛，优胜者还会获颁很夸张的奖杯呢。"

说到一半，她的语气变得有些戏谑，还与山口对视一眼，微微一笑。然后山口说："照片上被拍到的三友代理店的女子，不是对着拿相机的人挥手吗？我在想拍照的人肯定也是来参加研修的女员工。"

"我也这么认为。"小町用力点头。

"有没有办法调查呢？比方说有没有参加者名册？"

"没有，但是我想您可以到研修中心问问看。"

"研修中心？"

"是的，就在三友建设总公司的附近有一个研修中心。那里有所有参加研修的人的记录，只要说明理由，应该会提供协助。离梅田车站很近的。"

三友综合研修中心是栋地上七层、地下两层、拥有专用停车场的大楼。端坐在一楼服务台的女子，不像山口小姐和小町小姐那般亲切。

一听本间说完，她便回复："我无法回答关于本公司员工的个人资料与雇用情况的问题。"一副敬谢不敏的态度。

大厅墙面用的是纯大理石的建材，看起来就像罗马式浴室。她的声音响亮地回荡着。本间已经习惯轻快的大阪腔调,她标准的东京口音给人严厉无情的印象。

本间对遇到这样的对待早有心理准备。因为不是公事,无法强制对方,对方也没有回答的义务。对于外界的询问,如果毫无防备地提供信息,这样的企业便是失职的。

"我知道我的要求很过分,但能不能行个方便,帮忙调查一下?我只想请你看看照片,告诉我照片上的女子在一九八九年七月到十月之间是否在这里接受过研修就好了。"

"我没办法。"

"这跟找寻失踪人口有关,不能帮帮忙吗?"

"您有证据证明那名女子确实在我们这里工作过吗?"

"所以我才请你看这照片——"本间再一次递出照片。

对方皱着眉头聆听。她长得固然很漂亮,嘴角却浮现难以沟通的皱纹。

"不行!"她摇摇头。

"这件事你一个人就能决定吗?"

"可以。"

"真的?"

"当然。"

"真的不能帮帮忙?"

"这种询问,我不能回答。请用正式方法,提出书面请求。"

"原来如此,提出书面请求就可以了吗?就一定会回答?"

结果对方反而没信心了,视线有些飘移,然后眨了一下眼睛,说:"请等一下。"

她起身离开前台,穿越宽阔的大厅,打开后面的门进去了。

本间靠在柜台前,叹了一口气,感觉很累。如今他才算明白那本黑色警察证件的威力。恢复成一介平民，居然是如此无力。

他的叹息大声地回荡在空旷的、一片静寂的大厅中。

环绕在四周的大理石建材说不定只是仿造品，但看在本间眼里都像是真的。三友建设应该很赚钱吧？如果小智在这里，他一定会仔细观察墙壁、地板，开始寻找化石的痕迹。或许在灰色和肉色混合的大理石纹理之中隐藏着鹦鹉螺。

本间双手撑在柜台上倚靠着，尽可能不让腿承受压力。就像老师不在的学生一样，他松了一口气趁机休息——等到那名女子回来，他又得挺直腰杆故作正经了。

就在这个时候，本间看见柜台里面各式各样的简介资料。

根据挂在门口处的金色文字广告牌，这个研修中心里面有可容纳百人的小型会议厅、三友建设出资开办的文化教室等设备，也有可供出租的会议室。简介应该是介绍这些设备的吧。

其中，最大也最厚的一份资料的封面正好对着本间。印有"跃进的三友集团"大字底下，并列着旗下所有关系企业的名字，文字较小，下半部分则被其他简介挡住了。

为什么会留意到这份资料，一时本间自己也搞不清楚。他只是茫然地看着上面的文字。

细小的文字组合成各公司名称，分四列排在三友建设的名字下面。企业的种类显得多样，跟建筑业毫无关系的企业也很多，有三友国贸、三友物流、三友运动俱乐部、泰拉生化科技、三友工程、三友系统、南方绿色园艺……

看了两遍绵延不断的公司名，本间还是有点不明白。为什么自己会留意到这份资料呢？是不是有什么见过的公司名？

这时他才发现了。

心脏有种被踢到的感觉，他想起来了。这家公司的名称，他曾经见过一次，所以才会被吸引住。

不知不觉之间，本间将身体半趴在柜台上。听见脚步声，他赶紧将身体移正，看见那位前台小姐一脸狐疑地快步跑了过来。

"我跟上司确认过了。"一走进服务台，她快速地说，"还是无法满足您的要求。"

"是吗？"

"是的。我们这里是研修中心，所以有参加过研修的学员名单，但没有照片，至少没有存盘资料。所以如果您不知道名字，只凭照片提出要查询是否有该位员工，我们是无法告诉您的。"

"原来如此。"

"所以很对不起，就算是书面的询问，也不见得能回答……"

本间简短地回应道："没关系，可以了。"

"嗯？"

"我知道了，你说得没错，真是不好意思。"

对方有点错愕，反而觉得有些不太对劲，盯着本间的脸。本间伸出手，指着那大本的简介资料问："最后还有一个请求，可不可以给我这本简介？"

女子嘴角不再僵硬，但仍很机械地抽出一本简介放在服务台上。

"谢谢。"本间指着并列在内页的一家公司问："这家公司也是三友建设旗下的？"

"是的。"

"那么，他们的员工也是在这里接受研修？"

"是的。"

"这家公司也在大阪？"

前台小姐露出惊讶的表情，翻阅手边的简介加以确认。

"是的，在三友建设公司大楼里有订购中心。"

"其他地方还有分公司吗？"

"没有。仓库和配货中心则是在神户。"她翻开了简介中介绍该公司的内容，"上面有业务内容的详细介绍……"

内页最上头是该公司的名称，文字很大，下面印有模仿玫瑰花的粉红色商标。

华丽的进口内睡衣，便宜的价格

不用看这句广告文案，本间也能想起拜访川口公寓时，绀野信子拿给他看印有这个商标和公司名的纸箱时的情景。

"这箱子也是她房间里的东西吗？"

"没错。"

信子说是家内衣邮购公司。那放在关根彰子房间里的纸箱。错不了，这是她曾经买过东西的公司。

是邮购吗？

公司叫玫瑰专线。

19

梅田可说是商业都市大阪的中心区，大楼林立。三友建设的总公司大楼就位于其间。比起给人崭新之感的研修中心，总公司的灰色大楼显得古老而庄重。

大厅的楼层简介牌显示，玫瑰专线股份有限公司位于四楼。同一个楼层还有南方绿色园艺。大概这是三友集团中较小的两家关系企业。

玫瑰专线股份有限公司连前台小姐的制服都统一用了粉红色，通往办公室的门在玻璃上也贴有该公司的商标。地板上铺着酒红色地毯，因为光线的关系，看起来像是黑色的。

本间对着一脸微笑的前台小姐开门见山地表示，想跟人事部门的主管见面。

"请问事先约好了吗？"

"没有，但是有急事求见。"本间尽可能装出严肃的表情，并拿出"关根彰子"的照片说，"请问这名女子两年前是否在这里上过班？我在调查关于她的消息。"

前台小姐皱起眉头看着照片。不知道是本间的表情吓到了她还是怎么，她居然没问本间姓名，只说声"请稍等一下"，便用手指夹着照片转身去了里面的办公室，而且是小跑着去的。

等待期间，本间尽可能离服务台远一点站着。于是，他很自然地发现电梯旁的架子上陈列着玫瑰专线的精美商品目录。

他拿起目录翻开。这是他第一次翻阅这种东西，找到所要的页花了不少时间。

"如何申购？"

只有这里才没有摆放姿态诱人的内衣模特儿图片。条理清楚的说明之后，夹着一张订购证，从虚线处可以剪切下来。

"第一次购买的客户请据实填写姓名、住址和工作地点。"

"申购可以利用专用订购证或打电话。电话为免费专线，二十四小时受理传真。"

"付款方式可用信用卡或划拨；可指定送货日，并提供礼品包装服务。"

"如您的亲朋好友尚未使用过玫瑰专线，欢迎介绍推广。会员介绍新朋友，每介绍一人，可享有百分之五的优惠折扣，同时可参加抽奖，获得精美礼品。"

本间的视线追着文字跑，接着看到的是"请协助填写问卷"的内容。

"使用玫瑰专线的感想如何？除内睡衣外，今后希望玫瑰专线推出什么样的商品？为了让女性拥有身心美丽与充实的人生，便有了玫瑰专线的诞生。为了能继续为二十一世纪的现代女性服务，本公司为成为全方位、有创意的企业而努力。现代女性追求的是什么？请让我们听听会员的心声。请填写问卷，并在收件期限内寄回本公司。填写的客户都将获赠玫瑰专线特制的旅行用品与化妆包组合一套。"

就是这个。

光是为了这问卷，今天来这里便值得了。

"家庭成员""自家住宅或承租""工作年数""年收入"，到此为止都算是一般性的询问内容，但还有更细的项目。

"有无换工作的经历？"

"有无资格证书？"——下面列有"打字""一般汽车驾照""珠算""其他"。

"存款额度？"

"投保的保险？"

"有无信用卡？"——"持有信用卡的种类是什么？"

对于未婚者还有以下询问事项：

"希望在哪里举行婚礼？"——"饭店""结婚礼堂""神社寺庙""其他"。

"新婚旅行想去哪里？"

"有无海外旅游的经历？"——填写"有"的人，还被要求填写第一次出国的时间。

对于一个人住的客户有以下询问事项：

"将来有无买房子的打算？"

本间抬头看着墙壁，受到缤纷多彩的目录影响，连壁纸都觉得染上了一层粉红色。但是他的脑海中却跟明亮的色彩相反，呈现出阴暗的想法。

这是一家进口内睡衣的邮购公司，以合理的价格提供华丽的商品。只是一家这样的公司，但是如果会员填写问卷，问卷内容就立刻成为该公司的资料。因此在这里上班的人，有机会掌握这些信息的人——就能掌握客户的隐私资料。

"让您久等了。"那名前台小姐打开门探出头来，对着本间点头招呼，"请。"

本间上前一看，在她后面站着一位身穿草绿色套装、约三十来岁的女子。

"不好意思，对于你刚才提的事情，我们无法提供协助。"本间尚未及开口，身穿草绿色套装的女子便说话了，态度可说是毅然决然，有种给人下马威的味道。

本间尽可能地保持平静。"由于我的说明不足，贵公司当然会觉得奇怪。能否给我五分钟，让我把话说清楚？"

言下之意，是说这些话不方便直接对前台小姐说，但对方似乎无动于衷。

"对不起，没有办法。按规定，如果事先没有约好，是不能安排你跟公司里的人见面的。麻烦请先回去吧。"

简直就是闭门羹，一点情面都没有。是因为遇到的人不好，还是另有隐情？正思考着接下来该怎么说，本间发现前台小姐和身穿草绿色套装的女子挡着的通往办公室的短走道旁边，有个年轻男子躲在门后想窥探这里的情况。只是一瞬间，当本间将注意力转移到那人的方向时，男子的头立刻缩了回去。

"我知道了，下次再来。"本间回答得很干脆。但身穿草绿色套装的女子脸上连笑也不笑。

"不过，刚才交给前台小姐的照片能不能还给我？"

身穿草绿色套装的女子以责怪的眼神看着前台小姐。后者缩着脖子说句"我去拿回来"，随即快步走向后面。

本间目送着她，往走道的方向看过去，刚才的年轻男子已经不见踪影。

身穿草绿色套装的女子还是像个卫兵一样站得四平八稳，没有看本间，用她穿着高跟鞋的脚轻踢着地毯。等前台小姐手拿照片回来时，身穿草绿色套装的女子像是完成了击退恶客的任务，露出安心的神色，其实，本间也为可以不必再看她严厉的脸色而松了一口气。

回到电梯间，按下向下的按钮，红灯亮了。本间环视了一下四周，往左手边的楼梯间走去。缓冲区的地面上写着偌大的"4F"。走下两级楼梯，他靠在墙壁上，看着电梯间。这时电梯上了四楼，门打开，没有人搭乘，又发出关门的声音。

本间正想"是错觉吗"，这时他听见了脚步声，探头一看，一名年轻男子拖着脚步在地毯上走，正准备按电梯的按钮。正是本间刚才看见的躲在门后的男子，他性急地不断按着按钮。大概是电梯离这个楼层还很远，他看了一眼上面的楼层显示，不耐烦地咂了一下舌头，往楼梯的方向走来。算准两人不至于相撞的时机，本间猛然出现在他面前，说："找我有事吗？"

年轻男子自我介绍说，他叫片濑秀树，是玫瑰专线管理科的副科长。

"刚才那位穿套装的女士是我的上司，业务方面的，工作内容跟我没有直接关系。我的工作是公司内部的人事管理、申诉处理等，反正就是什么杂事都做。"

男子年约三十四五岁，五官端正。他的外表若再稍微过一点，就会给人纨绔子弟的感觉，但控制得正好——全身上下呈人工晒出来的小麦色，没有穿西装外套，而是西裤与衬衫的打扮，脚上穿着正式的皮鞋，鞋头有鸟翼般的装饰。本间来大阪后，头一次听见关西腔的日常会话，竟是从这种气质、这身打扮的男子口中，这令他有点不习惯，感觉不太协调。

"你一开始就认为我会追出来吗？"两人一起下楼时，男子开口问道。

"并没有十成的把握。"本间回答后微微一笑，又道，"但我认为你应该是知道什么内情的人。"

片濑的脚步停在了二楼的缓冲区。楼梯间里很安静，有一股很难察觉的微风由上而下吹来。

"片濑先生，你看了我带来的女子的照片吧，而且你知道她是谁，对不对？"

本间走到下一级楼梯上询问，并再一次取出"关根彰子"的照片，拿到他的鼻子前方说："请看清楚，就是这个女人。"

片濑的两只手背不断在裤子后面擦来擦去，抹去汗水。他专程追了出来，却又显得有些迟疑。"是的。"回答的声音很小。

"这个人在玫瑰专线上过班吗？"

这一次，片濑沉默地点点头。

点头。很简单的一个动作，就是他的回答。说是到达了终点，感觉还有点不足，但对方直截了当地点了点头。他认识这个"彰子"。

片濑终于停下用手背在屁股后面擦来擦去的动作，抬起头问："为什么要找她？"

"说来话长。"

"不能简单一点说吗？"

这种问话方式，不由得让本间觉得，会听到一如预期的坏消息。于是他直截了当地说："事实上，照片上的女子假冒别人的名字和身份生活，而且那个被假冒的女子很有可能是玫瑰专线的客户，她的名字叫关根彰子。"

关根彰子，片濑在嘴里重复这名字。

"没错，为了调查这两件事，我才来到这里。"

片濑赶紧抬起头，他说得很快："走出这个大楼向右转，直走，经过四个红绿灯后，在右前方会看见一家名叫'观笛'的咖啡厅。可不可以在那里等我？我随后就到。"

结果本间依照指示在那边等了一个多小时。等待的时间并不觉得漫长，只是肩膀僵硬得厉害，就像被丢进压力锅盖上盖子一样。本间想起了第一次靠自己的力量让嫌疑人招供的往事，感觉好像又回到了当时。

姗姗来迟的片濑这次穿上了西装上衣。整套西装剪裁的线条非常柔和，看得出是高级服饰，大概又是名字念起来很拗口的外国名牌。

他一边说"让你久等了"，一边沉沉地坐在对面的椅子上。抱在手上、印有公司名称的大牛皮纸袋，被他随手放在邻座上。

"我跟公司编了一个借口出来，所以不必担心回去的时间。请你从头开始说明。"

听着本间的说明，片濑没有插嘴，也没有喝端上来的咖啡，只是不时伸手摸放在旁边的纸袋。

本间说完后，片濑发出很大的叹息声。在听的过程中，他始终看着本间放在桌子上的"关根彰子"的照片。

"这就是全部了吗？"

"是的。"本间点头，回答的声音有些沙哑。

接着，片濑拿起了他带来的纸袋。

"我想先让你看看这个比较好，我复印的资料。"

他取出里面 B4 大小的纸张。纸袋里面还有其他计算机打印的纸张，片濑暂且将之放在身边。

"这是离职人员的档案，因为履历表、与薪资相关的文件无法立刻处理掉。"他将资料交给本间，"请过目，我想应该不会有错。"

复印的资料有三张，一角用订书针固定着。本间将它们放在桌上。

最上面的一张是履历表。没错，就是履历表。

在今井事务机公司第一次看见"关根彰子"的履历表，她的那张大头照、那张脸，已经是五天前的事了。

同一个女子就在眼前。

贴在履历表左上角的小小大头照正对着本间微笑。发型和本间手上的照片不一样，但脸是一样的，是同一个人。

姓名栏上和在今井事务机公司所看到的"关根彰子"履历表一样，

以同样的字体书写着——

新城乔子

听见本间低声念了出来，片濑点头说："就是新城小姐，我记得很清楚。她在我们公司时，头发是直的。"

她是昭和四十一年（一九六六年）五月十日生，今年二十六岁，比关根彰子小两岁。籍贯是福岛县，从郡山市初中毕业后，在该市的高中就读并毕业。

"我们公司雇用她是在一九八八年的四月。"片濑说，"复印资料的第二页是她的雇用记录，上面记录着在职时间，请确认一下。"

他说得没错，上面记载着"一九八八年四月二十日录用，一九八九年十二月三十一日离职"。

但是一九八八年的四月，新城乔子已经二十二岁了。高中毕业之后经过了四年，而工作经历栏上却没有记载，一片空白。

"你知道她到贵公司上班之前，做过什么吗？"

片濑用一根手指摩挲了一下鼻子下方，露出思考的表情。

"有什么不对劲的地方吗？"

"没有……也不是什么不对劲。"片濑抬起头说，"她说结过婚。"

"结婚？"

"嗯，说是因为太年轻，所以处不好，结果以离婚收场。"

"还真是早婚呀……"

"好像高中毕业后工作了一段时间。她说觉得麻烦，就没填在履历表上。公司也不想打破砂锅调查到底，毕竟看起来又没什么问题。"

哦，本间想，这么说来，这履历表上面的记载——至少在经历和工作经历方面是骗人的，说不定也是假的。也许先这么认定比较好。

经历栏中的"赏罚"一栏中写着"无"。下一行的资格证书栏中写着"珠算二级"。原来你会打算盘，本间想。接着写着"普通汽车驾照"。哦，你还会开车！

但是关根彰子也拥有驾照，所以你在冒用彰子的身份时，绝对不能在人前提起这件事。因为你无法以彰子的身份换新的驾照，也无法以彰子的身份使用驾照。表面上，你毁弃了彰子的驾照，装出没有驾照也不想考的样子。没错吧？这就是你的做法吧？

在履历表的家人栏里，什么都没有填写。跟工作经历栏一样，完全空白。

"她没有家人吗？"

"说是父母很早就过世了。"

"换句话说，她是一个人生活？"

"是的。她住在千里中央车站附近的公寓里。应该有室友跟她一起住，她说一个人付房租太贵了。"

室友？太好了。

"你知道她室友的名字吗？"

"现在的话……"

"查得到吗？"

"我试试看，应该没问题。"

本间点了点头，视线先回到履历表上，随后又观察了一下片濑的表情。

片濑视线低垂，前方正对着本间放在桌上的照片——以迪斯尼乐园的灰姑娘城堡为背景、正在微笑、假装自己是关根彰子的新城乔子。

"你和她很熟？"本间问。

就像眼睛里被滴了一滴水，片濑眨了眨眼睛，看着本间。

"你和新城小姐……"本间又问了一次，片濑才点头。"嗯……我们很熟。她是我的下属，当初面试时我也在场。"

本间想，应该不只这样。若她只是下属，他不会这么担心。

"我知道这个问题很失礼，你和她的私人关系呢？"

片濑的半边脸高吊起来，他笑得很不自然。"在职场上我们算很熟，常常一起吃午饭。所以当她突然提出辞呈时，我吓了一大跳。"

"她说过辞职的理由吗？"

片濑摇头说："问她，也不回答。"

"你没有追问下去？"

"我没有那种权利呀。"

"权利？"

片濑笑了，虽然是苦笑，但这次是真的笑了。"是的，我没有权利对她的所作所为提出指示或指责。"

"这是新城小姐对你说的吗？说你没有这种权利？"

片濑没有回答，明明是个堂堂男子汉，现在却缩成了一团。

本间沉默地啜饮了一口咖啡，然后思考着，新城乔子是个美女，应该也是很有魅力的女孩吧？被她吸引的男人大有人在，眼前就是一个活生生的证据，不是吗？

本间再次看向片濑。他脸上失去了笑意的光彩，视线还落在新城乔子的照片上。

"新城小姐于一九八九年七月到十月之间，应该参加了三友集团的研修，她曾经造访过当时在大阪球场举办的生活展吧？"

对于本间的询问，片濑像慢了半拍的计算机一样，留下一阵空白后，才抬起头，说："嗯？"

本间重复了问题，片濑为了弥补刚才的空白，立即点头说："请看资料的第三页。"

本间依其所言，翻到了"就业记录"。片濑指着上面记录的最后一行文字"一九八九年九月九日到十日，女员工研修"，接着是研修的场地"中心，New City住宅展示场，三友露台"。

"三友露台是家快餐厅。"片濑说，"这项研修是以从事服务台、柜台业务及处理一般事务的女员工为对象，课程内容是接待客户时的应对礼仪等技巧。"

"研修的内容很严格吗？"

"也不会，都是女孩子聚在一块，跟全是男员工的课堂相比，气氛差很多。"

"所以说，也能以观光的心情来拍照？"

片濑想了一下，说："这个嘛……从滋贺、神户来参加研修的员工当中，会有人带相机来，为了拍纪念照。当然不是为了拍风景照，而是作为增进友谊的纪念。年轻女孩子总是喜欢好玩有趣的事嘛。"

新城乔子也是向什么人借了拍立得相机，拍下那张巧克力色房子的照片吗？

本间从西装口袋掏出那张房子的照片，和乔子的档案资料放在一起仔细端详。

"刚才我也说过了，找上玫瑰专线，是因为这张照片。新城小姐为什么要拍这栋房子呢？"

片濑没有回答，保持沉默。

"还是说别人拍了这张照片，她去要了过来？这也很有可能。但不管怎么说，都应该有目的才对。你知道为什么吗？"

本间的疑问让片濑觉得好笑，他说："这种事应该问本人才知道吧，我没有答案。何况这种照片，她又没有拿给我看过。"

"那你的意思是说，她给你看过其他照片？"这种挑人语病的质问方式，连本间也觉得好笑。"你和新城小姐之间的关系还算亲密，不是吗？"

片濑的目光闪躲着，他举杯喝起咖啡。

他的态度很奇怪。他特意追上来找本间，因为在意新城乔子的情况而提供协助，却又不肯承认两人之间有私下的交往。是不是因为怕麻烦，或是担心什么，不肯说出真相？

总之，先改变话题吧。

"雇用新城小姐时，有没有作雇用前的调查？"

片濑抬起头回答："没作什么调查，因为她只是准员工。"

"什么是准员工？兼职人员？"

"不是兼职也不是正式员工，介于中间。说清楚一点，就是在奖金、福利等方面有些差别。"

取得片濑的许可后，本间将履历表资料抄在记事本上。他在记事本上写"新城乔子"时，心情有些兴奋，好不容易才平静下来。

片濑整个人恍恍惚惚，依然看着照片。或许他正在回忆新城乔子的种种。

本间感觉，片濑和乔子之间一定存在着他不想公开的关系，而不只是上司和下属……

然而就算强行逼问，片濑大概也不会承认。如果本间的直觉是对的，也难怪片濑会有错愕的表现：过去与自己曾是情人的女子，消失之后，居然用别人的名字生活，接下来，还听到了一些奇怪的事……

"片濑先生！"

听到呼唤之后，他才抬起了头。

"新城小姐在这里的工作内容是什么？"

不是很困难的问题，但片濑无法立即作答，过了一会儿才说："玫瑰专线是家邮购公司。"

因为答非所问，本间感觉有点无趣地说："是呀。"

"本间先生，你是不是认为新城小姐在这里工作时，盗取了那名关根彰子小姐的个人信息，然后假冒她呢？"

本间有些惊讶——既然你想到这里了，就更好说话了。他用力点头："我想应该没有其他可能性了。"

片濑赶紧表明："那是不可能的，她不可能办得到。"

"为什么？顾客的资料，不是按个计算机按键就能调出来吗？简单得很，不是吗？"

取代关根彰子的女子掌握了足以冒用其身份的个人隐私信息，却不知道她有个人破产的经历。这是其中最大的问题点。彰子有这种交情的女朋友吗？而且在她周边，不论是拉海娜还是金牌，假冒她的女子都没有出现过。若不接近彰子，又如何能得知她的籍贯、家庭成员等基本资料呢？

然而答案就在这里——邮购。客户需要填写订购证，写上住址、电话号码以及……

"你们不是有问卷吗？填写的会员，许多个人隐私资料就会被你们知道了。"

本间想，其实没有必要知道那么多。站在放弃现在的身份、想要新的名字和身份的新城乔子的角度来看，首先希望找到一个跟自己年龄差距不大的女子，而且该女子如果跟家人同住就麻烦了，所以一个人生活是必要条件。

想到取代身份之后的生活，持有护照的女子比较不方便，驾照也是一样，但如果其他条件符合，这一点可以容许。

年收入和存款越多越好。只要其他条件能满足，这方面当然是越多越好。

最后还有一点。对方生活的都市，必须离新城乔子这个女人所在的大阪越远越好。这一点很重要，非常重要。

这些条件，关根彰子是否都满足呢？

"只凭你们的问卷，无法知道关根彰子个人破产的经历，也无法掌握这种信息。所以新城乔子不知道这一点，我想。"

片濑点了点头，拿起放在身边的打印资料。

"请看一下这个，是我刚刚调出来的。"

本间接了过来，首先看见的是最上面的、打印的"关根彰子"四个字。

果然，她是玫瑰专线的客户。

"有她的资料嘛。"

"有的。关根彰子果然是我们的客户。"片濑指着资料说，"第一页是客户的基本资料。最下面不是有'205'的密码印出来吗？那是基本资料查询密码。"

果然如他所说，看得见205。

"的确，这上面记录了一连串个人资料，一目了然。"

"我就说嘛。"本间说。

关根彰子也在这里，她的资料也在其中。两个女性的联结点就睡在该公司的计算机数据库里。

"第二页起是关根小姐订了什么商品、何时受理、商品寄送与否等记录。密码是'201'。最后一页的一览表则是缴费情况。金额后面是入账日。'Y'表示'邮局划拨'的意思。"

本间点头说："因为她不能使用信用卡。"

"是这样啊。不过她都按时缴费，从没有超过缴费期限。虽然金额不高，但对我们而言算是好客户。"

缴费金额列出了五千零二十元、四千八百元等小数目，最多就是一万元左右。

片濑收起资料，说："看她的基本资料，在有无信用卡的问题上，她没有填。但我认为不可能因此判断她过去有个人破产的经历，除非是瞎猜。所以说，你的说法或许是对的，但是……"

"但是什么？"

"我不是护着新城小姐。"片濑固执地坚持，"只是我们公司很强调操作系统的严密性，不可能让客户数据外流。"

本间想反驳，片濑伸手制止："不然的话，我可以带你到公司，让你亲眼确认一下。傍晚——如果是七点过后，除了当班的管理层外，一般事务员都下班了，应该没关系。"

"那太好了。"

"所以说，我们的数据管理很严密，信息都藏在计算机系统里，不会外流的。它是封闭型的系统，因为没有必要跟物流中心或仓库等外界联机。"

"但是邮购公司里面一定会有接电话的女员工吧？"

"是的，有，叫话务小姐。"

"这些人可以跟数据库接触吧？我是没有邮购过东西，但我知道流程。打电话过去，当场有人按计算机的键盘确认库存什么的。在那种形式下，如果按了你刚刚说的查询密码，不就可以随便拿到客户的数据了吗？"

让本间畅所欲言后，片濑才慢慢地准备反驳。

"不可能，我说是不可能的。"

"为什么？"

"话务小姐们接订货的电话时，忙得连喘息的机会都没有。如果不接电话自行查询客户数据，马上就会被发现。而且也不能没有理由地擅自使用打印机打印记录。她们就像接受订货的输入机器一样。"片濑探出身子，继续说，"刚才我也说过了，你认为新城小姐在这里一边工作一边找寻自己可以取代的对象，对不对？"

"是的，没错。只不过我无法判断她是一开始就抱着这种目的来上班呢，还是上班之后才发现自己有任意查阅资料的便利。"

"也就是说，你认为新城小姐是以空白的状态开始进行查阅的。她内心设定了几个条件，然后从无数客户中挑选出适合的女性，对吧？"

"应该是吧。"本间回答得有些畏缩。

的确，如果照片濑说的流程来看，乔子找到了关根彰子作为对象。但反过来看就不可能了，她不可能一开始就将对象锁定为关根彰子。查阅数据，找出条件适合自己的女性，必须花费相当多的时间和精力。光是收集大量的信息便很费时。

假如片濑说得没错，话务小姐工作忙碌，那么上班时她们就无暇从事优游的查阅了。

片濑苦笑道："我只能说是不可能。因为话务小姐没有那种时间。"

"我想也不能断言吧。"本间依然不死心。

"就算退一步，是有可能的……"片濑摇头说，"还是没办法。新城小姐根本就没有办法从我们公司拿到关根彰子的个人资料。"

"你怎么知道？"

片濑拿出刚才的复印资料，指出新城乔子的雇用记录说："这里记载了她的工作内容。"

本间看了一眼，上面写着"一般事务"。

"话务小姐是……"

"不一样。她是准员工的事务员，说白了就是打杂的。刚才提到研修时，不是说课程内容是'接待客户时的礼貌应对等技巧'吗？所以参加的对象不是只有话务小姐，从事一般性事务的女员工也会参加。根据我的记忆，她是在总务科，帮忙处理计算薪资的工作。那里也会用到计算机，但是跟管理客户的计算机属于不同的系统，密码也不同。本来玫瑰专线内部处理事务的作业平台就不能跟客户业务方面的计算

239

机联机。"

片濑脸上没有遗憾的表情，甚至有些自鸣得意。那是为本公司的计算机管理质量感到骄傲呢，还是为了新城乔子？本间不得而知。

"新城小姐冒用关根小姐的姓名是事实。尽管如此，若说凭新城小姐一个人的力量做出那种事，我可以明确地说，那是不可能的。"

和片濑四目相对了一阵子后，本间才慢慢发问："会不会是你帮了她呢？"

片濑的表情未变，只有左眉毛稍微动了一下。

"你受她所托——不管目的是什么——你为了她而取出资料，也有可能是你教了她查阅资料的方法……"

本间本来是想直截了当地质问，但或许问得太快了些，片濑露出些许犹豫后，断然回答："为什么我要做那种事？我没有，绝对没有。"

在他修长的手指下，照片上的新城乔子正在微笑。

20

"结果怎么样？去参观了他们公司吗？"

"嗯。"本间点头。

本间深夜从大阪回来，抱着疼痛的左膝呻吟了一晚上。次日早上他和碇贞夫通电话时，心想调查到这里，是时候了，该跟他说明整件事情了。于是过了中午，碇贞夫专程来到水元，两人隔着客厅的矮几坐着长谈，井坂不断地拿擦得光亮的烟灰缸前来替换，并感叹"真是奇怪的事件呀"。

"他们公司的体制跟他嘴里说的一样完善吗？"

"玫瑰专线目前正常上班的话务小姐有三十八人。听说从上午十点到晚上八点，由那三十八个人轮流接电话。办公室是一长串的桌子连在一起。"

看到那情景后，本间立刻想到曾在电视广告中看过类似的画面。一群二十到三十几岁的年轻女子，身上穿着同样的制服，并肩坐在一起。每个人看起来都很漂亮，但这或许是错觉。因为一群年轻女子站在一起，自然会产生炫目的效果。

"说是电话，话务小姐使用的装置其实就像是以前的交换机的缩小版一样，有操作的按键。话筒改成耳机式，小型麦克风拉到嘴边，就像是吉他歌手用的那种麦克风一样。终端机一个人一台，每当有客户订货，只要键入'顾客编号'就能查对资料。"

"要键入号码？"

"是。听说反应时间很短，是种很好的系统，于一九八八年一月一日引进。"

据片濑说，在那之前，各单位用的是更单纯的计算机系统，彼此之间的联系还是依赖电话与邮件，顾客管理、寄送商品等手续也必须用手写的传统事务处理方法。为了引进现行的这套系统，还花了上亿开发费用。

"一九八八年一月。"碇贞夫搔了一下他那肥短的脖子，说，"新城乔子就是在那年四月上班的。"

"没错。记录写的是一九八八年四月二十日，新系统的启用比她上班的时间还要早。当她开始工作时，现在的系统已经发挥了一段时间功能了。"

"关根彰子注册为玫瑰专线的客户是在什么时候？"

根据在绀野信子那里找到的、写有玫瑰专线总机号码的医院收据来看，日期是一九八八年七月七日。根据片濑给他看的玫瑰专线公司记录，之后彰子打了该电话号码要求寄送目录，是在同年的七月十日，寄回问卷、第一次订购商品、编上顾客编号则是在二十五日。

"好像没什么破绽。"碇贞夫觉得很无趣，叹了口气。

"没有，很可惜。所以片濑才会断言乔子不可能盗取关根彰子的资料，那么强烈地反驳。"

新城乔子是如何从无数客户资料中挑选出关根彰子的呢？这个问题似乎对片濑也很重要，所以他很热心地加以说明。

"总之，玫瑰专线的内部事务处理，也就是说新城乔子所负责的薪资计算等业务系统，和顾客管理、订购商品的系统毫不相干。这边并不可以任意联到另外一边。除非是所谓的系统工程师这样的高手，拥有专业知识和技术才能办得到。"

"技术？"

"也可以说是能力吧，就是拥有充分的软件和硬件上的技术。"

"什么跟什么嘛，听不懂。"碇贞夫皱着眉头说，"但是，如果拥有那种技术，就可以自由自在地从计算机里面盗取任何数据了？说不定新城乔子就是拥有那种技术的人。"

本间笑着摇头说："是就好办了，偏偏她不是。片濑说她根本是个计算机菜鸟，顶多只是玩过游戏软件。"

"真的？"

"片濑跟她有私下的交往。虽然本人说彼此的关系不很熟，但我看准了不是那样。有机会，我会问出这方面的真相。"

"你还要跟片濑见面吗？"

"嗯。要收集在玫瑰专线工作时新城乔子的信息，以他为窗口是最快的方法了。那种地方的员工更换速度很快，当时和乔子一起工作、跟她比较好的同事剩不了几个了。我已经拜托片濑安排跟她们见面。"

"没问题吧？"碇贞夫说，"他表现得是不是太过热心了？有没有什么隐情？"

本间想了一下回答："的确，我也觉得他说的不如他知道的多。只是还不很清楚情况怎样。但如果他是新城乔子的'共犯'，照理说就不会专程追上我，让我看那些资料了。"

碇贞夫发出纳闷的低吟声。

"想一想，他和新城乔子之间的亲密关系与客户资料的相关问题，多少有些关联。只是当时他并不知道新城乔子在干什么，所以现在才会感到不安吧？"

"是吗？"碇贞夫不满地表示，"我支持片濑是共犯的说法，甚至认为他连杀人都有参与的可能性。"

"你说杀人，指的是杀关根彰子吗？"

"或者是她的母亲。"

"这个嘛……至少，当他看到新城乔子的照片时，他的惊讶是真的。"

"很难说。"

"再说吧。不过公平一点来说，就他作为人事主管的立场，这次的事件当然不能放任不管。你想想，听起来不是很可怕的事吗？一个女人失踪了，假冒她身份的女人却大摇大摆地走路。就连小孩子也能感觉到犯罪的气息。而这个有问题的女人是公司以前的员工，仅仅是在两三年前辞的职。"

碇贞夫从鼻子里哼了一声。

"而且还跟顾客资料管理有关。这对邮购公司而言可不是件小事。若出问题，就连母公司三友建设也不会有好脸色，所以片濑当然得认真处理。假如随便让我们插手，公司内部传出不好听的谣言，反而更可怕。"

事实上，本间离开玫瑰专线，片濑送他到员工出入口时，表情就像被洗涤过很多遍的床单一样惨白。

"话题再回到计算机系统。就算话务小姐能够坐在计算机前调出许多信息，不让任何人看见，顺利带出公司，也必须具备相当的专业知识。比方说，她带磁盘进去存录了许多资料，可是做出跟业务手册上不一样的动作，很难不被隔壁和后面的同事发觉吧？"

碇贞夫一脸不悦。他至今连文字处理机都还不会用，所以在他面前是不能谈论计算机的。

"更何况要到别的部门进行。她又是不能直接接触客户资料的员工，盗取信息难上加难。如果她是那个……该怎么说？就是所谓的黑

244

客，做出破坏系统等夸张动作，想从外界强行侵入——通常是与仓库或物流相关的计算机——必须用到专门的线路，可是电话号码并没有公开。新城乔子是该公司内部的人，或许能知道电话号码，但还是不够。片濑说，就像现金卡，没有卡片只知道密码，还是领不出钱来，两者很相似。不过这种比喻很笼统。"

碇贞夫表情扭曲，好像在吸鼻子。"这么说来，这一点就暂且保留了？"

"大概是吧——关于新城乔子以某种手段盗取玫瑰专线的客户资料的假设。"

"那她的室友呢？你见到了吗？"

本间摇头说："很不巧，正在休假。是个叫市木香的女孩，听说也是事务员。现在到澳洲观光旅行两个星期，只知道联络方法。"

"这也是片濑告诉你的？该不会是骗人的吧？"

"不会，没问题，是真的。我要求片濑打开计算机，从员工名册中调出她的住址和出勤表，确认过了。"

"连出勤表都是用计算机做吗？"一脸不高兴的碇贞夫突然站了起来，"对了，新城乔子的——"

"不在场证明？"本间笑着说，但立刻恢复了正经的脸色，"我也确认过了。一九八九年十一月二十五日晚上十一点左右，在宇都宫，关根彰子的母亲淑子死亡的时刻，乔子在何处——"

当然本间并没有对片濑说明，为什么需要知道那天乔子的行踪，片濑只是一脸惊讶地调出了当天的出勤表给本间看。

"我也要他打印出来给我。"

本间将出勤表出示在碇贞夫面前。碇贞夫一把抓住出勤表，认真查看。

"从一九八九年十一月十八日到二十六日，九天之间，新城乔子请假了，理由是'病假'。"

碇贞夫吹起了尖锐的口哨。

本间接着说："而且我还找了一个'你和新城乔子认识'的借口，要求片濑秀树也调出当时他的出勤表。"

"结果呢？"

"十一月二十五日是星期六，他在上班，直到晚上九点都在公司里。"

"意思是说他没有涉案。"碇贞夫感觉有些失望，"我总觉得那个男人很可疑。"

"算了，再继续观察下去吧。"

毫无边际的"事件"总算展露了雏形，终于抓到了一条可以追踪下去的细微线索，这时绝不能太过心焦。

"在片濑的安排下，傍晚时刻我进入了玫瑰专线里面调查。在那之前，我四处散步打发时间。"

"你的腿还好吧？"碇贞夫不像个刑警，很认真地关心起本间。

"走得摇摇晃晃就是了。"本间笑着说，"大阪这个城市还真是有趣，感觉跟东京真是完全不同的空间，一点都不浪费。"

"不浪费？"

"嗯。在东京，就算是日本桥一带，智能型建筑的企业大楼林立，但背后还是会有一些两层楼的旧房子吧？可是大阪没有。既然规定这里是商业区，就完完全全是商业区。可是在那种市中心的闹市区，可能过了一条小巷就是夜生活区。前不久刚发生的流氓枪击事件就是出在那种地方。"

"我不喜欢煎菜饼、乌冬面，也不喜欢阪神老虎队，所以一定住不惯大阪。"碇贞夫冷冷地回答。

尽管寒气逼人，在和片濑约好的时间到来之前，本间还是走了不少路。途中，他坐在一个三角公园的长椅上，耗了将近半小时，周遭都是成双的情侣。再过一些时间，这种地方将成为流浪汉、醉鬼的睡床，说起来实在不是太好的环境，而且公园的景致也不怎么美丽，看来谈恋爱只需要有精力就可以了。

坐在长椅上，本间想，新城乔子是否也跟谁来过这里？是否也曾坐在这里，看着来来往往的年轻人？是否曾经走在满是灰尘的夜路上，抬头看着霓虹灯，穿梭在堵车的马路上，浏览橱窗内的商品摆设……

她是否做过这些事？是否享受着生活的乐趣？本间坐在寒风刺骨的公园长椅上，一直想着这些。

但是风景因观看者的心情而异。不管花多少时间，本间也无法窥见新城乔子看过的大阪街景，所以他觉得很遗憾。

"对了，不知道还能不能拜托你？"本间看着碇贞夫问。

碇贞夫终于露出笑容。"这一次是要新城乔子的户籍誊本？"

"答对了。"

"只要按照玫瑰专线的履历表，倒着查回去不就可以了嘛，小事一桩。"

"不过——"

"你希望我别让上面的人知道，对吧？我明白。"碇贞夫绷紧坚实的下巴，点头说，"实际上，这是个困难的事件。如果公开，以目前的情况看，可能你今后的搜查行动会被制止。当然，也不是说不能当作案件来处理——"

这一次换本间先发制人："你是说还有什么火烧眉毛的紧急事件吗？"

"答对了，真是可恶！"

"所以我也觉得焦头烂额。"说完，本间将视线落在桌子上，"毕竟没有看到尸体。万一他们说关根彰子不一定死了，一切便到此为止。"

"你认为她还活着？"

"开什么玩笑。"

"就是说嘛，我也觉得她被杀了。"

"那你会怎样处理尸体？"

碇贞夫从椅子上挺直了背。"是呀，我认为这因新城乔子有没有亲密的协助者而大有不同。如果她的协助者是男的，就可以做些粗重的事。你不是说过关根彰子长得并不娇小吗？"

"怎么说她都算是身材较高的人。"

"所以一个女人处理尸体会很吃力，要花不少工夫。"

本间点了点头，低声说："我认为新城乔子从头到尾都是一个人犯案。虽然没有证据，但这是我的直觉。"

新城乔子的眼神看起来很坚强。她从栗坂和也或是玫瑰专线的片濑身边消失踪影时，十分薄情，毫不留恋。从任何方面看，她都给人孤独的印象。

另一方面，本间也觉得，正因为新城乔子是孤独的，她只有一个人，所以才能成功地取代别人的身份。就算只有一个能理解她的立场、愿意伸出援手的男人在她身旁，她就应该不会舍弃新城乔子这个名字。她会考虑在这个人的帮助下，以新城乔子的身份继续逃亡下去吧。所谓名字，是被人承认、被人呼叫的，因而是存在意义的标记。只要新城乔子身旁有人理解她、爱她、无法跟她分离，她就绝不会像丢掉一个爆了的轮胎一样丢弃原有的名字，因为那个名字带着爱意。

"没有共犯？"

"嗯。"

"这么说来——"

碇贞夫顺着本间的视线发现了一样东西。那是固定在厨房一角的附有外壳的刀具组，包含切菜、切肉等用途不同、大小各异的五种刀具。是井坂买来的，身为擅长烹饪的人，对于工具，他自有坚持。

碇贞夫沉默地看着本间。

本间说："这方面我来调查。我会到图书馆翻报纸，拜托认识的杂志社记者帮忙。不一定只有警视厅才管用。"

"应该不难找吧，因为会是个大案件。"碇贞夫说完，不动声色地摸了一下下巴。

"比方说悬而未决的分尸案之类。"

本多保来到水元的家拜访，是在次日下午。

阿保穿着已经洗过多次、舒适柔软的牛仔裤，上身是白色棉质衬衫套着手织的毛衣。接过他脱下来的毛呢外套，挂上门边的衣架时，本间发现原先在店里卖时缝在衣内的备用纽扣已经拆下了。看来郁美是个认真的家庭主妇。

千鹤子也是一样。买回衣服后，她总是说直接收起来会损害布料，立刻将备用纽扣拆下来放进针线盒。所以，本间的衣服是在千鹤子生前还是逝后买的，一眼就能分辨出来，因为在她过世之后买的衣服，备用纽扣便留在了上面。他觉得自己将它拆下来多少有些伤感。在井坂还没来家里帮忙时，煮饭、打扫、买东西，他都觉得还好，唯有拆下备用纽扣让他感到难过，无法做到。

阿保似乎不太习惯到别人家里，劝了好几次才肯坐下，扭扭捏捏地找时机，将手上提的纸袋放在桌上。"嗯……这个给你的小孩吃。"他的声音很小。

本间道了谢收下，想，这大概也是郁美教他的。纸袋里面是某个大西点面包店的产品。

那时正好是井坂吃完午饭过来的时间。本间和阿保坐下来，还没好好聊天，就听见井坂的声音在门口响起。来得正好，本间介绍他们两人认识。

"原来是男家政员呀？"

面对阿保惊讶的表情，井坂显得有些得意。

"其实这是很适合男人做的职业。我并不讨厌修理电器，搬动家具也很轻松，连堆积在家具后面的灰尘都能清扫干净，所以客户们都很满意。"

"客户？"

"我们签约了呀。这样称呼他们，感觉比较像样，好听嘛。"

"我们家那口子听了一定很感动！"看来阿保的确很佩服。

见井坂一脸惊讶，本间笑着解释："阿保马上就是两个孩子的爸爸了。"

"我都二十八岁了。"

"是吗，好年轻的爸爸。"井坂眯着眼睛，然后突然表情一变，"关根彰子也是二十八岁。你们的人生完全不一样呀。"

因为井坂完全以过去式来谈论关根彰子，阿保不禁低下了头。

"什么时候上东京来的？"

"昨天。"

离开宇都宫时，本间和阿保作过简单的讨论。本间请他先在当地收集彰子失踪以前的信息，有多少收集多少。之后的计划，等见面后再说。

"收获还算不少。"阿保打开连同纸袋一起提来的手提包。

井坂端着咖啡过来，坐在他旁边的位置上。

阿保摊开小型记事本。

"你都记下来了，是郁美要你这么做的？"

"嗯，答对了。"他稍微咳了一下才说，"我跟地方上的人说小彰失踪了，联络不上，希望大家帮忙。大家一开始都很惊讶，但马上又表示理解。"

　　这也难怪，因为她和欠债、特殊行业挂上了钩。

　　"我的同学当中，有个女同学两三年前在车站和小彰站着聊过天。当时她看见小彰艳丽的打扮，还很是不解。"

　　"那应该是彰子在拉海娜上班的时候。"

　　"很难说。她只提到是两三年前，不记得准确日期。唯一能确定的是，当时她手上提着切半的大西瓜，所以是夏天。"

　　一般人的记忆大概就是这样。

　　"她说小彰看起来很有精神，神情很明亮，还说小彰妆化得很浓，吓了她一跳。因为那个同学也听说过小彰的种种传闻，所以故意套话说'你辛苦了'，小彰笑着回答'还好啦'。"

　　"那也是没办法。"井坂说，"人生路上摔了一跤的时候，最讨厌遇到自己的同学！"

　　似乎有什么言外之音，说不定井坂也有很多回忆。

　　阿保继续说："我想，能收集到最多信息的还是淑子阿姨过世的时候，所以来参加守灵和葬礼的人我都一一去拜访了。感觉好像工程浩大，但其实没什么，因为重点对象已经确定了，都是些中年妇女。"

　　阿保问那些人彰子当时的情况，并拿出另外那个女人的照片，询问她们是否见过。

　　"守灵和葬礼无法在茜庄的住处举办，说是房东的太太不喜欢，于是租借了离茜庄五分钟车程的公民会馆。因为身为丧主的小彰忙不过来，这些手续都由地方上的人帮着处理了。"

　　说完，阿保喝了一口咖啡，合上了记事簿。

　　"小彰的样子跟我感受到的一样，大部分人都觉得她受了很大的刺激，整个人瘫了下来。但也有人批评她这时居然还染红了头发，念叨个不停。"

"婚丧之类的场合，保守一点是最好的做法。"井坂说。

"没错。不过守灵时和丧礼上，没有人见过照片上的女性，也就是假冒小彰身份的女人。不认识的人来了反而醒目，而且有地方上的人在前面接待，看到不是当地人的年轻女子拿奠仪来，绝对会问她是谁、跟淑子阿姨有什么关系。所以应该错不了。"

本间点点头，想应该可以相信。因为照井坂的说法，在婚丧场合，宾客的眼睛再锐利不过了。

"但是——"阿保搓了一下鼻子下面，"有人看到过假冒小彰的女人。"

本间和井坂同时发问："真的？"

"是。"阿保像个孩子一样抓着脖子后面，笑道，"说起来实在够蠢的，居然是我妈妈。"

本间睁大眼睛问："你妈妈？"

"没错。而且不是我去问她，是她主动来告诉我的。她在美容院听说有人在调查小彰的事。"

本间恍然大悟，原来是宫田金惠。本间将新城乔子——当时还是"关根彰子"的照片留在罗蕾雅沙龙。金惠答应帮忙四处打听。

"是罗蕾雅沙龙？"

"怎么，你已经知道了？"阿保一脸失望，"我妈妈总是在那里做头发，说是那里有位姓宫田的美容师拿照片给她看了。"

阿保强调，母亲的记忆很清楚。

"我妈妈平常的记性很不好。但是如果她觉得稍微有点不对劲，就会记得很清楚。我爷爷过世的时候，她就对来家里诵经的和尚慌慌张张的态度很不满，于是连和尚脖子上的一颗大痣也记在心里。结果有一天那个和尚居然骗了施主的钱和女人跑了……真是不好意思，我的话题偏了。"

"没关系，我知道。你是说你母亲并非误会或是记错了。"

阿保用力点头。"是的。我妈说她是在走出那家美容院时看见那个女人的。"

"时间呢？什么时候？"

"她记得很清楚。"阿保的神情显得很严肃，"淑子阿姨的满七那天。一开始她记不起日期，结果翻了日历才发现是一九九〇年一月十四日，星期天。"

"哎呀……"

"你也吓了一跳对不对？不过问过之后，我也觉得理所当然。因为小彰家几乎没什么亲戚，附近的人都觉得往生者太寂寞了，因此都去烧香吊唁。我则有非办不可的急事，所以没法去，而我妈妈去了。我妈妈对这种事很坚持，参加法事还得洗过头才行。"

本间很想拍拍大腿，他能理解这种人。

"结果做好头发离开美容院时，她在茜庄门口看见一个女人躲在电线杆后面站着。她悄悄地上前问对方：'要找哪位？'那个年轻女人有些惊讶，说不出话来，急忙离开了现场。我妈妈应该很在意这件事。她本来就很强悍，还追上去问：'慢点，你到底是谁？'结果那个女人更加吞吞吐吐，拼命地逃开了。所以我妈记得她的长相，说是个美女，就像女明星一样漂亮。"

本间皱着眉头，心中梳理着刚才阿保所说的内容。

满七的法事是在一九九〇年一月十四日办的，但关根淑子的死亡日期是一九八九年的十一月二十五日，所以并非准确的满七日。大概是为了避开忙碌的年底，利用新年期间的星期日，才选了这一天。又过了十天，关根彰子去拜访沟口律师，询问能否领取保险金。淑子多少有些存款，应该还够支付葬礼、法事的费用，因此不难理解彰子在意剩下的保险金的心情。

而这个时间点，新城乔子已经出现在彰子的身边了。

乔子于一九八九年十二月三十一日辞去玫瑰专线的工作。她是否开始准备要假冒彰子了呢？于是先来观察情况——

"法事在哪儿举行？"

"在淑子阿姨寄放骨灰的庙里。"

"寄放骨灰？"

"没错。该怎么说好呢？关于这一点，情况有些复杂。"阿保似乎有些难以启齿，"淑子阿姨很早就死了丈夫，吃了很多苦。亲戚之中没有人肯伸出援手，她一个人带着小彰工作，当时她已经跟亲戚们断绝了关系。"

井坂抓抓眉毛说："就算是这样，也不能不让她跟死去的先生埋在同一个坟墓里呀。"

"你说得没错，说得没错。"

本间想了一下说："我知道了，她先生也没有坟墓，没办法建，因为没钱。"

阿保点头说："是的，的确是这样。淑子阿姨的先生是大家族的三男，本来就不能自己盖坟墓，又是在小彰还是婴儿时便过世了，根本没有多余的钱造坟墓。偏偏——"

"哈，我懂了。"井坂点头说，"为了盖先生的坟墓，淑子女士去请求亲戚帮忙，尤其是找了继承家业的长子，却被冷淡地拒绝了。是不是这样？"

"没错。所以没办法，关根先生的骨灰就一直寄放在庙里，每隔十年、五年就缴一笔供养费，请庙里代为保管。"

在墓地不足且价格高昂的今日，这种事倒也寻常。

"哦，所以淑子女士的骨灰也跟她先生寄放在同一家寺庙里。"

"是的，小彰对这件事也很难过，说想赶紧盖坟墓，让父母能够安定下来。结果有人还说'该不会是想用这招来借钱吧',小彰哭得更难过了。"阿保气愤地表示,如果自己在现场,肯定会骂回对方两句。

"就是,何必把话说得那么难听。"井坂也持同样的看法。

"除了你母亲以外,还有没有人看到她?"

阿保摇头说:"可惜没有,就连宫田师傅也觉得很遗憾。"

但是本间想,够幸运了。有时发生杀人或抢劫等风声鹤唳的大案件,目击者的记忆通常都很暧昧。而这起事件中,没有发生什么状况,仅仅是问有没有看见一个很普通、长得还算漂亮的年轻女人,就想期待准确的目击证词,才是奇怪。能够唤起这样的记忆,真可说是拜罗蕾雅沙龙之赐。

关根彰子和新城乔子,经由玫瑰专线的数据库而产生关联的两个人,又在另一个地方牵上了线——在彰子的故乡,她母亲做法事的时候。

"其实,我们已经知道这个女人的身份了。"本间一边消化阿保带来的事实,一边缓缓说道。

阿保一时之间停止了呼吸,脸色顿时变得很可怕。或许,阿保早就暗自担心之前所想的一切会成了事实,那个假冒彰子的女人并非凭空想象,而是活生生的实体……

"她是什么样的女人?"不问对方姓名,阿保先问这些,"是什么样的女人?是小彰的朋友?跟小彰熟吗?"

他不想知道的结果先脱口而出。如果这个女人是彰子的朋友,又是彰子很依赖的人,那他将情何以堪?恐怕很难压抑住心中的怒气吧。所以他先开口说出不好的设想。

"不,不是的,是个毫无关系的陌生人。"

阿保很认真地听着本间的说明,时而咬着嘴唇,时而目光低垂,似乎好不容易才能稳定心情。

本间说完后，三人陷入了沉默。井坂开始收拾咖啡杯，他大概想找点什么事做吧。

"怎么会有这么蠢的事！"阿保终于说话了，"小彰的生活不是很吃紧吗？"

"嗯。"

"可能为了让心情轻松一下，所以想穿漂亮的内衣吧。我可以理解。我们家的小孩也很花钱，郁美难得为自己买新衣服，却也说过至少想买些可爱漂亮的内衣来穿。"

"听说彰子对玫瑰专线的缴费倒是很准时，都是划拨的。是优良客户呢。"

"优良客户。"阿保低喃后，沉默不语。桌子底下，他那被机油染黑关节的拳头，像是要捏碎什么般紧握了起来。

阿保似乎是举起拳头，想找寻对方。本间想，事到如今，又何必呢？但我又是为了什么要找新城乔子？是惯性使然？尽管说是受人所托，但其实是因为同情和也吧？还是出于好奇心？

严格说起来，或许最后一种说法是正确的。是出于好奇心，想见见对方，见见新城乔子这个人，然后问问她为什么要这么做，听听她的心声。

本间说服原本住在旅馆的阿保今晚住在水元这里。阿保回饭店拿行李时，本间开始整理目前调查到的结果和资料。

对于碇贞夫提到的悬而未决的弃尸案，一早直到中午，本间窝在图书馆里找，但从报纸的压缩版寻找线索极其有限，还是得找专家出面。本间联络以前曾经欠他人情的某杂志社记者，拜托对方帮忙。

"跟着本间先生的话，常常会有独家新闻可写。"对方这么说，而且迫切地想知道为什么要找寻这些资料。本间找个理由敷衍过去，对方无可奈何地笑着说："好吧，我答应。只要一两天，应该就能从数据库里找到东西。只在关东附近的县市找就够了吗？"

"嗯。"本间回答后，又追加一句，"等一下，甲信越地方①也要。"凡事都很慎重的新城乔子，假如目的是处理尸体，或许愿意不远千里去抛尸。

之后，他根据日期寻找关根淑子摔死的报道。这个任务倒是轻松地完成了，全日本的三大报有两家刊登了，虽然篇幅不大，但是从头到尾叙述详尽。本间复印好后，便离开了图书馆。

他就目前已知的事实，推测新城乔子的行动。

她因为某种理由，或许是被什么所追，而必须逃离，换个新的身份。

她是为了达到目的而进入玫瑰专线上班，还是上班之后才发现可以利用这个工作轻易取得别人的身份呢？两者都很难说，但前者的可能性较高。此外，她又是如何从玫瑰专线严格的顾客管理系统中取得资料的呢？其方法还是谜。只是可以想见，她可能利用了片濑，所以片濑的反应那么明显也是情有可原。

总之，乔子取得许多客户资料，从中挑选了条件适合的人——关根彰子。根据资料，乔子到彰子所属的区公所柜台声称是"本人"，取得了彰子的户籍誊本、居民卡等文件。

之后，乔子又杀害了关根彰子唯一的亲人关根淑子。

关于她杀人的方法，还有很多疑点。一如境刑警所说，根据淑子死亡时的情况判断，淑子是意外身故或自杀的可能性较高。但本间的想法是，新城乔子在那一晚，十一月二十五日的晚上，会不会制造了什么借口引诱淑子出门呢？

说引诱是太夸张了，应该是"约好见面"吧，地点可能就在多川

---

① 日本中部的山梨、长野和新潟三个县的总称。

附近。只要指定见面的时刻，她大概就能掌握淑子从多川出来的时间了。

先做好这些准备工作，然后在出事的那一夜，她以境刑警所否定的方法犯罪。

"如果想在那间吵死人的酒吧里面等待淑子女士离开，就算是淑子女士在走廊上唱着歌经过，对方也是听不见的。"

但是如果事先约好时间，就可以办得到。

乔子就在多川隔壁的酒吧。当淑子离开多川时，她便先到走廊上等着，趁其不备，将其推下楼后，又跑回酒吧。在舞曲喧嚣的酒吧里，其实很难确认顾客的进出。

约淑子出门的借口必须是很简单的事。如果太正式，让淑子为了跟人家见面，今晚不去多川，留在家里，就糟了。只要说自己"是彰子在东京的朋友，彰子交代了些东西要给妈妈。因为自己到达宇都宫的时间很晚，又有同行的人，不便久留，不知道能不能拨出五分钟见个面呢"，这样就够了吧。

就这样，乔子除掉了淑子。

但是，就算关根彰子成为一个人生活的孤女，还是必须考虑她的朋友与情人等关系。如果本间的想法成立，那么乔子就必须事先知道一个人住在宇都宫的淑子有到多川喝酒的习惯，以及小酒馆外面有道危险的楼梯等事。这些仅凭玫瑰专线的数据库是无法得知的。新城乔子为了获得这些信息，必须跟彰子有所接触，实际上她也做了。

所以，本间接下来要找出她们接触的痕迹。

杀害彰子的乔子处理完尸体，假冒其身份，离开川口公寓，擅自辞掉拉海娜的工作，音讯杳然。然后她去东京的今井事务机公司上班，租方南町的公寓来住，分出户籍，修改居民卡。健康保险、国民保险和民营保险也都进行了必要的处理，只有劳保，她找不到彰子的劳保被保险人证，便在柜台谎称"第一次正式上班"，重新投保。

然后，乔子跟栗坂和也认识，订婚……

唯一的疑问是，假冒彰子的乔子在即将与和也成婚之际，在他劝说之前，居然从未办理过信用卡。如果曾经办过一张，不就能发现她过去毫不知情的、关于彰子个人破产的经历了吗！

难道新城乔子不喜欢用信用卡？虽然很少，但还是有这种人，因为害怕花钱没有节制，或是感觉这种消费习惯不太健康，反正就是这类理由。少见倒是很少见，却也不是不自然的现象。

找出乔子身份的唯一线索，就是那张拍立得照片。她是为了什么目的拍那张照片的呢？为什么要那么慎重地保存？是否跟什么愉快的回忆有关？但若是如此，那个回忆应该是新城乔子的回忆，是她毅然决然舍弃的新城乔子的过去。

本间想不明白。在这个疑问上，他无法建立任何假设，只好合上记事簿。

四点过后，小智回家一趟，说是跟小胜有约，又出门了。井坂忙着准备晚餐，厨房开始冒出热气时，阿保提着小型旅行包回来了。就在这时，电话铃声响起。

"请问是本间家吗？"是今井事务机公司的社长，说是从公司打来的，因为挂念着调查结果，所以打电话来问是否找到了关根小姐。

本间还不想跟对方说明真相，目前还没法说。

"还没有找到。"如此回答之后，本间听见话筒里面传来今井的叹息声。

"小蜜也很关心这件事。对了，她还很在意另一件事。我让她跟你说。"

"喂！"本间刚说了一声，马上听见一个高亢的声音。

"本间先生，是这样的，关于太太的堂兄的孩子该怎么称呼——"

"你知道了？"

"我还不知道。"有种由衷地感到遗憾的口吻。

"哦，我想很难吧。你一直都在帮我查？"

"这种事上，我很笨的。"

"这种事，谁查都是这样的。"

小蜜的语气有些变了："关根小姐还是没有回来吗？"

"也许不方便回来吧。"

"栗坂先生应该很失望吧？"

"对他而言，或许是帖苦口良药。"

"我突然想起，他们两人曾经吵过架。"

"吵架？"

"没错，为了订婚戒指。关根小姐说她想买自己喜欢的戒指，跟生日宝石没有关系，但是栗坂先生反对，说如果不是生日宝石或钻石的话，就不能算是正式的订婚戒指。"

这很像坚持原则、没有弹性的和也的说法。本间苦笑着问："小蜜，关根小姐不要自己的生日宝石，那她说了想买什么样的宝石吗？"

"说了呀，所以才会吵架。"

本间一手按着话筒，回头问厨房里的井坂："井坂兄，你对生日宝石熟吗？"

井坂一手拿着锅铲，睁大了眼睛说："嗯，知道……不过只是泛泛了解。"

本间问了一个问题，井坂回答了。本间听了便又呼叫小蜜："小蜜，关根小姐的生日宝石是蓝宝石吧？她买了蓝宝石戒指吗？"

"没错，是九月的生日宝石。"

"我来猜猜关根小姐不惜跟和也吵架也想买的宝石是什么吧！"

"什么，你猜得到吗？"

"我想是吧。"带着一种莫名的兴奋，本间说，"祖母绿？"

小蜜大声喊道："好厉害，你怎么知道？关根小姐说绿色的很漂亮，因为稀少，价值很高，所以很想要。"

本间发出笑声掩饰，其实他偷偷地想，那是因为祖母绿是五月的生日宝石，而新城乔子的生日正是在五月。

既然是订婚戒指，乔子自然想要自己的生日宝石。

话筒中传来小蜜的声音："本间先生，如果关根小姐回来了，请跟她说社长和我都很担心她，很想念她。"

本间答应了，挂上电话的那一瞬间，他第一次觉得新城乔子的行为令人难以原谅。

小蜜她们竟然说很想念她。

但是这种感伤被门口传来的巨大声响破坏了。有人很用力地开关大门。

本间大吃一惊，坐在旁边椅子上的阿保也一起探头看着走廊。

是小智。他打开当储藏室用的壁橱，拿出玩棒球时用的金属球棒，用脚随便踢开顺势从壁橱里掉出来的球和堆积的旧报纸，一把抓起球棒就要冲出大门。

"小智，你干什么？拿球棒要干什么？"本间大声怒喝，但小智充耳不闻，只想冲出家门。

"我来阻止他！"阿保发觉事态非比寻常，赶紧替行动不够敏捷的本间跑了出去。井坂也抓着围裙的一角跟了上去。

在走廊尽头，被阿保倒抓住双臂的小智依然奋力抵抗，脸孔因为泪水和泥土而花了。追赶上来的井坂和本间对视了一眼。小智的手臂和膝盖上浮现无数的擦伤，褪下了袜子的脚踝一带有许多越看颜色越深的撞伤。

"还不停下？不要挥舞那种东西，还不停下！"

阿保想从小智手上拿下球棒，但小智像个使坏的幼童一样当场蹲了下来。

"打架了？"本间蹲在小智旁边问，"如果是打架，拿出球棒就太卑鄙了。为什么要拿出这种东西？"

小智放声大哭，一边抽噎一边想表明主张，拼命挤出话来："呆……呆呆……它……"

"呆呆？"

阿保也同时发出疑问："呆呆？"

"呆呆是狗的名字。"本间回答，"呆呆怎么了？找到了吗？"

小智咬着牙说："它死了。"

"死了？"

"是学校的田崎那家伙……杀死了……呆呆……把它丢掉了……"

"为什么？"本间声音沙哑，"是真的吗，小智？"

"真的……我总算……总算知道了。"

"所以才会打架？"

"嗯。"头顶上传来另一个声音，大家一同抬起头看，是小胜站在那里。高大肥胖的少年和小智一样一身惨状，沾满泪水和泥土的脸颊上划出一道伤口。"田崎那家伙杀了呆呆后乱丢。我们按照碇叔叔的交代进行有……有组织的调查，结果那家伙担心会被知道，就……"

"才不是呢。"小智边哭边反驳，"那家伙说就算他不说，我们也查不到，一副扬扬得意的样子。"

"他为什么要杀死呆呆？"井坂边问边抓紧围裙的一角，脸上充满怒气。

"他说小区规定不能养宠物，这是违反规定。"

"就算是这样，也不该杀死呆呆呀。"

"可……可……可是……"小智边哭边断断续续地回答，"他说违反了，就应该杀掉，算是教训。"

"太过分了。"阿保说，"就这样杀死了小狗？好，既然如此，哥哥也来帮你。"

可小智和小胜似乎已经失去了战斗意志，小胜无力地跌坐在地上，对着走廊的水泥地说："他说如果不甘心的话，就去买间独门独户的房子！"

"独门独户？"

"他们家就是独门独户。"

"所以他说，他们家可以养狗，说我们穷人家凭什么养狗，未免太不尊重独门独户的人家了。"

小智和小胜一口气说到这里，便一起放声大哭。

本间和井坂再次在他们头上对视了一眼，不知该说些什么。

"什么话嘛！"阿保低声说。他的脚边滚动着一根金属球棒。

21

次日。

出现在眼前的女人，便是当年关根彰子前往沟口律师事务所委托办理申告破产的手续，因为房租滞缴而无法继续住在锦系町的城堡公寓时，提供房子让她借住的人。

她叫宫城富美惠，泽木介绍说是"金牌的同事"。她留长指甲，脚穿花哨的凉鞋，尽管没有化妆、随便拿根夹子夹住头发，但身上还是散发出香水味，从这种样子来看，的确是从事夜间营生的女人。

女人年约三十五六岁。白天在电话中听到的声音，让本间以为她四十岁了。声音有些低沉沙哑，听起来像是结过婚，语气有些粗鲁。

"这种时间，我对明亮的窗边位置有点吃不消。所以最好让我坐在里面。"

三个人来到富美惠居住的位于涩谷区的公寓附近一家新开的咖啡厅。已经过了午餐时间，店里客人不多。

"有关彰子的事，我也很担心，因为突然之间就失去了联络。我还以为她找到了好人家，所以没有刻意去找她。"

富美惠抽着七星，肩膀裹在设计得颇宽大的毛衣里。本间心中有着不礼貌的想象，眼前几乎浮现出这样的画面：富美惠将手从毛衣下面伸进去，先松开钩子，一只手解开肩带，然后从另一个袖口拉出脱下来的胸罩。

"她真的行踪不明吗？彰子没有跟任何人说一声便消失了？"

"是的。你最后一次见她是什么时候？"

富美惠摇摇头。"这个嘛……接到电话后，我也一直在想这个问题，大概是前年的正月吧。我也记不清楚了。"

然后富美惠仔细观看本间拿出来的新城乔子的照片。这时烟已燃尽，她看也不看烟灰缸，就把烟捻熄了。

过了一会儿，她才慢慢地说："我不认识，没见过这个人。"

"没到过店里面？"

"是的。这么漂亮的女孩，如果来过，我一定记得。金牌里面，一共才五个小姐。在酒吧里面算是人多了点，但总比待在摸来摸去的舞厅好多了。反正金牌的店面也够大的了。"

"会不会是客人，到店里消费呢？"

富美惠又点上一支烟，笑声和白烟从嘴里吐了出来。

"我们店不是一个女孩可以随便进来的，就算是成群结队的女孩也不会来这里。《花子》杂志上也没有介绍过呀。"

阿保将视线移开，因为富美惠正很有兴趣地盯着他的额头。

"彰子的工作情况怎样？"

富美惠立刻回答："很拼命呀。"

"为了钱？"

"当然。讨债公司的人都追到店里来了。还好那女孩没有从跟暴力集团挂钩的地下钱庄借钱，不然恐怕会被卖去做泰国浴的泡泡女郎。有一阵子我还很认真地劝她快逃呢！"

"听说她跟信用卡公司和地下钱庄借钱，欠了一千多万。你知道吗？"

富美惠抬起下巴，点头。"笨哟，谁叫她相信那种塑料卡片呢！"

阿保抬起头说："可她绝不是那种无知的女孩，我很清楚。"

富美惠偏着头看着阿保说："你是她的青梅竹马吗？彰子说过不想留在故乡，所以才来东京。你知道吗？"

本间看着阿保。阿保的脖子大概僵硬了，整个人动也不动。富美惠转而看着本间的眼睛说："她说因为父亲很早过世，生活很苦，从来没有发生过什么好事。而且妈妈还被公寓的房东包养。"

"房东？茜庄的房东？"

"我不知道公寓的名称，也记不住。不过听说她妈妈到死都住在那栋公寓里。"

那就是茜庄了。这就能理解了，为什么关根淑子会像生了根一样住在茜庄达十年之久。

阿保结巴地说："我也知道，但是没有听小彰亲口提起过，都只是些谣言。"

"这种事情怎么会有证据，光是谣言就够了。"富美惠用鼻音笑着说。

"所以……"本间看着阿保说，"房东的太太不希望淑子女士的守灵和葬礼在茜庄举办。"

"……是呀。"

富美惠喝了一口咖啡，将杯子放回碟子上时，很自然地发出了声响。

"我曾经和彰子聊过，总之那女孩希望到不是故乡的地方，过着自由自在、完全不同的人生。可是现实生活却不是那么回事。人生没有那么容易改变。"

"想变好的话。"本间插嘴说。

"是呀，想变好的话。"富美惠淡淡一笑，"彰子最早上班的公司，让她清楚地知道了华丽的粉领族生活不过是梦想：薪水低，宿舍的日子又很难熬。"

"是葛西通商吧。"本间说，"其实我们上午才拜访过那里。"

本间想到富美惠过去在金牌工作，如果还在继续从事这个工作，当然会睡到中午以后，所以先去了葛西通商，但白跑了一趟。葛西通商的人事主管非常不亲切，加上员工替换率很高，根本不知道有没有留下雇用记录，就算有，也不知道主管肯不肯帮忙调查。对方摆出一副趾高气扬的态度，自然对辨认新城乔子的照片一事也不太乐意配合。本间认为乔子开始注意到彰子，是在到玫瑰专线工作以后，也就是一九八九年七月后的事，所以去葛西通商查证只是为了慎重起见，没想到却是如此不愉快。

富美惠继续说："我没听说公司的名字，对了，好像说是什么物流公司吧，反正不怎么样，宿舍的设备也很差。可是搬离宿舍后，她自己租房子住，更贫困了，生活好像很苦。也难怪呀，锦系町的公寓房租太贵了。"

"你想，她是否因此开始借钱度日了呢？"

富美惠看着香烟盒，做出确认还剩几支的动作后抽出了一支，却没有点燃，好像是在利用这些动作思考下一句话怎么说。

"那女孩会迷上信用卡消费，是因为在那个过程中，逐渐沉浸在错觉里。"

"错觉？"

"是的，没错。"富美惠摊开双手说，"她没钱，没学历，没什么特长，就连长相也不是美得能够靠它吃饭，头脑也不是很聪明，只能在末流的公司做些事务工作。这种人心中总是描绘着从电视、小说、杂志中看见的富裕生活。过去的人只会把这些当作梦想，想想便算了，要不然就是努力朝梦想迈进。出人头地的也有，但也有人因此误入歧途而被逮捕。但是过去的人总是比较单纯，不管用什么方法，都是靠自己的力量筑梦，或是碍于现状放弃，不是吗？"

阿保沉默不语。本间点着头，催促对方继续说下去。

"可是现在不一样了。梦想无法达成，却又不甘心就这样放弃，所以会有一种达成梦想的希望，并沉醉在这种感觉里。达成梦想的方法很多。以彰子的情况来看，她是以购物、旅行等花钱的方式来达成，这是因为有那些限制少、手续方便的信用卡和地下钱庄的存在。"

"还有什么方法？"

富美惠笑着说："提到我所知道的方法——对了，我有个沉迷整容的朋友，大概已经整了将近十次脸。她深信只要变成假面具般完美的女人，人生就会变成百分之百的彩色，变得幸福。可是整了容，她憧憬的'幸福'却没有到访，没有出现什么高学历、高收入的超级帅哥把她当作'女王'看待。于是她便一再地整下去，整了又整，还是不满意。同样的理由，也有沉迷于减肥的女人。"

阿保静大了眼睛。本间想起郁美说的话——"阿保很幸福，只是他不知道"。

富美惠接着说："男人也是一样，说不定这种人比女人还多，拼命用功想进好大学、好公司，不是吗？他们错了，他们没有资格笑那些拼命想减肥的女人。大家都是活在错觉中。"

本间突然想起，泽木提到的昭和五十年代后半期发生的地下钱庄风波，其根源就是购买房子的需求和由此而生的不合理的住宅贷款。那也是一种错觉吧？以为"只要拥有自己的房子，人生就会幸福，就能保证有富裕的一生"。

"以前大家缺少的是把自己往错觉里推的资金，不是吗？而当时可用这种资金的地方、能引发错觉的项目也比较少，比方说，塑身、整容、补习班、刊登一堆名牌的目录杂志什么的，过去都没有。"

富美惠忘了点燃香烟。

"然而今天什么都有，想做梦太简单了，可是那需要资金呀！有钱的人可以用自己的，没钱的人便'借钱'当作资金，就像彰子一样。我也曾对那女孩说过，你这样就算是拼死也要借钱，买一堆东西，过奢侈日子，身边围绕着高级品，便觉得实现人生的梦想，变得幸福了吗？"

"她怎么回答呢？"

"她说是呀，我说得没错。"

"我……实在是……"阿保擦拭着额头，"我不懂……我开始觉得，自己是不是也有同样的问题呢？"

富美惠微笑着说："那是当然，就连我也会有。只是我们知道限度在哪里。"

"不好意思，请问你在金牌工作很久了吗？"

"七八年了吧。"富美惠回答，接着语气变得很郑重，"我曾经倒过一家店，是跟老公一起开的，经营出现问题后，老公便跑了。和彰子不一样，我没有申告破产。虽然私下调停很麻烦，但我还是跟债主说好了，现在还在还钱。"

随着呼出来的轻烟，她脸上露出自嘲的笑容。

"我老公曾经说过一句话，我觉得他说得真好。你们知道蛇蜕皮是为了什么吗？"

"什么是蜕皮？"

"就是脱掉一层皮，那可是很拼命的，需要相当大的精力。但是蛇还是要蜕皮，你们知道为什么吗？"

阿保抢先回答："不是为了成长吗？"

富美惠笑着说："不是。我老公说蛇一次又一次拼命地蜕皮，是因为它相信总有一天会生出脚来，总是期待就是这一次了、就是这一次了。"

富美惠轻声自言自语:"是蛇又有什么关系,就算不长脚也无所谓。蛇就是蛇,不也是条好蛇?可是蛇认为有脚比较好,有脚比较幸福。以上是我老公的高论。接下来才是我的看法:这世界上有很多蛇,想有脚,却疲于蜕皮、懒得蜕皮、忘记如何蜕皮。于是聪明的蛇卖给这些蛇可以照出自己有脚的镜子。于是有些蛇就是借钱也想买到那种镜子。"

关根彰子曾经对沟口律师说,我只不过是希望变得幸福。

本间脑海中浮现出铁轨转辙器的画面。人是为了什么要追求信息?因为深信这一次就会达成目的,就是这一次了。

阿保转动着见底的咖啡杯。如果郁美在这里,说不定会告诉他:"阿保是那种一开始就很清楚'自己是蛇,蛇本来就没有脚'的人。"

"我有那种经历,所以当彰子走投无路时,才会让她到我家一起住。"富美惠接着说,"她破产后,也换了一家店工作,叫什么名字来着?"

"拉海娜。"

"是吗?大概是吧。反正换了工作,搬到川口之后,我们偶尔会通电话,一起吃个午饭什么的。那是前年的春天吧,还是更早以前?彰子的妈妈过世,她有些低落,我还约她,说等她平静下来,一起去洗温泉……"

"结果就没有联络了?"

"是呀,就再也没有联络了。"富美惠黯然地撇了撇嘴巴,"我的原则是对方不联络,我就停止交往,所以和彰子之间便也断了。看来我无法帮你们找到她。"

"彰子在川口时,应该说在她母亲过世前后,有没有发生什么事?"

"什么样的事呢?"

"有没有交新朋友或换了美容院之类，什么事都可以说。"

富美惠抬起手摸摸头发。"我从接到电话后，就试着回想彰子的一切，一点也想不起来了。挂上电话，就不记得刚才在电话里聊了些什么。"

她把两个手心一起贴在鼻子上，思索着，有点像是拜神的姿势。阿保和本间沉默地等着。阿保因为无聊在抖脚，桌上的冷水杯有些晃动。

"不行，我想不出来。"富美惠边叹气边说，"用心思考，反而想不出来。有一阵子彰子好像被人电话骚扰，她觉得很害怕。这种事情倒也常见。"

"电话骚扰……有人在恶作剧吗？"

"是的，警察大概不处理这种事吧？"

就在这时，富美惠眼睛一亮。

"对了，我想起来了。彰子因为这些电话变得很神经质，说什么她的邮件被人拆开了。"

"邮件？寄到川口公寓的？"

"我不记得公寓名称了，但就是在川口的时候。说是信封被拆开了。信箱本来就很容易开嘛，经常会有人恶作剧，所以我笑她想太多了。那女孩自从领了妈妈的保险金，算是破产后难得地拥有了一大笔钱，难怪她神经紧张。而且她说要买墓地，我还笑她说，现在这时候，一两百万哪有墓地可以买！"

阿保惊讶地看着本间，本间也吓了一跳。在绀野信子那里确实看到了墓园的简介——好像叫绿色陵园。

"彰子她是真心想买墓地的。"

富美惠笑着说："是吗？我也不清楚。反正她去参加了说明会，坐着陵园的客车去的。回来的时候我问她，像她这么年轻的女孩去，人家有没有觉得很稀奇？她说，不会呀，有一个比她还年轻的女孩子也想要买墓地。两人同病相怜，还聊了不少。"

联络绀野信子，确认简介上所记载的公司名后，本间便开始打电话。他的记忆没有错，果然是绿色陵园。

其总公司位于东京的茗荷谷，一栋造型还不错的大楼的一层，墙上贴着目前推出的墓地和陵园的照片，接待客户用的大厅中则展示着正在全力开发的、位于群马县山里的新陵园模型。

出面接待的男职员就像葬仪公司的从业者一样，态度客气，言辞委婉。本间根据关根彰子持有的那张简介的内容询问时，对方问，是不是去今市郊外正在销售的陵园参观的行程。

"我们家因为遗产问题有些纠纷。我想确定一下参加参观行程的女孩是不是我的亲戚，不晓得方不方便？如有照片，那是再好不过了。"

没想到对方竟然出乎意料地直接答应了。"我们每次对参加陵园参观的客户都寄赠纪念的团体照，我们也会留下记录，可以让你们过目。"

阿保和本间两人站在打扫得一尘不染的大厅中等待。男职员拿着一本大型相簿回来。

"如果是一九九〇年的一月到四月，就是这些。"

他翻开相簿，摊在摆满简介的柜台上，便离去了。本间和阿保赶紧凑上前去。

一月十八日……二十九日……二月四日……二月十二日……

"有了。"

阿保微微颤抖的手指指着——一九九〇年二月十八日，星期天。

"绿色陵园参观行程第十三批全体人员"——绿色旗子像三角旗般摊开，类似导游的男女职员蹲在角落，七八名客户中，关根彰子站在前排中央的位置。大概是因为年轻女孩少见，她又我见犹怜，便被拱在中间。

说是团体照，却是从很近的距离拍摄的，脸部表情看得很清晰。跟在阿保那里看到的高中时期的照片相比，关根彰子只是发型变了，留着一头卷度正好的长鬈发，还染成了红褐色，染发有一段时间了，发际部分一片黑色。她穿着织染的外套和牛仔裤，因为阳光而眯着眼睛，脸上的明亮笑容似乎跟参观陵园不太协调。她满脸笑容，所以能看见牙齿，张开的嘴唇后面露出了不整齐的虎牙。

站在她旁边的，则是露出美丽的牙齿、同样一脸笑容的新城乔子。

两个人这么年轻就必须想到买墓地的事，两个年轻女孩一样地孤苦伶仃，所以彼此同情地肩并肩、手挽手，靠在一起。

"小彰……"阿保呼唤着。

22

三重县伊势市。

从名古屋搭乘"近铁特急"约需一个半小时。这个地方都市以伊势神宫和日式点心"赤福"而闻名，和新城乔子结过婚的男子就住在这里。本间根据碇贞夫帮忙调出的乔子户籍、除籍誊本、居民卡等文件记载的地址一一探索，找到了他的住处。

仓田康司，三十岁。

在图书馆翻阅伊势市的电话簿时，本间发现以仓田为名的公司还真不少。其中最大的一家是位于伊势市车站附近的不动产公司。在公司名称和宣传文案下面列着许多取得不动产鉴定资格、房屋建地受理资格的人名。总经理仓田宗次郎下面就是仓田康司的名字。此人和乔子离婚四年了，目前已经再婚，并有了一个两岁四个月大的女儿。

本间打电话到仓田康司东京的老家，也就是他和现任太太结婚前的原户籍地时，接电话的人是他母亲。当本间说出新城乔子的名字时，他母亲一时之间说不出话来。

至少有十秒钟，电话中一片沉默。本间也不敢开口说什么，也许对方会因此挂上电话，那只好重新再打。本间想，乔子的名字现在以及过去对仓田家拥有多沉重的意味，从这段沉默的长短便能知道。

终于，他母亲声音沙哑地说："请问，找我儿子要问乔子的什么事情吗？"

简单说明和栗坂和也的关系后，本间说："我现在迫切地想知道她在什么地方，因此任何微小的线索都很重要。令郎或许知道乔子的交友关系，所以请允许我向他请教。"本间又说："我知道这是个令人不快的请求，敬请帮忙。"

但对方却以平静的口气说："已经没什么不愉快的了。"然后犹豫了一下又说："乔子是个可怜的媳妇。"听起来像是在自言自语。

"可否请令郎接电话？"

又是一阵沉默，然后对方说："我们也觉得很对不起乔子，而且是真心地感到抱歉。但是，如果你要问乔子现在的消息，我们实在帮不上忙，因为完全没有她的消息。请你不要去找我儿子，何苦再揭开旧伤痕呢？"

对方一口气说到这里，不容本间插嘴，话已说完了。本间正要开口，对方已经挂上了电话。

仓田家和新城乔子之间应该没有什么快乐的回忆。本间一开始就不认为若自己直接造访，对方会同意见面，提出问题便会回答。他不敢期待有那么美好的开始。但如此正式要求仍被拒绝了，反而不好再强行登堂入室，就算去了，对方以一句"无可奉告"回绝，不更自讨没趣！如果对方生气地大骂"开什么玩笑，谁想提到那个令人不愉快的女人的事"，或许更好应对，因为气愤会让人话说得更多。

"不管怎样，还是得去试试再说。"

离开东京时，井坂和小智说要买东西，顺便到车站送他。本间表示这次可能会花两三天的时间，小智则是一副看开的表情回答："只要记得打电话回来，让我们知道爸还活着就好了。"

新干线离开月台时，本间瞥见小智和井坂往连接地方线月台的台阶走去，两人肩并肩，边走边聊。这幅画面一瞬间便抛在车后，但竟定格在脑海中。

本间想，他们两个看起来反而像是对父子。

由名古屋转乘前往贤岛的特急电车，本间坐在宽阔舒适的座位上，开始阅读杂志社记者从数据库帮他收集的未破案的分尸、弃尸案件的资料。现在没有什么观光客，车厢内很空。和新干线不一样，车上可以自由地将脚伸开，本间觉得很舒服。

本间的这位记者朋友办事能力很强。他很仔细地依照尸体发现场所、被发现的部位、被害者的推测年龄、性别、同时被发现的遗物等事项做成一览表，并在备注栏中填写了搜索与调查的情况。托他的福，本间得以省事地完成原本该由自己做的工作，他现在只要从中挑选出符合条件的女性被分尸、弃尸的案件即可。

一九九○年五月五日，黄金周假期最后一天的男童节，在山梨县韭崎市墓园的角落，发现了被认定为年轻女性所有的左臂、躯干和两膝以下的部分等尸块，已经开始腐烂，露出部分骨头，但可辨识出左手擦有指甲油。遗物是戴在右足踝上的脚环。

本间凭直觉认为，彰子的尸体就是这个。

时间上颇为吻合。关根彰子从川口公寓失踪是一九九○年三月十七日。假设她是在一个星期内被杀，五月五日发现的尸体，状况应该也是如此。

尸体手臂、身体和膝盖以下部位分别用不同的布包着，被丢弃在墓园角落的垃圾堆里。大概是乌鸦或野狗闻到了气味，从垃圾堆中翻出了左臂，被前来扫墓的民众看见，引起了骚动。

包裹尸体的布是以关东附近县市为中心的连锁外卖寿司店用来包装的东西，流传于大街小巷的数量太多，几乎不能成为线索。脚环也是铜镀金、镶上彩色玻璃珠的便宜货，市价顶多两三千块，也很难作为搜索的凭据。

山梨县警方随即开始进行大搜索，寻找剩下的头部、右臂和大腿部分，但是没有收获。对于周遭的问讯调查，也没有问出可疑人物与可疑车辆，结果案情胶着到今天，依然未破案。出事的墓园其实不大，距离观光胜地韭崎观音像非常近，徒步也能到达。附近还有历史资料馆，是休假日外县市观光客常来之处。韭崎离甲府、石和温泉也不远，有一阵子，拜武田信玄热和地方都市开发的风潮，成为外来人口进出频繁的地方，甚至可说是灾难的开始。

山梨县韭崎市的墓园？本间想。新城乔子行动的范围之中，是否包含这个地方？看来这个问题有请教仓田康司的必要。

还有，这具尸体的其他部分究竟在哪里呢？尤其是头部。

分尸的目的，假如撇开变态的兴趣来看，通常只限于两种：一个是让尸体的身份难以判别，另一个是比较好处理。以后者为理由的分尸案凶手以女性居多。例如从前在荒川排水道发现的警察被分尸的大案，凶手就是被害人的妻子和母亲。原本分解尸体是一件大工程，但在杀人这种异常的情况下会令人产生一种肾上腺素，造成精力大增，而且在自己家的浴室中进行，处于密室之中，不太容易注意时间，能专心作业，所以女性也能完成。

新城乔子也是这样将关根彰子分尸了，然后将一部分尸体丢在韭崎市内的墓园，剩下的……丢在哪里了呢？

本间曾认为"现在断定是新城乔子干的还太早"，但他自己已推翻了这一说法，目前能够正确追踪她的行动，就足以让本间暗自确信她是凶手了。

本间将视线转向窗外。离开名古屋时头上覆盖的灰色云朵，现在已垂到几乎触手可及的高度。

不管在全日本怎么跑，警察的旅行都不算旅行，也不算是出差，而是连接点和点、在空白地图上填上事实、亟须耐性的一项作业。

所以本间毫不在意天气如何，只是广播通知即将抵达伊势市车站时，车窗外的雨滴仿佛等了好久似的哗啦哗啦直下，还是让他的心情有些低落。他觉得，这阴郁的雨水似乎象征着新城乔子曾经在这个地方为人妻，有了家庭，但安静的岁月却是那么短暂，结局竟是那么不幸。

走出检票口，来到外面，大雨变成了雾雨。他抬头一看，让眼睛不得不眯上的冰冷雨水不断地下着。

本间想，乔子的头上一直都下着雨吧？

确认过住址后，本间故意不经过仓田不动产的旁边，而是从车站走过两条街道。他看见一家小型不动产中介公司，约一叠大的窗口贴满了广告，便推开铝门，边打招呼边进去。不到两叠的店面里放着一张几乎占了一半空间的大扶手椅，一个肥胖的老人从椅子上起身，开口就说："等一下！"

放在椅子旁边的手提电视里，正放映重播的推理剧，大概戏正演到高潮，饰演凶手的女演员打扮漂亮，站在名胜地的断崖和灯塔前娓娓告白。看来老人是要本间等戏告一段落再说。

一如所料，当垂头丧气的凶手被粗壮矮胖的中年刑警押走时，肥胖的不动产中介商看着本间的脸问："什么事？"

就做生意而言，这口吻不是很客气，但也不会令人生气，本间觉得很有意思。

"这地方，短期间……嗯……长的话顶多也是半年，我一个人住，要找公寓，有没有房子呢？"

老人一副无精打采的表情，他抓着脖子后面说："公寓呀。"然后忍着哈欠问："你一个人？"

"是的。单身赴任。"

"公司没帮你们准备宿舍？"

"公司不大，不过会帮我们付房租。"

不动产中介想了一下说："哪家公司？这里的公司我大概都知道。"

"不好意思，这个嘛……"

"不方便说吗？"

"最好是别问。"

不动产中介嘴里念叨着"怪了"，然后毫无顾忌地打着哈欠说："半年的话，我们合作的房东都不喜欢出租。虽然不是没考虑过短期客户有礼金可赚，但他们还是喜欢稳定的房客。而且我们这里没有那种小户型，你还是去别的地方找吧。"

"我看过电话簿了，都是广告登得很大，也不知道哪一家可靠。这附近有没有好的店可以介绍一下？"

不动产中介一脸不耐地对着外面挥手说："前面一点有个仓田不动产的巨大招牌，那是本地最大的不动产中介了。"

"那么大的店恐怕不理我们这种小客户吧？"

"我想他们应该会收。因为他们有钱，房源比较充裕。"

几乎是被赶出了狭小的店铺，本间这才往仓田不动产走去。原来是当地最有钱的中介公司呀！

仓田不动产的大楼却不怎么大。淡灰色的瓷砖外墙，四层楼高的细长建筑，一楼是店面，二楼以上则像是办公室。

暴露在雾雨中、自动门外，潮湿的瓷砖泛着亮光。为了不影响行人，本间退到路旁观察。这时，一个穿着黄色雨衣、雨靴，好像一只小乌贼的小孩，啪哒啪哒地从后面跑来，在自动门前猛然停住脚，门应声而开。

"傻孩子，你在干什么？"

追上来的母亲打了小孩屁股一下，面带愠色地牵起小孩的手。小孩一边被母亲牵着，一边还故意伸出脚想再来一次。或许自动门感应到了，关上的门又开启了。

本间不禁微笑了。虽然看不见脸，但那应该是个小男孩。接下来他又偷袭隔壁的店家，用力转动其"配钥匙"的回转式招牌。母亲抓着小孩的脖子想拉他回去。小智倒是没有那么调皮，但也常常被千鹤子那么拖着回家。

脸上仍带着微笑的本间再次回过头看向关闭的自动门，正好跟明亮的店里坐在接待客户用的大厅对面、准备起身的青年对上了目光。

两人距离约五六米，中点是那扇自动门。现在门又关上了，虽然透明，但随着门板关上，视线还是逐渐模糊。

青年的视线没有移开，一副好像等待本间先移开视线的态度，越过和其他职员说话的客户的肩头，他站着直视这里。

本间想，他应该就是仓田康司。

大概是听他母亲说了些什么，也可能是跟谁约好了，他有所期待，才会那样看着外面。

本间向前一步，刚好站在自动门前，站着的青年被男同事拍拍肩膀，好像是告知他有电话。青年稍微看了一下对方，尽管注意力被开始走动的本间吸引，还是接了电话。

店内播放着轻声的音乐，是古典乐曲。有三四位客户，隔着服务台，各有职员出面应对。本来在房间左边整理展示柜上的度假别墅简介的小姐，朝本间走了过来。

"欢迎光临，请问有什么需求吗？"

本间跟对方表明要找仓田康司先生，服务小姐立刻吃惊地反问："找仓田？您有预约吗？"

"是的。我打过电话。"

仓田正好背对着这儿打电话。这时，他回过头来，大概是听见了本间的声音。

"加藤小姐，没关系，是我的客人。"他按住话筒，大声说道。女职员立刻露出亲切的笑容，离去。

仓田挂上电话，绕出柜台走过来，本间始终安静地等候。突然间，他想，新城乔子是否来过这里？公公是这里的总经理，先生也在这家公司上班，她偶尔应该露个脸才对，说不定会跟先生下属的女职员说说话。

快步上前的仓田小声催促道："请到外面，在附近就行。"

本间再度经过自动门来到雨中，仓田撑着伞追上来。直到店里面的同事看不见的地方，他才急问道："你是打电话过来的人？"

"没错，是令堂告诉你的？"

仓田很神经质地咬着嘴唇点头，说："我妈不是说过无可奉告吗？"

"你也没有消息？"

"事到如今，还问起乔子的消息……"话说到一半，他用力眨起眼睛，"说不定乔子已经死了。"

这太出人意料了。

"为什么你认为乔子死了？"

仓田轻咳一下，发出笑声。"这种事，我不知道。"

"有什么根据？"

笑容消失了。"我不知道……我说不清楚。"

一如在电话中向他母亲说明的一样，本间躲在伞下重复了来意。仓田没有看他，而是注视着伞边滴落的雨水。

"跟我没什么关系。"

"有没有关系不是由你来判断。对我而言，再怎么无聊的小事，只要跟乔子的生活扯得上边，都请你告诉我。"

仓田抬起尖尖的脸孔说："为什么？乔子抛弃你的侄子逃跑了，这不就好了？何必找她出来呢？"

"因为我很在意。"

"在意？"

"是的。乔子为什么要抛弃我的侄子离去，我很在意。我也很担心，是不是她面临着一个人无法处理的困境？"

"跟我没有关系。"仓田用力吐出这句话，将脸转向一边。

本间叹了一口气说："既然你都这么说了，那我放弃。"

仓田抬起头看着本间。

"很遗憾，我要回去了。原来乔子对你而言，竟是那么令人不愉快的女人。"本间点个头正要离开时，像是有根绳子从后面拉住般，仓田叫住了他。

"你去过伊势神宫吗？"

本间停下脚步："没有，我还没去过。"

仓田有些犹豫，看起来有些迷惑。本间知道，是因为刚才自己说的那句"原来乔子竟是那么令人不愉快的女人"的关系。

这句话让仓田受不了。他们之间的爱情应该已经消失了，但至少还有着会对这句话产生反应的感情，他对乔子还是抱着愧疚之情吧。

本间觉得很对不起他，让他想起了不愉快的回忆，但现在不得不这么做。

仓田收起伞，用力甩去雨滴，一如想甩开心中的迷惑。他说："那你到车站前搭出租车，只要跟司机说到赤福本店就可以。请在那里的茶店等我。"

"我无所谓，但是，在那种观光客进出频繁的热闹店里谈话方便吗？"

"现在不是旺季，人不会很多，又不是假日。你假装是观光客，对我来说比较好。"仓田小声说明，"我则假装有朋友从东京出差到这里，顺便来伊势神宫参拜，我做向导。这样才不会授人话柄。我父亲是地方上的名人，我因为工作的关系，人际关系也很广，假如被认为偷偷和人见面，恐怕得逃到名古屋才行。"

"有人为乔子的事来访，如果被传开，对你不太好？"

"的确不太好。"

四年前他们的离婚，是否是桩很大的丑闻呢？

"而且一美会很在意，她是我现在的老婆。"

说得也是。约好的见面时间是下午四点，本间暂时先跟他分手。身后传来了自动门开关的声音。

就像古装剧里的古老客栈，充满古意的木结构茶店设计成脱鞋后才能进去的宽广茶座。卖场的部分很热闹，但茶店里面客人不多。本间坐在进门处，对面的席位则坐着四名身穿和服的中年女性，她们不时发出愉快的谈笑声。

茶座里面到处摆放着火盆，里面烧着炭，把手笼在上方，自然便能感觉到微温的暖意。本间脱下淋湿的外套放在一旁，光是脱下右脚的鞋子便觉得很舒服。衣服颇似古装的年轻女服务员马上端着茶壶、茶杯和装在盘子里的赤福过来了。

虽然点了日式点心套餐，但其实本间不爱甜食，要是换作井坂和小智他俩可就高兴了。他只喝了煎茶，或许是因为看见了用柴火烧水冲泡，入口的味道就跟家里喝的很不一样。他抬起眼睛，正好看见仓田站在卖场和茶座的连接处。

仓田坐到本间旁边，小声问："马上就找到了吗？"

"是的，毫无困难。"

女服务员又端上新的套餐。仓田笑着说声"谢谢"，将托盘接过来，放在身边。

才过了一会儿，仓田突然显得很没有精神，领带似乎也松开了。

他茫然地看着火盆，沉默不语，然后用跟这神情很不协调的、性急的口吻说："这家店很有名。"

所以才能毫无困难地找到，本间想。

"你注意到了吗？这附近有很多新盖的木头店面。"

仓田说得没错。本间从出租车里往外看时，就觉得这里似乎刮起了奇妙的建筑风潮。

"说得也是。"

"伊势市的商店街和地方上的公司行号，正努力将钢筋水泥的建筑改成木结构房子。这是伊势神宫所在的城市的传统，必须保存它的特殊风情。而且明年要迁宫，这里会充满活力。"

突然他又一脸正经地小声说："我父亲身为地方上的企业家，当然也参与这项计划。所以我也必须多加留意，就是因为这个关系。"

"我并非要来挖掘你的丑闻，你的心情我能理解。"

"我只能相信你说的。虽然赶你走也很容易，但事情闹大了反而麻烦。"仓田动作粗鲁地从托盘里拿起茶杯，看了本间一眼，继续说："我先说清楚，你们这些搞媒体的，如果说谎来查探内情，到时你就后悔莫及！"

这是他最后的抵抗。本间嘴角浮现微笑。"这一点你不必担心。"

本间想，对付有钱人家的少爷，还真得费心，但不表示刚才对他的同情就消失了。仓田能这样坐下来，拨出时间给本间，就表示乔子和他之间有些东西没有结算清楚。

本间决定暂且不提新城乔子有杀人的嫌疑，只说乔子和被她假冒的关根彰子都行踪不明。一旦提起杀人，本间担心仓田会害怕得噤口不言。

仓田首先意识到，和栗坂和也订婚后，乔子以关根彰子的身份失踪的原因，就是关根彰子个人破产的经历。

因为太过诡异，仓田半蹲了起来，大张的眼睛、鼻子和嘴巴几乎要超出他那端正的脸庞。

"怎么会有这种蠢事！"

"很蠢吗？"

"乔子居然会假冒个人破产的女人，那不可能！"

"乔子并不知道关根彰子的过去呀。"

"不知道会借用她的身份吗？"

"那是有原因的。"突然间，本间想到了一件事，他问，"你那么说，是因为乔子一向很讨厌用信用卡与贷款？"

仓田面无表情地点头："是的，当然是这样。她很不喜欢，绝对不让自己靠近那种东西。"

本间想，这倒可以理解。新城乔子自从假冒关根彰子之后，到与和也结婚前夕，如果不是和也劝说，她连一张信用卡都没有。这个谜总算能解开了。

"因为不相信那种塑料卡片的人也有很多。"

一听本间这么说，仓田又睁大眼睛："才不是因为这个。"

"什么意思？"

"才不是那么简单的理由，她不是因为讨厌才没有办卡。"

就在刚才那群中年妇女的旁边，又坐进一群大概是公司聚会的老年男子，他们正热闹地叫唤服务小姐点餐。本间将他们的吵嚷置若罔闻，看着仓田表情严肃的脸庞，问："到底是怎么回事？"

"乔子家以前曾经因为欠债而分离过。"仓田说，声调有些不太平稳，仿佛要说出这些话，必须用到平常不太使用、几乎没调过音的键盘一样。

"因为付不出房屋贷款，全家人连夜逃离故乡郡山。乔子和我离婚也是因为这个。"

他在腿上握紧双拳。

"她和我结婚，入籍后，故乡的户籍自然也会登记这个变动。结果福岛的讨债公司追得实在太凶，居然调查户籍，找到乔子的最新住址，跑到我们家来要债。那已经是四年前的事了，那期间借的钱加上利息，已经膨胀成巨大的金额。对方不断骚扰，逼迫还钱，用尽各种手段。最后我们为了保住身家，不得不选择分手一途！"

23

你们两人竟是同类……

本间所想的就是这么回事。关根彰子和新城乔子，你们两人是背负着同样辛苦的人，背负着同样的枷锁，被同样的东西追赶着。

怎么回事？你们两人就相当于是同类相残。

本间就像冷不防被甩了一巴掌，一时说不出话来。他举起手摸脸颊，原本干燥的手指被汗沾湿了，天气并不热呀。是冷汗。

"原来……是这样？"好不容易说出这句话，本间看着仓田的眼睛，他的瞳孔直直映出本间错愕的表情。

"你不知道？"

"不知道，我这是头一次听到。"

但是这样就能理解了，新城乔子为什么需要新的身份，为什么假冒别人身份的计划想得那么周到。

仓田说得没错。照理说无法轻易调阅的户籍誊本、居民卡等资料，讨债公司通过独特的手段能够得手。只要内容一变动，他们便立刻行动，对负债人紧紧追赶。多数负债人只好让学龄期的小孩借读上学，自己也不敢找正式工作，四处奔波流离。

新城乔子应该也很清楚这样的状况，因为她曾经跟父母一起过着逃亡生活。但是——

"昭和五十八年的春天，她十七岁，应该还是个高中生吧。"

"是的，所以她说休学了。她很难过，因为很想毕业。"

仓田也说过，他们结婚是在四年后。乔子是否以为，经过四年的岁月，讨债公司的人应该放弃了？

结了婚就要建立新户籍。因为新户籍的成立，她原来的户籍——父母的户籍上就必须记载除籍的事实，写上一行"于×××建立新户籍而除籍"的说明。

利用这条线索，讨债公司的人带着本金加利息的债权又追了上来，这是乔子做梦也没有想到的吧？于是逃亡，全家人分离。

昭和五十八年？本间想起泽木小姐跟他说过的话。

"她家趁夜逃跑，是因为住宅贷款吗？"

仓田点头说："据说乔子的父亲是当地公司的上班族，薪水不多，却赶上了购屋风潮，不自量力。这是乔子自己说的。"

新城家债台高筑的恶性循环，不用仓田说明，本间也想象得到。低额的首付，高额的房贷——因为生活困苦，先是小额借款，然后找上地下钱庄。然而那是危险坡道的最顶端，一旦开始滑落，债务就像是滚雪球般缠住你的脚，让你动弹不得……

"最后被有暴力集团做后盾的，就是那个最可恶的'十一金融'给盯上了……因为所有的债务都集中到了那里。"

这结局简直是抽到最坏的签。

"半夜会来敲门窗威胁，也会到她父亲的公司和亲戚家骚扰，她母亲因此而精神衰弱，甚至可能想过全家人一起自杀。乔子也生活在恐惧之中。"

仓田像个即将哭出来的孩子一样，嘴角微微地抽动。

"实际上一家人决定趁夜逃跑，也是为了保护乔子。"

本间不禁皱起了眉头。当时的她是个十七岁高中女生，那时就应该是个可爱的女孩了吧。

"债主强迫乔子从事特殊行业？"

仓田结巴地说："乔子倒是没有明说。只是她的父母担心这样下去，女儿可能会被卖掉，因而痛下决心。"

离开故乡的新城一家人，一开始先投靠住在东京的远亲。但是不管跑得多远，只要是亲戚家，总是会被发现，还造成了亲戚家的困扰。

"于是他们决定分开住。她爸爸一个人，没有说清楚去哪儿了，总之在东京，大概是山谷一带吧，假装成劳工。乔子和母亲来到了名古屋，住在便宜的旅馆，母亲到酒吧上班，乔子则是打工当服务员。"

过了一年这样的生活，和父亲之间只能依靠书信和电话联系。但有一天，父亲出了车祸，乔子的母亲只好到东京去。

"因为一年都没出事，应该没问题了吧，他们不禁把戒备心放下了。夫妻两人先去拜访最早投靠的亲戚家。由于父亲伤势不重，多少也存了些钱，一家三口计划到名古屋重新开始。"

没想到意外的访客上了家门。郡山的讨债公司还是将魔爪伸到了东京的亲戚家。

"离开亲戚家时，夫妻俩被拖进车子，带到地下钱庄办公室之类的地方。这件事我也是听乔子转述的，详细情形不是很清楚……"

她父亲被迫签下含利息的新借据"金钱消费借贷契约"，在讨债公司的监视下为他们工作。她的母亲也被带到福岛的一家与讨债公司声气相通、有黑道背景的陪酒女郎派遣公司——实际上就是卖春组织。大约一年后，她母亲好不容易趁其不备逃了出来，她当时的遭遇简直就跟在监狱服刑没两样。

"讨债公司的人不断逼迫她的父母说出乔子的下落，但两人都坚持装作不知情。"

因为母亲没有回来，乔子也知道事情不妙。她立刻将名古屋住的地方退掉了，把工作辞掉了，然后使用之前为了预防万一，跟母亲商量好的联络方法，静观其变。她将信寄到东京的某个邮局信箱。

"就这样，逃出来的母亲和她联络上了，两人在名古屋市内重逢。"

乔子对仓田说，她母亲整个人都变了。

"就像行尸走肉，好像身体里面装满了废水一样。说来残酷，却是事实，她真的是这么形容的。她母亲自己也这么说过。"

结果她母亲不久后就因为流行性感冒引发肺炎过世了。趁夜逃亡后，经过三年半，她母亲死于一九八六年的秋天。当年新城乔子二十岁。

"因为始终无法跟父亲取得联络，不知道他在哪里，所以葬礼只有她一个人出席。"

乔子说她母亲的遗骨轻得惊人，她用筷子捡骨时，碎骨很容易便散成骨灰飘落。

本间知道这是怎么一回事。大概是乔子母亲被迫到卖春组织工作期间，也被迫吸毒了。

"不久，乔子便抱着母亲的骨灰，离开了名古屋。"

因为她在报纸广告中看到，伊势市内的旅馆提供食宿，招募服务员。

"她心中只期待父亲还活着，仍继续寄信到东京的那个邮局信箱。"

这样做终于有了结果。搬到伊势半年后，她父亲打来了电话。不知道是一个人逃了出来，还是因为身体搞坏了，人家不要他了，总之他脱离讨债公司，自由了。他声音沙哑，毫无精神，问一句回一句地回答乔子的询问，也不听乔子的劝，坚持不肯来伊势……

"身为父亲的他已经筋疲力尽了吧，连跟女儿一起重新过日子的力量都没有了。我想，男人其实很脆弱，比女人还要脆弱。"仓田一脸正经地说完这些，他看起来像个超龄的中学生一样。

"最后一次电话，好像是乔子的爸爸打来的，说是长途电话很贵，一下子便挂断了。"

仓田举起戴着婚戒的左手，擦了一下嘴边。

"当时乔子问她父亲住在哪里。她父亲回答了。不知他怎么说的，乔子说她听了十分难过。"

仓田闭上嘴巴，将没有吃的点心连同盘子推到一边，然后掏口袋，取出香烟。

"我可以抽烟吗？"

本间沉默地点头。仓田拿起打火机准备点烟的手势，似乎在追逐着衔在嘴里的烟头，本间这才发觉他的手在颤抖。

"看来对你而言，这也是痛苦的经历。"

手上玩弄着好不容易点燃的烟，仓田点头说："我和乔子工作的那家旅馆的少东家认识，通过他的介绍，我认识了乔子。他说乔子人长得漂亮，气质好，工作又认真。一见面，果真是那样的女孩。"

一位当地名流的少爷和一个旅馆服务员。仓田一开始恐怕只是抱着玩玩的心态。本间委婉地询问，仓田才有些难为情地说："你说得没错。起初我只想，有个不错的回忆就好。"

但是继续交往下去，仓田的想法也跟着改变了。

"变得很想将乔子占为己有。"他想了一下措辞，然后这么说。

"那是因为她人长得漂亮，头脑又好吧？"

"说得……说得也是吧。但不只是那样，漂亮的人到处都有。可是只要跟乔子在一起，我就……该怎么说才好？我就觉得自己能够独立，很有自信，有种受到信赖的感觉，觉得自己有能力保护乔子。我是说真的。"

本间的脑海中浮现出和也的脸和他说的话。那个青年对乔子的印象不也是一样吗?

交往的时候,主导权通常都握在和也手中。无视父母的反对强行订婚,也是出于和也的意思。知道其个人破产的事实,尽管错愕狼狈,但和也还是没有通知乔子,反而代替她主动追查"错误信息"的来源,完全像个全权大使一样。

或许新城乔子可以让周围的男人对她产生保护欲,说不定她具有一种魅力,失落的时候,有人安慰;有困难的时候,别人愿意出手帮忙。

其实想一想,栗坂和也和仓田康司很相似。他们出生在富裕的家庭,在学校都是优秀生,不辱没父母,在社会上维持一定的体面,风度翩翩,拥有强过一般人的能力。而这种出身好、教养好的青年,在内心深处总是隐藏着对父母的抗拒——并非不良少年用暴力表现的那种阴暗面,而是面对强势的父母,面对给予自己幸福童年、为自己安排理想人生的父母所产生的对抗心理。能够缓和他们对父母的抗拒心理,取代再怎么正面对决、终其一生也赢不了的父母,让他们有信心的人,不就是像乔子这样的女性吗?

和也和仓田知道自己再怎么努力,在父母面前也抬不起头来,所以在长大成人之后,一方面踏上父母设计好的人生道路,一方面也需要能依靠自己,能让他们认清自己的能力、可以好好庇护的对象。

乔子就是最合适的人选,不是吗?

她是个聪明的女人,或许是洞悉这种心理才依靠男人。这样说也许很难听:如果能用甜言蜜语让佣兵代为征战,自己又何必冒着危险出马呢?只要等佣兵得胜归来,再好好犒赏一番便行了。

如果和也和仓田是那种内心狡猾的男人,那乔子的处境可就有趣了,就会变成所谓的侧室,只能躲在正房旁边,虚掷青春。但是这两位青年真的是好少爷,年纪也轻,所以他们从正面感觉到了乔子的必要性。

当然，这也许是乔子的掌控使然。虽说才二十出头，但当时隐藏在乔子瘦弱身躯里的精明干练，恐怕是出身温室的仓田等人望尘莫及的吧？

当时仓田说要将乔子介绍给父母，邀请她到家里玩，乔子都坚持拒绝。

"我可是来历不明的女人呀。"

事实上仓田的父母也很反对。但本间认为乔子预料到了这种反对，所以故意装出退缩的样子。这一点从仓田的说法中得到了印证。

"乔子说这种事不能隐瞒，于是对我坦白了自己家发生的一切。就是我刚刚说的那些。我更爱上她这种洁净的性格，她并不以此为耻。她是我选择的女子，我可以抬头挺胸地说，我没有选错。"

这跟和也说的很类似。

仓田用他的热忱和爱情说服了双亲，两人终于能够结婚，那是一九八七年六月的事。

"最后依然反对的人是我母亲，但我父亲帮忙说服了她。我是这么想的，说不定我父亲以前也有一个像乔子之于我那样重要的女人。只是父亲放弃了。尽管那已经是遥远的记忆了，却还是遗憾。我和父亲两人单独交谈时，父亲虽然没有明说，但道出了类似的话语。他说，人生只有一次，要重视自己的想法。父亲背着母亲对我那么说，我真的感到很高兴。"

当时仓田二十六岁，还能抱有如此单纯的想法。

"乔子希望婚礼不要太过铺张，因为她已经没有父母和亲戚。我们到九州岛新婚旅行了四天三夜——"

仓田似乎找到了埋藏在内心深处的回忆，眼神变得温馨柔和。

但是那份回忆之中却栖息着毒虫。每当他伸手碰触内心，毒虫便狠狠地刺痛他。现在也是一样。

仓田用手抚摸脸颊，就像放学后一个人躲在教室，埋首于手心哭泣的女学生一样，他也将脸埋在双手之间良久。

终于，他低声说："旅行回来之后，我们办了入籍手续。只是一张文件，乔子便正式成了我的妻子，我有了新的家庭。我的感触很深，也觉得很骄傲。"

但眼前却有地狱等着他。

"可是我有个疑问。"

听见本间提问，仓田捻熄香烟抬起头来。

"乔子并没有借钱，借钱的人始终是她的父母——大部分都是她父亲的债务，不是吗？照理说，讨债公司不应该逼迫为人子女的她还钱。这一点，法律不是明文规定禁止吗？"

就算是亲子、夫妻关系，只要不是连带保证人，就没有清偿债务的义务。

"没错，法律上是那么规定。"仓田无力地笑着说，"但是讨债公司的人也不是笨蛋，自然会算计清楚再反攻。他们没有对乔子明言她有清偿的义务，而是暗示。"

父母欠的债，身为子女当然有清偿的道义责任，更何况你现在又是大户人家的少奶奶了……

"还纠缠说，你父亲应该跟你有联系吧？告诉我们他在哪里。尽管乔子推说不知道，跟父亲已经没有关系了，对方还是不走，甚至到我们店里到处乱说少奶奶的娘家欠钱不还，害得我们损失了一笔银行的交易。"

这就是仓田提到乔子时，会变得神经质的原因吧。

"没考虑过破产的手段吗？"本间问，"当然不是乔子破产，而是找她父亲出来，让他个人破产。包括四年的利息，欠的债大概已高达千万元了吧？这不是一般上班族付得出来的金额。只要申告马上就会被核准。"

不对，早在从郡山趁夜逃跑之前，她父亲为什么不先申告个人破产呢？本间想，是因为缺乏这方面的知识吧。沟口律师也曾经说过，这就是当年的情况。不管是在自杀前、被杀前、逃跑前，请先想到破产的方法。

"可是当时根本不知道乔子的父亲在哪里。"仓田的声音越来越低。

"你们去找过吗？"

"找过了，拼命找过了。"

"难道乔子不能代替父亲申告破产吗？"

对于这意外的提问，仓田微微一笑说："可以的话，大家都不必辛苦了。就是因为不行，乔子才会那么痛苦。"

法律认定债务属于负债者个人所有，因此不管是负债者的妻子还是女儿，都不能代其提出个人破产的申告。

"我们也跟律师商量过，但就是不可能。因为依法来说乔子没有清偿的义务，所以按说也不会因父亲的债务而困扰，当然也就不会被讨债公司骚扰，自然就不能提出申告。就算对讨债公司提出禁止令，不准他们纠缠乔子，但因为我们是做生意的人家，也没法阻止他们装成客人上门。她父亲借钱是事实，对方到处宣传，我们也不能告他们诋毁名誉。"

没有闹出暴力纠纷，警方也不会出面。任何情况下都是这样，因为警方的原则是不介入民事纷争。

"他们也不会进行留下证据的威胁，所以难以应付。乔子、我和我的父母都快崩溃了，我们家的员工也有好几人辞职了……"

当时律师提议过一个解决方法。

"首先宣告乔子的父亲失踪，如此一来，在户籍上她父亲会被认定为死亡。然后乔子到民事法庭申诉，要求放弃父亲财产，这种情况下，债务已使遗产成为负数。这样就行了。"

但是有个问题，本间也很清楚：失踪的宣告要从最后一次看见本人或有其消息算起，经过七年才生效。

"以乔子所处的情况，她实在忍受不了七年吧？"

仓田像是被牵引般地点头说："我们的律师也说过，不妨调查乔子的父亲是否已经过世，因为那种领日薪的劳工很容易暴毙猝死。"

如果能确认她父亲的死亡，就能立刻进行放弃遗产的手续。乔子先全部继承她父亲的负数遗产，然后再自己申告个人破产就行了，效果是一样的。

"于是我带着乔子上东京，从那个亲戚家开始调查她父亲的下落，还去了图书馆。"

"是为了调阅公报吗？"

公报上有记载身份不明死者的栏目，叫"行旅死亡者公告"，简单说来，就是列出客死异乡的民众，记录特征与死亡日期、地点等信息，如"籍贯、住址、姓名不详，年约六十岁到六十五岁的男性，身高一百六十厘米，瘦弱，身穿卡其色工作服，长统靴……"。因为搜查上的需要，本间经常调阅这类资料，也有过徘徊在无名墓碑林立的荒凉墓园的经历。

"我现在都还忘不了，"仓田紧握放在腿上的双手，望着门外下个不停的雨说，"乔子趴在图书馆的桌子上，眼带血丝地翻阅着公报，为了确认有没有类似她父亲的人死去……不，不是这样。"仓田的声音像是被鞭子抽打一样，充满了痛苦。"而是乔子一边在心里喊着'快死吧，干脆死了吧，爸爸'，一边翻阅着公报。那是自己的父亲呀，却在心里求他快点死。我实在是受不了了，当时我第一次感觉到乔子的肤浅，我内心里的堤防因此崩溃了。"

本间的脑海里浮现出图书馆阅览室里安静的一角，有为考试用功的学生、和朋友轻声讨论功课的女孩、悠闲翻阅杂志的老人、来此小憩的疲惫上班族，其中还有死命查阅公报的新城乔子的身影。她弯着瘦弱的脖子，时而舔着干燥的嘴唇，眨着疲倦的眼睛，甚至能想到她不时抚摸眼皮的样子。她不停地翻页，本间几乎连翻页的声音都能听见。

"拜托，你死了吧！"

在她身边，坐着阅读新出版的推理小说的年轻女子、翻阅百科全书的小学生和专注于杂志八卦新闻的老人，他们能理解乔子的处境吗？能想象吗？在手臂可以相互碰触的距离内、声音可以听见的范围内，他们能想象出竟有那样的生活吗？

乔子停下了翻页的手，猛然抬起头。从隔着桌子坐在对面的新婚丈夫眼中，乔子看见了责难的眼神，仿佛视她如掉落在路边的脏东西。

她明白丈夫已经离她而去，此时无声胜有声，事实已说明一切。丈夫再也不会跟她在桌子下四足相碰，也不会起身来到她的身旁。他整个人开始向后退。

看着乔子拼命从客死异乡的名单中寻找父亲的踪迹，尽管再怎么爱她，再怎么理解她的心情，出身温馨美满家庭的仓田也无法正视那样的乔子了吧。

本间想，要责备他也是枉然。

"我跟她说，去照照镜子，看看自己的脸！"仓田结巴地说，"简直像个女鬼。"

曾经以为握在手中的幸福生活便这样消失了。虽然乔子也想留住，但因为抓得太紧，反而在她手中捏碎了……

本间的想象没有错，新城乔子是孤苦伶仃的一个人。刺骨的寒风，只有她一个人才感受得到。

"拜托你，爸爸，拜托你死了吧，爸爸。"

仓田用几乎听不见的声音说："我们正式离婚是在半个月后。"

一九八七年九月，距离入籍不过才三个月。这就是新城乔子对玫瑰专线说的"因太过年轻而失败收场"的婚姻真相。

"离婚之后，乔子说她先回名古屋去找工作。"

她的户籍也迁回郡山原籍，这可以从誊本上得到印证。总之危险已经摆脱了，但第二年她却在大阪上班，这表示她还是害怕继续留在名古屋。

"之后乔子变成怎么样，我就不得而知了。"仓田语调哽咽地说，"不过结婚时乔子说一定要通知一个人，还特别寄了明信片，是她在名古屋打工时，很照顾她的一个前辈。那个人的住址我还留着，只是说不定搬家了。"

仓田起身说："我带你到我家。距离这里搭出租车约十五分钟。"

小雨中，本间被带到一处庭院大到几乎可容纳他家附近水元公园的宅邸。仓田没有开口邀请，本间只好站在紧闭的门外等候。

桧木门被雨淋得发亮。举目看着贴有瓦片的门檐，本间发现上面挂着一般会挂在神坛上的稻草绳结。新年已经过去了，难道是为了祈福？中间还垂吊着写有"笑门"的纸片。

等了约五分钟，仓田拿了一张纸片过来，另一只手则拿着一把伞。大门开关之际，可以看见一辆红色三轮车放在白色石头铺就的路面上，大概是他女儿的。

"就是这里。"他递出纸片的同时，也伸出了伞，"你应该没有带伞吧？不嫌弃的话拿去用吧，应该没有必要带回东京，就请捐给车站当爱心伞好了。"

本间从仓田手中接过纸片和雨伞，道谢后顺便问起了头上的稻草绳结。

"噢，这是本地的风俗。"仓田笑着说，"一整年都会挂着稻草绳结，像我们店里就写着‘千客万来’。”

“这跟伊势大神有关系吗？”

“没错。”仓田点头，略微皱起眉头说，“乔子也觉得很有意思。”

本间回答：“感觉很神圣、很舒服。”

“她其实很迷信，随便往墙上钉个钉子都担心会不会冲到鬼门，有所忌讳，常常嘴里念念有词地祈祷……”

这是仓田第一次亲口对相处甚短的前妻说出亲昵的话语。

“但是稻草绳结却阻挡不了讨债公司的人。”

的确，什么也阻挡不了他们。

“我想问个奇怪的问题，乔子对山梨县熟吗？”

仓田举起一只手遮雨，稍微想了一下。“这个嘛……你是说有没有去旅行过或是有朋友住那里吗？”

“是的。”

“我没听说过，就我的记忆。”

“是吗？”

“她跟我一起出门，除了新婚时期旅行的九州岛外，就是周末偶尔到合欢里附近打高尔夫球。毕竟我们只有三个月的婚姻生活。”

这也难怪，这桩婚姻的确很短。

“对了，你知道乔子是福岛出生的人。”仓田继续说下去，好像想到了什么，“没有见过广阔的太平洋。因此我开车载她到英虞湾时，她很惊讶，说居然会有这么平静的海洋，简直就像湖一样。我说不是这种海就没法养殖珍珠，她笑着称是。那是结婚前的事了，我们去订做项链。那时候看什么东西都很感动。”

大概是怕被打断，仓田说得很快，也可能是突如其来的回忆，逼得嘴巴动得快吧。

“我们住在贤岛的饭店，很不巧一整天都很阴霾，一点也看不见英虞湾美丽的夕阳。我说反正以后机会多得是，两人在房间里休息。在半夜两点左右，乔子起床，站在窗边，我叫她，她说月亮好漂亮……"

一如寻找当时的月亮一样，仓田抬头看着雾雨。

"云散了，露出了弦月。我抬头看着天空，乔子却低头看着映照在英虞湾上的月影。她说，月亮掉进海里了，像珍珠融化一样。她像个小女孩，一副快要哭出来的表情……我一直以为是她心情太激动了，说不定是我猜错了。也许当时乔子已经预想到结婚后会发生的事情。"

本间认为那不可能。当时的乔子应该很幸福，绝对不会对未来有灰暗的预感。她是因为幸福而流泪。

但是他也很明白仓田的话。仓田现在回首过去，试图从任何蛛丝马迹中找出深切的意义，来冲淡自己因为无法保护乔子而产生的懊悔，以减少内疚。他企图让自己以为，乔子对未来感到不安，好自圆其说：那是命运，他不得不跟乔子分手，他无法扭转命运。只要这么想就好了，何必强求不幸。

但是被他离弃、只剩一个人的新城乔子，并不认为让她卷入不幸的是命运。

"我是真心爱过乔子，我可以发誓是真的。"说了这一句，似乎已心满意足了，仓田闭上了嘴巴。本间想不能再待了，简单打声招呼便转身准备离去。

撑开伞的时候，仓田从后面发出一声"啊"。

"怎么？"

"刚才没有想到。"他在雨中眨着眼睛，"我想起乔子的父亲最后打电话来的地点了。"

他说是泪桥——位于山谷的东京贫民区。

"是劳工聚集的地方吧。"本间道。

仓田低声说："是吗？"

"很悲伤的地名啊。"

"泪桥，乔子听了也觉得很难过。"

分手前再一次点头致意时，本间发现仓田的眼睛是湿润的。也许是错觉吧，也许是他希望这样，所以看到了这样的景象。

24

仓田说的那个人名叫须藤薰。纸片上写着她住在名古屋市守山区的小幡。但是用电话查了一下，没有这户人家，本间只好亲自跑一趟。当附近订报中心的青年告诉本间，须藤小姐已经于两年前搬家时，他已经浪费了第二天的半天时光。

看来又得借助碇贞夫的力量，找寻其搬家后的下落。本间先回到东京，到家时已过了凌晨零点。

厨房的灯亮着，阿保一个人背对着门，弯腰坐在圆桌前。大概是没有听见大门的开关声音，他正专心地看着什么东西。

"我回来了。"本间一开口，阿保着实吃了一惊，跳了起来，撞到了桌子下面。

"我……吓……吓了一跳。"

"不好意思，不好意思。"本间不断道歉后大笑。

本间去伊势和名古屋期间，阿保住在水元的家中，继续探访关根彰子的消息，应该是去询问她在葛西通商、金牌、拉海娜的同事，也去了川口公寓和锦系町的城堡公寓。

基本上，出远门的时候，本间还是会每天跟家里联络一次。这一次出门前被小智叮嘱了一下，他更小心地遵守这个习惯。他想起在电话中井坂用愉快的语气赞扬阿保，说阿保是个老实认真的好青年。

"听说第一个小孩出生时，他还帮忙洗尿布。他借住在你家，还帮我洗了碗筷，还洗得很干净。"

感动之余，井坂显得很高兴，还说像阿保这种年轻人，是好样的现代青年。

"小智受到失去呆呆的打击，多少有些闷闷不乐。有阿保陪他，似乎让他恢复了不少精神。"

这一点本间也很感谢阿保。自从呆呆遭遇不幸，小智失去了孩子应有的活泼，着实让他十分担心。

"怎么那么专心，在看什么？"

一边揉膝盖一边笑的阿保闻言换上一副正经的表情。"就是这个，你觉得是什么？"

一看桌子上摊着大型摄影集，本间立刻明白了。

"毕业纪念册？"

阿保点头说："是小彰和我的毕业纪念册。从幼儿园、小学、初中到高中，全部都有。"

的确有四本大小与封面颜色不同的相簿，摊开的应该是高中时期的。

"你带来的？"本间一边从摊开的两页学生大头照中寻找关根彰子，一边问。

阿保低声说："不，这是小彰的。"

本间敏锐地抬起头，和阿保四目相对。

"最后一页有同学相互的留言，里面有小彰的名字。"

一如阿保所说，在毕业日期旁边有笔画柔弱、字体不是很漂亮的"关根彰子"签名。围绕在四周的是同学们的留言。

"这在哪里找到的？"

川口公寓里并没有发现这个。房东绀野信子曾经说过，毕业纪念册是"就算趁夜逃跑，也会想带走的东西"。本间认为，让彰子"失踪"的新城乔子应该能了解把这种东西留下的危险性，所以她会带走。

但是他跟和也一起到方南町新城乔子的公寓搜索时，根本找不到关根彰子的毕业相簿之类的东西。本间甚至认为，乔子在搬到方南町之前，就已经将那些东西处理掉了。

"其实是在意外的地方找到的。"阿保坐回椅子上说，"是小彰在宇都宫的同学保管的，一个我们叫她'小惠'的女孩子。我来这里之前，曾经在同学间到处询问小彰的事，因而流传开来，小惠也想起了小彰寄放毕业纪念册的事。她拿到我家去，然后我妈妈将它寄到这里。"

旁边放着一个写着这里住址的大牛皮纸袋，应该是这次寄件时使用的信封。

"既然是彰子的同学保管，那是彰子直接交给她的？"

"可惜不是。"

阿保从纸袋中拿出一封薄信，好像保存了很久，触感有些粗涩，沾满了灰尘。封口用剪刀剪开了，里面有两张信纸，是用文字处理机打的一封简短的书信。

一惠：

突然写信给你，不好意思。突然寄个大包裹给你，你一定很吃惊吧。请容我要求，可否暂时保管我的毕业纪念册？

我在东京过得不怎么好的事，想必你也知道了。我真的是很不幸福，为什么会不幸福？我自己也不知道理由。

我妈妈过世了，今后得自己一个人重新生活，我希望至少能比现在过得好一些。但是这个时候看到过去的相簿，感觉很难过。小小的房子里，总不能塞到衣橱里眼不见为净。所以念在我们的旧情，麻烦你帮我保管。

　　等到我能心情轻松地翻阅学生时代的毕业纪念册时，我一定会抬头挺胸去向你拿。在这之前请你帮我保管。

　　祝　健康愉快

　　　　　　　　　　　　　　　　　　　　　　彰子

　　连署名也是打出来的。本间读了两遍，然后拿起彰子的高中毕业纪念册，翻到最后，看同学们的留言。

　　"我们永远都是好朋友！野村一惠"——圆形的字体如此写着，标点符号的写法很有女孩子的味道，就像要留住学生时代的尾巴一样，充满少女的感伤。

　　阿保压低声音说："将这个寄给小惠的，是盗用小彰身份的新城乔子那女人。"

　　很难马上确定。本间问："小惠有没有说，是什么时候收到这本毕业纪念册的？"

　　从信中提到"我妈妈过世了"来看，可以知道至少是在一九八九年十一月二十五日以后。

　　阿保立刻掏出那本已用得很习惯的小记事簿，回答："因为外包装已经丢掉了，无法确认邮戳日期。但她说应该是小彰母亲过世后的第二年春天。"

　　也就是一九九〇年的春天。但是这个"春天"有问题，关根彰子从川口公寓失踪是在三月十七日，若是之前收到了纪念册，那么寄送人是彰子本人的可能性就很高；之后收到，则可能是新城乔子所为。时间有些微妙。

　　"小惠说她在整理春装时，将它收在衣橱里面。当时她已经收到毕业纪念册了，所以应该不是小彰寄出来的。"

“但是光凭拿出春天的衣物，很难界定时间吧，那是三月还是四月？”

“宇都宫的气温比东京低，绝对不可能在三月就拿出春天的衣物。”

本间了解阿保所说的，其准确性也很高，但这种事因个人方便与家庭习惯而异，不能断言。

“她还有没有提到其他可以界定月份的线索？”

阿保用那双大手翻阅着记事簿，咬着下唇思考了一会儿，说：“她去领这些纪念册时，忘了带证明住址的证件，邮局的人还不让她领呢。”

“嗯？慢点。也就是说，一开始是小惠家没人在的时候寄来的，被当作无人接收的邮件，才由小惠到邮局去认领的？”

阿保有些口吃：“啊，对……没错。我不太会说。小惠知道有包裹，心想会是什么东西，第二天赶紧去领回打开一看，居然是小彰的毕业纪念册，小惠还觉得有些不高兴呢。”

“小惠家平常都没有人在吗？”

“不是，她们家是做生意的，所以平常都有人在。邮件没有人收，是刚好那天大家都出去了。”

“为什么大家都出去了？”

“这我没问。”

阿保一脸没信心的表情翻阅着记事本，然后搔着头说：“不行，我没有问。”

本间想了一下，说：“能不能让我看看你的秘密武器？”

他指的是阿保的记事簿。阿保很难为情地说：“可以，不过字很丑。”

果然跟他本人说的一样，不能说是容易辨识的记录。页首写着日期，本间找到了标题“小惠的说法”。问答的部分一开始还算整齐，随着访谈继续进行，记录开始东一行西一段，字迹也变得凌乱，但还是记录得很翔实。

上面的确写着小惠"不太高兴"。本间发现了感兴趣的字眼——"甜茶"。

"这是什么？"本间指着那两个字问。

阿保笑着回答："她说从邮局回家的路上，附近的寺庙在发甜茶，她跑去喝了。小惠人很胖，偏偏又特别爱吃甜食，所以跟她聊天总会提到这种话题，比方说今天吃了什么什么……有什么好笑的吗？"

"这不是个很好的线索吗？"本间笑道，"她去邮局领回小彰寄来的包裹，回家路上到寺庙领甜茶喝，对不对？"

"是。"

"寺庙发甜茶给路人喝，一年只有一天，那就是浴佛节。"

"浴佛节？"

"没错，就是释迦牟尼的生日，四月八日。"

阿保张大了嘴巴。"那么说——"

"包裹是在前一天寄到的，四月七日，所以寄来的人不是小彰。"

"哈哈！"阿保发出赞叹的声音，"感觉我也干得不赖嘛！"

本间检查纪念册最后附的索引和学生名册，发现关根彰子和野村一惠同属三年B班。难怪新城乔子会根据留言和学生名册，选择将毕业纪念册寄给了野村一惠。

从信的内容判断，乔子应该知道，关根彰子在东京生活不如意，对故乡的人而言是众所周知的事情。说不定是她们一起参观墓园时，听彰子亲口说的。

我们常常会和出租车司机或酒馆里邻座的陌生人聊起无法跟亲近的人说的心里话，因为是外人，反而容易说出口。更何况让彰子和乔子同行的是参观墓园之旅，说不定更容易聊到自己的身世。抱着特定目的接近彰子的乔子，也很可能努力挖掘那样的内容。

但是在那些谈话中，彰子并没有提到个人破产的事实，或许彰子对自己黯淡的过去也无法轻易说出口。

本间觉得很讽刺，如果当时提到了个人破产的事实，彰子现在应该还在拉海娜工作，还住在川口公寓……

"收到这纪念册时，寄件人的姓名和地址是怎么写的，你有没有问？"

阿保很遗憾地摇头。"我问了，但她好像记不清楚，只记得是从埼玉寄来的。"

那说不定就是川口公寓了。

"小惠突然收到这东西，她说过心里是什么感想吗？除了刚才你说的专程去领回却觉得不高兴。"

"她也觉得很惊讶。"阿保指着留言的文字说，"永远都是好朋友，这根本是随口一说。"

"她们不是好朋友？"

"也不是不好，但说不上是好朋友……"阿保苦笑道，"因为毕业而感动，女生就是这样。不过是写得肉麻了点。因为这个，小惠看了这封信后，还觉得'关根还真会找麻烦'。"

阿保目光低垂，想了一下又说："所以我完全没有考虑毕业纪念册寄来的日期，就直接认为这不是小彰寄给小惠的。"

语气很平静，意思却很确定。

"读了文字处理机打的信，我也认为不对，绝对不是小彰写的。"

"为什么？"

"我知道的小彰根本没有那么念旧，说什么把纪念册与自己现在的生活相比会难过，她才不是会那么想的女孩！小彰甚至说，她在学校里从来没有一件快乐的事情。"

也许是阿保说的那样，本间想。或许关根彰子从童年起就没有感受过幸福，所以一直急着想变成跟过去的、现在的自己不同的人。

本间甚至认为，这不是因为彰子刚好出身于单亲家庭，也不是在校成绩不好的缘故，不是这种个别因素产生的焦虑感。这是每个人心中都藏有的愿望，是一种生存的动力，也是让每个人成为一个"个体"的证据。

关根彰子为了达成这样的愿望，选择了不太聪明的方法。她没有去寻找"应有的自己"，而是买了一面可以看见错觉中的自我形象的镜子。而且她住在塑料沙漠的空中楼阁上面……

"小彰死了，已不在这个人世上。我终于相信了。"阿保低声说，"因为小彰不会做这种事，当我看见这毕业纪念册时，便深深感觉小彰已经死了。"

阿保抬起下巴，粗糙的手从桌子上放下来，移到腿上，然后握成拳。与其说他在强忍着愤怒或悲伤，不如说他是抓住了什么。

本间认为，他抓住了记忆，否则他将无法冷静思考彰子究竟出了什么事。

本间慢慢地对他说，那个被认为杀死彰子的新城乔子是个怎样的女子。阿保低头聆听，始终不发一语。当本间说完，厨房内陷入一片寂静，阿保才开口说："真是奇怪的女人，那个新城乔子。"

"奇怪？"

"嗯，不是吗？就为了自己，把小彰当……当东西看待，盗用她的身份，却又专程将这本纪念册寄给地方上的朋友……真奇怪，为什么不干脆丢掉算了？这样不是更简单？丢了不就好了？为什么要在那种地方表现得好像很对不起小彰，那么认真干什么？"

突然，阿保推开椅子慢慢地站了起来，又慢慢地穿过房间，走进看不到什么风景的阳台。

黑暗中，只能看见阿保头上的晒衣竿和他裹在白色毛衣里的背影。本间移动椅子，背对着阿保强壮如鬼魅的背影——还是暂且不管他了。

须藤薰目前的住址始终不明。虽然通过碇贞夫跟当地警局照会过了，但对方很忙，负责联络的碇贞夫也没有空闲。本间只觉得欠他的人情越来越多，有种过意不去的别扭。但碇贞夫倒是很高兴，因为之前提到的抢劫杀人案已经告破。

事件的真相几乎跟本间推理的一样，被逮捕的是被害企业家的妻子和她粉领族时代的同事，杀人动机很明显是为了财产和事业。

"太准了，真是谢谢！"碇贞夫的声音显得很快活，虽然是在电话里，但似乎能看见他满意的表情。

"破案的关键是什么？"

"耐性呀，我一直在监视，还故意让对方察觉。结果未亡人在精神上好像受不了了。我要她出面自首，她就彻底崩溃了，大哭认罪。打这种心理战还真是累人，真的。"

他还感叹说，之后一阵子的搜证调查才是要命。

"不过对于人的心理，这次真的让我思考了很多！"

"你每次不都这么说吗？"

"这次是真的，真的。"碇贞夫说，"对了，你说说，这年轻太太是在哪里跟她朋友提起谋杀丈夫的念头？"

本间知道说对了，对方会不高兴，就朝意外的地方想。可是他还未及回答，碇贞夫便说："是在葬礼上。"

"谁的？"

"两人原来的上司，听说是组长，还是个女人，三十八岁因为癌症过世。她们去参加葬礼，当头上飘过和尚念的经文时，两人却在谈论如何谋害亲夫、侵占产业。"

"我真是深深觉得人生苦短呀！"

这虽然是个阴谋杀人的极端案例，但在面临跟死亡有关的仪式时，任何人都会有些改变，会无端地发誓或是说出长久以来的秘密等等。

"对了，你的事有什么发展？"

本间简单说明概况，碇贞夫略一沉吟后说："虽然找到新城乔子这女人也很重要，但还是要有尸体。"

"嗯……"

"你跟山梨县警局提过那件分尸案了吗？"

"还没有。我觉得错不了，但没证据。毕竟这是个人的行动。"

要求进行指纹比对和大范围的身份确认，必须要有更确实的罪行。只是说 A 女子失踪了，可能是被盗用其名字的 B 女子杀害了，而且 B 女子也行踪不明——这样无法动用外县市的警力。

"如果有确认身份的证据出现就好了。关根彰子不是有虎牙吗？算是一大特征。"碇贞夫说，"不过那才真像是雾里看花，不知从何找起。"

"可是我觉得，也许没有想象的困难。"

"嗯？怎么说？"

本间引用阿保的话加以说明："新城乔子这个人很奇妙……该怎么说呢？说她很重义气，有点怪，但是很有人情味。就像阿保说的，不过是本纪念册，丢掉便算了，她却专程寄给彰子的同学。不仅浪费时间，还可能因此被发现自己假冒彰子的事。"

"嗯……"

"这不只是理论，而是感觉这种行为里有她个人的感伤还是什么，坚持让她这么做。其他方面她都考虑得很周详，只有在纪念册这件事上，好像是换了一个人。"

仓田提到乔子十分迷信的事，也深深留在本间的心底，让他无法释怀。

"也就是说，对于尸体，因为处理起来很麻烦，所以不得不分尸，但是至少头部要好好埋葬。这是她的想法吗？"

"应该是。"

"嗯……"

短暂的沉默之后，碇贞夫突然提议说："既然朝这个方向思考，那我会去调查关根彰子父母的坟墓。"

本间苦笑说："说得也是，但问题是没有那座坟墓！"

关根彰子双亲的骨灰还寄放在寺庙里。

"哼，不行吗？根本就是没有方向的搜查嘛！"

碇贞夫不甘心地咂了咂舌头，挂上了电话。

在井坂命名为"等待须藤薰"的时间里，本间难得地连续睡在家中的被窝里，可以听小智说话，可以去接受复健，让真知子老苏好好整治一番。这期间阿保每天一早出门，傍晚才带着若干收获回来。

不过，这种走访的收获无法查出新城乔子目前的所在，而是在追踪关根彰子在东京生活时的轨迹。尽管线索很少，只要能嗅出彰子和乔子的关联便足够了，调查到现阶段，其他信息已经没有太大用处了。

阿保也知道这一情形。他夸口承诺："一切交给我吧！"表现得倒也可圈可点。

"只不过，我有一个请求。"

"什么请求？"

他很认真地问："我们会找出新城乔子吧？"

"我希望能。"

"是由我们找出来的，而不是靠警方的帮忙？"

"如果可以，我希望我们自己来。"

"那到时候，去找新城乔子的时候，麻烦你让我第一个说话。我要第一个跟她说话，拜托，让我先说。"

从伊势回来三天后，玫瑰专线的片濑打来电话，说是问过新城乔子当时的同事，但没有收集到什么值得报告的内容。

表面上看，很难得他没有忘记承诺，但本间益发觉得可疑。乔子应该就是通过片濑取得了玫瑰专线的客户资料吧？

"有没有跟市木小姐联络过？"片濑用很正经的口吻询问。

市木香出国旅行回来的日子已经标注在月历上了。她预定明天才回国。

"还没有。她应该还在悉尼或堪培拉吧？"

"啊，是吗，说得也是。"片濑的语调变得很快。他似乎很不想让本间跟市木香说话，但又没有表现出露骨的妨碍行为，也不会让人感觉到恶意。真是奇怪的男人。

"明天我会跟她联络。谢谢你的来电。有些事还要请教，到时再麻烦你。"

或许本间的话听起来像是一种威胁，片濑很老实地回答一声"好"，如逃难般挂上了电话。

本间不是没有想过，趁着市木香还没有从片濑那里接收到奇怪的信息，最好明天一早就打电话过去。只是就片濑目前的情况判断，他既非大坏蛋，演技也不怎么高明，对市木香的不良影响应该不会太大，所以本间算好对方下班回家后才联络。

第一次是电话答录机的声音，第二次才是市木香接的。对方的口吻有些戒备，直到本间报出玫瑰专线片濑的名字，才稍微缓和。

"这件事我听片濑先生提起过。"随即市木香又似乎觉得好笑般补充说，"那个片濑先生好像对新城小姐很不死心呀。"

噢，是吗？好戏上场了。

"果然是这样。"

"嗯，因为在我跟新城小姐住在一起的时候，那个人送过她回家好几次。新城小姐说过片濑先生不是她的男朋友，但那个人却不这么认为。"

所以现在片濑才会那么热心帮忙。他关心乔子的下落，也在意寻找乔子的本间是否跟自己处于相同的立场。

"新城小姐和我曾经讨论过，并约定，两个陌生人共享一栋房子，应该尽可能不介入对方的隐私。所以我不是很清楚新城小姐的事，她和我就算是假日也不会在家。"

本间皱起了眉头，问："新城小姐到了假日都会外出？"

"是的。去哪里我不晓得，但好像都是远行。"

"她有驾照……"

"她有，不过车子是租的。"

"出去的时候，是跟别人一起？"

"不……她好像都是一个人。"

大概是为了寻找新的身份，为了实现计划而到处调查探访吧。

"你也在玫瑰专线工作？"

"是的。我在计算机室，负责管理玫瑰专线的数据。"

本间顿时发出惊讶的声音，市木担心地呼叫："喂……喂……"

"真是不好意思，原来如此，你是在计算机室工作呀？"

这是片濑说的一个消极的谎言，他说市木香是事务职员。这种无谓的谎言只要同本人一谈，马上就会败露。

"是的。我们要处理玫瑰专线、南方园艺，还有其他两三家公司的计算机数据。"

"工作地点在哪里？"

"总公司大楼里设有计算机主机。所以我是在迷你通讯上面与新城小姐认识的。"

"迷你通讯？"

"公司内部的迷你通讯张贴征求室友的启事。光靠自己一个人的薪水，是住不起那种公寓的。"

于是，乔子出现了。

"别看我这样，我也是专业人员，领的薪水还算不错。她是准员工，我有些担心，但是看她很有兴趣，便答应了。"

"市木小姐，请容许我问一个失礼的问题。"

"什么问题？"

"新城小姐有没有拜托你，利用计算机盗取玫瑰专线的客户数据？"

一阵惊讶的沉默后，市木香笑了。

"为什么她要拜托我做那种事呢？"

"如果她拜托你，你做得到吗？"

"可以呀。"她还在笑，"只不过若被发现了，就得立刻走人，而且永远无法再担任计算机操作人员。"

本间自己也认为不太可能，那个乔子怎么会向同住的室友拜托如此重要的事情，欠下如此大的人情，但是——

"还有一点，你觉得片濑先生可能被新城小姐拜托做那种事吗？"

市木香立刻回答："可能呀。"

果然没错。但市木香又接着说："不过那是不行的。"

"为什么？他不是对计算机很熟吗？"

市木香哈哈大笑，说："他在客户面前的确是那样，但其实他是不能自由进出计算机室的，因为他没有识别证。在我们眼里，片濑先生根本是外行。"她仍笑个不停。

"市木小姐，请原谅我的啰唆。那新城小姐呢？她的计算机技术很强吗？比方说，她有没有可能自己操作玫瑰专线的计算机系统，取得客户资料？"

"会发生这种事吗？"

"不，我只是假设。和你共住一屋的新城小姐能不能做到？"

想了一下，市木香回答："我看她连 laptop 和 M.C. 哈默唱的 rap 都分不清楚吧。"①

"M.C. 哈默是什么？"

"讨厌，你不知道吗？"市木香继续笑着说，"如果那个时候，新城小姐能一个人偷偷地从我们公司的计算机盗出资料，那我在将来的婚礼上，就穿小丑娃娃装出来见人！"

本间也笑了，说："那倒不必。"

然而这件事一点都不好笑。乔子究竟是用什么方法从玫瑰专线的计算机数据库中，选出了关根彰子的资料呢？

如果事实如市木香所说，不管乔子怎么拜托，片濑也不可能随便帮她取出她要的资料。他的态度之所以奇怪，只是因为以前喜欢的女人目前行踪不明，而且卷入奇怪的事件之中——他担心自己也被连累而紧张不安。顶多就是这样的理由。

"作为一个室友，她是个怎么样的人？"本间为调整思绪这么问道，不料如此宽泛的问题竟让市木香感到困惑。

"什么怎么样的人？"

"她是不是很认真，很爱干净呢？常常打扫屋子？"

市木香的语气变得明朗："噢，那倒是。对我真是帮助太大了。她又会做菜，常常拿冰箱里的剩菜加上剩饭一炒，就做出一盘省钱的炒饭给我吃，味道好极了，我还记得呢。"

本间想起了方南町公寓里面一尘不染的房间和擦拭得光可鉴人的

---

① laptop 即笔记本电脑，M. C. 哈默为美国说唱乐明星。lap 和 rap 在日语中发音相同。

抽风机扇叶，便问："她擦拭抽风机的污垢时，是不是使用汽油？"

市木香立刻发出惊呼："你怎么知道？"

"我是听认识乔子的人说的。"

"是吗……我实在是吓了一跳。没错，她是用汽油。可是我很不喜欢，那气味很臭，而且家里面放汽油感觉很可怕，所以我劝她不要用，改用清洁剂。她总是将汽油装在小瓶子里，藏在阳台不显眼的角落。虽然不危险，但是万一有什么情况，阳台上又堆有旧报纸什么的……对了，"市木香换了话题，"新城小姐订东京的报纸。"

"东京的报纸？"

"是的，是《朝日新闻》……还是《读卖新闻》呢？"她喃喃自语后，说，"对了，是读卖。"然后她提高了音量，"有一次我还问她，大阪读卖不是更好看吗，干吗特别去订东京的呢？"

"新城小姐怎么回答？"

"这个嘛……对不起，我忘了。她是怎么说来着……"

乔子企图取代的关根彰子就住在东京，多知道些东京的情况比较好吧。当然，也可能与心情有关：每天读着东京的报纸，等到计划实现就能住在东京了，就能够开始新的人生，她是这样来鼓励自己的吧？

"她从什么时候开始订东京的报纸？"

想了一下，市木香回答："我想是住在一起后不久就开始订了。她常常剪贴报纸。"

剪贴报纸？本间立刻问："她都剪贴什么样的内容，你还记得吗？"

市木香笑了一下说："不知道，我的记性不好。我想大概是家庭版的'每日一菜'之类的东西。"

算了，没有留下印象才是自然的。本间请她如果想到什么，就拨由接听者付费的电话联络，便结束了通话。

谜团还是没有解开。就算市木香很清楚乔子的日常生活，也帮不上什么忙。新城乔子就算是面对室友，也不会轻易显露自己的内心世界。

到玫瑰专线上班，和服务于计算机室的市木香成为室友，又跟片濑熟识，乔子一心一意只想寻找能取而代之的新身份，摸索着取得那些资料的方法。

和仓田离婚，又回到那无法奢望和平与幸福的处境，从那一瞬间起，她是否便在内心决定，要掌握新的人生，不跟任何人提起过去，也不求助他人，当然也不希望任何人阻碍？如果她能实现那么坚定的决心和周密的计划，那么本间只花半个月，是无法破这个局的。

然而她究竟是如何取得顾客资料的呢？片濑这条线真的不可能吗？

"这可不行。"本间不禁低喃说。

"怎么了？"小智问。他正坐在后面的桌子旁写今天的功课。"爸爸要变成大阪的刑警了吗？"他一脸正经地用关西腔发问后，自己也笑了出来。

"说得真难听。"

"关西腔好难哟。"

好久没有听到小智像是被人搔痒般的笑声了。

"你心情好多了吗？"

知道呆呆被杀，闹出那场骚动之后，小智整天哭。本间实在不知如何处理，十分难过，却又不能对他生气。直到久惠来安慰小智，让他不再哭泣，周围的男人总算松了一口气。

"……嗯。"

"已经不哭了吧？"

"偶尔还会，可是我会忍耐。"

"是吗？"

"久惠阿姨说，哭太多会得中耳炎，叫我要忍耐。"

不说男孩子不可以哭，果然很有久惠的风格。

"我和小胜商量过，决定为呆呆造个坟墓。"

本间有些困惑，因为他听井坂说过，不管怎么搜索，就是找不到被杀死后弃置的呆呆的尸体。

小智大概意会了爸爸的困扰，赶紧接着说："我们要埋葬它的项圈。"

"项圈？"

"嗯。呆呆有两个项圈，失踪时身上戴着的是洒了驱跳蚤粉的那个，那个皮制的、有名字的好项圈还留着。"

"唔，要埋在哪里？"

"还不知道，我和小胜在找。"小智一副思索的样子，"如果偷偷埋在水元公园里，会不会被管理员骂呢？"

"嗯……我想不好吧。"

"也是。"小智撑着脸颊说，"阿保哥说会帮我做个坟墓的标志。"小智已经跟阿保混得很熟了，嘴里常挂着"阿保哥、阿保哥"。

"井坂伯伯说以后就由妈妈照顾呆呆了。"

"噢。"

"因为天国很大，可以自由地饲养呆呆。"小智看着牌位上母亲的照片说，"爸！"

"嗯？"

"田崎那家伙，为什么要杀死呆呆呢？"

"你怎么想？不妨想象一下田崎的心情。"

小智摇晃着双脚，想了很久才悠悠地说："因为他觉得无聊。"

"无聊？"

"嗯。听说他们家不让他养宠物。"

"他家不是养了吗？"他分明说过，在小区里养宠物太过分，有本事就买独门独户的房子！

"没有。因为呆呆的事在学校很有名，传出一些说法。这是井坂伯伯听附近的人说的，说田崎家不能养狗，因为那是他妈妈借了好多贷款盖的房子，才不想被宠物搞脏！"

本间看着小智认真的表情说："田崎可能其实并不想杀死呆呆。"

"是吗？"

"他不想杀它，还想养它，可是不能养，所以很羡慕小胜。他很不甘心，想不通为什么自己会这么倒霉。"

"所以就杀死了呆呆？"

"嗯。"

"他可以不用那么做，到小胜家要求跟呆呆玩就好了呀，不是吗？"

"他大概没有想到。因为不能养狗，太生气了，整个头脑里面都在想这件事，一定是这样。"

本间想，对于降临在自己头上的事情，有些人只能以这种形式寻求解决。这一点跟小智说不清楚，等到两三年再好好教他不迟。得告诉他，今后你们生活的社会里面，将充满了以突发性、暴力等为特征的犯罪行为，来解决"无法成为原本应成为的人""无法拥有应有的东西"等愤恨的人。

要如何在这样的社会中存活？本间如今好不容易才抓到寻求答案的线索。

小智转动着铅笔说："我也问了井坂伯伯。"

"关于田崎杀死呆呆的理由？"

"嗯。我问他怎么想？"

"井坂伯伯怎么说？"

小智陷入思考，大概是在想如何用他并不丰富的词汇量，正确传达井坂的说法。就算是哪天晚上窗口飞来火星人，威胁小智说，必须在五分钟以内解开他这个学年还没有学过的二次方程式，否则将把他关到动物园里，他恐怕也不会这么认真地思考吧。

"井坂伯伯他……"小智好不容易开口，"爸，你在听吗？"

"在听呀。"

"他说，社会上有些人总是看不惯别人做的事。"

"唔？"

"这种人只要发现自己不喜欢的事，就想去破坏，就会编出破坏的理由。为什么要杀死呆呆？田崎说了很多理由，但都不成理由。重点不是他在想什么，而是他做了什么。"

这令人有点意外的看法不像出自温和的井坂口中，说不定为了安抚小智受伤的心灵，他故意说出如此严厉的话。井坂看似随和，其实也是个严厉的人。他和久惠两个人生活得好像轻松自在，但支撑那种生活的其实是钢筋铁骨。

"井坂伯伯不是帮别人做家务吗？有些人却说他们家其实很有钱，是怕搬家麻烦才住在这个小区。总是有些人爱乱说话。井坂伯伯说他才不管这些人，但是如果他们因为看不惯伯伯，而要妨碍他、给他难堪的话，那他绝对会跟他们斗到底。"一口气说到这里，小智又想了一下。"他还说，做坏事的人从来不会想自己为什么要做坏事。田崎也是一样。所以他们才会做坏事。"

"那他是说，绝对不能原谅田崎？"

小智摇头说："不是，伯伯说，如果他好好反省过自己的行为，然后来道歉，那就原谅他吧。"

本间放心了。"说得也是，爸爸也这么觉得。"

小智露出了安心的表情。看他拿起铅笔再度回到习题上面，本间也拿起手边的报纸开始阅读。

这时，小智又跟他说话了。"爸。"

"怎么？"

本间从报纸后探出头来，发现小智拿着铅笔正在看他。

"爸爸在找的女人，还没找到吗？"

"嗯，虽然我很努力地在找。"

"那个人杀了人吗？"

"还不知道。"

"找到后会报警吗？"

"有很多事要问她。"

"为什么要问很多事呢？这也是工作吗？"

过去，小智对本间的工作从来没有如此打破砂锅问到底，只会说"我爸爸是刑警，专门抓做坏事的人"。今天是第一次。

"对，这是我的工作。"

不过这一次似乎不是这样……本间将这句话吞回了嘴里。说实在的，为什么这次如此热心，他自己也不清楚。也许是因为同情新城乔子。不，如果是那样，就应该默默地放了她。可那不行，因为自己是警察。

"只不过，爸爸在找的这个女人，并不是因为有什么不愉快的事就对别人使坏，这一点很清楚。"

沉默了一下，小智低声说："噢。爸爸在等电话吗？"

"是呀。"

"等有了消息这次要去哪里呢？"

"大概是名古屋或大阪一带。"

"那……"伴随着小智的说话声响起的，是放在本间手边的电话。

小智轻轻叹了一口气。"帮我带甜糕回来。"

25

"乔子已经将近两年没有音讯了。我完全不知道她现在怎么样了。"

须藤薰于去年结婚,改随夫姓,目前住在名古屋市郊外,年约三十二三岁,身材相当高,小脸蛋,感觉像是模特儿。

她和公婆住在一起,所以不方便让本间到她家去。但她还在上班,外出较自由,表示可以约在外面相见。

本间问,可否在她以前和新城乔子往来时居住的小幡见面。须藤薰爽快地答应了。

"当时住的公寓旁边,有一家午餐很好吃的咖啡厅。乔子到大阪工作之后,偶尔会来找我玩,住在我那里,我们常去那家店吃饭。"

名叫"柯蒂"的咖啡厅是那种开在巷子里、以熟客为对象的小店。须藤薰一露面,老板便认出了她,叙旧良久后才带她坐下。

"碇先生跟我说了一些,听说乔子现在行踪不明?"

一如以前,本间暂且将乔子有杀人嫌疑的事按下不表,说明其他情况。须藤薰听完,举起咖啡杯慢慢啜饮,表情很平静,但描画漂亮的双眉间却浮现些许皱纹。

"究竟是怎么回事呢?"她低喃着放下咖啡杯。

她认识乔子是在乔子十七岁那年,正值乔子和母亲逃到名古屋打工的时候。

"我知道乔子一家人趁夜逃跑的事，也知道她们家因为欠债而受苦的情形。她都告诉我了。"

须藤薰说的话证实了仓田康司提供的内容，但也说出了全新的事实。

"和仓田先生离婚后，乔子有一段时间被讨债公司的人抓住了。"

本间睁大了眼睛。如果乔子在伊势被发现住址，被抓倒是很有可能的。

"所以我和离婚后的乔子第一次见面，是在——"她侧着头想了一下说，"大概是第二年的二月左右。离婚后的第二年，那天下雪了。"

乔子离婚是在前一年的九月，即她们有半年音讯不通。

"你还记得当时的情形吗？"

须藤薰用力点头。"是的，因为乔子是逃到我这里来的。"

乔子半夜搭出租车过来，可是身上只有一千元，是须藤薰帮她付的车钱。

"风衣里面只穿着内衣裤，脸色跟白纸一样，嘴唇也干燥得可以。她被逼着做什么工作，一眼就看得出来。"

对于"之前在哪里"的询问，乔子大多没有回答，只是从她说的话判断，须藤薰认为："应该不是大阪、东京，当然也不可能在名古屋之类的大都市，说不定是乡下的温泉街。"

本间问："是不是替债主工作？"

"不是，她说是被人卖了。"

就这样，她在须藤薰那里住了一个月。

"她问能不能借她一些钱，我借给了她五十万。她又说如果继续留在名古屋，会给我带来麻烦，所以打算到大阪找工作。"

事实上，乔子在那一年的四月进入玫瑰专线工作。

"一开始她住在便宜的公寓里，后来跟公司的人合租房子，安定之后她通知了我。"

"是位于千里中央的公寓。"

"是吗，我没有记那么多……"须藤薰用修长的手指抵着太阳穴，"我听了也很放心。玫瑰专线的薪水应该还不错。就是从那个时候开始，乔子偶尔会悄悄一个人开车到名古屋找我玩。"

"一定是开车吗？不搭电车？"

须藤薰点头说："是的。她说不敢搭电车，不只电车，只要是陌生人聚集之处，她都尽可能不去，因为不知道会遇到谁。"

本间能明白她的意思。

"自己开车的话，就算在路上遇到认识的讨债公司的人，也能立刻逃跑。当然她都是租车子。驾照是她在伊势工作的时候，仓田先生要她去考的。她还说幸亏自己有驾照。"

乔子有多么恐惧，从这件事就能窥见一斑。在大阪、名古屋宽阔的大街上，要遇到可怕的讨债公司的人，其几率接近于零。可她还是感到害怕，几乎是接近被害妄想症的心理状态。

从那时往回推算，从在伊势消失行踪到出现在名古屋的须藤薰面前，其间乔子过的是什么样的生活，想一想，本间不禁觉得胃部一阵翻腾。

"当时她真的还被讨债公司的人追赶吗？"

须藤薰用力摇头。"没有了。尽管我跟她说可以安心了，乔子就是不肯点头。还说这一生都会被纠缠，一定要想办法才行。"

音讯不通的那段时间发生了什么事，不论须藤薰怎么问也问不出究竟。好像有一名讨债公司找来的黑道分子盯上了她，不只是她父母的债务，据说在生活上也纠缠着乔子不放。

"关于那个男人，她只说他是个披着人皮的妖怪！"

须藤薰端正的脸庞就像闻到恶臭一样，有些扭曲了。

"究竟发生了什么事，我大概也能想象。只是有一点很不可思议，乔子变得一点都不能吃生的东西……连生鱼片也不行。她说腥得难受。以前她并不是这样的，或许那会让她想起不愉快的回忆吧。"

必须想想办法，除非丢掉新城乔子的名字，否则无法指望安宁的生活。或许她坚持这么想。

"就算是欠钱，经过四五年，时效也过了。讨债公司的人应该也会死心了。我一直都跟她这么说，但乔子还是很害怕……"

须藤薰抱起双臂，蜷缩着身体。

"她说跟仓田先生结婚时，也是那么想，以为已经没问题了，但事实并不是那样。她说她再也不要发生同样的情况。她的眼神好像着了魔一样。听她这么说，我都不知道该怎么回答了。难道不是吗，谁又能保证不会再度发生她和仓田先生在一起时发生的事呢？"

必须想想办法才行，为了不让青春白白浪费，为了不要再继续东躲西藏地过日子。

"乔子有没有提到具体方法？"

须藤薰摇头说："没有。"

想正常生活，想从被追赶的不安中解脱，想平凡幸福地结婚过日子——乔子所求的只是这些。她心中应该是这么想的吧。而且她明白，为了保护自己，只有靠自己的奋斗。父亲和母亲已经不能保护她了。法律也是一样。她曾经信赖的、以为能给她庇护的仓田康司和他家的财产，到最后还是舍弃了她。

她的存在对社会而言，就像是从指缝中掉落的一粒沙子，没有人肯将它捡起来。唯有往上爬，才是生存之道。没有人可以依靠了，依靠男人终究是一场空。只有靠自己的双脚站起来，用自己的双手战斗。乔子暗自决定，今后，不管什么卑鄙的手段她都愿意使用。

"新城小姐有没有让须藤小姐看过房子的照片？"

"房子的照片？"

"是的，就是这个。"

本间拿出那张巧克力色房子的拍立得照片，放在桌子上。须藤薰拿了起来。

"啊，是这个呀……"

"你见过？"

须藤薰稍稍微笑，点头说："是的，见过。那是乔子去研修时拍的照片吧？"

有一种卡住的东西松开了的感觉，本间不禁叹了一口气。"是吗？果然是新城小姐拍的照片呀。"

"她说有朋友带拍立得相机去，就借来拍了。乔子很喜欢到处参观样品屋，我还笑她这真是个好玩的兴趣。"

她喜欢到处参观样品屋？

"即便她们家因为购屋贷款而全家离散？"

须藤薰将照片放回桌上，想了一下回答："是呀，这么一想，还真是奇怪的兴趣，可是我不这么认为。乔子说过，希望将来能住这种房子，有了家庭，想要在这种房子里生活。就是因为有过去的不幸，她才会有这样的梦想吧，我是这么认为的。"

所以她才如此慎重地带着这张照片到处跑吗？因为这是她的梦想。

"她说这房子是她看过的最满意的房子，来我家玩时让我看了照片。她说：'薰姐，等我重新开始人生，我一定会住进这样的房子让你瞧瞧！'"

须藤薰说这番话时，仿佛重现了当时乔子的笑容一样，语气变得很明朗。

"她不是说'将来住这种房子，请你来家里玩'吗？"

本间这么一问，须藤薰突然收起下巴，一脸惊讶地说："……她倒是没有这么说。"

应该是吧。当时的新城乔子其实知道，将来不管盖什么样的房子，抓住多么幸福的生活，都无法让须藤薰亲眼看到，不能邀请她前去。为了追求幸福，她必须舍弃新城乔子的名字，转变成别人才行。而且乔子早已在进行那个计划了。

本间将视线从照片上移开，问："新城小姐真的最近都没有跟你联络吗？"

须藤薰似乎动怒了。她重新并拢腿坐好，嘴角有些僵硬地说："我和乔子之间真的是音讯不通。我没有必要为这种事对你说谎。"

"有没有接过电话，那种拿起来没有声音就挂掉的？"

"这个嘛……就我所知是没有。"

无法成功取代关根彰子，现在的新城乔子应该处于极不安定的心理状态才对。可是她没有投靠老友须藤薰，那个曾经能对其敞开胸怀诉说梦想的须藤薰。

本间不禁思考，这是怎么回事？现在的乔子究竟在想些什么？她打算怎么办？

"和乔子很熟的时候，我已经跟我先生交往了，也说好一两年后要结婚。所以乔子可能觉得须藤薰已经结婚了，如今再去找她，应该不能像过去一样轻松自在，所以故意疏远了。"

本间想，会吗？还是她觉得已经不能再倚靠须藤薰了？她只有一条路可走——独自逃亡。

"当时你居住的公寓在哪里？"

须藤薰笑了："就在那里，你看。"

隔着窗户，她指向斜对面公寓二楼最左边的房间的窗户。如今那扇窗户边排列着颜色亮丽的花盆，空调上面的小型晒衣架则挂着红色的短袜。

突然，本间想到，新城乔子来须藤薰的家玩时，是否也曾从那里探出头眺望窗外呢？是否也曾帮须藤薰洗衣服，将袜子晒在那里呢？

过去她生活过的地方——名古屋的便宜旅社、公寓，伊势市的旅馆，仓田家的豪宅，之后让她在恐惧中工作的不知名小镇，大阪市千里中央的公寓，还有东京方南町那间像积木般小巧的房间。乔子每天打扫房间，洗衣服，买东西，做饭——市木香说她会做省钱的炒饭，下雨天将雨伞撑开放在门外，晚上睡觉前拉上窗帘时抬头看月亮，有时擦鞋子，有时浇浇花，有时读报纸，有时丢些面包屑喂麻雀……这就是她的生活吗？这样的生活，有时很可怕，有时很悲伤，有时很贫苦，有时也会觉得幸福。

但始终不变的是，她是个逃亡者。就连被讨债公司的人抓到，被迫过着地狱般的生活，她还是逃亡者。她想逃离不公平的命运，始终都想逃离。

如果她当时放弃了，之后的那些事就不会发生。但是她不死心，还是继续逃亡。

于是她取代了关根彰子的身份，一时之间以为没有必要再继续逃亡了。但现在她又开始逃亡，必须想想办法。她坚持改变的行动之后，情况却依然没变。

算了，停止吧。本间在心中小声地呼唤。你已经累了吧，我也累了，筋疲力尽了。我不想再追下去了，你也无法永远逃亡下去。

"乔子最后来找我，是在她辞掉玫瑰专线的工作之后。"

本间拿出记事本，一边确认须藤薰说的话，一边点头："她是在一九八九年十二月底辞的职。"

"没错。她来我这里是来年的正月，大概是……月底吧。我记得在外面请她吃晚饭，好像是领薪水之后。"

这么说来，当时她取代关根彰子的计划已在顺利进行了？

"她说搬离了大阪的公寓。我问她打算怎么办？她说可能去神户。"

"是吗……"

"可是有点奇怪，聊天的时候，她却提到了京滨东北线什么的。京滨东北线不是在关东吗？我便问：'你在东京吗？'乔子的表情变得很不自在。我不死心地追问，她才承认，因为有些事情，住在川口市，不过没有租公寓，而是假日饭店，所以没留下联络地址。"

须藤薰或许觉得干吗老调重弹，于是皱起眉头。本间看着她，却听见脑中小小齿轮转动的声音。

一九九〇年的一月份，新城乔子在川口。

在金牌工作的宫城富美惠的声音响起了："彰子变得很神经质，说她的邮件被人打开过。"

乔子去检查过关根彰子的邮件吧？彰子参观墓园的行程，她应该也是这样才获得了信息。当时关根彰子的生活模式应该是睡到中午、晚上上班、深夜回家。从她没有上锁的信箱偷偷拿出邮件、调查之后放回，并非什么难事。

线索虽然模糊，本间过去描画的主轴还是越来越清晰了。关根彰子和新城乔子牵扯在一起的事应该错不了。

"须藤小姐，"本间重新坐好询问，"请你回想一下，在过去的三四里，新城来访或打电话过来时，有没有精神错乱或跟平常很不一样的情况？"

须藤薰睁大了眼睛，问："样子不太对劲？"

"是，有没有紧张不安、哭泣难过的样子？"

问得很笼统，但本间其实最想知道的是一九八九年十一月二十五日的事——关根彰子的母亲关根淑子过世的那天。

如果本间推测的"关根淑子之死系新城乔子所为"是正确的，这一天乔子应该在宇都宫。从十八日到二十六日，前后九天，她请假没有去玫瑰专线上班，这已经从片濑那里获得证实。

　　但现在本间想知道的，是二十五日那天，特别是那天晚上，乔子有没有跟须藤薰联络。

　　乔子逃离讨债公司的魔掌后，第一个来投靠的就是须藤薰。她是当时乔子最信赖、能够敞开胸怀的朋友。当一个人不知如何是好的时候，乔子便会去投靠须藤薰，所以，当以某种形式动手杀人时，她也应该以某种形式向须藤薰求救，当然不可能是和盘托出，只是打个电话想聊一聊，听听对方的声音——她会不会有这样的心理呢？

　　看着轻轻握拳抵在嘴边、陷入沉思的须藤薰，本间知道这样的询问像是赌博。毕竟，乔子一个人或许无法承担杀人之后的压力。在第二年三月，关根彰子被杀了。没错，她被杀害了。当时乔子没有跟须藤薰联络。须藤薰跟她在一月底的见面，是两人最后一次联络。

　　但本间还是觉得应该会发生什么。杀人之前也好，之后也好，也许从乔子说过的话中能够嗅出一丝犯案的迹象。

　　"如果要说不对劲的话，前年一月底，我们最后一次见面时就很奇怪。"须藤薰慢慢地挑选适当的言辞，"乔子来我家玩，每次回去的时候，我说再见，她会举起手说下次再来玩。但是那一次却不是，她竟然是说再见。她规规矩矩地低头鞠躬，说了再见才回去的。"

　　本间沉默地点头。乔子大概认为这是跟须藤薰的永别吧。新城乔子将从此消失。只要变成了关根彰子，乔子就无法再跟须藤薰碰面了，所以她说的是再见。

　　"对了……这么说起来，那一天她老是提到过世的母亲。"须藤薰接着说，"好像专程来谈死亡的话题。我还记得她问我：'薰姐死了以后想葬在哪里？'乔子说她绝对不要回郡山，死了也不想埋在故乡。"

因为话题太过沉重，须藤薰还问她，是不是身体有哪里不舒服。乔子只是沉默地笑。

"当时我就觉得很奇怪，感觉胸口一阵不安。她又说再见不是吗？之后她不再跟我联络，我们断了音讯，我想果然不太对劲。不过现在说这些已经太迟了。"

须藤薰依然低着头，最后用到"太迟"的字眼，表示了她内心的不安。本间猛然想起第一次跟仓田康司见面时，他说过的话——"乔子说不定已经死了"。

不管如何掩饰，新城乔子的周边弥漫着不安定的空气，至少须藤薰感受到了。

"还有什么吗？"

似乎感觉累了，须藤薰低垂着肩膀叹了一口气说："一些小事，我一时之间想不起来。"

"那如果就特定一天请教你，怎么样？一九八九年十一月二十五日，有没有让你留下记忆的事？"

"你特定的日期还很明确嘛！"须藤薰有些怀疑地眯着眼睛，"那一天有什么事吗？"

本间露出微笑。"没有。只是调查过玫瑰专线的出勤表，新城小姐在那一天前后休了九天假。不知道有没有来拜访你？"

须藤薰目光向上，探索着记忆，很自然地拿起咖啡杯凑近嘴边，然后好像想起了什么，放下杯子问："乔子在玫瑰专线上班时，除了那段时间外有没有请过长假？"

本间翻阅记事簿，看着请片濑调查的部分。

"没有。"上面写得一目了然。"三天之内的休假倒是有过。九天的只有这次，从十一月十八日起到二十六日。"

须藤薰的表情变得轻松了，看起来有些得意。

"那我知道了。我的记忆力虽然不好，但如果乔子没有请过其他长假，就应该不会错。"

本间探出身子问："当时乔子跟你联络了？"

"是的，她来找我了。应该是休假的第二天吧，十九号的晚上。当时她很奇怪，受了伤。"

"受了什么伤？"

"烧伤，还好不是很严重。"须藤薰说，"不过住院了，因为发高烧。"

一时之间，本间以为自己听错了，她居然住院了！"你说什么？"

"我们去了医院，搭救护车去的。"须藤薰的眼神天真无邪，"就在附近的综合医院，她一直住到二十六日中午才出院。九天的休假就是因为这关系，错不了的。是我带她去的，也一直在她身边照顾。"

这消息简直就像炸弹一样。在关根彰子的母亲淑子过世之时，新城乔子在名古屋市内的医院里。

"是肺炎。"

须藤薰或许对本间不发一语的样子感到惊讶，因此稍微探身向前对他说："她说是从十八号起在外面住了一天，跟朋友一起开车旅行，回程上出了车祸，所以来到我家已经是十九号的半夜以后。不管怎么问她跟谁一起旅行，她就是不说。她右手上有一个很浅但范围很大的烧伤。而在那种季节，她身上只穿着衬衫和一件薄外套，说是发生车祸时，毛衣烧掉了，就这样搭新干线过来……整个人不停地颤抖，果然就发烧了。"

但是一开始，她还是打算先睡在须藤薰的房间，看看情况。

"但是我实在没办法处理。她很痛苦地呻吟，我以为她是去上厕所，却看见她拿头去撞浴室的墙壁……简直就像是精神出了问题。她情绪亢奋，连我在她身边都没有察觉。我只好叫救护车来。就这样她直接住院了，连烧伤的部分也一起治疗。没办法对玫瑰专线如实说明情况，就编了个理由，说她因为感冒，在亲戚家静养。公司方面倒是没什么问题。她在医院住了七天，恢复精神后也始终没有说是搭谁的车出的车祸。看来对方是不得不当作秘密的人吧。我是不写日记的，但对于钱财进出则有记录。当时是我代垫了住院的押金，所以翻阅旧的家计簿应该可以确认。需要我回去查吗？"

本间拜托须藤薰查阅后，两人分了手。当晚，她打电话到本间住宿的饭店房间，确定白天提到的住院日期没有错，称如果饭店有传真机，可以将医院的收据传过来。本间请她这么做。

看着本间一把扯下传真纸，饭店的前台职员有些吃惊。

　　　小幡综合医院。一九八九年十一月十九日至二十六日，新城乔子于本院住院，接受治疗。出示过社会保险证。六人病房，押金七万元。

新城乔子在一九八九年十一月二十五日并没有杀害关根彰子的母亲。

26

"但并不能就这样整个推翻吧?"尽管嘴上这么说,喝着海带茶的碇贞夫却显得表情阴沉。

他们是在水元家的厨房,本间犯下忘了给小智带礼物回来的过错,已经有两天了。

"搞不好有共犯!"小心翼翼开口说话的是井坂。因为小智的要求,他正在用大锅煮着晚餐——关东煮。大家一起出钱,所以连他家吃的份儿也在内。身处飘散着和平气息与白色烟雾的厨房里,板着一张脸孔终究不太合适。

"一开始并没有考虑到共犯。如果真有那样的人,应该早就出现了。"

"那个叫片濑的男人呢?我还是觉得他很可疑。"

"他在大阪。关根淑子死亡时,他在玫瑰专线上班直到晚上九点。除非是长了翅膀,否则同一天的十一点后不可能在宇都宫。"

"那是偶然喽。"碇贞夫低喃道,一副不太相信的表情。

"这世界上还真是有令人惊讶的偶然呀。"本间笑着说,不知道此外还能作何解释。

"被新城乔子锁定为目标的关根彰子,母亲去世的时间就那么巧,而且是因为意外事故死去，这怎么可能？"

"很难说，有时事实就是比小说离奇。"

"同行的人？"井坂还在坚持，"就是十一月十九日旅行时出车祸的人，是开车的吧？他会不会是共犯？"

本间沉默地思考，很难回答"是"或"不是"，因为他也不知道。

碇贞夫无精打采地问："那个同行的人是栗坂和也吗？"

"你推理小说读太多了。"

"噢。是吗？"

"对了，之后和也怎样了？连个电话都没打来吗？"井坂关心地询问，"说到源头，这件事可是他引起的，不是吗？真是令人看不过去。"

"他要是那么有心，一开始就不会麻烦别人了。"碇贞夫在一旁冷言冷语。自从听说丢在地上三万元的插曲后，他对和也颇有看法。

井坂站起来走到炉边，拿起锅盖。锅里冒出了热气。碇贞夫没规矩地将下巴抵在桌子上说："真香啊！"

"吃完晚饭再走吧。"

"要摆出一副参加守灵的脸色，一起吃关东煮吗？"碇贞夫嘿嘿笑了，突然又冒出一句，"应该正在吃饭吧？"

"谁？"

"新城乔子。"

本间看着碇贞夫。"说得也是。"

"是呀。她也要吃饭、洗澡和化妆，说不定还跟男人在一起。她可是在哪里活得好好的。"

碇贞夫说了句"真是奇怪"，然后又发出泄气的笑声："我们在这里抱着头烦恼的时候，她可能正在资生堂的美容沙龙里试用今年春天最新色彩的口红呢！"

"你说得这么具体，难道有什么根据？"井坂一只手拿着筷子，感叹道。

本间看了碇贞夫一眼，解释道："这人前不久才相过亲。我看八成对方是资生堂的美容专员吧？"

碇贞夫难为情地说："答对了。你真是个令人生气的男人。"

新城乔子现在究竟在哪里？在做什么？

本间并没有任何具体的想法，没有线索，想太多也是枉然，凭空猜测只是徒然浪费时间罢了。

回到原点，也许应该听从当时还不知道"关根彰子"其实是别人的沟口律师的提议，干脆在报纸上刊出寻人启事。

"乔子，事情我已知道，请尽快联络！"

但是要用谁的名义刊登呢？和也？太可笑了！

但如果刊出这样的广告，乔子还真的出面响应，那就更可笑了。"关根彰子将户籍卖给了我……彰子？她应该在博多工作吧。我们最近才通过电话。真的是很不好意思，发生这种事……"

结果和也听了她的解释很感动，两人重修旧好，快乐地踏进礼堂。而我却因为胃溃疡住院，不对，是因为高血压而病倒。

怎么可能？怎么会发生这么蠢的事！

新城乔子现在应该蛰伏在哪里才对——尽可能远离东京，为计划的失败而垂头丧气。

本间突然从椅子上站了起来。碇贞夫吓了一跳。"怎么了？"

"嗯，"本间看着别的地方说，"我在想，新城乔子在想些什么。"

"说不定正在号啕大哭。"碇贞夫说完，鼻子冷哼一声，"也可能正在跟佳丽宝的美容专员聊天呢。"

"她应该在工作吧。"说话的是井坂，"我想她应该没有钱可以坐吃山空，肯定需要新的落脚处。"

"因为已经不能再倚靠须藤薰了。"碇贞夫说。

本间眯起了眼睛说："她会不会故技重施？"

"什么意思？"

"借用新的女人的名字和身份。"

如果她这样做，还得尽快。

"新城乔子现在没有与以前十分信赖的须藤薰联络，完全没有接触。我想是因为她在害怕。"

"害怕？"

"嗯，你听好，她是害怕自己冒充关根彰子的事情败露才逃跑的。在意料不到的地方露出了马脚，让她失了方寸，因此她必须一个人好好思考——自己不见了，栗坂和也会怎么样？应该会来找寻自己的下落吧？甚至她也猜到，说不定以个人破产为线索，和也已经调查出关根彰子其实是新城乔子假冒的……"

"不可能吧，她会想到那里？"

"或许她没有十成的把握，但肯定会害怕，不是吗？所以跟新城乔子有关的人，她一概没有联络，打算切得一干二净。冒充关根彰子的计划失败，更让她的心情跌到谷底，于是会想，事到如今，与其继续恢复为新城乔子，不如找寻下一个目标，重新开始。不是吗？"

碇贞夫和井坂对视了一眼，碇贞夫说："那她又要到邮购公司上班了？"

"因为得重新开始嘛。"井坂同意。

是呀……本间呼了一口气，感觉好像有什么掠过心头，但是在说话之间又跑掉了——以为看见了水中的鱼影，回头一看才知道是水的波纹。

"时间到了，该走了。"看着厨房的时钟，井坂说。差五分就三点了。小智和小胜交代三点开始要为呆呆举行葬礼，请大家出席。

因为不能在路边或公园里挖洞，所以最后决定呆呆的坟墓就设在井坂夫妻所住一楼的前院里。由于是分开出售的小区，住户没有庭院的所有权，但埋在夫妻俩的阳台的正下方应该没关系。

阿保削木片做成十字架代替了墓碑，看得出来他的手工不错，还有一颗虔诚的心。

现在的阿保十分可怜，自从本间说明新城乔子与关根淑子之死无关后，很明显，他心情极度低落。

"我也参加吧。"碇贞夫起身说，"令人想起电影《禁忌的游戏》。"

井坂久惠编了一个可爱的花圈。"只是一点心意。"她还准备了香。

他们用小铲子在庭院中挖个小洞，将项圈埋进去。小智和小胜以前所未见的严肃表情举行仪式。呆呆的项圈很新很结实，埋葬之前小智曾拿给本间看过，内侧印有呆呆的姓名缩写。

阿保将十字架竖了起来，久惠将花圈挂上，点了一炷香，在白烟缭绕之中，合十祭拜。

"这样，呆呆就没事了吗？"小智来到本间身边问，"从此就安稳了吗？"

"会的，会安稳无事的。"

"因为大家都诚心诚意呀。"碇贞夫拍拍小智的肩膀。

"到了夏天，在这里立个支架。"小智指着阳台的栏杆说，"种些牵牛花，整个夏天会变得很漂亮。"

"我去找种子来。"小胜说，"找大朵的牵牛花。"

"轮流种很多种不同的花吧，让整年都有花开。"久惠说完微笑着看向孩子们，"好了，将铲子收好去洗手。我买蛋糕了，大家补补元气吧！"

"补什么呀？"小胜问。

"别问了，快去！"久惠笑着打发孩子们，然后回头对大人们说，"辛苦了，连碇刑警也一起来了。"

"反正我闲着也是闲着。"

"那就顺便一起来喝个茶吧。老公，来帮忙。"

大家三三两两地离开后，本间发现阿保的样子有些奇怪，他一直不太说话。本间以为他在"葬礼"期间为了配合小孩子的心情才这样，但似乎不止于此。好像他自己也搞不清楚哪儿痛，不时侧着头或抓抓脑袋思考。

"怎么了？"本间出声一问，阿保抬起眼睛看了一下四周。井坂夫妻和碇贞夫已经转进前面的屋角。

"感觉好像有什么事掠过心头。"阿保一边拍掉膝盖上的泥土一边说，"刚才用铲子挖洞、竖起十字架的时候，突然感觉很久以前好像也做过同样的事。"

"是小时候宠物死掉，帮忙挖过坟墓？"

阿保摇头说："不是。我爸很讨厌动物，不管我怎么哭闹，就是不让我养。"

"真是奇怪，不对呀……"阿保不断喃喃自语。

"我应该问问郁美才对，她好像比我还能掌握我的人生。"

"她是个好太太。"

"所以我也不能做坏事，真是受不了。"

那一晚阿保打电话给留在宇都宫的郁美，本间在一旁有一搭没一搭地听着。他将目前收集和问讯所得的资料摊开在桌子上，反正也无事可做，就重新审视自己手上的牌。

阿保留下幼小的孩子和怀孕中的妻子出门，所以本间要他不必客气，每天打电话回去关心家里情况。尽管住在这里，阿保每天晚上还是很规矩地听郁美说话，但一开口都是问"太郎乖吗"、"肚子里的孩子怎样"，难怪郁美会吃醋。

"喂，是我。"阿保说。也不知道郁美回了什么话，只听阿保说："怎么了，是我呀。我。"

本间猜想大概是郁美说了"'我'是谁，没听过"吧。

本间不由得微笑，是该让阿保回郁美身边了。他应该也满意了吧？不，就算不满意，也不能一直留他住在这里。阿保有阿保的人生，还有宇都宫的家，郁美等着他回去。

"不要说那种孩子气的话嘛。"阿保用力比手画脚地安慰郁美，"是呀，当然。我担心的人是你……没错……什么？你怎么能这么说！"

本间站了起来，他觉得离开比较好，阿保却伸出手制止。

"笨蛋，别太过分了。"他斥责过郁美，又说，"喂，我有点事情要问你，所以才打电话。你现在坐着吗？"

郁美也清楚"吃醋"的程度，于是两人开始谈正事。阿保说明了今天发生的事，又说："我感觉，好像很久以前也有这样用铲子挖洞、为宠物盖坟墓的经历。可是你知道我爸那人，我们家也没养过猫呀狗的，不是吗？你有没有什么印象？"

阿保认真听着郁美诉说，突然吃了一惊。"什么？饲养社团？我是饲养股长？我做过吗？"

郁美好像又说了些什么。

"为什么你会记得？什么，噢，我跟你说过……我小学五年级还尿过床，这种事我也跟你说过？"

看来问题解决了。本间又回到桌旁，整理起新城乔子和关根彰子两人的人生经历。

这时阿保又叫了起来，把本间也吓了一跳。

"对。"阿保拿拳头敲打电话机，"对了，我想起来了，当时是和小彰一起。"

因为听见彰子的名字，本间看着阿保。阿保回头对着他用力点头。

"对呀，对……我那时……"

郁美还在说，阿保兴奋地回应。在她的补充下，看来阿保记了起来。

"郁美，你的头脑真好，你这个女人真棒！"大声说完后，阿保挂上电话。

"我们一起当过饲养股长。"回到桌边，他喘着气开始说，"我想应该是小学四五年级的事吧。教室里飞来一只迷路的十姊妹鸟，我和小彰担任股长，负责照顾。"

后来那只十姊妹鸟死了，就埋葬在校园的一角。

"这样心情轻松了吧？"本间笑着说，"有时记忆好像哽在喉咙里出不来，很不舒服。"

"嗯。"阿保点头，突然又一脸紧张地说，"本间先生！"他把身体探到桌子前，"我跟郁美说话的时候，突然间想到了。"

本间被他搞得有些莫名其妙。"嗯，什么？"

"小彰她很爱护那只十姊妹鸟。"

大概是因为她家无法养宠物，她分外爱怜那只小鸟。

"小鸟死的时候，她真的很伤心。当我帮她挖坟墓埋葬时，她一直在哭，跟小智一样哭。小彰很舍不得十姊妹，说它孤零零地被埋在这种地方，一定很寂寞。"

阿保不断诉说，脸颊微微显得潮红。本间仔细观察他的脸，这才明白他要表达的是什么。

"难道……"本间刚开口，阿保便用力点着头说："没错。这件事直到小彰长大成人都还记得。郁美也是在淑子阿姨的葬礼上听小彰自己说起，才知道这件事。"

阿保拍了一下桌子。"虽然是小孩子的一时性起，但当时是真心的。小学时，小彰对我说过：'等我死了，阿保，我要跟皮皮埋在一起。'皮皮是十姊妹的名字。"

十姊妹被埋葬在校园的一角。

"你知道这是怎么回事吗？"阿保口沫横飞地继续说，"郁美听到，在淑子阿姨的葬礼上，小彰说她很难过，不能盖坟墓，还说，她是那么不孝，死了也不能跟父母埋葬一起，干脆跟皮皮埋在一起吧。她这么说过，郁美听得一清二楚。这代表什么意思呢？"

"不要太兴奋。"本间一边动脑思考一边说，"也很难说。"

但是阿保不听。"是吗？我可不这么认为。新城乔子不是为了接近小彰，还一起跟着参加墓园的参观行程吗？那是想买墓园的行程。当时心情一感伤，难道不会说出自己死后想葬在哪里的想法？万一小彰脱口说出了十姊妹皮皮的往事呢？是学校啊，就算不知道地址，知道是宇都宫的什么小学，要调查起来也不是什么困难的事吧？"

在参观墓园的行程中，新城乔子从关根彰子嘴里听到这件事。

本间记起，有一次曾经跟碇贞夫聊过，人在参加死亡仪式或跟死亡有关的活动时，会突然将平日藏在心中的心事说出口，就像那个杀死丈夫的年轻妻子一样。

当时，彰子是自然地说出口的，还是被乔子有计划地套出口的呢？乔子是怎么套话的？有什么必要那么做？丢掉尸体就好了，不是吗？

本间又遇到了瓶颈。是呀，丢掉就好了，但是新城乔子却无法将关根彰子的毕业纪念册丢掉，还特别寄给在纪念册上留言、称自己为关根彰子"好朋友"的野村一惠，请她帮忙保管，为什么？是乔子舍不得丢掉，还是心里过意不去？

但是毕业纪念册都那么处理了，彰子的尸体，她更可能谨慎地对待。我是不是也跟阿保的想法一样，觉得新城乔子虽然无奈地分尸，但仍然无法将最重要的头部丢弃在韭崎的墓园，而决定好好地埋葬在彰子希望埋葬的地点？

大概是被阿保的兴奋传染了。本间努力让头脑冷静，说："你说的有可能，但也可能不对。光凭想象是没有用的。"

阿保的气势一发不可收拾，他说："没错，所以去挖挖不就知道了？我一个人的记忆不准，但是宇都宫还有很多同学。大家集思广益，顺便请他们帮忙，一起翻遍校园！"

阿保搭上次日一早头班新干线回去了。那天，二十一日，是个寒冷的假日。

平常遇到假日就睡懒觉的小智竟起了大早，目送神采奕奕的阿保出门。他抬头看见一脸肚子痛的表情的父亲，似乎正考虑该将感情放在谁的身上。

"阿保哥不知能不能办完事呢？"早餐桌上，小智探头探脑地问，"我根本听不懂他在说些什么。"

阿保没有随便对小智乱说要回学校挖尸体，小智对事态发展一无所知。

"只好等吧。"本间也只能这么说。他和阿保两人通宵未眠，因为睡不着，头昏脑涨的，还有一种莫名的焦躁感。

昨天在郁美的帮助下恢复记忆，阿保果然是神清气爽，感觉舒畅愉快，因为抓不着边际的记忆又握在手上了。

但是相反，本间却很闷。昨天在厨房和碇贞夫、井坂聊天时，某个想法差点要变成文字出现，却消失了，从此再也没想起来。半睡半醒之间，他耳边好像有什么低语一般，感觉很痒，心情无法平静。

心神不宁之际，本间又遇上现实的问题，变得更加焦躁。在早餐后收拾碗筷时，他不小心打破了一个盘子，还被小智取笑。

"爸你有点怪哦。"小智说，"半个头是不是不在家呀？"

"大概是吧。"

小智一边用布擦碗筷，一边不经意地问："爸是不是想等膝盖好了些，就要回去工作了？"

也不能说他猜得不对，本间的确认为，不能老耗在这件事情上。

"不知道真知子老苏会怎么说。"小智笑着说，"爸都没去做复健，她应该不会答应。"

"可是我走路很正常了。"

"那是你自己认为的，不是吗？她看见了会相信才怪。"

"是吗？"本间关上了水龙头。

等这件事告一段落或完全解决，我就算是爬，也要复职。就算撑着拐杖出去问讯，我也不想留在家里了。本间主意已定。

等到小智出门去玩，家里只剩本间一人时，他还是得回到新城乔子和关根彰子身边去——摊开桌上的资料，外面天气正好，连可怜的野狗都能享受温暖的阳光，自己却只能在这里抱着头，忍受头痛！

他将迄今为止根据假设所遇到的疑点列了出来。

新城乔子如何拿到玫瑰专线的顾客资料？片濑跟这件事有关系吗？

新城乔子是怎么杀死关根彰子的母亲的？抑或她没有杀人？

将近三个星期做的事，就像是卡片房屋模型一样，风一吹，马上就无影无踪。

这几个疑问每一个都是致命性的。本间直视着前方，眼前突然跳出"乔子，事情我已知道，请尽快联络"的寻人启事，又出现了新城乔子泪眼婆娑地倒在栗坂和也怀里哭泣的情形。

"我实在不懂。"本间不禁喃喃自语。

平常，井坂不来的日子，本间就会在厨房里做些奇怪的食物。但今天他实在提不起劲。

"到外面吃吧？"小智欣然接受了他的提议。

两人走到小区附近的餐厅。跟外面的空气接触，比想象中的感觉还舒服，吃完饭后不想立刻回家。

“下午跟谁约好了吗？”走出餐厅，悠游地散步之际，本间问小智。

“三点要到小胜家。他现在去新宿买新的电动游戏软件。”

“这次又是什么样的游戏？”

小智说了，本间没听懂，便要他又说了一次，可还是没听懂。

“总之就是最新型的。”

“没错，最新型的。”

小智也看开了。反正爸爸头脑里的旧式电路，是无法用为他们这一代制作的软件来驱动的。

“好舒服呀。”小智打了个大大的哈欠。

“天气很好。”

“爸也走得很好了嘛。”

“是吧？早上我不是说过了嘛。”

“你腿都好了，真知子老苏会寂寞的。”

说些什么奇怪的话。

“偶尔也来散步吧。”

“不是正在散吗？”小智显得十分高兴，“去公园吧！”

两人往水元公园走去，耳垂因为冰冷的空气而逐渐变冷，就这样走了约一个小时。这个公园不像表面的字义给人的联想，其实很广阔，这么一点时间无法全部绕完。

日历上早已是春天了，但公园里的草木似乎还不知道这个消息。白杨树伸长无数枯枝直指着天空，天际的树枝正微微颤动，仿佛在诉说北风又要吹起了。枯红的桦木林中，乌鸦低空飞行，几乎触手可及，但它也不是报春的使者，它身上的羽衣太过丰厚。

菖蒲田如今只是泥淖。睡莲池周围立着画架，有一群人正将这冬日景象描绘在画布上。大概是作画者的愿望吧，画中的绿色看起来比实际的多很多。

就在这时，本间忽然又想起了新城乔子。这样的晴天，她是出门到哪里去了，还是会晒晒被子、抬头眯着眼睛看看太阳？她脚底下所踩的寒冬街道会在哪里？

阿保的脸也猛然出现在脑海里。他是真的想要挖掘校园吗？还是阻止他吧。

也许这一切都是从本间的错误推理开始的。卡片房屋模型倒了。或许自己应该将卡片收回盒内，回到原来的工作。

"感觉好久没这样了。"小智领先两三步，走走跳跳，"爸，你的腿好了，真棒。"

"托你的福啊。"

父子俩一边看着池边垂钓的人，一边约好下次也来钓鱼，走出了公园。由于小智连续打了两个喷嚏，本间想该回家了。在公园口看了一下手表，还差十五分钟到三点。

"也许能遇到小胜。"回到小区大门口时，小智东张西望地说。

"搞不好新的游戏软件卖完了，小胜空手回来。"本间故意作弄小智，却换来一个鬼脸。小智说："他早就预约了。"

现在的小孩想得还真是周到。本间暗自赞叹，边想边走，快到九号楼时，他不禁眯起了眼睛。

小智也停下了脚步。"这是什么？"

从右边飘来烧焦的臭味，那里有用来烧垃圾的焚化炉。

"我去看看。"

"我也要去。"小智跑步跟了上来。

走近一看，一个高度到本间肩膀的焚化炉前，有个穿工作服的男人一边挥着浓烟一边整理垃圾堆。他一抬头看见本间，立刻明白是这里的居民，轻轻点头。"不好意思，我在烧纸垃圾，因为受潮了，烟熏得厉害。"

从厚重的金属门板里冒出白烟。原来如此。

小智被烟熏得猛咳。

"辛苦了，不好意思。"打声招呼，本间正要带着小智走，忽然停下了脚步。在清洁工的脚边有着堆积如山的东西，是些旧账簿，用黑色的绳子绑着。

"这些也要烧掉？"

清洁工用戴着棉布手套的手擦汗，答道："是呀，上个礼拜天搬走的那户人家是会计师，将这些保存了十年的账簿留了下来。"

"那你可就累了。"

清洁工又擦了一把汗："就是呀。留下来很麻烦，但也没办法。不过还真是不少。现在没人用这种古老的记账方式了，因为有了计算机，只要输入，根本不必写在纸上。"

输入计算机后，这些就不要了。这个想法让本间的心突地跳了一下。

"那可不一定。"小智说。

"呃，是吗？"清洁工露出了笑脸。

"对呀，我们老师买了个电子记事本，结果读了说明书，上面说电池一没电，所有数据都会不见。所以最好将重要数据另外记下来。"

清洁工听了哈哈大笑。"他大概是买了便宜货吧。"

"才不是呢，所有东西都一样。最后老师还是用纸的记事本。"说着小智自己也笑了。

不只是计算机，文件也应该留着。本间在头脑里反刍，文件也是一样——其实是很简单、很单纯的。

"那不就更花工夫了吗，小子？"清洁工说。

"我们老师也是这么说，这反而是资源的浪费。"

清洁工打开焚化炉盖，丢进新的纸。小智纳闷地看着沉默地杵在那儿的本间。

"怎么了，爸爸？"

本间将手放在他小小的头上说："谢谢你的帮忙。"

"啊？"

本间微笑着弄乱了小智的头发。"只不过，很对不起你，明天我又得去一趟大阪了。"

27

"会客室？什么？我们公司吗？"

片濑在玫瑰专线的会客室里皱着眉头反问。本间搭一早的新干线来到大阪，立刻赶往这里把片濑叫出来，这一次他是通过前台办理会客。片濑远远避开前台的女同事，把门紧紧关了起来。

"就为了这些小事，专程跑来找我？"

"是。只不过，这些事并非如你想象得那般微不足道。"本间探出身子，提高音量说，"那些问卷和订购单在输入计算机之后，怎么处理？立刻销毁？"

"当然，不然留着也是占空间。大约一个月销毁一次吧。"

"真的？"

"真的，绝对不会遗漏。"片濑的声音听起来充满了自信，甚至有些夸张。

"真的……吗……哈哈……"本间故意重复一遍，然后问，"那么销毁资料是谁的工作？"

这个问题让片濑有些退缩，没有即时开口。

本间又问了一次："谁来销毁呢？"

片濑举起手，似乎要藏住鼻子似的捂着，低着头想避开本间的视线。

"应该不是难以回答的问题吧？还是有什么不好回答的理由？"

"是总务部，庶务科。"他终于低声回答了，然后又赶紧补充道，"可新城小姐不是庶务科的人。"

"那怎么销毁呢？"

"一个月一次，交给专门从业者处理。"

"在那之前呢？"

"放在地下仓库里保管。"

"那个地下仓库，谁都可以进去？"

这一次，片濑沉默的时间比刚才还久。

"片濑先生？"

"是。"片濑就像老师点名时回答的学生一样。

"地下仓库是任何人都可以进去的吗？"

片濑咳了一下说："做事务工作的女职员都可以进去。"

本间有种想拍腿的冲动。那些是文件，还没输入计算机的数据，是乔子能够到手的数据。根本不需要熟悉计算机系统的操作，她就能达到目的。只是，她留下证据了吗？

"你们和专门从业者说好要严守秘密吗？"

"当然，因为这些问卷、订购单都是我们公司的重要数据。"

"那拿出去销毁时，有没有先一箱一箱计算好装箱的箱数，或先留下记录之类的？"

"我想总务会做吧。"

"可以帮我调查吗？过去……对了，就是新城乔子在这里工作的一九八八年四月到一九八九年十二月，看看有没有销毁的箱数不对或文件资料不足的情形发生过。"

片濑抬起头看着本间问："要调查？"

"麻烦你了。"

"可是我没那么多空闲……"

"那我跟你的上司交涉好了，我也有很多方法可用。"

其实如果片濑拒绝了，本间也觉得头疼，但为了让对方答应，说再多的谎言也无所谓。

"那不行，请你千万别那么做！"片濑的声音显得像是知道些什么，"如果真的扯上什么奇怪的事件，会对我们公司造成很大的麻烦。所以拜托，请不要说出去……"

看着他扭曲得很滑稽的面孔，本间恍然大悟，根本不用拜托他去调查了，原来他早已知道。

"片濑先生，你是不是受新城小姐之托，将应该销毁的已输入文件给她看，或是复印给了她？"

难怪你会那么紧张。难怪问到新城乔子和玫瑰专线数据库的关联时，你那么惊慌失措。

"是不是？"

就像相扑选手在比赛场上被扳倒一样，片濑失魂落魄地点头。

"她拜托我让她看文件数据。应该说是我帮她做了，还是告诉了她呢？"

本间不由得重重叹了一口气。

"什么时候的事呢，我也记不清楚日期了……"

"完全不记得吗？一点印象都没有？"

片濑点头。

"那你先说说具体的做法是怎样？"

"偷偷地将要销毁的文件从箱子里拿出来就好了，很简单。因为一个月只来回收一次。"

"你拿出文件的箱子里，都放了些什么东西？"

"问卷。"

"什么时候的问卷？"

片濑缩着肩膀回答："刚才不是说过了吗，我不记得，真的。"

本间静静地看着片濑的脸，知道他的"真的"一点都不是"真的"，因为他的目光在游移。

"本间是我的姓，你说的不是真的。"①

片濑软弱的嘴角松开，他笑了，但是当他看见本间"一点也不好笑"的表情，马上又收起笑容。

"我不记得了……"

"一点也不吗？"

这个人明明记得，却装作想不起来！

终于，片濑小声地回答："一开始是五月。"

一开始？

"就是说你拿了好几次？"

片濑点点头。原来如此，难怪他会这样缩着身体。

"你说五月，是哪一年？"

"她来我们公司那年……"

那就是一九八八年了。

"拿出去了几次？"

"四次。"

"直到八月？"

"是的。"片濑小声地继续回答，"都是以关东甲信越地方的顾客为对象的问卷。当时我还在想，这女孩怎么喜欢看这些奇怪东西，所以记得特别清楚。"

---

① "真的"，大阪口音读作 honma，与"本间"的发音相同。

"乔子为什么要看这些文件，她说过理由吗？"

"说过……"

"什么？"

片濑吞吞吐吐地回答："她说在学计算机，要练习程序，需要些数据。"

"这理由令人信服吗？"

片濑沉默不语。

"你自己也不相信吧？"

他低着头，很难为情地笑了。"我以为她是将资料卖给了猎头公司。"

但他还是因为对方是乔子而默许了这种事。

"片濑先生。"

"是。"

"那些文件里面有没有包含关根彰子的数据，能不能查到？"

"现在我不知道，真的。但是给我一些时间，应该查得出来。"

片濑说话的速度越来越快，他继续说："填问卷获得的信息，会依照时间加以区分，输入的时候会作出便于日后识别的设计，以后可通过一定的计算机程序来检索，便于收集特定时间输入的信息。"

如果用这方式检索数据，就立刻能知道乔子掌握的问卷内容了。

"片濑先生，可不可以将那些数据全部印一份给我？乔子拿走的那四个月数据全部都要，也许很花时间，我愿意等。"

片濑似乎料到本间会这么要求，叹了一口气说："我一定要做吗？"

"如果不行，只好请你上司……"

"我知道了，我知道了，真受不了你。"片濑双手搔着头皮，"但是这件事请你千万保密。"

他显得惊慌失措，想在事情还没闹大之前，赶紧将小火扑灭。

“我答应你，努力看看。”

但是本间心想，如果我的想法是对的，恐怕就无法答应你的要求了。

片濑要求给他两个小时，本间又来到了观笛咖啡厅。等待的时间里，他感觉到前所未有的焦躁，不停地抽烟。

片濑比约定的时间早到了十五分钟，手上拿着厚约五厘米的计算机报表。

“有一百六十件。”他将纸丢在桌子上。

文件十分重，即便不用手拿，本间也明白。

新城乔子就是这样从玫瑰专线拿到了居住在关东甲信越地方的客户的隐私资料，然后开始寻找符合条件的年轻女性，于是找到了关根彰子。没错，这个假设应该没错。

翻阅报表时，本间问片濑：“关根彰子呢？”

“有的。”片濑指着纸堆三分之二的地方，“是七月的资料。”

本间一边翻阅，一边想起，关根彰子成为玫瑰专线的顾客，是在七月二十五日。

乔子究竟是以什么标准从一堆名字、年龄、现住址、职业、有无护照等拉拉杂杂的数据中搜寻目标的呢？

首先应该是年龄。年纪差太多的女性总不行。职业若太正经也麻烦，最好是无业或兼职，必须是那种突然辞职也不会被怀疑的。另外，不能忽略的条件就是没有可倚靠的家人，或是家人较少。

拿到手的数据，她应该是照这种方法一一检查的。五月份、六月份、七月份，最后是八月份。以这段时间为基点，假设她挑出了五个最有可能的女性，便停止了继续取用资料，然后锁定第一人选……

“有了。”眼前出现了印有关根彰子信息的报表。本间的手并没有发抖，但因为重新坐好时撞到了桌子，桌上的水杯跟着摇晃。

"有了，关根彰子。"

一副好像"这样你心满意足了吧"的口吻，片濑低喃道："我该走了……还有工作……"

"请等一下，再等五分钟。"

本间读着彰子的信息，然后抬起头来。

就在这时，在本间不断努力后的这一刻，也许是时间之神或是其他具有支配力的神哀怜他吧，他脑海中闪过一个念头。突然间，他感觉体内的汗水化成了酒精，开始蒸发。

"怎么了？"片濑问。

对新城乔子而言，关根彰子是排名第几的候选人呢？

没错，一开始，关根彰子并不是第一人选。彰子的信息包含在七月份的资料里，但是乔子还继续向片濑索要八月份的资料。

乔子选择了条件最好的目标，开始行动。

本间已经思考过很多次：乔子从玫瑰专线取得数据后，从中挑选出最适合的目标。但这是凭空的想象，如果早一点看到这一百六十人的数据，早一点感受到这计算机报表的重量，他自然会有不一样的想法。

对新城乔子来说，如果关根彰子并不是排名第一的候选人呢？也许被她认定为最适合的女子其实另有其人。

如果另有第一号候选人，为了击中目标，她是否已陆续做好了准备？

而在那时，几乎完全出于偶然，她知道了关根彰子母亲死亡的消息？

新城乔子订阅了东京的报纸。关根淑子因违章建筑而坠楼身亡的消息，虽然篇幅不大，却也刊登在东京的报纸上。

乔子读了报道，发现因为母亲过世，彰子至少在户籍上已经成为天涯孤女。

没错，关根淑子的死因果然就是意外事故，虽然有自杀的可能性，但并非他杀。

那是偶发性的事故。因为关根淑子的死，新城乔子将注意力转移到了关根彰子身上。淑子的死让她判断，以彰子为目标，在实行计划时可以减少污染双手的机会，彰子算是危险性较小的目标。

这么一来，所有细节都连贯得上了。

"我不知道你要干什么，但这样做有意义吗？"片濑或许感到莫名地害怕，一脸茫然地问。

"比你想象的要有意义。"

"可是……我……"

"片濑先生，请你回想一下，新城乔子有没有去过山梨县？"

"山梨？"

"是。山梨县韭崎市，在中央线的甲府附近，有一尊大观音像。怎样？"

片濑吞吞吐吐地说："我想……去过。"

"你怎么知道？"

"因为我们……一起去旅行过。"

"她和你？"

"是的，我们开车旅行。我们……那是第二次旅行。"吞了一口口水，片濑继续说，"我姐嫁到甲府，我想去玩的时候，顺便将乔子介绍给她认识，所以事先联络了姐姐。我们也去了韭崎，去吃面疙瘩。"

本间按着额头，确定刚才听到的都已纳入脑中，然后问："她是和你开车旅行的吧？"

"是的。"

"片濑先生，你爱上了新城乔子？"

"……是。"

"如果当时她有别的男朋友，你应该会知道吧？有没有那种感觉？"

片濑的表情有些愤慨，他摇头说："没有。"

"有自信吗？"

"有。我们……之间……"

"已经有了亲密关系？"

片濑点头，露出一副跟外表不符的害羞神态。他目光低垂地回答："是的。"

新城乔子完全将这个男人控制于股掌之中。但如果是这样，乔子对须藤薰提到的那个一起开车旅行、出车祸的男人又是谁呢？乔子直到最后都没有说出名字的那个男人，究竟在哪里？

"她受了烧伤。"本间回忆着须藤薰说过的话。"她浑身颤抖，很痛苦地呻吟，拿头去撞浴室的墙壁。"

"我是真心和乔子交往的。"片濑突然说，"我认为乔子也知道我的心意。她不可能有别的男人。"

她不可能有别的男人！

本间抬起头直视着片濑，说："对，除了你，她没有其他的男人。"

没错，就是这样。新城乔子于一九八九年十一月十九日对须藤薰说的车祸，是编出来的谎言，从头到尾都是谎言。她不想说出真相，便开始扯谎。

她不是不愿说出男人的名字，而是无法说，因为那个男人根本就不存在。没有开车旅行，也没有出车祸。

本间毛骨悚然地挺直了背，重新看着整叠计算机报表。

那一天，一九八九年十一月十九日，新城乔子在这叠数据中，不知道是从东京、横滨还是川崎或哪里，挑选了一名女子作为她的第一号目标。她是否为了想成为这位最佳候选人，而打算杀死该名女子的近亲以排除障碍呢?

"一个很浅但范围很大的烧伤,说是毛衣烧掉了。"

本间想起在方南町公寓看见的那个装汽油的小瓶子,拿起瓶子时所闻到的臭味,还有闪闪发光的抽风机扇叶。

汽油。

是纵火。

本间赶回东京后,不停地打电话。他和专程请一天假过来帮忙的碇贞夫、井坂夫妇分头查阅计算机报表数据,一发现有二十多岁的女子,便拿起电话开始查询。

"不妨先报出自己是警方。"碇贞夫对井坂等人宣布,"和这些资料中的女子说话,问她们,大约两年前有没有家人因为火灾而受伤?能问出多少就问多少。"

有的人已经搬家了,有的则是出现电话答录机的声音。一拨通,马上就由本人接听的情形很少,可说是一场与耐性的竞赛。

到了晚上,让井坂夫妇回去休息后,本间和碇贞夫轮流打电话,声音都沙哑了。

过了十一点,两人正想,今天就到此为止,不料正在兴头上的搜索之神却不怀好意地看着他们微笑。

"找到了!"碇贞夫说,然后要靠在窗边的本间过来。"现在换负责本案的同事和你说话。"他将话筒交给本间。

那是一位名叫木村小末的二十二岁女子,在打印出来的职业栏中写着"自由兼职",声音听起来尖细、甜美,有点童音的感觉。虽然听着本间的说明,但她不时会发出疑问:"真的吗?你们不是什么恶作剧电视节目吧?"

"你一下子不能相信也是理所当然。不过我们没有说谎,也不是在开玩笑。请你听清楚，我们是通过玫瑰专线知道了你的个人资料。"

总之，就是要求对方把话听完。

"木村小姐，如果我的问题很失礼，请见谅。你的家人是不是很少？现在是一个人生活吗？你的父母已经不在人世了，对不对？"

木村小末的声音颤抖了："你怎么会知道这些事？"

本间对着碇贞夫点了一下头，表示"没错"，继续说："刚才打电话给你的那位先生，是不是问你，在这两年之内是否有家人遇到灾难，而你回答'有'？"

稍微停顿了一下，木村小末说："是的，是我姐姐。"

"你姐姐？"

"是的。"

"你姐姐遇到了怎样的灾难呢？"

木村小末的声音显得很惊慌："我要挂电话了，你们是恶作剧吧？你们才不是什么警察呢！不要这样。"

碇贞夫将话筒从本间手上抢过去，告诉对方搜查科的专线电话。

"听好了吗？有没有记下来？好，你打电话过去，告诉对方我们的名字，确认有没有这两名警察。然后对接电话的人说，你有急事要和本间先生联络，请他打电话给你。听清楚了吗？但是你告诉对方的名字和电话号码必须是胡扯的，不能说真的。这样接电话的人就会紧急和我们联络，我们听了联络内容，再打电话给你，你听我们能不能将你告诉警方的假名字和电话号码说出来，听懂了吗？这样就能证明我们是不是骗子，你要不要试试看呢？"

木村小末似乎接受了。碇贞夫挂断电话后对本间说："这就叫欲速则不达。"

本间擦去脸上的汗水说："是，真不好意思。"

"算了，我自己也是急得很。"碇贞夫性急地拿出香烟，点上火，问，

"确定了这个木村小末的存在，接下来要怎么做？"

本间摇摇头说："虽然没有证据，但我很有自信。"

"什么意思？"

"有一次，我们聊起新城乔子在做什么，我便有了这种想法。看见那份厚厚的计算机报表，这想法更明确了。"

如今，本间已经能完全掌握这种想法了。

"新城乔子因为假冒关根彰子的计划失败，又开始找寻其他目标，而且十万火急，她已经慌了。"

"没错，很有可能。"

"你听好，问题是这时她没有必要从头开始，只要利用之前的数据就行了。我想她应该保留了那些数据，因为她是个面面俱到的女人，一定会想到万一的情况。"

碇贞夫低吟道："说得也是……"

"在这种情况下，她首先要找的是一度被她放弃的第一候选人，不是吗？现在无论如何她都想跟对方见面。"

"新城乔子很有可能出现在木村小末那里？"

这时电话铃声响了。一接起来，就听见了当班同事的声音："有一个叫佐藤明子的小姐来电，说有急事要找阿本。我跟她说你停职了，她却说一定要找你。"

本间很久没听到别人叫自己的外号了，虽然不是什么令人听了就害怕的名号。

"电话号码呢？"

"她说是55554444，该不会是恶作剧吧？"

"没关系，谢谢。"

挂上电话后，本间再次打给木村小末。在一旁的碇贞夫批评说："真是个没什么想象力的女孩！"

木村小末立刻接了电话。本间尽可能保持平稳的语气。

"喂……木村小姐吗？你说的是佐藤明子，电话号码是 55554444。对不对？"

木村小末听上去像是快哭出来了。"你们说的是真的呀……"

"三年前，也就是一九八九年十一月中旬，那天是星期天……好像是十九日，我姐姐受了重伤。"恢复平静后，木村小末开始说明。

一九八九年十一月十九日。没错。就是深夜新城乔子带着烧伤的右手去找须藤薰的日子。

"受重伤？"

"是的，烧伤，之后因为缺氧而脑死亡，一直处于植物人状态，直到去年夏天才过世。"

本间有种茅塞顿开的感觉，眼前一片明朗。找到了，猜对了。

原来如此，新城乔子失败了。第一候选人的家人——应该消失的家人，没有死，成了植物人。

如果一定要让目标失踪，对病人不闻不问，难保将来不被追究，反而可能行迹败露。风险太高，所以该计划无法进行下去。

因此，乔子才转而取代关根彰子，那个刚刚失去母亲的关根彰子。

当她在报上看见关根淑子因为意外事故身亡的消息时，不知心中有何想法？大概很高兴吧，认为这样太方便了，于是兴高采烈地进行假冒计划。

还有其他事情需要确认，本间鼓励对方："木村小姐，你姐姐是否遭遇了火灾？"

木村小末立刻回答："是的，没错。当时没有办法立刻找到起火点，消防局和警方的调查结果认为可能是纵火。那个时候，我们住的地方附近经常发生有人恶意纵火的事，媒体也曾经报过，不知道是不是食髓知味，纵火者的行为愈演愈烈。那时真的好害怕。"

本间闭上眼睛。新城乔子订了东京的报纸，所以知道有人纵火的消息并加以利用。

"我那天去补习，回家时间比较晚，所以没事。可是姐姐睡着了，来不及逃出。"

不，不是这样。那次纵火根本就是对准你姐姐而来。

"木村小姐，"瞄了一眼正在吞口水的碇贞夫，本间问，"当时，在发生火灾前后，有没有和你或你姐姐很亲近的朋友突然出现？"

"女性朋友吗？"

"是，有吗？"

木村小末沉默了一会儿，说："这个嘛……那时我受到刺激，整个人也迷糊了……"

"说得也是，那也难怪。"本间说完，叹了口气，"那你最近有没有新认识什么人？"

"新认识什么人？"

"是的，比方说……你姐姐以前的朋友或是路上向你问路的人。"

"噢，那倒是有。"木村小末回答。

"有？"本间觉得喉咙好像哽住了，"什么样的人？叫什么名字？"

木村小末毫不迟疑地立即回答："新城小姐，新城乔子小姐。"

新城乔子！

听见本间复诵这个名字，碇贞夫拍了一下额头，然后双手握拳做出自我激励的动作。

"她是什么人？"

"我姐姐的朋友，最近才刚联络上。"

一时之间，本间屏住了呼吸。"你说什么？"

木村小末大概是被本间的质问吓到了，顿时沉默不语。

"你们最近什么时候联络的？"

"中了！"碰贞夫大叫一声，遮过了木村小末"有"的回答。

本间踢了碰贞夫的小腿，要他安静，然后对木村小末说："对不起，请别在意刚才发出的怪声。"

木村小末似乎也吓了一跳，不自然地笑了笑。

"是新城乔子小姐跟你联络的？"

"是的。我们一向没什么联络，她突然来了个电话，说是不知道姐姐过世的事，觉得很过意不去，想去坟前祭拜一下，问我能不能带路。我们约好这个周末下午在银座见面。"

28

本间和木村小末商量，看看星期六需要她如何协助。然后他出发前往宇都宫，目的是要制止阿保。

阿保自从回去以后，就没有音信了。他兴冲冲地回去了，但想挖掘母校的校园几乎不可能。只要能先抓到新城乔子，搜索尸体的事可以暂缓处理。

然而，随着新干线的车厢摇摇晃晃，本间不断思考，两者孰先孰后好呢？

就像一条细丝仍然牵系着心中某个角落一样，他也期待阿保能找到关根彰子的头部，但又觉得这样做对阿保太过残酷。

是否用自己的手挖出小彰的尸骨，阿保就能甘心？也许他是这么觉得，但说不定那是一种错觉，或许会因此一生背负着当时所受到的冲击！

因为事先打过电话，本间走出检票口时，阿保已经站在那里等待。电话里他的声音有些难以压抑兴奋的感觉，直到看见他神采奕奕的表情，本间才发觉他结实的肩膀充满了活力。他远远看见本间，便大声呼唤。

关东寒风肆虐，一走到室外，便觉得耳朵鼻子冻得发疼。坐进车门写着"本多修车厂"的厢型车前座，本间才又觉得活转了过来，想这下没事了。他弯身抚摸了好一阵子膝盖，慰劳一番自己的腿。

鼻头冻得发红的阿保劈头就说："我有事情要向你报告。"

本间制止他："我也有话要说。"

"所以专程来？有那么重要，电话里不能明讲吗？"

"嗯。"

本间从可以见到新城乔子说起，并说明调查经过。阿保惊讶地睁大眼睛，不时发出赞叹之声，中间还超速开车，被本间提醒了两次。

"太厉害了！终于办到了！"阿保的语尾有些颤抖。

终于，他忍耐不住了，干脆将车停在路边，关掉引擎，对本间说声不好意思，颤抖了好一阵子才又继续开车。至少停顿了十分钟。

"我不知道该怎么说，真的不知道该说些什么。"

"都是靠大家帮忙，才有这么理想的结果。"

"是星期六，后天吗？我也要去。可以吗？"

"当然。"

"你还记得答应过我，让我第一个跟她说话吧？"

"记得。"

停在突然变红的红绿灯前，阿保总算放慢了开车速度。

"到我家之前，请先跟我去学校吧。"阿保紧抓着方向盘，正视前方。

"就是你说的小学？"

"是，在八幡山公园附近。"

经过本间上次走过、至今还有印象的街道，阿保将车停在可以看见远方绿色丘陵的路边。

尽管都是大都市，这里还是有东京无法比拟的奢侈之处。阿保和关根彰子就读过的小学拥有一个可同时玩橄榄球和棒球的巨大操场，而且不是那种铺便宜建材的操场，是完完全全的泥土操场。

钢筋水泥盖的四层灰色教学楼远远地伫立在对面。樱花树从两翼的教学楼外将操场包围。现在树叶已掉尽，想必春天时应该是醉人的风景。

"这么大，挖也挖不完吧！"

一群穿着桃红色运动服的小朋友正在操场中央玩跳绳，大约有三十人，看来好像是高年级学生。老师不时吹响尖锐的哨声。

"我到处问了朋友，我们试着将以前这里的教室、校园等位置还原出来。"阿保双手撑在学校的围栏护网上。

本间看着他问："还原？"

"因为改建过，在五年前。"

是这样啊，本间想。"变化很大？"

阿保搔搔头说："是，建筑物的位置整个儿都变了。十姊妹的坟墓也找不到了。"

阿保发出笑声，本间看着他，不知道他为什么没有显出失落的神色。

"我正好想打电话给你。"阿保说，"我也不是什么都没有调查到，只是想多调查一些，再向你报告。"

他表示，两年前——一九九〇年的春天，正当樱花盛开的时候，有人在这个校园里看到了新城乔子。

"真的？"

阿保双手抓着围栏护网，用力摇晃身体，慢慢地点头说："错不了。那是我们以前读书时就已在这里服务的老职员，是个女职员，年纪已经过了五十，但记忆力很好。"

阿保拿出新城乔子的照片给女职员看时，对方确定是她。

"新城乔子长得很漂亮，所以她记得。"

"新城乔子为什么要来这里？为什么会和学校职员见面？"

"说是星期天的下午，这个女人忽然走进了校园，就在那一带——"阿保举起结实的手臂，指着路边的樱花树丛，"看起来是在悠游地散步，观赏附近的景色。常有地方上的人或是观光客来欣赏学校里的樱花。女职员一开始并没有在意，但是看她站了很久，又是年轻姑娘，所以有些担心，便上前问话了。"

女职员还说那个年轻女子穿着很端正，也很朴素。

"黑色套装搭配白衬衫，口红涂得很淡，像刚刚参加过守灵或葬礼一样。"阿保回过头，若有所思地看了本间一眼。

"守灵或葬礼？"

"嗯……"

女职员前来问话，那名年轻女子回答，因为樱花开得太美，看得入了神。

"女职员骄傲地说这里的樱花在本地也很出名。对方也眯着眼睛表示赞赏，说的确很漂亮。但是她的样子显得有些忧郁，所以女职员又问她是不是来旅行，对方称是。本间先生，她说是代替朋友来的。"

本间扭头看着枯枝蜿蜒的樱花行道树，想，她是代替朋友来的。

"女职员又问：'朋友是这里的人吗？'她点头。她是这么说的。"阿保调整好呼吸，继续说，"'我的朋友以前读这所小学，在学校时，很喜欢的十姊妹鸟死了，还记得曾经在校园里挖过坟墓埋葬，只是不记得是在哪里了。'"

就在这广阔校园的某处，关根彰子曾经为童年时代的感伤牵引，梦呓般地表示自己死后要埋葬在这里。

"那名年轻女子还问女职员：'现在学校里还有可供埋葬饲养的动物的地方吗？'女职员回答说没有。那女子也笑着说：'应该是吧。'"

新城乔子说，代替朋友来探访回忆中的地方。

女职员觉得那女人样子有些奇怪，便问了很多问题，比如，朋友今天为什么没有一起来？朋友在哪里？

年轻女子沉默了一会儿，才幽幽地说，那个朋友已经过世了。

本间和阿保肩并着肩，眺望着广阔校园里穿着运动服的学童，感受着刺骨的北风横越校园带来的泥土气息。

新城乔子来过这里，代替关根彰子而来，来到这个彰子希望的"死后埋身之处"。

"我还在继续努力。"阿保用力推着护网让自己站好，"我想说服校长和家长会的人，允许让我挖掘校园。难道不是吗？绝对有挖掘的价值。新城乔子来过这里，她一定是为埋葬小彰而来。只要找，一定能找到小彰。"

阿保用力践踏地面，地面的野草早已干枯了。本间抬起满是灰尘的脚，像阿保一样踏上栏杆的水泥底座，探出身子说："新城乔子来过这里！"

"是。"

"但我还是不认为小彰在这里。"

北风扑打在阿保的脸上，他目不转睛地看着本间问："为什么？你不是专程跑到这里了吗？"

"她没有被埋葬在这里。不，新城乔子也许有过埋葬的打算，但是，埋在学校的校园里不太可能，太危险了，很难说什么时候就会被发现。她来到这里看过之后，更觉得不行。"

"可是……"

本间不等阿保说完，尽可能保持平静地制止："当然，新城乔子应该会将小彰的尸体丢到她认为最安全的地方。因为一旦尸体的身份被确认，就会难以收拾。她会将尸体丢到海里还是埋在山中呢？丢在韭崎的那些被发现，应该在她意料之外，她本来希望尸块能被当作垃圾处理掉。"

阿保站着不动。校园里又响起了哨声，四散的学童跑步聚集在一起。

"尸体必须丢到不会被发现的地方，但是为了让心里好过，新城乔子来到了这里，代替小彰来到这个希望的'死后的埋身之处'，这是我的想法。"

一如小智和小胜用项圈代替呆呆的尸体埋葬一样，乔子借此获得安慰。

春天，在樱花盛开的行道树下，随风飘散的落英贴在发梢，她始终伫立在这里。当时她心中想着什么？是否对关根彰子感到过意不去呢？还是为了完全取代她，想要亲眼目睹那个让小彰长大成人后还念念不忘的地方？

那个朋友已经过世了。

"那小彰被埋葬在哪里？被丢弃在哪里了？"阿保声音沙哑。

知道这答案的，只有一个人。

"我们回东京吧！"本间将手放在阿保肩上，"我们去见她。"

29

约好的那一天，在约好的地点。

即便在银座，木村小末与新城乔子约好见面的意大利餐厅也是位于较偏远的位置，因此店面也显得宽敞舒适，有挑高的一楼、二楼和稍微矮一层阶梯的圆形地下室。

约定的时间是下午一点，还有十分钟。

本间对木村小末说："如果不愿意，你可以先走。新城乔子来了，我们认得出来。"

但是木村小末摇头。"我虽然害怕……但她可能是杀死我姐的凶手吧？"

"嗯，是。"

"那我要见她，见到她本人，看她长得什么德行。"

本间要她尽可能表现得自然些。她坐在圆形地下室的中央，表情有些紧张，一手按着被毛衣裹着的胸口，等待着，根本没想到要喝送上来的卡布其诺咖啡。

本间和阿保坐在一楼楼梯旁可以俯瞰整个圆形地下室的座位上。两人也一样没有动点的咖啡，阿保不停地喝水。

"我可以和她说话吗？"阿保的声音有些颤抖。

"可以。"本间点头，"你要对她说些什么？"

阿保目光低垂："我不知道。"

一楼餐厅的另外一边，碇贞夫穿着与意大利餐厅气氛十分不协调的破西装，摊开报纸坐在那里。他则已点了第二杯咖啡。

餐厅的出入口有两个，不管新城乔子从哪里进来，都逃不过他们的监视，当然，她也没有退路。

昨夜本间几乎通宵未睡，与碇贞夫商量今天的行动。

没有证据，没有尸体，只有一个行踪不明的女人和另一个代替她身份的女人。或许能推测出乔子杀人的动机，但是方法与凶器完全未知，可以提供推理的线索有限，有的只是一堆情境状况的证据。

"检察官应该不会喜欢这种案子吧？"碇贞夫说，"肯定会说案件无法成立。"

"呃，很难说。"

"就连指纹也没有留下。目击者的证词估计也有限……"

"说说说，你尽管说好了！"

碇贞夫苦笑了一下："老实说，你是不是觉得无所谓了？看你一副只要能找到新城乔子就心满意足的表情。"

此时，看着阳光斜斜洒落在拼花地板上，本间想：是吗？我是不是认为只要见到乔子，只要能将她抓起来就好了？

脑袋里浮现的都是些疑问，他却没有怒气。过去侦查过那么多案件，从来没有现在这样的感觉，从来没有。

本间问了阿保，其实也问了自己："见到新城乔子，第一句话要说什么？"他自己也不知道。

会问她，你还要重蹈覆辙吗？因为取代关根彰子的计划失败了，所以想回到最初、取代已失去姐姐的木村小末，然后继续逃跑吗？离开可能在某处和栗坂和也不期而遇、充满危险的东京，你又将逃往何处?

会问她把关根彰子的头部丢到哪里了吗?

问她,被栗坂和也问到个人破产的事时,你心中有何感想?

是否该告诉她,今井事务机公司的小蜜说很想念你,社长也很担心你?

是否该告诉她,和也拜托我找你时,他担心得牙齿咯咯作响?

还是应该告诉她,你的所作所为只不过是徒劳一场,不管走到哪里,始终是个逃亡者?

或许你会否认我们推理的这一切,我们所堆叠的卡片之家,但不管你希望与否,今后都会有漫长的战争等待着你,你或许会被传讯,最后被送上法庭,也可能还没到那里,这一切便结束了。

不管是逃跑还是战斗,你的路只有这些。唯一不会有错的是,你再也没有机会假冒别人的名字和身份了。

你是新城乔子,再也不会是其他人。一如关根彰子是关根彰子,也不会变成其他人一样。

在柔和的管弦背景音乐下,金黄色的餐厅就像融化在白色木纹中的奶油一样,本间、碇贞夫和阿保的存在显得十分突兀。不时经过的服务生和周围座位上客人的视线,都让他们有这种感觉。

你是否也感觉到了?本间脑海中浮现出新城乔子的脸——你一脚踏进餐厅时,是否会有异样的感觉?然后看见我们,发现情况不对,会不会立刻转身逃离?

如果你能逃跑,我也会觉得轻松许多。我已经不想继续追踪你了。如果你想逃跑,以逃跑来承认你的所作所为,我不知会觉得有多轻松。

就在这时,脸上有一阵清新的风吹过。

"来了。"阿保挺直了背。

本间抬起头,正好看见远处座位上的碇贞夫也慢慢将报纸放了下来。穿着粉蓝色连身带帽外套的新城乔子正从他的座位旁经过。

没错，就是她！

发型有些不一样了，大概是烫过。耳下齐齐的发尾中，隐约可见闪亮的耳环。修长的腿优雅地走动着，穿梭在桌子之间。她无视服务生的视线，走路的姿势自然而美丽。

她停下脚步，看了一下周围。

即便隔着这么远的距离，她那形状美好的鼻梁、微微翘起的嘴唇、轻扑腮红的雪白脸颊也能看得一清二楚，从中感受不到一丝苦恼的神色与孤独的阴影。

她很美。

她看到了木村小末，轻轻点头致意。

对了，她们是第一次见面。乔子应该认识木村小末，但木村小末不认得她。

本间不禁屏气凝神地观察木村小末的反应。

木村小末显得很自然，根本未看本间或碇贞夫的方向。她只是稍微站了起来，点头回礼。

现在两个人都站在桌边，彼此寒暄。木村小末看着对方……看着对方……然后笑了。

"你好。"

是乔子的声音还是木村小末的呢？在餐厅正常的嘈杂声中，本间好像听到了她们问好的声音。

乔子再度站起来，脱下外套，连同皮包一起搭在旁边没人坐的椅子上，然后坐在木村小末的斜对面。她穿着白色的毛衣，领口有些褶皱的装饰。她拉开椅子坐下时，装饰也跟着优雅地晃动。

乔子正好背对着本间和阿保。当她挥手时，可以看到她那根手指上没有戴戒指。

和也送她的蓝宝石戒指如今放在哪里了呢？他是否也成了结束的过去，就像仓田，就像片濑一样？那些都不能保护你，对你而言是毫无意义的恋爱吧？

碰贞夫抬起头看向这里。

服务生手持菜单走上前。

乔子接过菜单，和木村小末同看。

两人不约而同地笑了，不是因为什么好笑的东西，而是为了配合这奢华的空间，做出开朗的表情。木村小末的笑容里面充满了僵硬，但是乔子没有察觉。

"不是要跟她说话吗？"本间催促阿保。

阿保看着乔子的背影，站了起来。

就像被一条线牵引一样，阿保无声地走下楼梯，走路方式十分僵硬。周围的客人有的停下了正把食物送进口中的叉子，有的将举起的水杯定在半空中，有的中止了与朋友的谈笑，纷纷看着阿保宽阔的背影。

本间也站了起来。

餐厅的另一边，碰贞夫也从椅子上起身，慢慢地往楼梯移动。

但本间还是无法动弹。他只是一边对着木村小末点头，一边看着不停说话的新城乔子的背影。

多么娇小柔弱的身躯呀！

他想，终于找到你了，终于快结束了。

阿保走下楼梯，往木村小末和乔子的座位靠近。木村小末就像之前说好的那样，很聪明地保持耐性，不看阿保。乔子的耳环闪闪发光，在她瘦弱的肩膀上愉悦地晃动着。

就像发现了一个很大的、之前没有看见的标志一般，本间感觉很新鲜，又觉得，我要问你什么根本不是问题。其实我见你，是想听你说自己的故事。

你之前没有告诉其他人的故事，你一个人承担的往事，你逃亡的岁月，你销声匿迹的岁月，你一点一滴累积的人生故事。

反正时间多得是。

阿保正将他的手放到新城乔子的肩膀上。

图书在版编目(CIP)数据

火车/〔日〕宫部美雪著;张秋明译. - 3版.
- 海口:南海出版公司,2016.1
ISBN 978-7-5442-8132-4

Ⅰ.①火… Ⅱ.①宫…②张… Ⅲ.①长篇小说-日
本-现代 Ⅳ.①I313.45

中国版本图书馆CIP数据核字(2015)第253158号

著作权合同登记号 图字:30-2013-06

KASHA
by MIYABE Miyuki
Copyright © 1992 MIYABE Miyuki
All rights reserved.
Originally published in Japan by Futabasha Publishing Co., Ltd., Tokyo.
Chinese (in simplified character only) translation rights arranged with
RACCOON AGENCY INC., Japan
through THE SAKAI AGENCY and BARDON-CHINESE MEDIA AGENCY.

火车

〔日〕宫部美雪 著
张秋明 译

出　　版　南海出版公司　(0898)66568511
　　　　　海口市海秀中路51号星华大厦五楼　邮编 570206
发　　行　新经典发行有限公司
　　　　　电话(010)68423599　邮箱 editor@readinglife.com
经　　销　新华书店

责任编辑　张　锐
特邀编辑　王　雪
装帧设计　金　山　宋　璐
内文制作　王春雪

印　　刷　山东韵杰文化科技有限公司
开　　本　850毫米×1168毫米　1/32
印　　张　12
字　　数　284千
版　　次　2009年7月第1版　2016年1月第3版
印　　次　2023年6月第32次印刷
书　　号　ISBN 978-7-5442-8132-4
定　　价　59.00元